大鱼

有爱的青春陪伴者

听闻远方有你

张不一 / 著

江苏凤凰文艺出版社
JIANGSU PHOENIX LITERATURE AND ART PUBLISHING

图书在版编目（CIP）数据

听闻远方有你/ 张不一著. -- 南京：江苏凤凰文艺出版社，2023.11
ISBN 978-7-5594-7862-7

Ⅰ. ①听… Ⅱ. ①张… Ⅲ. ①长篇小说－中国－当代
Ⅳ. ①I247.5

中国国家版本馆CIP数据核字(2023)第130868号

听闻远方有你

张不一　著

责任编辑	王昕宁
特约编辑	年　年
出版发行	江苏凤凰文艺出版社
	南京市中央路165号，邮编：210009
网　　址	http://www.jswenyi.com
印　　刷	长沙鸿发印务实业有限公司
开　　本	880mm×1230mm 1/32
印　　张	10.5
字　　数	334千字
版　　次	2023年11月第1版
印　　次	2023年11月第1次印刷
书　　号	ISBN 978-7-5594-7862-7
定　　价	42.80元

目录

第一章
/ 二中与老街 001

第二章
/ 十五岁孟秋 025

第三章
/ 女侠与书生 044

第四章
/ 空调 068

第五章
/ 初创团魂 102

第六章
/ 柳暗又花明 132

Contents

目录

第七章
/ 鲜衣怒马少年郎 159

第八章
/ 前尘往事 193

第九章
/ 前途似海，来日方长 221

第十章
/ 星星瓶子 248

第十一章
/ 一见倾心 281

第十二章
/ 十八岁仲夏 305

第一章

/ 二中与老街

距离高二最后一节大自习下课还有二十分钟，一旦熬过了这最后的二十分钟，等待高二年级全体学子的就是让人期待的暑假，虽然这个暑假真的很短。

也有人觉得这暑假太长了，实在是影响他们的补课进度，毕竟开学就要升高三了，时不我待——当然，这是少部分学习积极分子的态度。与之相对的就是学习不积极的那部分人，就好比令高二（2）班班主任头疼了整整一年的落后分子陆云檀。

班主任还在讲台上坐着呢，陆云檀就开始在台下搞小动作了。只见她在化学卷子上放了一张字条，然后摆出了一副认真做卷子的样子在纸上写东西。一句话还没写完呢，后方忽然飞来一个纸团，不偏不倚地落在了她的卷子上。

显然，这班里的落后分子不止她一人。

陆云檀先撩起眼皮朝讲台上看了一眼，确认班主任正在专心致志地写报告，才放心地转身。

坐在她后面的那位落后分子是位可爱的胖子，名叫郑和，人送外号“下西洋”。

由于教室里太过安静，下西洋没敢说话，朝着陆云檀挤眉弄眼，同时用胖胖的手指了指落在陆云檀桌子上的那个纸团，示意她打开。

陆云檀转了回去，打开下西洋扔来的纸团，看到了一句用黑色签字笔写得字如鸡爪的话：【檀姐，天下苦补课久矣！】

陆云檀拿起笔，在字条上写：【下大人的意思是？】

写完，她把字条团起扔了回去，然后继续写自己的字条。刚把自己的字条写完，下西洋的纸团又扔了回来，上书：【叹苛政猛于虎，这么短的暑假，简直人神共愤！】

其实陆云檀也这么觉得，敷衍谁呢？还不如不放！

但是她现在实在没有心情管下西洋的事情，因为还有一件更重要的事情等着她去处理。

她的座位刚巧在靠近走廊的窗户下，上节课课间，班里三个女生站在走廊上聊八卦，她本来无心偷听，但忽然间有个女生提起了周洛尘，她的小耳朵立即竖了起来——

一位女生说道："陈思雨今天中午在寝室里炫耀，周洛尘上周末叫了她去看电影。"

陈思雨是他们二班的人，周洛尘在十班，重点班。

另外一女生问："真的假的？"

那位女生回答："陈思雨自己说的，应该不是假的吧，不然被拆穿了多丢人。"

第三位女生加入群聊："不过陈思雨长得是挺好看，咱班班花呢，年级里面好多男生都喜欢找她玩，应该不是假的吧。"

第一位女生不屑："她算什么班花。"

第二位女生附和："我也觉得她不算班花，还没陆云檀好看呢。"

第三位女生："但是周洛尘看不上陆云檀啊，檀姐太耿直了。"

正在偷听的陆云檀腹诽，要吐槽陈思雨你们就专心吐槽，想夸我长得好看就专心夸，杀她一千损我八百什么意思？

还有，周洛尘怎么可能在周末叫陈思雨看电影呢？上周末他不是一直用微信给自己讲物理题吗？难不成还能一边跟陈思雨看电影一边给自己讲题？

不可能，绝对不可能！

一定是陈思雨撒谎了！

就在陆云檀正欲起身拆穿陈思雨的谎言之际，上课铃打响了，那几位女生匆匆跑回了教室。陆云檀失去了开口阐述真相的机会，所以，她很憋屈，并且是越想越憋屈。

她这人从小就有一毛病，霸道、护食，只要是自己的东西，绝不允许别人侵犯，不然就会生气，很生气，无论如何都要抢回来。

虽然周洛尘现在还不是她的人，但马上就是了，所以陈思雨的造谣行为，在她看来就是挑衅，她必须迅速回击才行。

她在字条上写下的，就是上个周末的真相。本想将字条传给刚才在走廊上聊八卦的其中一位女生，谁知道她才刚把字条给团好，班主任谢训幽灵般闪身而至，朝她一伸手：“交出来。”

身为落后分子就是这点不好，容易成为班主任的重点监察目标。

她迅速将两个纸团在手心里倒腾了一番，然后将下西洋给她扔来的那个纸团交了出去——虽然这么做挺对不起下西洋，但是，她不能暴露周洛尘。

谢训打开纸团扫了一眼，然后冷眼瞧了瞧陆云檀，又冷眼瞧了瞧郑和，在心里叹了口气，嘴上带着万般无奈：“你俩挺能耐呀，还感叹起苛政猛于虎了？怎么着，准备效仿陈胜吴广？用不用再给你们俩准备一面旗，上面写着‘陆云檀王’？”

全班哄笑。

陆云檀与郑和默默低头，乖乖挨训，严格执行落后分子受到批评或处分时的行为准则——打不还手、骂不还口、态度良好地接受一切批评教育——至于以后会不会改，那就另当别论了。

谢训对他俩是怒其不争，索性施行眼不见心不烦政策：“去门口站着，下课去我办公室。”

两位落后分子立即起身，还不忘装模作样地拿着书和笔，低着头去了门外，肩并肩地站在了走廊上。

陆云檀把《化学四十五套卷》放到了栏杆上，然后打开卷子、拿起笔，再然后，开始欣赏高二教学区内的美丽风景。

下西洋也一样，先装模作样地打开了《英语五三》，然后开始对着面前的教学区神游天外。

东辅二中占地广阔，建校霸气，一个年级一个教学区。三个教学区的建造形式都一样，建筑设计成“门”形，左边那排楼是五层高的教学楼，每层楼有四间教室；正对着大门的那面楼是水房和卫生间；右边那排楼是各科老师的办公室以及多功能教室；中间的空地上铺着浅蓝色的地砖，以花坛隔开了三个羽毛球场。

陆云檀正在心里对“教室后紧跟着一间班主任办公室”这种设计吐槽的时候，身边站着的卞西洋忽然“咦”了一声：“成绩榜什么时候贴出来了？”

陆云檀下意识地朝着对面一楼看了过去，果不其然，在楼梯口旁边的墙壁上贴着一张大大的红色榜单，上面清清楚楚地公布着全年级 942 人的期末考试成绩——理科在前，文科在后——榜单之荣和榜单之耻一目了然。

卞西洋忽然开始关心起了他檀姐的成绩：“檀姐，这回考怎么样？”

陆云檀略有些小骄傲：“还行吧，461 名。”

理科生六百多人呢，在她看来，自己能考进前五百名已经很了不起了，而且这成绩，足以让她成为落后分子中的翘楚之秀。

卞西洋：“檀姐你好牛！”这是由衷而发，绝不是溜须拍马，因为他是年级倒数。

陆云檀谦虚了一下：“一般一般，哈哈！”

最后的笑声，出卖了她的内心，差点就嘚瑟到天上去了。

卞西洋又忽然“咦”了一声：“那不是梁云笺吗？九班的人也会提前放学？”

对面一楼的走廊上，出现了一抹修长俊逸的身影。

陆云檀的笑僵在了脸上，满心嘚瑟瞬间变成了诚惶诚恐，或者说，她突然认清了现实——其实吧，461 名这排名，并不是很好。

忽然间，她又想到，学校每次公布成绩榜的时候，不仅会公布排名和总分，还会公布考得最好的一科和最次一科的分数。

她考得最好的一科是语文，考了 139 分；最次一科是英语，只比语文的分数少了一个“1”，39 分。

这“优秀”成绩，大概会气死梁云笺吧……

虽然她也不知道自己为什么这么怵梁云笺，但就是，不由自主地犯怵，就好比孙猴子遇到了唐玄奘。她立即把摊开放在栏杆上的卷子给举了起来，挡在了脸前，生怕对面的人认出来自己。

卞西洋完全没有发现他檀姐怯场了，一脸羡慕地看着对面的翩翩少年：“梁云笺是真帅啊，穿校服都那么好看。”

陆云檀不屑，哼了一声：“臭书生一个，有什么好看的。”她一边说着话，一边偷偷摸摸地朝对面看。

很好，梁云笺没有注意到她在罚站。

请继续保持。

卞西洋难得反驳了他檀姐一次：“人家不是书生，是公子，公子世无双的公子！”

陆云檀没好气：“显着你了？就你会背诗？”她将视线越过卷子上沿，又悄悄朝着对面看了一眼，很糟糕地发现，梁云笺站在榜单前不动了。

这人回回考试都稳坐理科年级第一，绝对的积极分子，想找自己的排名太容易了，所以他现在肯定不是在找自己的排名，不然不会站这么久。

三秒钟后，梁云笺转身，面无表情地看向了高二（2）班。

对视的那一刻，陆云檀如遭电击，果断转身，面朝教室趴在了窗户口，将手中的试卷平放在了窗台上，拿起笔，做专心致志状开始写卷子。

卞西洋蒙了，看看气焰大消的陆云檀，又看看对面的梁云笺，忽然明白了什么，震惊道：“檀姐，你不会是在害怕吧？”

陆云檀大怒：“我怕他？一个臭书生我怕他？我只需要一拳就能把他捶飞！”

卞西洋：“你要是怕你就快跑，躲进女厕所是上计。”

陆云檀盯着化学卷子：“我凭什么跑？我还能畏惧一个臭书生？”

卞西洋开始播报：“他来了，他来了，他朝着我们走来了。”

卞西洋：“目测还剩一百米。”

卞西洋：“他的腿好长，眼瞧着就剩五十米了。”

陆云檀觉得，要不还是跑吧。

碍于面子，她甩了句：“我憋不住了！”说完，拔腿就跑，朝着厕所的方向狂奔而去。

梁云笺扑了个空，眼睁睁地看着陆云檀从自己眼皮子底下溜走了。

卞西洋很仗义，也很忠心，极力维护着他檀姐的面子：“我檀姐跑了，但不是因为怕你啊，她是憋不住去上厕所了，真不是因为怕你，你不要‘夜郎自大’。”

梁云笺叹了口气，抬起手，拍了拍卞西洋的肩头：“我知道了。”说完，径直朝着厕所的方向走了过去。

卞西洋惊，果断拦其去路：“你要干吗？”

梁云笺：“回家。”

下西洋："回家你去什么厕所？"

梁云笺语气淡淡："厕所有后门？"

下西洋愕然，忽然明白了一件事——

往厕所跑不是个上计，而是下下计呀！

他檀姐，要被瓮中捉鳖了。

女厕所的空气并不是很清新，即便冲水系统会定时启动，但还是处处透露着纯天然的肥料味。

为了解决呼吸困难问题，陆云檀不得不将窗户开到最大，欲哭无泪地望着窗外的不锈钢防盗栏，内心顿时生出了一股铁窗泪的悲哀，心想：厕所里面要是有后门该多好？

但是吧，这个世界上百分之九十的厕所都没有后门。

所以，她只能和梁云笺比耐心，争取把梁云笺给熬走——如果换作平时，她绝对不可能在耐心比赛上赢过梁云笺，但是今天她却有了点把握，因为她刚才看到梁云笺是背着书包的。

也就是说，他提前放学了。

据她对梁云笺的了解，没有特殊情况，他绝对不会迟到早退，因为他是个标准的积极分子，像极了小说里面的那种规矩又无趣的臭书生，绝对不会做出任何违规乱纪的事情。

所以说，他提前走人一定是事出有因，肯定不可能在她身上耽误太长时间，没准在厕所门口等几分钟就走人了——越分析越觉得有道理，陆云檀逐渐放松了警惕，还从校服兜里摸出来一面小圆镜子，孤芳自赏了起来。

仅赏了一眼，她就懊恼地发现自己的辫子歪了，八成是刚才逃跑的时候甩歪的，足以见得，她刚才有多么慌张。

陆云檀叹了口气，重新把镜子揣进了兜里，双手拢在脑后，重新扎马尾辫，内心极度挫败：不就是没考好吗，为什么要这么害怕梁云笺？梁云笺算什么呀？非亲非故的，哪怕我考年级倒数也轮不到他来教育！

她越想越气，恨不得直接从女厕所冲出去和梁云笺决一死战，但，终究是缺了那么一点点勇气：

孙猴子真的逃不出唐僧的紧箍咒吗？不，并不是，他逃不过的是唐僧的岿然气场与人格魅力。

梁云笺这人就和唐僧一样，虽然斯文儒雅、从不动武，但非常会拿捏人。

陆云檀觉得，自己被梁云笺拿捏得死死的。

早知如此，她当初说什么都不会找他当助攻——

哼，要不是因为你是周洛尘最铁的哥们儿，我才不会理你呢！

悠扬的下课铃声打断了陆云檀的愤愤不平，安静的高二教学区瞬间陷入了喧嚣之中，不多时，陆续有人拥进了女厕所。

陆云檀不知道梁云笺走了没，不敢贸然行动，抱着胳膊站在厕所门口，皱眉纠结着自己到底要不要出去。

一位扎着马尾辫、长相清秀的女孩子走进卫生间，陆云檀眼睛一亮："杨筱念。"她们俩一个班的，虽然不同寝室，但是关系不错，是固定的饭搭子，一天到晚形影不离。

杨筱念被吓了一跳："老金不是让你去办公室吗？"

"老金"就是他们的班主任谢训。

起初，他们班人送给谢训的外号是"金毛狮王"，后来觉得四个字读着太麻烦，于是省略了两个字，变成了"金狮"，再后来又觉得称呼金狮不尊重老师，于是就演变成了"金老师"或者"老金"。

陆云檀这才想起来老金让她和下西洋下课去办公室的事。

如此一来，她不得不离开女厕所，但还是谨慎地问了句："你看见梁云笺了吗？"

杨筱念："在门口呢。"

陆云檀叹了口气。

失策了，他真的很有耐心。

杨筱念打量着她："他在等你呀？"

陆云檀没好气："我可没让他等我。"

杨筱念抿了抿唇："哦。"然后换了话题，"需要我等你吗？"

陆云檀："不用，你先回寝室收拾东西吧，收拾完直接走就行。"明年高三，她们肯定要换寝室，所以放假前需要把寝室里面的所有东西都搬走才行，给下届高二的让位。

杨筱念："那行吧。"

"我先走了。"陆云檀做好了心理准备，英勇就义似的，昂首挺胸地走出了女厕所，然后就看到了站在走廊上的梁云笺。

这个走廊正对着西方，此时正值夕阳西下，千顷云层如火如荼，梁云笺的身姿挺拔而修长，周身笼罩着一层金色夕阳，恍若从画卷中走出来的人物。

虽然内心很不服气，但陆云檀不得不承认，梁云笺真的很帅。

与周洛尘那种桀骜不驯的帅气不同，梁云笺是俊雅清隽的帅，就好比下西洋说的那样：陌上人如玉，公子世无双。

但我不吃你的这种帅！

陆云檀决定先发制人，双臂抱怀，二大爷似的，猖狂不已地走到了梁云笺面前，眼皮一撩："有事？"

梁云笺开门见山："暑假想补课吗？"

陆云檀腹诽，你想挨打吗？

梁云笺："你的英语……"

陆云檀坚决不同意："暑假本来就短，你还要拉着我补课？资本家都没你会剥削人！"

梁云笺也料到了会是这种结果，微微眯眼："喊上周洛尘？"

可恶，又被拿捏了。

像是一条顽皮的小青蛇，被捕蛇人精准地拿捏了七寸。

陆云檀咬了咬牙、狠了狠心，豁出去了："明天上午十点，你们来我家，我喊上杨筱念一起，大家互帮互助一起学习。"

梁云笺目的达成，没再多言："行，那我就先走了。"

陆云檀忽然想到了什么："你不是有事吗？干吗非要站在这里等我，直接微信说不得了？"

梁云笺笑了一下："谁告诉你我有事？"

陆云檀："没事你干吗不等到下课再背着书包走人？"

梁云笺眉头轻挑："倒是不傻。"

陆云檀："……我聪明着呢！"

梁云笺又笑了，言简意赅地道别："走了。"

陆云檀："明天见。"

梁云笺："明天见。"

他下了台阶，穿过羽毛球场，朝着教学区的大门走了过去。陆云檀双手负后，顺着教室前的走廊、大爷遛弯般慢慢悠悠地朝着高二（2）班的教室走，目光却一直定格在梁云笺的背影上。

如果不是为了接近周洛尘，她大概不会和梁云笺成为朋友。

周洛尘这个人有些奇怪，在学校的时候从不会主动来找她，每次联系都是靠微信，搞得很私密，像是见不得光的地下党。

陆云檀感觉不太好，就好像和她关系好是一件多么见不得人的事情一样。

但是周洛尘这么做也有自己的理由，不想他们之间的关系被同学们说三道四，成为他们茶余饭后的八卦谈资。

这理由强而有力，陆云檀无法反驳，只能尊重他的选择。

不过在校期间，周洛尘倒是经常会让梁云笺代替自己来找她，比如在跑操之后，周洛尘会让梁云笺替他跑腿给她送瓶饮料；再比如过一些节日的时候，他会让梁云笺替他转送礼物。

就好比现在她手腕上戴着的这块Swatch腕表，就是上个月17号她过生日的时候周洛尘送给她的生日礼物，依旧是让梁云笺替他跑腿送给她的。

还有一次她生理期，肚子疼得要命，周洛尘竟然还让梁云笺来给她送了包红糖。

总而言之，就是周洛尘从来不会当面送给她任何东西，每次都是拜托梁云笺，久而久之，她倒是和梁云笺成了关系不错的朋友。

等她晃晃悠悠地走到了教室，班里几乎没人了，所有的桌面都空空荡荡，预示着他们即将向高三教学区转移阵地。

下西洋正在收拾书包，陆云檀进班后先问了他一句："老金呢？"

下西洋："走了。"

陆云檀惊讶："他竟然没提我？"

下西洋一脸骄傲："提了。我说你拉肚子了，一直蹲厕所呢，他等不到你就走了。"

陆云檀："他能信吗？"

下西洋："反正他走了。"

这倒也是。

陆云檀安心了，迅速收拾完了自己的东西，"哒哒哒"地跑回了寝室。

一寝八个人，除了她，另外七个人的家长都来了，帮孩子搬东西。

陆云檀没让她爸妈来，觉得小题大做，搬东西这点小事她自己就可以。

她上个星期已经把自己的书和寝室里的东西送回家了一大部分，回到寝室后只把自己床铺上的被褥卷了一下，然后拿绳子固定，最后把一些乱七八糟的东西一股脑地塞进了行李箱里。

十分钟后，她左手拎着铺盖卷，右手拉着行李箱，背上背着书包，雄赳赳气昂昂地走出了寝室楼，走向了蓝色车棚。

按照学校规定，学生不允许在校内骑电动车。

但对于天生放荡不羁爱自由的落后分子而言，这种规定等于没有。

陆云檀走到了一辆黑红相间、造型霸气的电动车前，先把自己的行李箱平放在了踏板上，然后又将自己的铺盖卷放在了行李箱上，再然后，打开车箱，从里面拿出了自己的火红色头盔——虽然是落后分子，但也时刻谨记安全第一。

戴好头盔后，她给电动车开了锁，高高地抬起了修长纤细的左腿，在空中抡了个飒爽的弧度，稳稳跨坐在了黑皮车座上，用力一拧右把，电动车如同一阵疾风似的，“嗖”一下窜了出去。

从寝室楼到校门口还有一段距离，中间还隔着男生寝室。

陆云檀正骑着车，前方不远处有两个熟悉的身影从男寝前的岔路走上了主路。

周洛尘的桀骜不驯与梁云笺的俊逸清隽平分秋色，他们俩并肩而行，可谓是校园中一道亮丽的风景线。

周围还真有女生在悄悄摸摸地拿手机偷拍他俩。

陆云檀一拧车把，飞驰着窜到了他们俩面前，技艺娴熟地横车挡路，把头盔上的挡风镜推了上去：“需要我送你一程吗？”

她这话是对着周洛尘说的，笑意盈盈。

夕阳落进她眼中，将她的瞳孔点成了迷人的金色，长而挺翘的睫毛也染上了一层金。

周洛尘怔了一下，下意识地看了眼身边的梁云笺。

梁云笺微微垂眸，默然不语。

周洛尘只好自由发挥：“不用，你自己走吧。”

“那好吧。”陆云檀也没有很失望，反正明天也要见，便轻快地把挡风镜推了下来，“明天见。”

等陆云檀骑着小电摩离开后，周洛尘一脸无奈地看着梁云笺：“什么明天见？你又给我安排什么了？”

梁云笺叹了口气：“没什么安排。”

周洛尘：“那你明天准备怎么跟她交代？”

梁云笺：“说你有事。”

周洛尘忽然想起来什么，轻笑了一下，话里有话：“有两个微信号的感觉爽吗？”

梁云笺忽略了他话语间的那份调侃，再一次向他承诺：“不会给你添麻烦。”

周洛尘“呵”了一声：“她除了长得好看点，其他地方一无是处，活蹦乱跳的，跟只猴子一样。”

梁云笺脸色一沉，冷冷地盯着周洛尘。

周洛尘耸了耸肩：“行，当我没说。”

走出校门后，两人分道扬镳，在茫茫车海中寻找父母的车。

校门西侧的马路边，停着一辆黑色奔驰，梁云笺拉开了副驾驶的门。

驾驶座上坐着一位身穿香奈儿高定套装的漂亮女人，儿子上车后，她叹了口气，略带谴责：“不是让你请假吗？我们和宋医生约的是五点五十分，现在已经五点四十分了。”

梁云笺系上了安全带：“有事耽误了。”

宋瓷：“多大的事能比看病还重要？”

梁云笺：“39 分的事。”

七月的东辅烈日高悬，犹如炽热烤炉。

位于老城区的某条街道路口，竖立着一块方形的路牌，上面蓝底白字地彰显着四个大字：东安老街。

住在这条东西向的老街上的居民，百分之八十都是东辅的当地老土著，住着老旧的四合院式的矮房屋。他们将临街那一面的倒座房改成了门面房，经营着五花八门的行当，市井嘈杂，满含人间烟火，是最原原本本的老东辅面貌。

一辆黑色的奔驰车缓缓停在了街口，梁云笺打开车门的同时，还不忘对坐在驾驶座上的那位中年男人说一声：“刘叔，我下车了。”

被称为“刘叔”的中年男人是宋瓷的司机：“下午几点来接你？”

梁云笺：“不用接，我自己回家。”

刘叔：“行，好好学习，天天向上。”

梁云笺笑着下了车，单肩背着书包，用另外一只手关上了车门。

时间已经接近上午十点，老街的早高峰已过，临街的店面虽然都开着，街面上却没什么人，所有的东西都带着一副颓态，像是被烈日晒蔫了。

和街道上其他商铺比起来，位于街口北侧的第一栋院子十分突出，因为它是这条街上唯一没有被改成门面房的院子，风雨不动地保持着老四合院的原貌，门口的台阶两侧还伫立着一对镇宅的石狮子。

梁云笺背着书包，走到了这座四合院门前，抬头看向挂在门楣上方的黑色牌匾，其上用金漆描摹着四个龙飞凤舞的大字：陆家武馆。

此时此刻，武馆的大门紧闭，位于左侧的那扇深红色的门板上，贴着一张白色的通知，上面用黑色的字体打印着一段话：陆师父去给影视剧组当武术指导了，一个月后归，期间不招收新生；团课正常，由其弟子代课。

朱漆大门紧闭，梁云笺莫名有些紧张，不敢贸然敲门，先给陆云檀发了一条微信：【我到了。】

其实他在五分钟前就已经给她发过一条消息了，但是她没回。

这次也没回。

又站在门口等了十分钟，陆云檀那边依旧杳无音信，无奈之下，梁云笺只好敲门。

没过多久，门内传来了由远及近的脚步声。

“咯吱”一声，门开了，开得却不大，仅错开了一条逢，然后，一个剃着平头的圆脑袋从门缝里冒了出来：“你找谁？”

这颗脑袋属于一位二十岁左右的青年男人，肤色黝黑、长相端正，穿着一身灰色的中式练功服。

显然，他很有可能就是那张通知上所描述的“由其弟子代课”中的弟子。

由于这颗脑袋冒出来得太突然，犹如一颗忽然从土地里冒出来的光滑的蘑菇，梁云笺下意识地往后退了一步，却依旧不失礼仪：“您好，我找陆云檀，我是她的同学。”

蘑菇弟子眼睛微微瞪大，一脸警惕地看着这位突然找上门的小帅哥：“你找她干吗？”

梁云笺：“我们约好了今天一起复习。”

蘑菇弟子彻底瞪大了眼：“她还知道学习呢？太阳打西边出来了吧？”

蘑菇弟子开始怀疑梁云笺上门的目的，说：“老实交代，你到底是来干吗的？”

梁云笺一头雾水，但还是老老实实地回答：“复习功课。”

蘑菇弟子盯着他看了三秒钟：“你等一会儿。”

话音还没落呢，蘑菇弟子就“砰”的一声关上了房门、落了锁，身形迅速地从一进院窜到了二进院，着急忙慌地跑到了东厢房门前，急切地拍了拍房门：“大师兄！大师兄！”

喊完两声之后，他忽然意识到了自己的动静可能有点大，赶忙闭了嘴，惊慌失措地看了看正房，又看了看对面的西厢房，生怕惊动到这两间房子里面的二位主。

很快，东厢房的大门被打开了，一位气质卓然、面若桃花的美人出现在了蘑菇弟子眼前。

美人身形修长高挑，着一套纯白色的丝绸唐装，如墨般漆黑浓密的乌发在脑后盘了一个简单的发髻，插着一根朴实的木头簪。

美人的手中还拿着一把黑骨白面的折扇，从房间里走出来后，抬手用扇子在蘑菇弟子的脑门上敲了一下，开口竟然是个低沉的男人嗓：“催命呢？喊那么大声？”

蘑菇弟子现在已经习惯了这位陆云枫师兄的“开口炸”——他初来陆家的时候，和不少人一样，都以为陆云枫是个女的，还是个美女，然而等陆云枫一开口，却震惊了他全家。

但如果仔细观察的话，其实大师兄的造型装扮一点都不娘，唐装和扇子都是男款，行为举动也是标准的大老爷们儿，就是长得太美了，男生女相，再加上他有留长发的爱好，所以总被误认为是女人。

不过男人留长发也不是什么变态或者丢人的事，这世界上留长发的男人多了去了，要怪就只能怪他长得太美了。

唉，美，是原罪！

“什么事？”天气太热，陆云枫一把甩开了折扇，冲着自己摇了几下。

蘑菇弟子压低了嗓门，语气却依旧着急：“门外有个小帅哥，说是来找云檀的。”

陆云枫摇扇的动作一顿，眉头一蹙：“什么帅哥？找她干吗？”

蘑菇弟子开始形容小帅哥的模样："高高白白，玉树临风，一看就是好学生，小女生都喜欢的那种男神。"

陆云枫气急败坏："我没让你夸他，我问的是他找云檀干什么！"

蘑菇弟子心里委屈：不是你问的什么帅哥吗？

但他还是老老实实地回答："他说他和云檀约好了今天一起学习。"

陆云枫一愣，简直不敢相信自己的耳朵："一起什么？"

蘑菇弟子："学习。"

陆云枫："隔壁王婆都不信。"

隔壁王婆，今年九十了，老年痴呆症患者。

蘑菇弟子点头赞同："是啊，所以我觉得一定有内情，所以才来找你了。"他又一脸忧愁地分析道，"咱们云檀平时霸道嚣张惯了，该不会是在学校里面惹了什么事吧？"

陆云枫用折扇打着手心，思虑少顷，感觉蘑菇弟子分析得不无道理："我去见见他。"

蘑菇弟子："用不用喊上云檀？"

陆云枫看了眼对面西厢房紧闭的大门，叹了口气："让她睡吧。"

天塌下来，哥给你兜着。

随后，师兄弟两人一起回了一进院，这次是陆云枫开的门，一眼便看到了那位来找自己妹妹的少年。

少年穿着白衬衫牛仔裤，容颜清逸俊朗，身形修长挺拔，五官中带着几分淡淡的书卷气，看起来像是个好欺负的俊俏书生。

梁云笺正举着手机打电话，然而陆云檀的电话却一直处于无人接听的状态。正不知所措之际，大门忽然被打开了，他不由得一愣，意外又惊讶地看着给他开门的人。

这人长得很高，皮肤白皙、五官柔美，与陆云檀有八分相似。

梁云笺猜测，这位应该是，陆云檀的亲姐姐吧？

他连忙挂断了电话，规规矩矩地对着给他开门的人喊了声："姐姐好。"

陆云枫愣住了。

蘑菇弟子也愣住了。

少年，你完了！

我们大师兄最讨厌被人当成女人！

你这辈子都别想进陆家的门了！

陆云枫深深地吸了一口气，面无表情地盯着眼前的少年看了三秒钟，冷笑一声，“砰”地关上了院门，不容置疑地对蘑菇弟子交代：“今天他要是敢走进这个院子一步，就把他的腿打断！”

门内的蘑菇弟子内心咆哮，大师兄怒了！

而门外的梁云笺这才意识到，这人是男的？

哥哥？

与此同时，住在西厢房的陆云檀终于睡醒了，她睁开眼睛后第一件事就是拿手机，摁亮屏幕后一看时间，瞬间惊醒——

怎么就十点多了呢？她不是定了九点的闹钟吗？闹钟没响吗？还是说响了之后她又给关了？

然后，她又仔细回忆了一下，好像真的是自己把闹钟关了，当时心里想的是再睡五分钟就起，谁知道竟然睡了一个多小时。

昨天她和周洛尘他们约好的是十点整在她家集合，现在已经十点多了，他们会不会已经到了？

陆云檀懊恼不已，昨晚不应该熬夜追剧的，应该早点睡觉！

手机屏幕上弹出了许多条微信消息，她猜测应该是周洛尘他们发来的，立即解锁了屏幕，打开微信后，先点开了与周洛尘的对话框：【抱歉，今天家里有事，去不了了。】

陆云檀有点失望，长叹了口气，学习的积极性瞬间就被打消了。

然后，她又点开了与杨筱念的对话框：【云檀，我爸妈临时决定带我回老家了，开学前才能回来，不能去你家学习了。】

陆云檀心中的失望值 +1，怎么一个个都有事了？

四人学习小组瞬间解体两个，只剩下她和梁云笺了。

等等，梁云笺怎么也给她发消息了？还给她打了电话？他不会也来不了了吧？

陆云檀忽然好生气：臭书生，这可是你组的局，你要是不来了，我就打死你！

她气呼呼地点开了与梁云笺的对话框，然后，消气了，再然后，开始愧疚了——

09:45【我快到了。】

09:50【我到了。】

10:00【你在哪儿？我在你家门口。】

10:05【语音通话已取消】

10:10【语音通话已取消】

10:15【语音通话已取消】

看到这一串消息之后，陆云檀立即给梁云笺拨去了语音通话，很快就被接通了。

她忙不迭地询问："你现在在哪儿呢？"

梁云笺长叹口气："你家门口。"

陆云檀蒙了："你不是二十多分钟前就到我家门口了吗？"

梁云笺："我、我没联系到你。"

陆云檀纳闷："你干吗不敲门？"

梁云笺答非所问："你在干吗？"

"我练功呢，刚才没看手机。"陆云檀面不改色心不跳地撒谎，掩饰自己睡懒觉的事实，"我们习武之人必须天天练功，冬练三九夏练三伏。"

梁云笺也没拆穿她，直说重点："你现在能来给我开门吗？"

"马上！五分钟！"陆云檀一边穿拖鞋一边说，"你敲门呀，我师弟去给你开，你就说是我同学，约好了一起学习的。"

蘑菇弟子虽然比她年纪大，但是比他入门晚，所以是她的师弟。

梁云笺沉默片刻："我刚才就是这么说的。"

陆云檀一愣："然后呢？你怎么不进来？"

梁云笺："你师弟不信。"

梁云笺犹豫片刻，又道："我好像把你哥得罪了。"

陆云檀惊讶不已，话都说结巴了："你、你、你怎么还得罪他了？"

梁云笺再次叹气："我喊了他一声姐姐。"

陆云檀心想，那你确实得罪得不轻。

梁云笺的语气中带着些担忧："我还进得去吗？"

陆云檀霸气十足："怕什么呀？不是有我嘛，他敢拦你一下试试！老实在门口等着我！"说完，直接撂了电话，去卫生间匆匆地洗了个漱，又换了身衣服——说谎说全套，为了证明自己刚才真的是在练功，她特意换上了白绸做的练功服。

然而一打开房门，她就看到了她哥。

陆云枫背靠廊柱，双臂抱怀，面无表情地盯着她：“去哪儿呀？”

陆云檀没好气：“去给我同学开门！”她又没忍住埋怨了一句，“你干吗要把人家关外面呀？天多热呀！”

陆云枫冷哼一声：“哟呵，这就心疼了？”

陆云檀：“谁心疼他了？他是我同学，我邀请他来咱们家和我一起学习，你不能那么对他，这不是打我的脸吗？”

陆云枫：“你还知道什么是学习呢？”

“我怎么不知道学习啦？我近朱者赤！”陆云檀昂首挺胸，“你知道门外的是谁吗？是我们年级第一！”

陆云枫毫不留情：“人家是年级第一，你有什么好骄傲的？”

陆云檀被怼得无话可说。

陆云枫：“不就是个臭书生吗，你还拿他当宝贝了？”

陆云檀不高兴了：“谁让你喊他臭书生了？你不许喊！”

陆云枫：“我为什么不能喊？他就是个臭书生！”

陆云檀急了：“没有为什么，你就是不能喊！”

虽然梁云笺确实是个爱管闲事的臭书生，虽然她也天天这么喊他，但是只能她喊，别人谁都不能喊。

她又瞪了她哥一眼，气呼呼地跑去给梁云笺开门了。

陆云枫哼了一声，紧随其后。

陆云檀不顾蘑菇弟子的阻拦，打开大门，冲着梁云笺命令：“进来！”

梁云笺刚要进门，陆云枫忽然开口，咬牙切齿地盯着他：“敢进来我就打断你的腿！”

陆云檀怒，转身瞪着她哥，然后抬起了自己的右腿：“给，打吧！”

陆云枫没见过这种吃里爬外的白眼狼！

陆云檀：“不打是吧？那我们就去学习了！”说完，一把抓住梁云笺，用力地把他扯进了门，“咱们走！”

梁云笺很喜欢她用“咱们”这个词。

她紧紧地攥着，带着他朝院子里走，步伐气势汹汹，带着股霸气劲儿。

他不由得扬起了嘴角。

由垂花门进了二进院后，陆云檀才放慢了脚步，松开了梁云笺，指着院子西面的那座房子说：“我住在西厢。”然后又指了指东边，“我哥住东厢。”最后指了指位于北面的正房，“我爸妈住在那里。”

梁云笺按照陆云檀的指引，环顾着面前的院子。

比起一进院来说，二进院的面积大了不少，也更有生活气息：院子的正中央立着一座深红色的陶瓷水缸，水面上漂着两三片绿意盎然的莲叶，叶下似有金鱼游动；院子的西北角和东北角各栽种着两棵桂花树，西南角和东南角的位置则被开辟出来了两块正方形的菜地，泥土里栽种着许多应季菜。

陆云檀又介绍道：“一进院是我爸开馆上课的地方，我们自己住二进院，后面还有个三进院，有三间房子，不过二进院和三进院之间的房门给锁上了，因为那三间房子全都租出去了，租客全部从开在后面那条街上面的后门进出。”她双手负后，慢悠悠地走到梁云笺的面前，跟带着大臣参观御花园的皇帝似的，“不过你要是想从这里直接穿过去也行，但是要向我妈请示，钥匙在我妈手里，我妈是家里的财政主管。”

陆云枫的声音忽然从后方传来，语调冷幽幽：“你倒是真不见外，什么都往外说。”

陆云檀和梁云笺同时转身，皆诧异地看着忽然冒出来的陆云枫。

陆云枫打定了主意要跟紧他们俩，所以对他俩的诧异目光不屑一顾，手摇折扇，鬓边垂落的发丝伴随着扇叶带起来的微风轻轻飘动，皮肤白皙无瑕，五官冷而美，整个人就是一大写的“倾国倾城”。

陆云檀盯着她哥看了一会儿，没忍住嘀咕了一句：“这能怪人家喊你姐姐吗？”

梁云笺呼吸一顿，小心翼翼地打量着陆云枫的神色。

陆云枫脸色一沉：“你暑假作业写完了？理综能考 280 分了？英语只考 39 分你也吃得下饭、睡得着觉？”

打击报复！

赤裸裸的打击报复！

“哼！”她又扯住梁云笺，带着他朝正房走，“咱们走，别理他。”

梁云笺再次勾起了嘴角，亦步亦趋地紧跟在她身后。

陆云枫狠狠地咬了咬后槽牙，再次跟了上去。

陆云檀带着梁云笺走到正门前，然后拍响了房门："妈！妈！妈！妈！"

"来了来了！一直喊什么呀，催命鬼似的！"房门很快就被打开了，一位身穿浅紫色分体睡衣、乌黑的头发上卷满了粉色卷发棒的中年女人出现在了几人的视线中。

梁云笺下意识地将本就挺拔的身形站得更直了。

陆云檀小声吐槽了一句："你干吗要关着门呀？"

纪雪杉没好气："我就是防你呢！一天到晚就知道喊妈，喊得我头都是大的，还不如不放假！"

纪雪杉冷冷地瞟了自己闺女一眼，然后才注意到站在她身边的俊逸少年，不由得一愣："哟，这是谁呀？"

陆云檀抢着说："梁云笺，我们年级第一！"

梁云笺立即乖乖地向纪雪杉问好："阿姨好。"

纪雪杉瞪大了眼睛盯着梁云笺，难以置信："你真是年级第一？"

陆云檀再次抢答："那当然啦，人家英语考了 149 分呢，零头都比我的分数高。"

陆云枫忍无可忍："这话你是怎么好意思说出口的？"

纪雪杉也是一脸无奈："就是，也不嫌丢人。"

陆云檀理直气壮："这有什么好丢人的，是人都有长板和短板嘛，英语就是我的短板，没什么好丢人的。再说了，我还有长板呢，我语文考了 139 分呢！"

纪雪杉都被气笑了："39 分还让你得意上了？"

"我可没得意，我可上进了。"陆云檀一脸傲娇地说，"我主动邀请他来家里给我补英语，我们今天是要学习的！学习！"

主动？

也不知道是谁在厕所里躲了二十分钟不敢出来。

梁云笺有些无奈，又有些想笑。

纪雪杉叹了口气："行了行了，知道你要学习了。"她又没好气地念叨了一句，"人家学习好的都是闷声不响地学，哪像你似的，八百年不学一次习，难得学一次恨不得让全世界都知道。"

陆云檀不服气地噘起了小嘴巴，感觉她妈实在是太不给她面子了："哼，不理你了，我们要去学习了！"说完，甩头就走，双手依旧高傲地负在身后。

梁云笺只能跟着她走。

陆云檀走了几步之后，忽然想到了什么，瞬间立定，梁云笺差点撞她身上。

陆云檀回头看着她妈：“午饭做丰盛点，我要好好招待我的同学。”

纪雪杉：“知道了，快去学习吧。”

“哦。”

陆云檀和梁云笺一起去了西厢，陆云枫正准备跟上，纪雪杉却喊住了他：“你去干什么？”

陆云枫：“监督他们俩学习。”

纪雪杉：“人家年级第一还用你监督？你别瞎操心了，跟我出门一趟。”

陆云枫：“干吗？”

纪雪杉：“买菜呀。人家年级第一的时间多宝贵呀，特意来家里面给你妹妹补课，不得好好招待一下吗？”

陆云檀的黑红色电动车就停放在西厢房门前的走廊上，一根黑色的充电线从窗户口延伸出来，正在给电动车充电，不过充电器上的指示灯已经由红变绿了。

陆云檀看到后立即朝自己的电动车走了过去：“我先收一下线，充满了。”将充电器缠好，放进座位下方的储藏箱里面后，她朝着梁云笺举起了自己的左手，向他展示自己的腕表，“好看吗？也是黑红色设计，是不是和我的电动车特别配？”

梁云笺点头，语气认真地回答：“很好看。”

陆云檀很是高兴，低头看着自己的腕表说：“周洛尘送我的生日礼物。他肯定是仔细观察过我的电动车，才会送我这块表，不然不会这么配。”

梁云笺微微抿唇：“嗯……”

为了全方位地展示自己的爱表，陆云檀将表从自己的手腕上取了下来，用手挡住了表盘，伸到了梁云笺的眼前：“还是夜光的呢！”

这块表的表盘采用了黑色与灰色的棋盘格设计；表示时间的刻度线和指针是红色的，不过分针和时针的前端头处则是银色，光线一旦暗淡下来，银色的部分就开始散发莹莹的绿光。

陆云檀：“在学校的时候特别方便，晚上看时间的时候都不用拿手机。”

寝室的门上开有玻璃窗，寝管随时会查寝，不光查手机，还查小夜灯，所以拥有一块夜光手表，简直极大降低了手机被发现的可能性。

梁云笺轻叹口气，没有看表，而是看着陆云檀，无奈不已："这块表能保证你下学期不被没收手机吗？"

陆云檀在心里翻了个白眼，干吗要哪壶不开提哪壶呢？

学校不让带手机，一经发现就被没收，从高一到现在，她已经被没收了四部手机，平均一个学期一部，附带着的小"惊喜"是四条全年级通报批评。

她哼了一声，信誓旦旦："肯定不会了，因为我有这块表！"然后继续展示自己的爱表，"这块表很酷的，还能防水。但我现在没搞懂这个秒针是干吗用的，它也不动，要摁一下旁边的这个红色按钮才动，但是摁下去之后整个表盘都变得天花乱坠的，这三个小圆圈里面的指针都在动，吓得我都不敢摁它了。"

梁云笺忍俊不禁，从她手中接过了这块表："这个是计时功能。"说完，他摁下了红色按钮，向她展示计时功能的用法，"这个圆里是小时累计盘、这个是分钟、这个是秒。"然后又指了一下表盘右下方的带有数字的方框，"这个是日期。"

陆云檀恍然大悟："这样呀！你怎么知道得比我还多？"她看向梁云笺的左手，然后惊讶地发现，他竟然和自己戴的是同款的表，只是颜色不同，他的表是黑蓝色，"怪不得呢，你和我的表一样。"

梁云笺下意识地将左手背向身后，言简意赅："朋友送的。"

陆云檀一愣："该不会是周洛尘送的吧？一口气买了两块？还是说这表买一送一？"

梁云笺被逗笑了："怎么可能？"

陆云檀舒了口气："那就好，不然我会生气的。"

梁云笺怔了一下："为什么会生气？"

是因为不想和他用一样的表吗？

陆云檀解释道："如果他送你的礼物和送我的一样，这就说明我在他心里不是独一无二的了，我就不稀罕了，而且还说明了他送礼物不走心，不止敷衍了你，还敷衍了我。"

梁云笺舒了口气，向她保证："放心吧，只送了你。"

陆云檀斜眼瞧着他：“你怎么说得信誓旦旦？你陪着他去买的？还是你帮他买的？”

梁云笺哑口无言，还有些不知所措。

陆云檀笑了一下：“逗你玩呢！”然后她又八卦了起来，“那你的表是谁送的？男的女的？”

梁云笺面不改色：“我爸送的。”

“哦。”没挖到八卦，陆云檀兴趣索然，推开了西厢的房门，“进来吧。”

西厢有两间房，分内外两屋，外屋是书房，内屋是卧室。

原先屋内是没有卫生间的，因为老四合院的建筑风格特别讲究迷信和风水，向来采用上茅下厨的设计理念，也就是说厕所在院子的西南角，厨房在东南角。

厨房不在室内倒是不麻烦，还能避免油烟，但是卫生间不在室内可麻烦多了，特别是半夜上厕所，还要特意出一趟屋子，跑过一半的院子才能抵达目的地，大冬天的能把人给冻麻。

后来社会进步了，没那么多规矩，为了生活便捷，老街上的大部分人家都对自家的老房子进行了不同程度的翻新改造，加上了室内卫生间。

梁云笺跟随着陆云檀走进了她的房间，首先映入眼帘的是一张木质的大书桌，桌后方的墙壁前立着一面顶天立地的书柜，每一个格子内都摆满了书，可谓是汗牛充栋。

显而易见，139 分的语文成绩果然不是凭空捏造出来的。

梁云笺走到了书架前，抬头看了看放在书架上的书，发现大部分都是武侠小说，金庸、古龙、梁羽生等武侠大家的经典创作应有尽有，在书架最中间的位置，还整齐有序地摆放着整整一套《雪中悍刀行》。

由此可见，某人的女侠之心昭然若揭，现在也就是社会稳定了、文明进步了，要是时间倒退个几百年，搞不好真的能让她开宗立派。

陆云檀挺大方：“喜欢什么就拿走看。”说完，她跑出去搬了张木凳回来，放到了面对着书架那一侧的书桌边，给梁云笺安排得明明白白，“你坐这里，我坐你对面。”

梁云笺却否定了她的安排：“不行。”

陆云檀：“那你是想坐在里面？我坐外面也可以。”

梁云笺：“我们坐在一起。”

陆云檀迟疑了下："这样不太好吧？我承认我是有点魅力，但是……"

梁云笺在她的脑门上弹了一下："想什么呢？"

陆云檀揉了揉脑门："那你干吗要紧挨着我坐？"

梁云笺："不然怎么给你讲题？"

"哦……"真到了需要动真格的时候，陆云檀就蔫了，全然没有了刚才口头上喊着"我要学习了"的那股劲头儿，态度消极得很，"怎么讲呀？讲什么呀？我又没题。"

梁云笺："先讲英语期末考试的卷子？"

陆云檀脖子一梗："丢了，找不到了。"

梁云笺早就料到了会是这样："没关系，我带了。"

陆云檀还是不想学习："都快中午了，吃完饭再学呗，不吃饱哪有力气学习？"

梁云笺没再废话，直接搬起了凳子，绕到了书桌内侧，将凳子放在了另外一张凳子旁边，落座之后，不容置疑地对陆云檀说："快点坐下。"

哼！

臭书生！

陆云檀不情不愿地走到了他的身边，又不情不愿地让自己的屁股挨向了椅面，却还不忘讨价还价："不能一直学吧，人要学会劳逸结合。"

梁云笺一边从自己的书包里往外拿资料一边回："四十分钟之后休息十分钟。"

陆云檀立即拿起了手机，看了眼时间，十点四十分，然后立即定了个十一点二十分的闹钟。

梁云笺将她争分夺秒的行为看得清清楚楚，无奈地叹了口气："陆云檀，多学一分钟，不会死人。"

陆云檀："那可不一定，你要是敢拖堂，我当场死给你看。"

梁云笺再次叹了口气，将书包放在了一旁，把一张白色的纸推到了陆云檀面前："这几天的学习计划，你好好看一下。"

陆云檀惊呆了："你还有计划呢？"说着，她从桌子上拿起了那张纸。

写在纸张上的字迹很好看，一笔一画间带着说不出的气韵与傲骨，可谓是笔走龙蛇、铁画银钩。

陆云檀眼前一亮："你的字和周洛尘的字好像呀。"

梁云笺："我们是同一个书法老师教出来的学生。"

陆云檀："哦，这样呀。"她也知道梁云笺和周洛尘从小就认识，所以倒是不奇怪。

她又想起了什么，举起了纸页，对着阳光照了下，原本平淡无奇的纸页上浮现出了线条优雅的云纹。

陆云檀有些惊喜："是不是周洛尘给你的纸？"

梁云笺喉头一紧，放在腿上的双拳紧了又松，松了又紧，欲言又止了一次，最终也只能回答个："是。"

陆云檀有些小得意："我就知道，周洛尘最爱用这种纸了。"

他们的缘分就是从这种纸开始的呢。

第二章
/ 十五岁孟秋

那时高一刚开学，新生不仅要军训，同时还要肩负着大扫除和新生开学欢迎大会的表演任务。

当然啦，这两项任务是分开的，有才艺的同学负责准备节目，没才艺的只能负责大扫除。

陆云檀起初觉得自己是个有才艺的，于是满含自信地向当时的班主任上报了“形意拳展示”这项表演，然而那位班主任实在是有眼不识泰山，直接否决了她的节目，向年级长上报了另外两个女生的歌舞节目——否定她的节目就算了，竟然还安排她独自一人去打扫实验楼的卫生，实在是欺负人！

实验楼距离教学区远得很，一共六层，内部不仅有生物和化学实验室，还有美术、舞蹈和音乐教室。

陆云檀的值日任务就是打扫五楼音乐教室外面的那个走廊。

那天中午一点多，她拎着扫把、拖把和水桶去了实验楼音乐层，正不情不愿地拖着地，一缕悠扬的钢琴乐声如同和风细雨一般悄然而至，顷刻间弥漫了整条寂静走廊。

她鬼使神差地停下了拖地的动作，站直了腰，静悄悄地听着音乐。

走廊上阳光充盈，乐曲声清扬曼妙，给人一种置身春季田野的感觉：碧空如洗，青翠的田野无边无际，空气中带有泥土与青草的味道，清风拂过，撩起了耳畔的碎发，令人愉悦又令人陶醉。

她安安静静地听了一会儿，然后开始不老实地左顾右盼，试图寻找这曲钢琴乐的来源，因为她对能弹出这么好听的钢琴乐曲的人有点好奇，还有点小嫉妒——

在午间休息的时间，争分夺秒练钢琴的人一定是学生，并且一定是高一的新生，因为只有高一新生近期有节目表演，才需要抓紧时间练习。

她却只能灰头土脸地扫地拖地。

真是同人不同命。

面前的走廊很长，从北到南八间教室，她拎着拖把，一间接一间地找，最后在位于最南侧的那间教室门前停了下来——钢琴曲就是从这间教室飘出来的。

但教室的门却是锁着的，而且门上还没开玻璃窗。

于是，她绕到了窗户前，但这间教室和其他的音乐教室不太一样，这间教室更像是一间私人教室，窗户不是学校中常见的那种左右推开式，而是上下结构的里外推开式，能够朝外推开的仅是下半部分的窗户，仅能推出一个小角度，勉强能伸进去一只手。

透过这条小缝隙，陆云檀看到里面的窗帘是拉着的，但即便是不拉窗帘，她也无法看到教室里面，因为这扇窗户不是透明玻璃制造，而是单面镜，只有里面的人能看到外面，外面看不到里面。

这种设计让陆云檀联想到了前几天才听说的一件传闻：去年秋天，在建校六十年的庆祝大会上，一位搞音乐的老校友给学校捐赠了一台价值百万的钢琴。

所以，这间教室里面放着的，该不会就是那台价值百万的钢琴吧？

怪不得保密性和隐私性这么好呢，窗户都不敢开太大，不然被人钻进去搞破坏或者偷窃怎么办？

不过，如果传闻是真的，现在坐在里面弹琴的新同学还真是厉害呀，不然学校怎么可能放心地把这架钢琴的使用权交给他呢？

于是乎，陆云檀对这个人越发好奇了起来，想见识一下他是何方神圣。

但是……怎么样才能见到这个人呢？直接敲门？好像不太好，毕竟人家正在练琴呢，不能随便打断呀。

思来想去，她想到了一个好主意，将手中的拖把靠在了墙壁上，“哒哒哒”地跑到了四楼，进了一间开着门的美术教室，凭借着自身的“社交牛人症”，非常自来熟地朝人家正在练习素描的高三美术生借了一张白纸和一支铅笔，用铅笔在白纸上写了一句话：【你弹琴真好听。】

她猜测，按照正常人的逻辑思维，在看到如此恭维的一句话后，应该会非常开心，然后主动出门，和欣赏他的观众亲密会晤一番。

写好后，她把白纸叠成了小飞机，又用铅笔在飞机的小翅膀上写下了一句话：【来自你的忠实听众。】

把铅笔还给美术生后，她拿着小飞机返回了五楼。

在发射飞机之前，她还按照“国际惯例”对着纸飞机头哈了口气，然后通过窗户的缝隙将飞机扔了进去。

但可能是因为那人弹琴太专注了，所以一直没发现她的小飞机。

陆云檀只好抱着胳膊等，然而那人却迟迟不出现。

时间一分一秒地过去了，马上就要到军训集合时间，她非常无奈，只好匆匆地把走廊的地给拖完了，然后非常不甘心地离开了实验楼。

下午烈日炎炎，军训磨灭了她对钢琴曲的热情，一直到第二天中午她才想起来，自己还有件事没办完呢，于是在午饭后再次前往了实验楼。

但是今天没有钢琴曲了。

显然，昨天弹琴的人今天不在。

那间音乐教室大门紧闭，窗户也关上了，但是在外侧的窗台上，放着一只白色的小纸船，还是双头乌篷船，技术含量比小飞机高得多。

陆云檀感觉到了来自折纸技术上的碾压与挑衅，同时又觉得这位弹钢琴的同学有点意思，成功地引起了她的注意。

她轻轻地将纸船拿了起来，先认真地观摩了一下人家的折纸技术，然后才小心翼翼地将纸船拆开了。

那是一张长方形的白纸，上面用黑色的签字笔写着两个字：谢谢。

字迹行云流水，气韵傲然，很是好看。

此时，走廊上充盈着夏日阳光，恰到好处地映出了白纸上的优雅云纹，陆云檀不由得眼前一亮，感觉这纸真是漂亮极了。

她想：这位同学还真是个讲究人，我绝对不能输！

于是，陆云檀立即跑到了学校书店，准备也去买一沓这种带有云纹的纸，但是天不遂人愿，学校书店没有卖，她只好去网上买。也是在网上搜索的时候，她才知道，在古时候，这种带有云纹的纸，被称之为：云笺。

为了证明自己比他还讲究，所以陆云檀不止买了白色云纹纸，还买了许多其他颜色的云纹纸，顺便买了一本折纸书。

两天后的中午，快递寄到了学校门卫室，她直接在门卫室拆了快递，然后向门卫大叔借了一支圆珠笔，在最上方的那张浅黄色的纸上写：【你是男的女的？弹的这首曲子叫什么名字？】

然后，她又在门卫大叔恨铁不成钢的指导下，艰难地把纸叠成了纸鹤，急匆匆地跑去了实验楼。

新生欢迎大会在正式开学后的第一个周六进行，现在军训还没结束呢，所以她笃定那个人近一段时间一定还会去音乐教室练琴。

她是从南侧的楼梯上去的，还没上到五楼，就听到了悠扬的钢琴声，心里还有点小激动，于是加快了上楼的脚步，三步并作两步跑到了窗户口，将纸鹤从打开的缝隙间扔了进去。音乐声没有停，她老老实实地站在窗户外安静地聆听了一会儿，然后便悄无声息地离开了。

晚饭过后，夕阳如火，漫天金红。她直接从食堂跑去了实验楼五楼，但是那间教室门窗紧闭，外侧的窗台上也没留下任何东西。

显而易见，那位同学似乎不想继续这种无聊的“折纸传书”的行为。

但是陆云檀有些不甘心，还有点生气——折纸比赛才刚开始，谁让你单方面宣布结束的？那我的纸和书不是白买了吗？

她越想越不服气。

单面镜窗户上清清楚楚地映出了她的身影：身穿迷彩服的少女身形高挑纤细，原本白皙无瑕的皮肤被晒黑了一些，好看的眉毛气呼呼地拧着，红润的嘴巴微微噘起，脸上写满了不开心。

她不知道的是，此时此刻，一位身穿迷彩服的少年正站在教室内的窗户前，饶有兴致地欣赏着她的小表情，并且忍俊不禁。

她盯着窗户看了足有半分钟，然后不死心地将脸贴了上去，准备挑战光学原理，试图通过单面镜看清教室里面是否真的有人。

然而，她看到的只有自己的脸。

“噔噔噔！”

窗户突然响了三声，陆云檀吓了一跳，惊慌失措地朝后退了好几步，然后才意识到，自己被耍了！

教室内的少年却笑得不行。

陆云檀气冲冲地走回了窗户前，伸出右手，用力地拍着窗户，开启了一段经典鬼畜台词：“傅文佩，你别躲在里面不出来，我知道你在家！”

最后，陆云檀又不甘心地在窗户上捶了一拳，然后转身走人，顺带着甩了一句：“后会无期吧，不跟你玩了。”

少年猝不及防，还当她真的被气走了，下意识地想去开窗喊人，然而他才刚将窗户打开一条小缝隙，一张翻着白眼、吐着舌头、披头散发的女鬼脸忽然贴在了窗户上，还自带出场配音：“唔啊！”

少年毫无防备，瞬间松开了把手，接连往后退了好几步。

陆云檀看不到窗户里面的情况，但她觉得，里面的那位仁兄一定被她吓到了，随后她一边对着单面镜扎头发，一边骄傲地想：我可真是个小机灵鬼，竟然能想到回马枪战术。

重新扎好马尾辫后，她双手负后，一脸傲娇地看着窗户，开始指点江山：“这叫兵不厌诈，你多学着点吧！”

她眼角眉梢都是得意，恨不得把“你服不服我”这几个字全部写在脸上。

少年还从没见过这种毫不谦虚的人，正准备出门会一会她的时候，少女的声音忽然从门外传来：“在我没批准之前，不许出现在我面前，不然揍你！”

见了面就没意思了，不光没有了神秘感，折纸比赛也进行不下去了，她还没玩够呢。

说完，她转身走人，徒留给少年一个傲娇的背影。

第二天中午，陆云檀再次来到了实验楼的音乐层，没有钢琴声，但是在那间音乐教室的外侧窗台上，放着一只纸叠的狐狸，技术含量依旧超高，叠得惟妙惟肖的，搞得陆云檀都舍不得打开了。

但是不打开，就接收不到信息。

她只能心痛地将这只纸狐狸给拆开，同时在心里吐槽：哼，不炫技会死人吗！

展开后，依旧是那种带有云纹的纸，写在上面的字迹依旧好看：【美男，改编的《春日颂》。】

这什么意思?

陆云檀盯着这几个字看了好大一会儿，才想起来这是什么意思——他在回答她的问题——昨天中午，她在纸鹤上写的问题：【你是男的女的?弹的这首曲子叫什么名字？】

嘁，还美男，自恋鬼!

她试图按照折痕，将手中的云笺纸重新叠成狐狸，但是未遂，自己的技术实在不达标，只好将其叠成了方形，塞进了迷彩服的兜里，然后拿出了藏在裤兜里的手机，上网搜索《春日颂》。

没想到还是一首特别有名的钢琴曲，乐谱的创作人是一位享誉国际的现代钢琴家：梁顾。

这名怎么这么熟悉呀？

陆云檀继续往下翻网页，在看到“梁顾高中就读于东辅二中”这段话的那一刻，她终于想起来自己在哪儿见到过“梁顾”的名字了，还见到过他的照片呢！

她拿着手机在走廊上跑了起来。

这层楼的走廊上，每隔一段距离就贴着一张知名校友的大幅宣传照片。

陆云檀从走廊南端跑到了走廊中端，然后停下了搜索的脚步，抬头看向了教室对面的墙壁。

洁白的墙壁上，贴着一张海报大小的彩色照片。

照片上的那位身穿黑色西装、坐在钢琴前弹奏的男人，就是知名钢琴家梁顾。

照片下方还有他的个人简介以及代表作，其中之一就是《春日颂》。

陆云檀一边摸着自己的下巴，一边看着梁顾的照片，心想：又是弹钢琴的，又是老校友，还享誉国际，所以，那架价值百万的钢琴，该不会是这位梁顾老校友送的吧？

那得多优秀的人，才有资格改编梁顾的曲子，并且用梁顾送的钢琴表演节目呀？不怕演砸吗？

学校也真是够放心的，毫不在乎梁顾老校友的感受。

当天上晚自习的时候，陆云檀又拿出了一张云笺纸，用黑色签字笔在上面写：【你用梁顾的钢琴，还擅自改编梁顾的曲子，不怕他知道吗？】

写完这句话后，她本想立即开始折纸，但忽然间又想到了什么，立即拿起笔，另起一行补充：【你要是长得不好看，就是欺诈！】

其实她并没有对折纸艺人的长相抱有很大期望，因为自称美男的人，一般都长得不怎么样。

但是长得好不好看无所谓，灵魂有意思才是最重要的，而且人家还有弹钢琴的才华呢，所以她愿意继续和他进行折纸比赛。

放下笔之后，她按照折纸书上教的步骤，将这张云笺纸叠成了一架钢琴，在第二天中午，将纸钢琴放在了音乐教室外的窗户台上。

下午吃过晚饭，她又去了实验楼，在音乐教室外的窗户台上，看到了一架纸轮船。

打开后，上面用铁画银钩的字迹写着两句话。

第一句：【那是他的荣幸。】

第二句：【不敢欺诈，怕挨揍。】

陆云檀决定在新生欢迎大会上和民间折纸艺人见面，她也提前通知了折纸艺人，让他做好心理准备。

新生欢迎大会周六举办，周一那天，她用一张白色的云纹纸，将“通知书”叠成了小兔子的模样，在中午的时候放到了音乐教室外面的窗台上，上书：【你信不信我一眼就能在新生大会上把你找出来？】

下午，她收到了一个折成五角星的回执单：【钢琴节目只有一个，还是单人独奏，你要是找不出来，趁早绝交吧。】

嘁！

晚上自习课，她又拿出了一张红色的云笺纸，咬着笔头纠结了好久，最终鼓起勇气在上面写：【到时候给你送束花。】

虽然她和折纸艺人从来没有见过面，但不可否认，她对他是有些喜欢的，像是喜欢干净的阳光，喜欢清爽的雨露，喜欢蓝天和云朵那样的喜欢。

阳光摸不到，雨露不可捕捉，蓝天和云朵距离遥远，却能够令人一想到就倍感舒适，并且满心欢喜。

就是不知道折纸艺人对她是什么感觉？

应该会觉得和她相处很舒服吧？不然干吗要一直和她进行折纸比赛？再说了，折纸艺人每天都能站在窗户后面看到她，如果对她感到不满的话，早就和她断绝来往了吧？

再说了，她长得那么好看，他凭什么对她感到不满？

如果是的话，那就是他眼瞎，必须治，治好才行！

怀揣着这样一种霸道不讲理的态度，陆云檀开始按照折纸书上教的步骤进行手工艺术。

她本是想将这张红色的纸折成浪漫的玫瑰花，但是吧，这玩意儿实在是太难折了，翻来覆去地折了无数遍都没成功，她差点就把书给撕了。

最后，她索性选择了放弃，但是那张纸已经变成了皱皱巴巴的模样，再想折别的也不可能了。于是乎，她愤然不已地将那张印有折玫瑰教程的书页撕了下来，再次拿起了笔，在皱巴巴的云笺纸上补充：【给我折它！】

然后，她将云笺纸和书页叠在了一起，卷成了纸筒，并用绳子系上了。

到了周二中午，她将纸筒放在了音乐教室外的窗台上，然后回了寝室。

一寝室八人，女孩子们聚在一起有聊不完的八卦。

四张上下铺，陆云檀住在靠近门口右侧的那张床的下铺。

午间熄灯时间还没到，暂时只有四个人回了寝室，陆云檀正盘着腿坐在床边吃冰激凌，睡在她上铺的那个叫王晓雨的女生忽然打开了话匣子：“哎，你们知不知道九班的梁云笺和十班的周洛尘是发小？”

陆云檀吃完了最后一口冰激凌，好奇地问：“他俩是谁啊？”

王晓雨从上面探了一颗脑袋下来，长发披散，语气恨铁不成钢：“这你都不知道？”

陆云檀都被问蒙了：“我、我应该知道吗？”

王晓雨：“他俩可是咱们年级的风云人物，你竟然毫不关心。”

陆云檀：“这才刚军训结束，他俩怎么就成风云人物了？”她心中微微有些不服气，因为她还没成为风云人物呢，竟然被这俩人捷足先登了！

睡在她对头的女生叫徐梦梦：“因为长得帅呀！”

竟然还能因为帅变成风云人物？

这什么道理嘛？

陆云檀一脸不屑：“能有多帅？”

上铺王晓雨：“帅到有高二高三的女生来问他俩要联系方式，还有人给他俩起了个组合名，叫‘二中双璧’。”

陆云檀心想，不至于吧？

徐梦梦：“你就没在食堂里见过他俩？”

陆云檀实话实说：“没啊，一次都没。”

住在王晓雨对侧上铺的女生于小鹿忽然加入群聊：“你每次吃饭都那么快，吃完就跑，能见到他们俩才怪呢。”

徐梦梦好奇地看着陆云檀：“你吃完饭也没回寝室呀，去哪儿了？”

王晓雨：“还天天醉心折纸，说，是不是有什么情况但没告诉我们？”

陆云檀傲娇地哼了一声，拉开夏凉被躺在了床上：“不告诉你们！”

她才不要把折纸艺人介绍给别人呢，因为那是她发现的宝藏，必须藏好，免得被别人惦记上。

“她这绝对是有情况！”王晓雨对着另外两人斩钉截铁地说。

徐梦梦附和道：“怪不得对美男视而不见呢。”

于小鹿：“不见就不见吧，美男也没什么好的。”

陆云檀：“你俩看看人家于小鹿这思想觉悟！”

于小鹿：“不是，我的意思是高岭之花我摸不到才不好，要是能摸得着，那可真是太好了。”

陆云檀：“……”

徐梦梦和王晓雨都笑了，然后徐梦梦八卦了一句：“有人能摸得着他俩吗？”

王晓雨：“没有。”

陆云檀有些诧异：“你怎么知道的？”

于小鹿：“我们初中一个班的。他俩在初中的时候就是风雨人物。”

王晓雨：“这么说，你们都是二中本部的学生？”

于小鹿：“对呀。在中考前学校一直追着他俩签协议，直接保送本校高中部重点班。”

陆云檀：“还能让学校追着签协议，他俩成绩挺好呀。”

于小鹿：“何止是挺好，是好得不得了，梁云笺称霸年级第一，周洛尘千年老二。”

陆云檀有点同情周洛尘：“姓周的也太惨了。”

王晓雨也是一样：“要是有个人每次考试都压我一头，我得憋屈死。”

于小鹿：“但他俩关系挺好的，确实是发小，周洛尘他妈每次来学校给周洛尘送吃的喝的，都会给梁云笺带一份。他们俩还都会弹钢琴，有一次学校演出，我们班主任安排他俩四手联弹，那效果，简直绝了，燃炸全场。”

陆云檀听到“钢琴”这两个字后，直接从床上坐了起来：“他们俩有谁报名参加咱们的新生表演吗？”

于小鹿：“我不知道呀，不过应该有吧，毕竟他们俩在初中部的时候那么出名，咱们年级长还能放过这两个人才？”

陆云檀：“我听说只有一个钢琴节目，还是单人独奏，那人会是谁呀？”

于小鹿耸了耸肩："我还真不知道。"

王晓雨忽然想到了什么："八成是梁云笺。"

陆云檀"噌"地从下铺站了起来，踩着床板边沿，扒着上铺的栏杆问："你怎么知道？"

王晓雨被忽然冒出来的陆云檀吓了一跳："你吓死我吧！"

陆云檀嘻嘻一笑："我下午给你接水去。"

王晓雨："你怎么忽然对这事这么感兴趣？"

陆云檀眼也不眨地说："你看，他们俩都会弹琴，但是只有一个人被选拔上了，说明里面存在着竞争呀，不是梁云笺赢了周洛尘，就是周洛尘赢了梁云笺。"

王晓雨："你这分析得还挺刺激。"

陆云檀："所以你为什么觉得是梁云笺赢了？"

王晓雨："我听他们班人说的呀，梁云笺好像有个节目。"

陆云檀立即追问："什么节目？"如果是钢琴独奏的话，那就确认无疑是他了！

王晓雨："这我就不知道了。"

"好吧……"陆云檀若有所思地缩回了自己的下铺。

这时，余下的四位女生也一起回来了。

没过多久，午休时间到，寝管查寝，要求所有人不许说话，闭灯休息。

但是陆云檀无论如何也睡不着了，满脑子想的都是：到底是不是梁云笺呢？

其实到了周六一切就会水落石出，但她的好奇心大过了耐心。

下午，第一节下课后，陆云檀拉上了王晓雨，让她陪着自己去三楼接水。

王晓雨无语死了："咱们四楼的水不够你喝？"

陆云檀："我想去看看梁云笺和周洛尘长什么样。"

王晓雨一边陪着她下楼一边吐槽："你中午不是还对人家不屑一顾吗？现在又要去看，真是个奇怪的女人！"

陆云檀："我就是好奇嘛。"

王晓雨："三楼都是重点班，说不定人家下课后都不出来，全都在班里学习呢，你也见不到。"

陆云檀不死心："碰碰运气。"

一层楼四个班，梁云笺所在的九班紧挨着西侧楼梯，陆云檀拉着王晓雨从西侧楼梯下了楼。

九班门前的走廊上，站着几位身穿夏季校服的男生。

二中的校服是经典款运动校服：校服的裤子和上衣领子是浅蓝色的，其余地方是白色，左胸口处印着学校的校徽，下面写着：东辅市第二高级中学。

在大家都穿同一套衣服的时候，谁长得好气质佳，谁就拥有了极大的优势。

在那几位男生中间，有一位少年的外形极为出众，形如芝兰玉树，神若朗月清风，哪怕是穿着平平无奇的校服，也无法掩盖他身上的那股贵气，陆云檀一眼就注意到了他。

走在身边的王晓雨忽然用胳膊肘戳了戳她："九班门口最高的那个就是梁云笺。"

那位外形出众的少年，就是最高的一位。

陆云檀心想：确实是一位美男。

这时，那位少年忽然朝这边看了过来，本是漫不经心的一眼，但是在看到陆云檀的那一刻，他不由得一怔。

瞬间，陆云檀的心中已经隐隐有了答案。

她赶忙别开了自己的目光，昂首挺胸地从他面前走了过去，并且为了掩盖自己是特意来看他的事实，又面不改色地对王晓雨说了句："走，接水去！"

这句话，相当的欲盖弥彰。

少年的目光一直定格在少女窈窕的背影上，目不转睛。

旁边的男生忽然用胳膊肘捅了他一下："你看什么呢？"

梁云笺这才回神，不由得扬起了嘴角，眼底似乎藏着星光："没什么。"

陆云檀本来还想顺便看看周洛尘长什么样，但是十班门口没人，索性也就放弃了这个想法。

但是在即将走到水房的时候，忽然迎面走来一位身形挺拔的男生，帅气的眉宇间带着几分不羁与桀骜，与梁云笺那种贵公子气质截然不同。

王晓雨小声对陆云檀说："他就是周洛尘。"

陆云檀："是挺帅啊。"

王晓雨："那不废话嘛。"

周洛尘并没有与她对视，目不斜视地与她擦肩而过，周身萦绕着一股令陆云檀陌生的气息。

这一刻，她忽然确定了，折纸艺人一定是梁云笺。

晚自习，她选了一张黄色的云笺纸，在上面写道：【哼，我肯定能认出来你，送什么花呢？狗尾巴草吧！】

她把这张纸叠成了威风凛凛的小老虎。

她本想在周三中午将小老虎送过去，谁知道学校领导下午两点要突击检查全校卫生，她来不及去实验楼，吃完午饭就跑回班里参加大扫除了。

下午两节课，紧跟着是一节大自习，五点半大自习下课，在其他同学急匆匆地赶往食堂的时候，她去了实验楼。

音乐教室在五楼，上到二楼的时候，迎面下来了两位身穿校服的女生，在聊校园八卦，其中一位长头发的女生说："我一打开门就看见走廊里躺着一个人，差点吓死了。"

短发女生："幸亏你们当时在隔壁打扫卫生，不然谁能发现？"

实验楼的卫生工作由三个年级轮流负责，上次是高一，所以陆云檀猜测，她们俩一定是高二的学姐。

长发女孩又说："学校还不让我们卫生小组的人往外说这事。"

短发女生："他不是自己晕倒的吗？学校为什么不让说？"

"怕引起不良影响吧，毕竟是在学校里面出的事，闹大了不好跟家长交代。"

"也是……"

陆云檀与她们俩擦肩而过，默默地听完了这段不能为外人所知的秘密八卦，心想：高二的学习压力有这么大吗？竟然都累晕过去了，我以后可不能这样，身体才是革命的本钱。

然后，她就把这件事抛之脑后了，继续上楼，没能听到长发女生之后说的那句话——"那个男生的手里还紧攥着一团红色的纸，像是玫瑰花，晕倒了都没松手。"

陆云檀很快就蹿到了五楼。

充盈着夕阳的走廊很安静，没有钢琴声，那间教室门窗紧闭，似乎是没人。

窗台上空无一物，她没有见到预想中的纸叠玫瑰花。

看来真的很难叠，连折纸艺人都被难倒了。

她轻叹口气，将纸老虎放在了窗台上，正准备转身离开的时候，忽然想到：他会不会又躲在了窗户后面？

然后，她假意离开，再次杀了个回马枪，朝着窗户做了个鬼脸。

然而窗内却迟迟没有回应。

看来，是真的不在。

陆云檀有点失落。

到了周四的中午，她又去了实验楼，窗台上依旧什么都没有，音乐教室的大门洞开着，里面空空荡荡。

陆云檀蒙了。

刚巧这时路过了一位老师，陆云檀立即问了句："老师，里面的钢琴呢？"

老师回了句："搬到体育馆了，后天有演出。"

怪不得呢。

陆云檀终于放心了："谢谢老师！"

她有些开心。

到了后天，她就可以光明正大地和梁云笺见面了！

然而周五下午，也就是新生欢迎大会的前一天下午，高一教学区门前的通知栏上，贴了一张明天演出的节目单。

钢琴节目确实只有一个，单人独奏。

演奏者：周洛尘

演奏曲目：《春日颂》

看到节目单的那一刻，陆云檀呆若木鸡，第一反应竟然是：怎么可能是周洛尘呢？

她的第六感一直在强烈地、不断地告诉她，那个人一定是梁云笺，但现实情况与她的第六感截然相反。

一时间，她竟有些接受不了——既然不是梁云笺，那天她上楼接水的时候，他为什么会流露出那种惊讶的眼神呢？如果是周洛尘的话，他为什么会对她视而不见呢？

周洛尘给她的感觉太陌生了，陌生到她无法将他和“折纸艺人”联系在一起。

感觉不对，哪儿哪儿都不对。

陆云檀遭受了极大的冲击，呆愣愣地在通知栏前站了许久，才逐渐接受这个事实，但心头依旧会隐隐地浮现出梁云笺的身影。

新生欢迎大会在周六早晨八点开始。早晨五点五十分，寝室的灯一亮，陆云檀就起了床，骑着电动车离开了学校。

她答应过折纸艺人，会在他表演结束后给他送一束花，虽然她现在还不能完全确定折纸艺人是谁，但绝对不能食言。

她绕着学校周围找了一圈，终于找到了一家开门比较早的花店。

她将电动车停在了花店门前，然后打开储物箱，从里面拿出了一把昨晚刚从操场后面的小树林里采摘出来的新鲜狗尾巴草——说送狗尾巴草，就必须送！

她拿着狗尾巴草走进了店里，对那位正在拿着剪刀修剪花枝的店员小姐姐说：“能帮我在这把狗尾巴草里面加九朵玫瑰花吗？”

店员小姐姐都蒙了：“你确定要用狗尾巴草？”

陆云檀点头：“我很确定。”

小姐姐还想努力地矫正一下她的品位：“一般常用星星花装点玫瑰，这样会比较好看。”

陆云檀态度坚决：“我就要用狗尾巴草。”

小姐姐：“那、行吧……”她又询问，“你要用什么价位的玫瑰？”

陆云檀：“都有什么价位的呀？”

小姐姐：“九块到一百元的不等。”

陆云檀犹豫了，妈呀，竟然这么贵！

她细细地算了一笔账，哪怕是买九朵九块钱的，也要用掉八十一块钱，她一周的生活费才一百五，相当于二分之一的生活费了。

想了想，她又问了句：“有什么不同吗？”

小姐姐：“品种不同呀，越贵的花品种越好，色相和品质也越好看。”

陆云檀陷入了纠结之中，思考了大概有整整一分钟的时间，她一咬牙，一狠心：“那我不要九朵了，要一朵一百的。”

小姐姐：“也行，效果应该不错。”

陆云檀："包装要钱吗？"

小姐姐："看你用什么样的包装纸了，便宜的两块，贵的十块。"

一百五的生活费已经没了一百，剩下的五十，必须省着花呀，哪怕是省两块呢！

陆云檀开始还价，先甜甜地喊了声："姐姐。"然后才说，"你能送我一张吗？送什么价位的随你，只要是你包的我都喜欢。"

小姐姐笑了："行，送你张五块的。"

超额完成省钱任务！陆云檀开心得不行："你真是人美心善！"

在店员小姐姐包花的时候，陆云檀去了隔壁早餐店，从校服口袋里拿出来一张购物清单，按照室友在单子上写的要求，买了八份早餐——住校多日，学校食堂的饭再好吃也吃腻味了，更何况还不怎么好吃，所以偶尔提高一下生活质量还是有必要的。

买完早餐后，她把早餐放进了电动车储物箱，然后去花店交钱拿花，又骑车回了学校。

周六早晨校门卫查岗不严，所以进出比较方便，平时的话就比较严格了，必须出示走读证或者请假条才行。

周六早晨也不用上早读，她们可以在寝室待到七点半。

陆云檀拎着八份早餐回到寝室的时候，时间才刚过六点四十，其他七位室友全都起床了，正在各忙各的事，面积不大的寝室里看起来还有些拥挤。

陆云檀将早餐放在了寝室中央的长桌上，然后拉开凳子坐在了桌边，又从兜里拿出来那张清单，开始吆喝："一个一个来啊，一手交钱一手交货，少一分都不行！于小鹿不用交钱，我请你吃早餐。"

于小鹿正在铺床，笑着说："不用，我一会儿就把早餐钱给你。"

王晓雨刚从阳台里出来，手里还拿着刷牙杯，不满地看着陆云檀："怎么着你还搞差别待遇呢？"

陆云檀："于富婆借了我一百五十块钱，我拿人家手短。"她这周的生活费只剩下十五块钱了，根本买不起玫瑰花，只能找人借。

王晓雨："你可真诚实。"

"做人必须诚实。"陆云檀又对于小鹿保证，"周一我一定还你钱。"

于小鹿："没事的，我不着急，你什么时候还都行。"

陆云檀羡慕死了："你的手头一定很宽裕。"她从小到大都没有存钱的习惯，有多少花多少，所以她妈经常喊她败家子，一直在严格地控制她的零用钱数目，从而导致她时常捉襟见肘，只能去找她哥哭穷——之所以不找她爸，是因为她爸比她还穷。

王晓雨眼尖，最先注意到了桌上的玫瑰花："哟！不得了了呀！"

此言一出，其余六人瞬间停下了手头动作，齐刷刷地看向王晓雨，跃跃欲试地等待着"吃瓜"。

王晓雨伸手指着陆云檀："她，收到了一束玫瑰花！"

"啊啊啊！"

六人的尖叫声此起彼伏的，陆云檀头都大了一圈，只好说道："我在垃圾桶旁边捡的花。"

王晓雨："捡的花能这么干净？"

陆云檀理直气壮："你看谁送人家花的时候会送一把狗尾巴草？"她昨晚摘完狗尾巴草之后就直接藏在了电动车的储物箱里，所以寝室里面没人知道狗尾巴草就是她摘的。

王晓雨拿起花束仔细一看，这才发现玫瑰花周围的点缀品真是狗尾巴草，当即无语到了极点："怪不得被抛弃呢，我要是收到一把狗尾巴草，我也给它扔进垃圾桶。"

陆云檀不可置信地看了眼大家。

不至于吧？

就这么嫌弃狗尾巴草吗？

折纸艺人应该不会嫌弃吧？

学校要求全体高一新生七点半准时在各班教室集合，然后由各班班主任带领着前往体育馆。

陆云檀将花束装进了一个包装袋里，拎在手中，一路上没有被任何人发现。

到了体育馆后，各班人按照早就划分好的区域坐好。

八点整，演出正式开始。

第一个节目是校领导们无聊的演讲，所以，陆云檀从第一个节目就开始犯困了，手肘支着腿，手心托着下巴，眼皮不住地打架。

之后的所有表演，她都看得索然无味。

一直到主持人报幕：“接下来，请欣赏钢琴独奏表演，演出者，高一（10）班周洛尘，演出曲目，《春日颂》。”

陆云檀瞬间清醒，与此同时，体院馆内响起了如潮水般热烈的掌声——长得好看又有才华的人，在哪儿都有极高的关注度。

陆云檀拎起了那个放在脚边的袋子，以上厕所为由离开了座位，从体育馆外层与内层之间的走廊上绕到了后台。

后台旁边有一道门，正对着舞台的右侧，所有演出结束的人都会从这扇门离场。

陆云檀站在门内，微微地抿着唇，茫然不已地望着聚光灯下的周洛尘。

他今天穿了干净整洁的白衬衫与黑色西服裤，身姿笔挺地坐在黑亮的钢琴前，修长的十指在黑白琴键上娴熟弹奏着，悠扬曼妙的琴声在他手下袅袅不绝。

陆云檀不可否认，周洛尘正在弹奏的这首曲子，确实是她所熟悉的《春日颂》，可是在感觉上，又与她平日里所听的那首《春日颂》略有些不同，但具体是哪里不同，她也说不上来。

舞台上的人，只令她感到陌生。

不知不觉间，演出结束，周洛尘谢幕后，走下了舞台。

陆云檀的脑子里瞬间乱成了一锅粥，在周洛尘走到她面前的时候，她仓皇地举起了手中的花：“送、送你的。”

周洛尘的脚步一顿，先看了一眼陆云檀，然后又看了看她手中的花，无奈一笑：“真是狗尾巴草？”

陆云檀先是一怔，忽然乐开了花——狗尾巴草的事情只有她和折纸艺人知道，周洛尘如果不是折纸艺人，怎么会知道呢？所以，他一定是！

她内心的疑虑瞬间被打消了，用力地点头：“对呀，我从不骗人！”

周洛尘接过了那束狗尾巴草包围着的玫瑰花，仔细打量了一番：“挺别致。”

陆云檀有点不好意思，笑得十分赧然，双眸却漆黑明亮，像是星星一样闪闪发光。

她也没有说话，满心期待地等待着他主动问自己要联系方式。

然而，周洛尘却没有这么做，反而将玫瑰花还给了她，漠然道：“但是我不喜欢。”

如同被人狠狠地扇了一巴掌，陆云檀错愕不已，难过与委屈的感觉如水般在心间蔓延开来，渐渐红了眼眶。

周洛尘头也不回地离开了这里，刚转过一个拐角，就撞到了迎面而来的梁云笺，诧异万分：“你不是在医院吗？”

“演出……演出结束了？”梁云笺是跑着过来的，脸色微微有些苍白，上气不接下气。

周洛尘：“刚结束，我替你上的场。”

梁云笺如遭雷击，呆若木鸡地看着周洛尘。

周洛尘面不改色：“年级长安排的。”他又抬起右手，用拇指朝自己身后示意，“刚有个女孩把我认成你了，我没收她的花，估计现在正难受着呢。”

梁云笺呼吸一滞，下意识地想去找她，想跟她解释清楚。周洛尘却忽然问了句：“你什么病呀？严重吗？”

梁云笺的脚步一僵，瞬间定在了原地。

周洛尘知道自己猜对了：“等病好了再说吧，不然多伤人心。”

梁云笺薄唇紧抿，死死地攥着左手，小臂微微颤动，手背上根根骨节泛白；右手却不敢收动分毫，因为在这只手的掌心中，有一朵纸叠的红玫瑰，是她想要的那种红玫瑰。

但其实，他根本不会叠玫瑰，对着她给的那张书页，学了整整一个通宵，用废的红色云笺纸铺了满床，室友还调侃他。

直至天光大亮，他才成功地叠出了一朵红玫瑰。

却没有送出去。

手心中的这朵玫瑰，已经是他叠的第二朵了。

还有送出去的机会吗？

大概是，没有了吧……

他自己都不确定自己能活多久，何必再去叨扰她呢？

梁云笺绝望地闭上了眼睛，深深地吸了一口气，又长长地吐了出来，再次开口时，低沉的嗓音微微沙哑：“窗台上的东西给我。”

周三那天，他已经入院，没有机会去音乐教室，所以没能拿到她送来的折纸，只能让周洛尘去帮他取。

周洛尘却说：“窗台上没东西，那天大扫除。”

梁云笺：“不是中午大扫除吗？”

周洛尘：“但是校领导下午检查呀，哪个领导检查卫生的时候允许窗台上有东西？”

梁云笺无话可说。

但能不能拿到那件折纸，对他来说已经没有意义了。

他没有那个命。

第三章

/ 女侠与书生

陆云檀不是那么容易放弃的人，只要她喜欢，就会去追求、去争取，绝不给自己抱憾终生的机会。

她的人生信念就是：今朝有酒今朝醉。

不然到了明天，可能就没了，毕竟谁都不能确定“明天和意外”哪个先来，不如随心所欲地过完每一天。

所以，从那天开始，她就开启了一段漫长的锲而不舍地接近周洛尘的人生道路。

她先通过于小鹿要到了周洛尘的微信，但是周洛尘不通过她的好友申请。没办法，她只能曲线救国，又去找于小鹿要到了梁云笺的微信，因为梁云笺是周洛尘的铁哥们儿，如果能和他打好关系，再接近周洛尘就方便了。

但是在向梁云笺发送好友申请之前，陆云檀的内心是有些忐忑的，因为于小鹿说梁云笺这人特冷漠，从不随便加陌生女生的微信，所以陆云檀有点担心梁云笺不会搭理她。

然而事实证明，梁云笺这人也没有传说中的那么冷漠，在等待了一天一夜之后，他终于通过了她的好友申请。

虽然很纳闷他为什么需要考虑一天一夜之久，但能够加上他的好友，陆云檀就已经很开心了，毕竟已经朝着成功迈出了最重要的一步。

陆云檀也是一个很能沉得住气的人，刚和梁云笺成为微信好友的时候，并没有直接向他索要周洛尘的联系方式，而是先和他交朋友，不然显得自己太急功近利了。

等到和梁云笺熟悉了之后，她才“图穷匕见”，问他能不能把周洛尘的微信推给她。

她本以为梁云笺会先问问她为什么要周洛尘的联系方式，但梁云笺这人，比她想象中的还要善解人意，像是早就料到了她会这么干似的，二话不说就把周洛尘的微信号推给她了，同时交代了一句：“不要随便推给别人，他不喜欢被打扰。”

她信誓旦旦地保证：“放心吧，绝对不会！”

再说了，她又不傻。

她的宝藏，必须好好珍藏着才行。

加上周洛尘的微信之后，她成功和他建立起来了好友联系。

但是周洛尘这人特别奇怪，人前人后两副面孔，无论微信上他们俩聊得多么热火朝天，在学校里面从不会主动跟她打招呼，每次见到她都是一副冷冰冰的模样，仿佛压根儿跟她不熟。

所以，陆云檀每次在学校见到他，都有一种和网友见面的感觉，尴尬、陌生、不知所措，还没和梁云笺相处起来自然，即便她硬着头皮主动去和周洛尘打招呼，换来的也只是一些不冷不热的回应。

“你说，周洛尘不会是有社恐症吧？”陆云檀把梁云笺给她的计划表扔到了一边去，对学习这件事毫无兴趣，一心只想搞明白周洛尘这个谜一样的男人，“在二次元世界里勇往直前，无话不说，现实生活中却截然相反，沉默寡言？”

梁云笺叹了口气，把一套英语卷子推到了她面前，不容置疑：“四十分钟做完阅读理解，做不完不许休息。”

陆云檀白了他一眼。

还限时?

她愤愤不平：“你真是个无趣的臭书生！”

梁云笺面不改色看了一眼腕表：“还有三十八分钟。”

哼!

她不情不愿地拿起了笔，却没有老老实实地做卷子，开始挑刺：“四篇完形填空呢，四十分钟根本不够。”

梁云笺早就料到了让她学习没那么容易，处变不惊地回答：“高考阅读正常的答题时间就是四十分钟。”

陆云檀：“可是我只剩三十八分钟了。”

梁云笺：“这是你做过一遍的卷子。”

陆云檀扫了眼A篇阅读理解：“是吗？我怎么一点印象都没有。”

梁云笺深吸了一口气，努力地保持心情愉悦：“这就是期末考试卷。”

“哦。”陆云檀还理直气壮了起来，“可是我只考了39分呀，没有印象是很正常的。”

梁云笺保持心情愉悦失败：“陆云檀，现在、立刻、马上开始学习。”

陆云檀不服气地哼了一声，却没有再磨叽时间，终于开始做卷子，却一直噘着嘴，两条好看的眉毛还倔强地拧着，脸上都写满了“不情不愿”这四个字。

梁云笺都被她这副表情给气笑了，无奈地叹了口气，从书包里拿出来一套英语卷，开始和她一起答题。

落后分子被积极分子镇压之后，书房里面安静极了，仅剩下两人的翻卷答题声。

梁云笺用了不到二十分钟的时间就做完了四篇阅读理解，然后看了一眼身边的陆云檀，差点被气死——二十分钟了，一篇阅读都没写完，竟然还在抠橡皮。

他努力地使自己保持冷静：“陆云檀，学习很难吗？”

陆云檀抬头，实话实说：“我不喜欢学英语。”

梁云笺微微蹙眉，询问：“为什么不喜欢？”

陆云檀：“没兴趣，而且我以后又不打算出国，也没打算读英语专业，为什么要学英语？为了考试学英语，纯粹是浪费时间。”

梁云笺想了想，很认真地回答：“教育部要求学生学英语，不是为了给我们增加考试压力，而是希望祖国的未来能够越发繁荣昌盛，能够与国际接轨，能够对外输出我们的优秀文化，同时学习西方的先进技术，师夷长技以制夷。少年强则国强，所以我们必须学英语，无论以后是否出国。”

陆云檀怔住了，内心微微有些震撼。

忽然想到了那幅挂在自家武馆中的《少年中国说》——

“少年强则国强，少年智则国智，少年富则国富，少年独立则国独立。”

我也是少年呀。

好吧，那我就学英语。

为了“师夷长技以制夷”。

陆云檀终于拿起笔，开始心甘情愿地做题，但是几秒钟后，她又忽然抬起了脑袋，一脸愧色地看着梁云笺：“没想到你这么有格局，心怀天下，我以后再也不喊你臭书生了。”

梁云笺无奈一笑：“喊什么随你，只要你能好好学习。”

“那好吧，臭书生。”

陆云檀得意一笑，终于开始老老实实地做卷子。

到了十一点二十分，陆云檀定的“下课铃”准时响起，那时她B篇阅读还没做完，四道选择刚做完三道，还差最后一道。

是继续写完这一道呢，还是先休息呢？落后分子陆云檀心里犯了难。

梁云笺十分了解陆云檀，叮嘱道：“把最后一道题写完再休息。”

陆云檀瞟了他一眼，开始抬杠：“高考结束的铃声响起后就不能再落笔了。”

梁云笺反将一军：“你也知道？既然知道为什么还在考试期间抠橡皮？”

陆云檀一下子就趴在了桌子上，紧紧地闭上了眼睛：“你拖堂了，我死了，十分钟后才会复活。”

严格执行“你敢拖堂我当场死给你看”原则。

梁云笺又气又笑：“快点起来。”

陆云檀把眼睛睁开了一条小缝：“提前复活我需要一张激活卡。”

梁云笺笑着问：“怎么得到激活卡？”

陆云檀：“陪我出去玩十分钟。”

归根结底，还是想出门撒欢儿。

梁云笺也看出来了，要是不让她休息十分钟，她不可能继续学习，索性答应了她：“行。”

陆云檀一下子就从凳子上弹了起来：“走吧！”

梁云笺起身：“去哪里？”

陆云檀：“一进院！”

随后，她领着梁云笺去了武馆所在的一进院。

那位蘑菇弟子住月亮门东边的那间小倒座房里，但由于天热的原因，他缩在空调房里没出来。

院子里摆着许多练功用的器械，有大小不一的木人桩，还有高低不一的梅花桩。

头顶烈日炎炎，院子里的一切都被晒出了将要融化的感觉。

陆云檀却一点也不嫌热，站在院子中间，摆出了一个标准的三体式站桩动作，一脸眉飞色舞地看着梁云笺：“你知道什么是形意拳吗？”

梁云笺知道，但他心里清楚，不能回答“知道”，不然很有可能会被挑刺：“哟，懂得不少呀，那你来讲讲呀？”但也不能回答不知道，不然会惹她不高兴，然后得到这样的奚落：“喊，你连形意拳都不知道？真是孤落寡闻。”

所以，他只能回答：“略有耳闻，懂得不多，你能给我讲讲吗？”

陆云檀正有此意：“好呀！”然后开始兴冲冲地科普，“顾名思义，形与意相结合的拳法，就是形意拳，我爸就是教形意拳的，正统传人呢！”

梁云笺：“很厉害！”

陆云檀：“当然厉害啦！武林上有句老话是这么说的，太极十年不出门，形意一年打死人。不过‘打死人’这个说法可能夸张了一些，但也充分说明了形意拳的独到之处。不需要像太极一样修内功，学一年就能横行江湖！”她扬扬得意地看着梁云笺，“怎么样，你要不要跟我学？”

梁云笺忍着笑意：“檀女侠的武功如何？”

“我可是全国武术比赛的冠军！”陆云檀挥臂出拳，当空击打出去，拳风烈烈，胯肩同转，衣袖无风自动，“形意拳，脱枪为拳，心意六合，即心与意合，意与气合，气与力合，肩与胯合，肘与膝合，手与足合。

“形意拳以三体桩功为基础，五行拳为其核心，分为劈、钻、崩、炮、横。”说着，她抬步前移，做劈斧状齐挥双臂，“这招叫作劈拳，阻挡敌人进攻的同时劈其后脑。”每说出一个招式，她就会认认真真地演示一番，身法灵敏，细腰柔韧，拳法快而有力，“钻拳为水，无孔不入，破其软肋；崩拳好似离弦箭，势如连珠；炮拳属火，形似炮炸；横拳似梁，可破崩拳。”

她穿着一身白色练功服，在阳光的照耀下泛着刺目的流光。梁云笺却看得目不转睛，神色极为专注，很长时间才会眨一下眼睛。

演示完一遍过后，陆云檀的额头上已经冒出了细汗，白皙的脸颊也被热红了，却一点也不觉得累。她双手负后，下巴微扬，傲娇十足地看着梁云笺：“怎么样，我厉害吧？”

梁云笺点头："厉害极了。"

陆云檀满意地勾起了嘴角。不过她还没显摆够呢，正准备继续给梁云笺演示十二形拳，谁知院门忽然被推开了，她妈和她哥买菜回来了。

陆云檀立即喊了声："哥，把你扇子扔给我呗，让我扇扇风！"

陆云枫懒得看陆云檀，直接把手里的扇子甩了过去，陆云檀抬手抓住了飞来的扇子。

陆云枫一边朝着厨房走，一边不冷不热地说："遇到个傻子真不容易，赶紧好好显摆一下，反正傻子愿意捧场。"

"嘁！就你最烦人！"甩开扇页后，陆云檀走到了梁云笺面前，一边给他和自己扇风，一边小声嘀咕，"别理他，他毒舌得很，活该他二十四岁了还单身。"

梁云笺抬眸，盯着陆云枫的背影，等陆云枫走进厨房后，他才小声问了句："你哥是干什么的？"

陆云檀："中药贩子。"其实开中药批发公司的，但她现在心情不好，就喊他中药贩子，心情好的时候，或者找她哥哭穷的时候，就改口"我尊敬的陆总哥哥"。

梁云笺："他也会功夫吗？"

"他当然会啦，而且他的路数可狠了，我爸把不可外传的招术全交给他了。"陆云檀小声说道，"我跟你讲哦，市面上的武馆只教强身健体的招数，真正的厉害把式不可能教你，除非是嫡传弟子，所以那些在网络上声称自己是武功大师的人根本不能信，全是骗子，正经有本事的人根本不会博这个鳌头。"

梁云笺只注意到了第一句话："你哥的功夫有多厉害？"

陆云檀没说话，而是停止了摇扇，然后回头，悄悄地朝着厨房看了一眼，再然后，抓住了扇子的上半部分，同时扣动了扇子尾部的扳机，双手同时用力一拔，扇页和紫檀木制作的扇骨竟然被拔掉了，露出了一排黑色精钢打造的利刺。

梁云笺不由得瞪大了眼睛。

陆云檀举起了手中的刺扇："知道他有多狠了吧。"她又叹了口气，"但是你也不用怕他，他这扇子一般只做装饰用，不会拿出来当武器，去偏远边境进货的时候才会拿来防身。"

“那可不一定。”

陆云枫的声音突然传来。

梁云笺猛然抬头，陆云檀诧异转身，两脸蒙地看着忽然冒出来的陆云枫。

陆云枫微微眯眼，似笑非笑地盯着梁云笺：“我要是看谁不顺眼，说不定就把他戳成筛子了。”

陆云檀听出来她哥在吓唬梁云笺，气呼呼地瞪着他：“你这人一点都不热情好客！”然后不负责地把拆成两半的扇子扔了回去，拉着梁云笺就走，“不理他了，咱们学习去！”

然而才刚走到通往二进院的垂花门，她妈的声音忽然从身后传来：“陆云檀，给我摘两棵小葱。”

陆云檀不得不顿下脚步，喊道：“哦！好的！”然后对梁云笺说，“你等我一下，我马上就回来。”

梁云笺：“嗯。”

陆云檀跑到了西南角的菜地旁边，撸起袖子，干脆利落地从地里摘了两棵小葱，匆匆地跑去了厨房。

陆云枫安好了自己的扇子，慢悠悠地走到梁云笺的身边，不慌不忙地摇着手中折扇：“可惜了，你应该跟着她去的。”

梁云笺不解。

陆云枫眉梢一挑，语调悠悠：“我看你印堂发黑，形神憔悴，平时身体不太好吧？”话还没说完，他就一把抓住了梁云笺的右手，四指做切脉状，“嗯，脉象果然……”他的神色忽然一凛，玩笑话戛然而止，认真地切起了脉象，脸色却越发凝重。

梁云笺不由得屏住了呼吸，紧张不安地盯着陆云枫。

健康人的脉象为常脉。

常脉为三部有脉，一息四至，不浮不沉，不大不小，节律均匀，从容和缓，流利有力，尺脉沉取不绝。

但此时这位少年的脉象却似缓龟，藏头露尾，弦缓寸短，典型的短脉，主病多为难治之症。

陆云枫心头一沉，松开了梁云笺的手腕，用力扼住了他的下颚，不容置疑：“吐舌头。”

梁云笺毫无防备，下意识地照做。

舌苔薄白，舌质淡红，实为患病之相。

陆云枫松开了梁云笺：“知道自己有病吗？”

梁云笺慌了神，脱口而出：“不要告诉她！”

陆云枫眉头一蹙：“治不好？”

梁云笺欲言又止多次，极其艰难地开了口：“良性的，但肿瘤的位置不好，靠近脑干，没有医生愿意动刀。”

脑干是生命中枢，手术过程中极有可能会造成脑干受损，影响生命机能。

所有医生都建议他保守治疗。

但没有人能够保证他脑子里的那颗肿瘤不会恶化。

如果真到了那一天，他可能会瘫痪、会失明、会失去所有的自理能力，只能躺在 ICU 的病床上，慢慢地感受着生命的消亡。

又或许，他不会死在医院，而是死于一场突如其来的脑出血，死于肿瘤破裂，死于颅压过高，死在街头巷尾，死在行走途中。

可以这么说，那颗肿瘤就像是一颗安装在他脑子里的定时炸弹，随时可以终结他的生命。

陆云枫攥紧了手中折扇，神色极为阴沉：“那你为什么要接近我们家云檀呢？”

这句话，相当不近人情，但人都是自私的。

他太了解自己的妹妹了，这丫头虽然蛮横又霸道，却是个重情重义的小傻子，如果眼前这位少年的生命突然终结，她一定会伤心好久，更有可能一辈子都忘不了。

他不想让自己的妹妹难过。

梁云笺垂下了双眸，紧紧地抿着唇。

他知道陆云枫说得对，他根本没有资格接近她，应该离她越远越好，但是，他做不到。

陆云枫深吸一口气，语气冷然：“该死的时候，有多远就滚多远，永远不要让她知道。”

话音刚落，陆云檀就从厨房里跑了出来，陆云枫没再多说什么，转身走进了垂花门。

陆云檀“哒哒哒”地跑到了梁云笺面前，先朝着她哥的背影瞟了一眼，然后问梁云笺：“我哥欺负你没？”

梁云笺笑着摇头：“没有。”

陆云檀哼了一声：“幸好他没有，不然我就揍他。”

习武之人耳聪目明，即便已经走到了东厢房门口，陆云枫还是将这句话听了个清清楚楚：“吹牛之前也不先掂量掂量自己几斤几两？就你那三脚猫功夫，也就臭书生觉得你厉害。”

“就你最烦人！”陆云檀气呼呼的，“你等着吧！我肯定会报复你！”

至于怎么打击报复，还没想好。

陆云枫不屑地冷哼一声，推门走进了屋子。

陆云檀气得直跺脚。

梁云笺赶忙安慰道：“别气了，你哥逗你玩呢。”

陆云檀：“一点都不好玩！”

梁云笺：“那继续学习去？”

相比起学习，还是哥哥更可爱。

她还是一点都不想去学习：“再玩一会儿呗，马上都该吃午饭了，吃完饭再学习。”

梁云笺看了眼腕表：“十一点半了，休息时间到。”

陆云檀也看了一眼自己的腕表：“可我的表才十一点二十五。”

梁云笺都被逗笑了：“让我看看？”

陆云檀拒不出手：“你怎么不相信人呀？”

梁云笺：“我只相信我的表。”他率先朝着西厢房走了过去，“快点，下午还有别的任务。”

陆云檀不情不愿地跟上：“还有什么任务？”

梁云笺：“暑假作业不写了？”

陆云檀脚步一僵，满脸震惊：“还要写暑假作业呢？”

梁云笺：“不然呢？”

陆云檀：“可是、可是暑假就这么点时间呀，根本写不完。”

梁云笺：“写得完，我监督你写。”

陆云檀贼心不死：“我听说咱们学校老师根本不改暑假作业，都把作业当废品卖了，所以我们不如不写，反正都要被当成废品。”

梁云笺努力保持心情愉悦："我不当废品，你也不许当。"

陆云檀心想，引狼入室，这就是引狼入室！

她咬着下唇沉默片刻，一脸真挚地看着梁云笺："我的电动车已经充好电了，现在就可以送你回家，放心吧，我骑车很稳的。"

梁云笺面不改色，处变不惊："东辅交管局最新规定，电动车不许载人。"

陆云檀："那、那我出钱，给你打车，送你回家。"

梁云笺："家里没人，没带钥匙，回不去。"

两人最终还是回到了西厢房，落后分子在积极分子的严格监督下，继续写英语卷子，耗时二十五分钟，终于把接下来的两篇阅读理解做完了。

没过多久，陆云檀她妈来了，喊他们俩去吃饭。

一进院的东边有一间小屋，由于离厨房近，所以就当成了饭厅。

陆云檀一走进去，就惊叹地"哇"了一声："好丰盛呀。"

八仙桌上摆了满满的菜肴，四荤四素还有一盆汤。

陆云枫已经在桌边坐好了，不冷不热地说了句："不是你要求的吗？要好好招待人家年级第一。"

梁云笺是不敢说话，陆云檀是不想跟她哥说话，只管拉着梁云笺入座，还对他说："别客气，多吃点，我妈做饭可好吃了。"

纪雪杉也说："就是，好不容易来一次，多吃点。"然后拿起了饭铲，开始给大家盛米饭，先给梁云笺盛，"哐哐哐"盛了三大铲。

梁云笺都蒙了，陆云檀也蒙了："你给人家盛得也太多了吧，根本吃不完。"

纪雪杉："怎么可能吃不完呢？小青这么多还不够吃呢。"

谁不知道小青是出了名的饭量大呀。

小青就是蘑菇弟子，现在他也坐在饭桌边，纪雪杉给他盛了四铲米饭，然后给陆云檀盛了两铲子。

陆云檀："我、我也吃不完呀。"

纪雪杉："吃不完给你哥。"

陆云檀看了看梁云笺面前满满的一大碗饭，又看了看她哥的空碗，然后端起了自己的碗，把米饭全部倒进了她哥的碗里，又把碗放到了梁云笺面前："你分给我一半吧。"

她知道梁云笺肯定不好意思说自己吃不完，所以才这么干。

谁知道，她哥忽然把筷子扔到了桌子上，直接起身走人，气得要死："不吃了！"

随后，陆云檀和梁云笺默默地对视了一眼，统一得到了这个结论：咱俩好像把他得罪了。

梁云笺心里有点忐忑，陆云檀却毫无畏惧，还暗暗地想：哼，这就算是来自本女侠的报复！

陆云枫真的没再回来吃饭，纪雪杉也没管他。

陆云檀和梁云笺吃完饭后，又回到了西厢房。

整整一个下午，陆云檀都在被镇压着、被监督着学英语，梁云笺先给她布置限时任务——如果她没有在限定时间内完成任务，休息时间就会往后拖延——等她完成任务后，梁云笺会先给她批改卷子，然后讲题。

第一项任务是阅读理解，然后是完形填空，再然后是单项选择，最后是写作。

本省英语听力不计分，所以暂时不用考虑。

陆云檀自信满满地把写好的英语作文交给了梁老师，结果，得到了满篇的红叉叉。

她满心愤恨，梁云笺也气得要死："陆云檀，你能不能告诉我，he is someone like MaYun 是什么意思？"

陆云檀理直气壮："这你都不懂？他是成功企业家呀！"

someone like MaYun，成功企业家？

梁云笺无奈，直接把答案上的范文推到了她面前，不容置疑："先抄两遍，然后开始背，二十分钟后检查，背不下来继续抄。"

虽然愤愤不平，但她还是按照要求做了，老老实实地抄例文，然后背诵。

但是二十分钟的时间对她这种落后分子来说不太够用，第一遍背诵得断断续续，接着抄了两遍之后，又背了二十分钟，才流畅地过关了。

终于学完了一张卷子，陆云檀累得要死，休息时间都不想出去玩了，死狗一样趴在桌子上。

梁云笺比她还累，却没有休息，而是用笔在计划书上写写画画，根据今天的进度调整明天的计划。

陆云檀看了一眼腕表："都快四点了，还学吗？累死了。"

梁云笺："这次可以多休息几分钟。"

陆云檀警惕十足：“然后呢？”

梁云笺：“把期末考试卷子上的知识点重新归纳总结一遍。”因为暑假时间短，他已经来不及给她系统地复习了，只能带着她刷题，让她在这个过程中巩固知识点。

“哦，好吧。”陆云檀又瞟了梁老师一眼，“再然后呢？补课是不是就结束了？我看你也挺辛苦的，今天就到这里吧？”

梁云笺看了她一眼：“再然后写暑假作业。”

陆云檀腹诽：书生，你这样对我，真的很不友好。

她可怜巴巴地说：“就不能不写吗？”

梁云笺：“不能。”

陆云檀不死心：“要不你先写吧，写完借我抄抄。”

梁云笺轻叹口气：“我也想，但是很遗憾，我们不在一个班。”

她可一点都没感觉出来他的遗憾。

她绝望地趴在桌面上：“我真可怜，学习这么努力，得到的奖励竟然是写暑假作业。”

梁云笺被逗笑了，停下了笔，看着她问：“你想要什么奖励？”

陆云檀想了想：“想要一张‘三好学生’的奖状，我还没得过呢。”

梁云笺笑着说：“行，明天就送你一张。”

陆云檀也笑了：“上面的颁发人写你的名字吗？”

梁云笺很好说话：“你想让我写李海军也行。”

李海军，二中校长。

“哈哈哈！”陆云檀笑得不行，眼泪都快笑出来了。

笑够了之后，她说：“那还是写你的名字吧，最起码十年后拿出来一看，我还能记得你是谁。”

梁云笺怔了一下。

十年，对他来说是一个不敢奢望的期限。

说不定他在短短几年后就会死去。

但能够被她记得十年，也是一件值得庆幸的事情。

然后，他很认真地说：“那就这样说好了，我给你发奖状，你记我十年。”

陆云檀：“这有什么不行的，我记性可好了，二十年都可以。”

总结完英语知识点后，落后分子在积极分子的严格要求下，不情不愿地打开了暑假作业。

一张生物卷子刚写到一半，陆云檀忽然收到了她妈的微信消息：【年级第一晚上在咱们家吃饭吗？】

陆云檀回：【吃，他家没人，没带钥匙。】

她妈：【那你去买五块钱的馒头。】

陆云檀：【给我转六块。】

她妈：【怎么还多一块钱呢？】

陆云檀：【跑腿费！】

她妈：【之前不是五毛吗？】

陆云檀：【馒头都从一块钱四个涨到一块钱两个了，我的跑腿费不涨吗？】

她妈：【我不用你了，让你哥去买，他不要钱。】

痛失一次赚钱机会。

她心有不甘，转头看着梁云笺：“走，咱俩找我哥去。”

梁云笺呼吸一顿：“干什么？”

陆云檀：“我妈让他去买馒头。”

两人一起出了门，陆云檀叮嘱了梁云笺一句：“等会儿你什么都别说，全听我的。”

虽然不知道为什么，但梁云笺还是答应了她：“嗯。”

到了东厢房门前，陆云檀抬手拍了拍房门：“哥！哥！”

房门打开，陆云枫一脸不耐烦：“干什么？”

陆云檀：“咱妈让你去买五块钱的馒头，但外面很热，如果你不想去的话，可以让我帮你跑腿。”

陆云枫抱着胳膊，往门框上一靠：“继续说，说重点。”

陆云檀：“跑腿费是两块钱。”

陆云枫一愣：“之前不是五毛吗？”

陆云檀还是那句话：“馒头都从一块钱四个涨到一块钱两个了，我的跑腿费不涨吗？”

陆云枫：“直接从五毛涨到两块？你的腿镶金了？”

陆云檀理直气壮：“我是从五毛涨到了一块钱，但是我要和梁云笺一起去，一人一块，两块。”

陆云枫快气炸了，凭什么还要让他给病秧子书生钱？

他直接从屋子里面走了出来，脸色铁青地瞪着梁云笺说：“不用你，我自己去！”

梁云笺无辜躺枪，不知所措地看向陆云檀。陆云檀用眼神示意他跟上，同时小声对他说：“我们这条老街上有好多好多好吃的，等会儿你想吃什么直接拿，跟店主说记陆云枫账上就行。”

梁云笺终于明白了她的意图，忍俊不禁。

走在前面的陆云枫脚步一顿，气急败坏地回头：“陆云檀，我听得见。”

梁云笺赶忙把嘴角压了下去。

陆云檀有一点点的小尴尬：“哦……”

下午六点多，正是老街的人流量高峰期，街道两侧的店铺都开了门，路上行人有刚下班回家的，有刚从辅导班接完孩子回来的，还有特意在这个时间段出来凑热闹买东西的。

三人穿梭在自行车、电动车和来往行人组成的闹市之间，陆云枫高傲地走在前面，陆云檀领着梁云笺慢悠悠地走在后面。

常年居住在这条老街上的居民基本都互相认识。

路过一家卖蜂蜜面包的摊位时，陆云檀停下了脚步，问梁云笺：“你想吃吗？很好吃的！”

其实梁云笺并不喜欢吃甜食，但是看着她那双亮晶晶的、充满期待的眼睛，他不由自主地点了点头：“嗯。”

陆云檀笑着对店主说：“李叔，来两斤，记我哥账上。”

李叔笑呵呵：“好嘞。”他一边用夹子往食品塑料袋里夹面包，一边看着梁云笺，问，“云檀，这是谁呀？”

陆云檀超级大声地回答：“他是我们年级第一！我邀请他来家里学习的！”又重点强调，“学习了整整一天呢，做了好几张卷子。”

梁云笺又想笑了，但为了维护她的面子，他忍住了。

李叔朝她竖了个大拇指：“可真厉害呀。”

陆云檀：“那当然啦！”

接过李叔递来的塑料袋后，陆云檀先从里面拿出来一个小面包，递给梁云笺，然后又给自己拿出来一个，边走边吃。

又往前走了几家店，身旁忽然路过了一位抱着孩子的大妈，她怀中的小男孩一下子抓住了陆云檀的头发，大声喊道：“小姨，我也想吃！”

这孩子的手劲儿可真不小，陆云檀的头皮都被揪疼了，不得不停下了脚步，一脸蒙地看着那个小孩。

喊谁小姨呢？

那位身穿深红色格子衬衫的大妈赶紧给陆云檀赔了个笑：“认错人了。”

小男孩又喊了声：“小姨！我也想吃！你让我妈妈给我买。”

陆云檀还是一脸蒙，正准备跟那个小孩说我不知道你妈妈是谁的时候，梁云笺忽然开口，指着那位大妈，问那个小男孩：“你认识这个奶奶吗？”

小男孩立即摇头，大喊：“不认识！救命！”

大妈神色慌张，赶紧捂住了小孩的嘴。

陆云檀一愣，忽然明白了什么，直接扔掉了手中的面包，出手的同时大喊一声：“有人贩子！”

她弹起右手直戳人贩子大妈的双目，趁其吃痛之际一把将小男孩从她怀中夺了过来。

人贩子见势头不对，转身就跑，并且腿脚极快，跟泥鳅似的，梁云笺去抓她都没抓到。

然而老街人民也不是吃素的，当场就把那位人贩子给团团围困了起来，两位光膀子的大叔直接扭住了她的胳膊，把她摁在了地上。

在人群都集中在人贩子周围的时候，一位身穿黑 T 恤、正值壮年的男人却反其道而行之，低着头，步伐迅速地离开了人群。

陆云檀眼尖，把他逮了个正着，大喊着：“她还有同伙！”同时拦其去路，以防他逃跑。

谁知那个男人的怀中竟藏了一把折叠刀，在陆云檀即将冲到他面前的时候，突然把刀刃甩了出来，朝着她捅了过来。

陆云檀本想一脚踹翻他，却没想到他有刀，但是抱着小孩，无法出手，只好转身，用自己的后背挡着小孩不受伤害。

梁云笺根本来不及思考，纵身挡在了陆云檀身前。

千钧一发之际，一把折扇横空飞来，正中男人手腕，刀尖一偏，只在梁云笺的胳膊上划了一下，然后折叠刀便从黑衣男人的手中飞了出去。

男人大吃一惊，想跑，却未遂，一位身穿白色唐装的高挑美人身形急遽地冲到了他面前，笑意森然："还想跑呢？"

男人下意识地出拳，美人一记劈拳挡了下来，同时抬起左腿，毫不留情地朝着他的右腿膝盖踢了过去，男人直接跪在了地上，发出了一声撕心裂肺的惨叫。

人贩子已经被老街人民拿绳子五花大绑了起来，还有人朝她扔鸡蛋，边扔边骂："也不睁开你的眼看看这儿是哪儿？敢来老街偷小孩？"

陆云枫一松手，人贩子的同伙就彻底瘫在了地上。陆云枫没再管他，快速走到了梁云笺面前："胳膊怎么样了？还能动吗？"

梁云笺摇头："不严重，一道小口子。"

陆云檀这才发现，梁云笺的右手手臂上全是血，白衬衫都被染成红色的了。

她眼眶发紧，心脏狠狠地缩了一下，胸腔里忽然冒出来一股滔天怒火。

一位白发老头从人群中走了出来，朝着梁云笺挥了挥手："你跟我来，我先给你包扎一下。"

陆云枫努了努下巴，示意梁云笺过去："去吧，刘叔开诊所的。"

"嗯。"梁云笺捂着胳膊上的血口，朝着刘叔走了过去。

陆云檀把小男孩塞给了她哥，紧跟着跑了过去。

血水不停地顺着梁云笺的指缝冒出，朝着地下滴。

陆云檀的眼睛里像是进了沙子，又像是倒映出了血水的颜色，越发赤红，心头怒火节节攀升。

她突然转身，朝着人贩子男冲了过去。

梁云笺脚步一顿："云檀！"

陆云檀置若罔闻，怒不可遏地冲到了男人面前，狠狠地抽了他一巴掌："我的人你也敢动！"

梁云笺手臂上的那道伤口又长又深，但好在没有伤及主要血管，诊所还处理得了。

还不等刘叔为他缝合好伤口，陆云檀她妈就闻讯赶来了，先看了一眼梁云笺的伤势，转头就骂骂咧咧了起来，气势汹汹地要去找人贩子麻烦。

那位持刀伤人的人贩子最惨，先被陆云枫伤了腿，又被陆云檀抽了一巴掌，最后还被纪雪杉在其脸上挠出了三道血印子。

那位人贩子大妈也好不到哪儿去，一直在被老街人民唾骂，一人一口吐沫星子就足够把她给淹死。

好在警察叔叔来得及时，不然那两位人贩子能被老街人民“就地正法”。

小男孩的父母还没找到，警察把他带去了公安局。

等刘叔为梁云笺缝合好伤口之后，陆云檀他们一行人也被警察带去了公安局，做询问笔录。

由于梁云笺和陆云檀都是差一岁才满十八，还是未成年人，所以需要通知家长。

纪雪杉一直全程陪同，倒是不用特意通知，梁云笺的父母则需要另行通知，更何况他还受了伤。

在等待梁云笺他爸妈来公安局的过程中，陆云檀全家人都紧张兮兮的。在梁云笺被喊去做笔录的时候，他们母子三人围成了一个封闭圈，开启了紧急家庭会议——

纪雪杉：“人家爸妈放心地把孩子送到咱们家了，结果挂了彩，这该怎么交代？”

陆云枫：“怕什么？又不是咱们让他挂彩的。”

陆云檀瞪着她哥：“你这话说得就无情，人家梁云笺还不是为了救你可爱的妹妹才受伤的？”

纪雪杉：“就是，你怎么这么冷漠？”

陆云枫还是那个态度：“百无一用是书生。”

陆云檀眉毛一皱：“不是说了不许你喊他书生吗？”

陆云枫：“我又没加‘臭’字。”

陆云檀：“那也不行！”

纪雪杉叹了口气：“你俩先别吵了，吵得我头大。”她惆怅不已，“伤的还是右手，不会影响人家学习吧？人家可是年级第一呢。”

陆云檀忽然好担心：“不会影响他拿笔吧？我们开学就要月考，要是影响他发挥了怎么办呀？”

陆云枫：“没有伤到筋骨，应该拿得了笔。”

陆云檀舒了口气：“那就好。”

陆云枫冷笑：“怎么着？人家要是拿不了年级第一了，你就不和他当朋友了？”

“才不是呢。”陆云檀没好气，“你又不懂，我们学校有重点大学保送名额的，他每次都拿年级第一，肯定会被保送的，要是因为这次给我补课导致他拿不了保送名额，我会很愧疚的。”

陆云枫：“不就是一次小月考嘛，不会影响。”

陆云檀：“不怕一万就怕万一，万一真的影响了呢？”

陆云枫长叹一口气，用扇柄点着她的额头：“人家考 149 分的人，轮得着你这种考 39 分的人去担心吗？”

39 分怎么了?

39 分的人就没有尊严了吗?

陆云檀怒：“妈，你管管我哥呀，他又开始欺负我了！”

纪雪杉沉默片刻：“你哥说得有道理。”

陆云枫：“听见了吗？群众的眼睛是雪亮的！”

陆云檀：“哼！不理你们了！”

此番家庭会议，在陆云檀的气急败坏中，宣告结束。

这时，一对中年男女忽然出现在了笔录室门前的走廊上，女人容貌姣好，身段窈窕，穿着一条棕色的连衣裙，手拎 Gucci 的皮包；男人穿着灰蓝色的衬衫和卡其色的西服裤，身姿笔挺，气质不凡。

领路的女警察将他们俩带到了梁云笺所在的那间笔录室的门前：“就这里面了，等一会儿就好。”

陆云檀忽然就知道了这两位是谁——梁云笺他爸妈——不由得屏住了呼吸。

梁云笺他爸的神色中带着几分焦急，却也不忘对领路的女警察说声谢谢：“麻烦您了。”

“没事。”女警察转身走了。

梁云笺他妈满面担忧地盯着笔录室的大门，长叹一口气。

纪雪杉主动走上前去：“你们是梁云笺的父母吧？”

宋瓷一怔：“您是？”

陆云檀也走了过去：“她是我妈，梁云笺今天就是去我们家学习了。”

纪雪杉面露愧色：“真是不好意思啊，没照顾好你们家孩子。”

宋瓷和梁顾异口同声：“没事没事。”

宋瓷语气温和：“具体情况我们也听警察说了，事发突然，谁都没想到。”她这话是对纪雪杉说的，眼神却一直往陆云檀身上瞟。

梁顾也说道：“男孩子皮糙肉厚，没那么娇气，您不用担心。”

纪雪杉不由得舒了口气，心想：这两口子还怪明事理的，怪不得能教出来年级第一。

陆云檀目不转睛地盯着梁云笺他爸看了一会儿，忽然说了句：“我好像在哪儿见过您。”

纪雪杉无奈，用力地在自己闺女的腿上打了一下：“你怎么没大没小的？懂不懂礼貌？”

“哦。”陆云檀立即改口，先礼貌地喊了声，“叔叔。”然后才说，“我好像在哪儿见过您，可我绞尽脑汁也想不起来了。”

为表礼貌，她还特意用了个成语：绞尽脑汁。

梁顾被这小丫头逗笑了。

这时，笔录室的门被打开了，梁云笺一走出去，宋瓷和梁顾就围了过去。陆云檀也想过去，却被她哥揪住了后衣领，硬生生地把她薅了回来。

笔录做完，他们几个就能离开了，但是在他们临走前，办案警察特意叮嘱了他们几人：“不确定那两个人还有没有同伙，最近一段日子要小心点，以防被同伙打击报复。”

随后是双方家长的一番寒暄道别，然后各回各家。

公安局距离老街很近，陆云檀跟着她妈还有她哥一起步行回家。

梁云笺上了父母的车。

梁顾开车，宋瓷坐在副驾驶，梁云笺独自坐在后排。

车身和陆云檀他们擦肩而过时，宋瓷特意朝着窗外看了一眼：“那个女孩还挺漂亮的，是你们学校校花吗？”

梁云笺答非所问：“晚上吃什么？”

宋瓷笑了：“哟，害羞了？”

梁云笺沉默。

梁顾也笑了：“这算是英雄救美了。”

宋瓷回头看着自己儿子，笑着问：“她叫什么名字？”

梁云笺犹豫了一下：“陆云檀，檀香的檀。”

陆云檀到家之后，没有心情吃饭，直接回了自己的房间，然后才发现，梁云笺的书包还在她这里放着呢，她莫名其妙地就伤感了起来。

陆云枫吃完饭，一走进二进院，就看到西厢房前的走廊上倒挂着一个人，长长的头发都快垂到地上去了。

他无奈地叹了口气，朝着西厢房走了过去："你又怎么了？"

"心里烦。"

陆云檀有一个习惯：只要一心烦，就喜欢在门前走廊的梁木上倒挂金钩，从小挂到大。

陆云枫靠在了廊柱上，双臂抱怀："烦什么呢？"

陆云檀也把双手抱在了怀中："我给梁云笺发了微信，让他明天不要来。"

陆云枫："然后呢？"

陆云檀气呼呼的："然后他让我把去年高考卷子的英语作文背了！"

陆云枫没忍住笑了："就因为这？人家不是为你好吗？"

陆云檀："不是因为这个。"

陆云枫："那是因为什么？"

陆云檀沉默片刻："万一那两个人贩子真的有同伙，他来了会很危险，所以我不想让他来，但如果他真的不来，我又觉得我会不高兴。"

陆云枫明白了："他如果来了，你不放心，担心他被报复。他如果不来，你又会觉得他不讲义气，胆小如鼠，没有担当？"

陆云檀默认了："我这种思想是不是很奇怪？"

陆云枫："不奇怪，很正常。"

陆云檀叹了口气："可能因为我是你妹妹，所以你才觉得正常。"

陆云枫："说白了你还是想让他来。"

陆云檀："有那么一点点，不然好无聊啊，都没人陪我玩了。"

陆云枫："那你就等着吧，他肯定会来。"

陆云檀："你怎么知道？"

陆云枫："因为他是个傻子。"

陆云檀没好气："人家招你惹你了，对人家这么不友好？"

陆云枫懒得跟她计较，转身走人，顺带着甩了一句："背你的英语去吧，小心臭书生明天检查。"

陆云檀气愤不已。

就你最讨厌了！

第二天，陆云檀起了个大早，然后搬了一个小马扎，坐在了自家门口，还不忘拿一本英语作文书，然后一边用作文书扇风，一边欣赏着老街的人文风情。有相熟的街坊邻居路过她家门前，问她坐在这儿干什么的时候，她就会晃一晃手中的作文书，大言不惭地回答："我背英语作文呢！"

当太阳高高升起之时，一辆黑色的奔驰车停在了老街街口，身穿白衬衫的清隽少年下了车。

看到梁云笺的那一刻，陆云檀立即停下了扇风的动作，把作文书端端正正地放到了自己的腿上，埋头苦读了起来。

梁云笺走到了她的面前，她都没有抬头，直到梁云笺开了口："背会了吗？"

她才故作惊讶地抬起了脑袋："你什么时候来的呀？"

梁云笺并没拆穿她，忍着笑说："看来背得很认真，都到忘我境界了。"

陆云檀仰头看着他，面不改色心不跳："那当然啦，我都背一早上了，好多人都看到了。"

梁云笺单膝蹲在她面前，抽走了她的作文书："既然这样，现在就开始检查。"

陆云檀眨了眨眼睛，理直气壮："你只让我背，又没有说必须背会。"

梁云笺嘴角抽了抽，努力保持心情愉悦。

陆云檀叹了口气："真不能怪我，是你没说，你要是说了，我就背会了。"说完这句话，她忽然瞟到了梁云笺的左手，眼睛一亮，"你手里拿的什么？是不是奖状？"

梁云笺的手中握着一个纸筒："是奖状，但是现在不能给你。"

陆云檀不满："为什么？昨天不是说好了吗？"

梁云笺："因为你没有完成背诵任务。"

没有。

梁云笺："昨天的暑假作业写完了吗？"

也没有。

梁云笺不容置疑："今天必须补齐，补不完不许睡觉。"

臭书生你来真的?

我后悔了。

你还是走吧，再也别来了!

短短的暑假，落后分子陆云檀在积极分子梁云笺的监督下，不仅学习看英语，还一项不缺地完成了暑假作业。

这段时间，陆云檀过得昏天黑地、生不如死，就连晚上做梦都是被臭书生摁头学英语。

她从来没有这么盼望过开学。

盼星星盼月亮，终于盼到了开学，学校对她敞开了慈爱的怀抱。

学校要求高三年级开学当天下午五点到校，陆云檀不到两点就骑着车去了学校。

她如此积极的原因只有一个：好不容易写完了暑假作业，当然要借给同学抄呀，不然怎么炫耀自己暑假作业写完了?

陆云檀骑着电动车路过男寝的时候，偶遇梁云笺，她立即在他面前停了车：“臭书生，去哪里呀?”她的语气中，带着难掩的、被解放后的欢呼雀跃。

梁云笺笑着说：“出去买点东西。”

学校里面也有超市，但是比较小，所以大部分住校生会在返校当天去校门外的大超市买点零食水果或日常必备品。

陆云檀：“我一会儿也要去，你等等我呗，咱俩一起去。”

梁云笺：“我们三点就要进班。”

陆云檀看了一眼腕表：“现在离三点还早呢。”

梁云笺只好说：“我想提前过去。”

陆云檀再迟钝也明白了，梁云笺是不想和她一起去超市。

嘁，我还不想和你一起去呢!

讨人厌的臭书生!

陆云檀哼了一声：“那我自己去!”不等梁云笺开口，她就拧动了车把手，“嗖”一下冲了出去，还不高兴地在心里想：以后都不要和你当好朋友了!

梁云笺望着她渐行渐远的背影，无奈地叹了口气。

校门口停着许多车，其中不乏豪车，奔驰、宝马什么的穿梭其中，都有点略显寒酸了。

一辆香槟色的宾利车停在正对着校门的马路边，车门打开，先下来了一位身穿香奈儿高定连衣裙的女人，周洛尘背着书包，紧跟在她身后下了车。

司机已经将周洛尘的行李从后备厢中搬了出来。随后，周洛尘拉着行李箱朝着校门走，那位贵妇紧跟在他身边，一手挎着爱马仕的包，一手拎着他的被褥。

走到校门口时，贵妇先看到了梁云笺，立即喊了声："云笺。"

梁云笺脚步一顿，这才看到了周洛尘和他妈章桐。

章桐和煦一笑，温声询问："你自己来的吗？"

梁云笺知道她想问的是什么，却不能给出她想要的答案："我妈送我来的。"

章桐抿了抿唇："嗯。"又问，"你现在是要去超市买东西吗？"

梁云笺："嗯。"

章桐："那我们跟你一起去吧，阿姨给你买。"

不等梁云笺拒绝，周洛尘就开了口："人家是没爸妈吗？用得着你买？"

章桐神色一僵，尴尬不已。

梁云笺立即说道："不麻烦您了，我妈还在等我。"

章桐赧然一笑："哦，那你快去吧。"

梁云笺朝着校门西侧走了过去，拉开了一辆奔驰车的副驾驶门，上了车。

他不是要去超市，而是要去医院，不然一定会陪陆云檀去超市。

宋瓷坐在方向盘后，将刚才校门口发生的那一幕看得清清楚楚，无奈又不解地开口："你说她图什么呀？都过去这么多年了，你爸都放下了。"

梁云笺沉默片刻："她也挺可怜的。"

宋瓷倒是没反驳这句话，叹息道："是啊，就没从那首《春日颂》里走出来过。"她又朝着校门的方向看了一眼，"她儿子也够可怜的，从小到大，你在哪儿上学，她紧跟着就把她儿子送过去，周洛尘还比你小一岁呢，刚满六岁就上了小学，只为了赶着和你当同学，校外的辅导班、兴趣班也一样不落地跟着你上，弄得你爸都不敢去送你上下学。”

梁云笺：“周洛尘好像早就知道了。”

宋瓷：“你都知道了他还能不知道吗？就他爸那德行，说不定知道得比你还早。”

梁云笺抿着唇，若有所思。

他是得了病之后，才知道的这些事。

如果早点知道，他一定不会选择《春日颂》作为新生欢迎大会的演出曲目。

宋瓷一边开车一边说：“是我喜欢云笺纸，才给你起名梁云笺，章桐还以为是因为她呢，对你比对她儿子还要好，就应该把你生病的事告诉她，信不信她能掘地三尺地给你找医生？要不是因为你跟我长得像，我绝对会怀疑她是不是把我儿子给换走了。”

梁云笺哭笑不得。

宋瓷瞟了自己儿子一眼，忽然发问：“我好看还是章桐好看？”

梁云笺无奈：“你，你最好看。”

宋瓷又问：“我好看还是陆云檀好看？”

梁云笺迟疑了下。

宋瓷：“怎么不选我了啊？呵，我就知道你靠不住的，现在就去医院验 DNA！”

第四章

/ 空调

陆云檀感觉人生简直是一个死循环：假期盼开学，开学盼假期。

新学期开学后，过了还不到一个星期的时间，她就开始怀念刚结束的暑假了——

无论臭书生多么没人性、多么讨人厌，最起码，是允许她吹空调的，但是学校不允许他们吹空调。

补课期间，全校就只有高三一个年级在上课，也不知道抠门的校领导是不是为了节约资源，只让他们吹电扇，不能开空调，还打着“空调吹多了容易感冒，影响学习”的名义。

顶着三四十摄氏度的酷暑来补课已经很惨了，竟然还不让开空调，简直天理难容！

更过分的是，跑操频率也由原来的一天一次变成了一天两次——上下午各一次——校领导给出的理由是：高三了，身体是革命的本钱，必须加强锻炼。

对此规定，二中的新晋高三生怨声载道、叫苦不迭。

每天的第一次跑操时间在上午十点，也就是第三节课课后。

然而周五这天，高三（2）班上午第三节课刚好是化学课。

这位姓李的男老师极其爱拖堂，并且拖堂时长与课间休息时长是呈正比例增长的关系，比如课间休息十分钟，那么他至少会拖个六七分钟；要是课间休息变成了二十分钟，那拖堂时间就会变成十五分钟。

“托塔李天王”的美称，非他莫属。

第三节课和第四节课之间的课间时长是三十分钟，是学校规定的跑操时间段，校体育组组长要求各班必须在十点十分之前在操场上集合完毕，迟到一个人扣一分，计入本周班级考核总分中。

下课铃已经打响五分钟了，二班全体学子一个比一个焦虑，李天王还在喋喋不休地讲：“不要着急，最后一道选择题，讲完就下课。”

陆云檀的屁股已经坐不稳板凳了，真是恨不得直接从窗户翻出去，倒不是说她多有班级责任感，而是实在着急上厕所。

坐在她后面的下西洋用笔头戳了戳她的肩膀，小声嘀咕：“你猜李天王能讲到几点？”

陆云檀已经快憋死了，说话都咬牙切齿了起来：“我希望他现在、立即、马上就下课！”

到了十点十分，依旧没有下课，班里面的大部分同学反而不着急了，破罐子破摔，反正都已经迟到了，还急什么呀？而且还是因为老师拖堂才迟到的，和我们无关，内心甚至还有点小激动、小欢喜、小兴奋：全体迟到，还怪刺激的。

就在陆云檀快要憋不住的时候，李天王终于宣告下课，陆云檀直接从凳子上弹了起来，单手撑窗台，动作麻利地翻了出去。

下西洋都看呆了：“檀姐牛啊！”

李天王也将这一幕捕捉在了眼里，一边不慌不忙地收教材，一边感慨：“你们二班，还真是卧虎藏龙。”

全年级除了他们班，其他教室都是空荡荡的，厕所里更是空无一人，想上哪个坑随便挑。

陆云檀一般习惯去最里面的那个坑位，但今天实在是太急了，一步都不能多走，直接在最靠近大门的那个坑位解决了内急问题。

上完厕所的那一刻，简直如升天堂，她一身轻松，心情都跟着好起来了。

然而一从女厕所里面走出去，陆云檀就蒙了——整个高三教学区安静极了，好像全世界只剩下了她一个活物。

紧接着，教学区后方的操场上传来了一声响亮的口哨，校园广播开始播放跑操时专用的伴奏，各班级接二连三地喊起了“一二三四”的洪亮口号。

一切的事实都在向她表明，她已经错过了跑操。

那就……不去了吧，反正都已经错过了。

想开了之后，她将双手负在了身后，一边慢悠悠地朝教室走，一边心态良好地想：操场的两个入口处都有抓迟到的检查，我不去的话就抓不到我，也不会扣分，所以，不去才是对的！

但是当她走到二班门口的时候，忽然意识到一个严肃的问题——教学区里面也有抓逃操的检查啊，如果拿不出请假条的话，还是会扣分！到时候老金肯定饶不了她。

假期过后，脑子都不清醒了。

陆云檀懊恼不已，立即转身往回跑，准备藏身厕所，躲避检查。

然而才刚跑到东北角的楼梯口，她的眼角余光忽然瞥见一位身形修长、穿夏季校服的检查人员从楼梯上下来了，她赶忙朝着厕所狂奔。

结果奔了还没两步，就听到身后有人喊她的名字："陆云檀。"

陆云檀脚步一顿，心头一喜，转身跑了回去，惊喜不已地看着那位刚从楼梯上下来的检查人员："臭书生！"

梁云笺拿着记录本走到她面前，抬起右手，一边在记录本上写字，一边说："高三（2）班陆云檀，逃操。"

陆云檀微微眯眼，语气阴森："这儿可没人，你小心我杀人灭口。"

梁云笺忍着笑问："准备怎么灭我的口？"

陆云檀想了想："先把你打晕，然后把你的记录本拿过来，把有我名字的那一页撕掉，再然后把你从楼梯上推下去，伪装你自己摔倒的假象。"

犯罪计划还挺严谨。

梁云笺沉默片刻："饶我一命可以吗？"

陆云檀环臂胸前："哼，谁让你不先问问我有没有请假条呢？"

梁云笺："你有请假条吗？"

陆云檀还挺理直气壮："我没有呀，我就是逃操的。所以你别记我了呗。"

梁云笺都被她这强盗逻辑逗笑了："为什么逃操？"

陆云檀："我也不想的，但是我们化学老师拖堂了，我又去上了个厕所，出来后就这样了。"

梁云笺无奈："下不为例。"

陆云檀："那你先把我的名字划掉呗。"

"没有记你。"梁云笺让她看了一眼手中的记录本，"逗你玩呢。"

记录本上确实干干净净什么都没有，陆云檀终于舒了口气，然后问：

“你一直是课间操的检查委员吗？”

梁云笺：“嗯。”

陆云檀一脸羡慕：“真好，都不用去跑操。”

梁云笺很认真地说：“跑操可以锻炼身体，能参加还是尽量去参加。”

陆云檀反问：“那你怎么从不参加？”她一脸挑衅地看着他，“臭书生，己所不欲，勿施于人呀。”

梁云笺知道她又开始皮了，处变不惊地回答：“我脑子有问题，你也有问题？”

陆云檀觉得，他可真是个狠人，连自己都骂。

她无话可说。

“哼，不理你了！”挑衅失败，她相当挫败，转身就走，但是还没走出去三步，忽然想到了什么，又转身看着梁云笺，好声好气地说道，“梁老师，以后都别记我了呗。”

梁云笺无奈地看着她：“你还准备逃几次？”

陆云檀：“天热死了，学校还不让开空调，你不跑操不知道，真的很痛苦，像是被放进油锅里炸。”

梁云笺不置可否，而是问：“月考成绩出来了吗？”

陆云檀突然激动了起来：“我们班主任刚公布，我的年级排名进步了三十名呢，他还表扬我了！”

梁云笺：“英语考了多少？”

陆云檀：“59 分！厉害吧！”

作文的分数进步最大，多亏了假期里面背的那二十几篇范文。

虽然依旧没有及格，但梁云笺还是表扬了她：“很棒，再接再厉。”

陆云檀不忘初心：“那我可以逃操了吗？”

梁云笺轻叹口气：“一周最多三次，今天算一次。”

陆云檀不满：“你都不赠送一个试用期吗？超市刚开业还送鸡蛋呢。”

梁云笺又气又笑：“再讨价还价，一次都不行。”

官大一级压死人，陆云檀果断闭了嘴。

十点二十五分左右，跑操结束，同学们陆陆续续地回了班，教学区再次热闹了起来。

下西洋满头满脸的汗，整个人都快累瘫痪了，坐下之后，不断地拿书扇风，“呼哧呼哧”地喘气。

班里其他人也比他这个胖子强不到哪儿去，一个比一个面红耳赤、汗流浃背。

本就不怎么凉快的教室越发闷热了起来。头顶的电风扇已经被坐在门口的同学开到了最大转速，却一丁点儿用都没有，吹下来的全是热风。

放眼望去整个班，唯独陆云檀气定神闲、心静自然凉。

卞西洋拍了拍陆云檀的后背，小声问：“檀姐，你没去跑操？”

陆云檀转身看着他：“没呀。”

卞西洋惊讶又羡慕：“检查的没发现你？”

陆云檀伸出一根手指头，指了指天花板，神秘兮兮的语气中又带着点小得意：“上面有人罩我。”

卞西洋羡慕极了：“谁呀？能不能也罩罩我？”

陆云檀：“不能。”

卞西洋一把抓住了陆云檀的胳膊，满面哀求：“檀姐，什么条件都好商量！也罩罩我！不然这日子真的没法过了！”

陆云檀眼珠子一转，朝着卞西洋勾了勾手指头。卞西洋立即把耳朵凑了过去，陆云檀小声说了些什么，卞西洋的眼睛越瞪越大。

陆云檀：“怎么样？敢不敢？”

卞西洋做了个吞咽的动作，一脸为难：“这……”

陆云檀也没强迫他：“你好好考虑一下，想好了再告诉我。”

陆云檀给了卞西洋三天的考虑时间。

周一清晨。

年级长规定早读六点半开始，老金要求二班全员六点二十分之前必须进班。陆云檀又是卡着点进的班，然后在老金恨铁不成钢的注视下，急急忙忙地跑到了自己的位置上，翻开了英语作文书，开始认真投入地背英语——每周背会三篇英语作文，是她可以逃操三次的代价，多背会一篇，可以多逃一次。

差不多六点四十五分的时候，老金让班长代替他坐在了讲台后方，然后离开了教室。

全班人都知道老金是去吃早饭了，在他离开的那一刻，原本积极向上的早读气氛瞬间垮掉了一大半，陆云檀就是那垮掉的其中之一。

她先从书包里拿出来一份从食堂打包的手抓饼和豆浆，然后又拿出来一双一次性筷子和一瓶新买的老干妈，徒手拧开了老干妈瓶盖，用一次性筷子夹了红油油的辣椒酱，均匀地涂抹在金灿灿的手抓饼上。

吃了两口手抓饼后，她忽然想到了什么，转身看向了坐在她后面的下西洋。

下西洋正在吃小笼包。

陆云檀："你考虑好了吗？"

下西洋鼓囊囊的腮帮子一顿，一脸蒙："啊？"

陆云檀："上次跟你说的事，考虑好了吗？"

下西洋赶忙喝了一口豆浆，把嘴里的包子灌了下去，竭力劝道："檀姐，兹事体大，成则空调吹身，败则校规校纪，到时候一张处分直接贴在教学楼门口，让你我名垂二中'青史'。"

陆云檀："你怎么知道咱们不会成功？再说了，我们只是想吹空调而已呀，又不是想要天上的月亮！"

下西洋还是犹豫，小声问了一句："用不用提前跟'八大金刚'他们商量一下？"

所谓"八大金刚"，就是常年坐在教室最后排的那群男生，大部分同住在一个寝室，平时主要负责班级里面的气氛调动工作、面向外班的沟通交流工作、跑操时的嗓门贡献工作、运动会的填补项目工作，以及拉低班级平均分的重要任务。

陆云檀："不用，到时候直接把他们几个喊出来就行，这种大热闹他们几个一定会凑。"

下西洋："还是说一声比较好。"

陆云檀对这八位金刚还是比较了解的："信不信你这一秒去跟他们说了，他们下一秒就能冲出教室开始行动了。"

下西洋点点头，信。

陆云檀又道："不用担心，出了事我一人担着，不会连累你们。"

下西洋还是不能下定决心："我想再考虑考虑。"

陆云檀也没勉强，毕竟强扭的瓜不甜："那行，考虑好了告诉我。"

下西洋点了点头，然后说："老干妈借我吃一点吧。"

陆云檀十分不理解："你吃小笼包也要配老干妈？"

卞西洋："今天的包子不好吃，馅儿太淡了。"

陆云檀把自己的老干妈递给他，然后继续吃手抓饼。吃了还不到两口，肩膀又被拍了一下，不过这回拍她的不是卞西洋了，而是卞西洋的同桌李航："檀姐，我也想吃老干妈。"

陆云檀："你想吃就吃呗。"

李航："后面的崔帅和常悦也想吃，他俩早饭也是手抓饼。"

陆云檀十分大方："谁想吃就拿去吃，不用问。"

李航："好的。"

这时，陆云檀的同桌孙茜忽然插播了一句："谁有果酱吗？我这面包太干了。"

众人摇头。

卞西洋说了句："我有榴梿你吃不吃？"

陆云檀："卞西洋，你要是敢在班里吃榴梿，我就把你打成榴梿！"

天气太热，她上午不打算跑操了，所以大课间的时候梁云笺一定会来检查她的英语作文背诵情况，要是让他闻到榴梿味就不好了，因为他受不了那个味——暑假补课期间，她买了一盒榴梿酥，问他吃不吃，他不仅不吃，还离她八丈远。

李航也受不了榴梿的味道："我出一拳！"

孙茜凑个热闹："那我也出一拳吧。"

吃完早饭，陆云檀继续背英语，一直到七点半早读下课，一个空的老干妈瓶子从她前面传了回来。陆云檀蒙了："怎么没了？"

坐在她前面的那位男生叫周乔安："它的传递路径在咱们班级内部形成了一个闭环。"

陆云檀："说人话！"

周乔安："食堂只开了一层，早上除了包子就是手抓饼，咱们班大部分人都买了手抓饼，只有你买了老干妈。"

陆云檀明白了，她的老干妈成了香饽饽，不停地在班里面传啊传，一人夹一筷子，然后就没了。

但她也不生气，反而有点点小傲娇："我是不是最明智的？"

周乔安："是，太是了，中午我也要去买一瓶老干妈。"

如此贫瘠的生活条件，能拥有一瓶老干妈，简直是拥有了调剂生活的万金油。

这时，杨筱念拿着自己的杯子走了过来，问陆云檀要不要一起去接水。

陆云檀从桌面上拿起自己的杯子："去呀。"然而在她起身的那一刻，周围忽然冒出来五只手，手中全部拿着空杯子，一水儿的特百惠。

陆云檀翻了个大大的白眼，一边收杯子一边吐槽："懒死你们算了！"

拎着六只颜色不同的空杯子出门的时候，陆云檀觉得自己像极了特百惠代言人。杨筱念看了眼她手中的杯子，没忍住说了句："你干吗要给他们接呀，早读结束后出来接水的人特别多。"

陆云檀："他们也都会给我接呀。"

杨筱念抿了抿唇："咱们一楼的水箱不好用，会耽误上课的。"

陆云檀明白了她的意思——她是嫌给别人接水浪费时间——于是就说了句："你接完水直接走就行，不用帮我接，也不用等我。"

杨筱念没有说话，但确实也没有等陆云檀，接完水就直接回班了。

第一节就是班主任老金的生物课，陆云檀在上课铃打响的那一刻冲进了教室。老金长叹一口气，却也没批评她，而是说了句："三楼的水箱都没人用，下次去三楼接。"

班里忽然热闹了起来，有胆子大的同学问了句："重点班的人都不喝水吗？"

老金也带重点班的课："人家比你们精明多了，拎着水壶进班，壶里面早就接好了热水，想喝水直接从壶里面倒，根本不需要去排队。"

陆云檀立即小声对自己的同桌说了句："下午我也要带着水壶。"

她同桌孙茜："我也是。"

陆云檀："咱俩带一个就够了吧？"

孙茜："应该够了。"

陆云檀："那你带吧，我刚想起来我水壶上周炸了，忘买新的了。"

孙茜："学校超市有卖水壶的，好像是二十块钱一个。"

陆云檀："我上一个水壶就是在学校超市买的，用了不到一周，炸了。"

孙茜："那还是别去超市买了，先用我的吧。"

陆云檀："你周几洗头啊？"

孙茜："周二周四，周六看情况。"

陆云檀想了想："那我周三周五洗吧。"

周一上午最后一节是数学课。二班的数学老师是一班班主任，姓孙，高高瘦瘦一老头儿，上课从不拖堂，只要下课铃一打响，他比学生走得都快。

孙老师前脚离开教室，陆云檀后脚就从窗台上翻了出去，直奔食堂而去——今天周一，充饭卡的灾难日，要是不快点去，排队能排到怀疑人生——早在数学课上课之前，坐在她周围的人就都把饭卡和钱交给了她，让她帮忙代充，包括杨筱念。

陆云檀跑得比风还要快，第一个抵达了位于食堂北门旁边的充饭卡窗口，一口气充了八张饭卡，然后拿着一沓饭卡站在食堂门前的台阶上，等待着卡的主人来认领。

随着时间的推移，来充饭卡的学生越来越多，两个充值窗口前陆续排起了大长队。

最先来认领饭卡的是卞西洋和他同桌李航，然后是她同桌孙茜和孙茜的好姐妹，再然后是坐在她前面的那两位男同学。

杨筱念却迟迟没来，陆云檀只好站在食堂门口继续等她。

等了几分钟之后，没等到杨筱念，反而等到了梁云笺。

灿灿阳光下，梁云笺的身形修长挺拔，五官硬朗又清隽，平平无奇的夏季校服愣是被他穿出了光彩夺目的感觉。

人家是衣服衬人，他是人衬衣服。

此时梁云笺孤身一人，右手提着一只银色的水壶，看样子是要去热水房打水。

陆云檀直接从台阶上跳了下去，挡在他面前，霸道又猖狂地说："打劫！"

梁云笺停下了脚步，轻叹口气："劫财还是劫色？"

陆云檀瞪着他："谁要劫你的色了？我劫财！"她伸手指着脚下的地面，"要想从此过，必须留下买路财！"

梁云笺眉头一挑："我要是不留呢？"

陆云檀："那你就得罪我了。"

梁云笺配合着问："这位好汉，得罪你的后果严重吗？"

陆云檀点头："当然啦，我现在可是劫匪呀，古往今来哪个劫匪不记仇？心眼儿都可小了，不会给你好果子吃的。"

梁云笺被逗笑了：“你想要什么？”

陆云檀摸着下巴，上下打量着他，然后指着他的右手：“要这个！”

梁云笺：“水壶？”

陆云檀点头：“嗯。我的水壶炸了，学校超市卖的不好，又没法出去买，只能靠打劫你了。”

梁云笺哭笑不得：“为什么只打劫我？”

陆云檀实话实说：“因为我只敢打劫你。”

梁云笺：“……”

他叹了口气，把水壶递了过去：“你赢了。”

陆云檀开心地接了过来：“我下周就还给你。”

梁云笺：“不用还了，拿着用吧。”

陆云檀：“这怎么好意思呢？”

梁云笺都笑了：“劫匪还会不好意思？”

这个话题不好，还是换一个话题吧。陆云檀：“周洛尘怎么没跟你一起？平时你们俩总是形影不离的。”

梁云笺：“他出去剪头发了。”

陆云檀：“仪容仪表检查不是后天吗？”

梁云笺：“下午他们班主任查。”

“哦，他的一头金发确实不合适。”陆云檀叹了口气，“我都在微信里面跟他说了好多遍了，他染头发一点也不好看，还是之前的黑色板寸帅。”

梁云笺抿了抿唇，没有接话。

这时，有人喊了陆云檀一声，两人同时循声望去，看到了站在不远处的杨筱念。

杨筱念立即勾起了嘴角，像是已经演练过多次一样，嘴角扬起的弧度恰到好处，甜甜地朝着梁云笺笑了一下，神采明艳动人。

梁云笺无动于衷，神色淡淡地收回目光，对陆云檀说：“我先走了。”

他转身走进食堂。陆云檀朝着杨筱念走了过去，把饭卡递给她：“你才来呀？我都等了你好久了。”

杨筱念伸手接过自己的饭卡：“我想着你也没事，就做了一篇英语阅读。”

陆云檀有点不高兴了：“什么叫我没有事？就算我不爱学习，也不等于我的时间可以平白无故地被浪费掉，我没有那个义务去等你。”

杨筱念尴尬不已，立即解释：“我不是那个意思，你别误会。”

陆云檀：“那你是什么意思呀？”

杨筱念抿了抿唇：“其实我早就来了，看到你和梁云笺在说话，怕打扰到你们俩，所以一直没喊你。”

陆云檀心想：合着还是我的错了？

但陆云檀也懒得跟杨筱念计较这么多了，因为杨筱念就是这种人：学习好，看不起差生，觉得差生为她做什么都是理所应当的，认为差生的时间不宝贵，反正他们也不学习。

所以陆云檀也很不理解自己怎么就和杨筱念这种人成了形影不离的饭搭子——

记得高二分班后，刚开学第一天，所有人都不知道该和谁成为新的饭搭子的时候，杨筱念忽然出现在她面前，问她中午要不要和自己一起吃饭，于是她就答应了。

但是在接下里的相处过程中，她们两个之间总是会起矛盾，互相碰撞着产生一些不可调和的摩擦，从而导致她不止一次地想和杨筱念彻底闹掰，从此各走各路，一别两宽。

可奇怪的是，她的绝交想法，没有一次被成功地执行过，到最后总是不了了之。

陆云檀又想：这大概就是，孽缘吧。

唉！

饭后，她们俩又去了一趟超市，杨筱念买了一包抽纸。陆云檀准备再买瓶老干妈，谁知道原本摆着老干妈的那一格货架上竟然空了，她呆若木鸡，立即跑去问老板娘：“老干妈怎么卖完了？我早上来买的时候还有好多呢。”

老板娘也很无奈，叹了口气：“刚才放学，不知道是哪个班的学生，一股脑地全拥进来买老干妈了。”

陆云檀尴尬地笑了下。

大概是，高三（2）班的吧。

没买到老干妈，她兴致缺缺地离开了超市。

室外烈日炎炎，阳光刺目。

好在高三女寝距离食堂比较近，要不了几步路就能到。

高一高二是八人一寝室，高三则变成了六人一寝室

理科班女生少，他们高三（2）班一共五十七个人，女寝才三个半。

分寝方式也是按照学习成绩，所以陆云檀并没有和杨筱念住在一个寝室。

杨筱念所在的好学生寝室位于一楼的走廊里侧，陆云檀的寝室则比较靠近东侧楼梯。

到了 107 寝室门口，陆云檀停下了脚步，对杨筱念说了句："今天我值日，下午去上学的时候不用来找我了，你先走吧。"

陆云檀本以为杨筱念会立即答应下来，因为等待她打扫卫生，会浪费杨筱念宝贵的学习时间。

谁知道杨筱念的回答竟然是："没事，我等你。"

陆云檀并不想让她等自己："真不用，你先走就行。"

杨筱念："没事，我可以帮你打扫，咱们两个一起干活还能快一点。"

这一刻，陆云檀终于明白了自己为什么总是无法成功地和杨筱念绝交了，因为杨筱念这人实在是太过能屈能伸，无论她们俩之间发生怎样的矛盾，杨筱念总是先低头服软的一方。

常言道伸手不打笑脸人，所以她也不好意思冷漠无情地拒人于千里之外。

陆云檀叹了口气，无奈地说了句："随便你吧。"

这时，杨筱念所住的 104 寝室的大门忽然打开了，一位留着齐刘海、扎着马尾辫、身形胖胖的女生从寝室里走了出来，手里还拎着两个黑色垃圾袋。

她把垃圾扔进了位于楼梯口的绿色大垃圾桶里，然后转身回了寝室。

陆云檀微微蹙起了眉头，问杨筱念："我记得你们寝室上周五不就是李月瑶值日吗？今天怎么又是她？"

杨筱念先朝着自己的寝室看了一眼，确认门是关着的，才小声说："周五应该是陈思雨，今天才是李月瑶。但是陈思雨从来不值日，每次都让李月瑶替她值日。"

陈思雨，就是那位在上学期期末声称自己和周洛尘一起去看电影的女生。

陆云檀向来不喜欢陈思雨，并不只是因为周洛尘，还因为看不惯她平日里的作风："她干吗老欺负人家李月瑶呀？李月瑶怎么看都是个老实人，还能主动去惹她？"

李月瑶虽然是个胖女孩，但长相十分秀气，成绩也不错，性格却比较内向，话不多，经常独来独往，所以平时在班级里的存在感不高，但如果别人有什么事情请她帮忙，她一定不会拒绝，并且还会尽力完成，绝不敷衍了事，而且她从不歧视差生，如果有学习不好的同学去向她请教问题，她从不推托，一定会认认真真地为人家答疑解惑。

总而言之，李月瑶是个人品不错的好学生，所以，陆云檀还挺喜欢她。

杨筱念叹了口气："就是因为她老实，所以才好欺负呗。陈思雨早上从不去食堂，每天都让李月瑶帮她带早饭，周日返校的时候还经常让李月瑶替她去校门口的超市买东西，但是从不给钱，要是李月瑶给她买错了东西，她还要骂人家是猪脑子。"

陆云檀忽然好生气："陈思雨也不能一直逮着人家老实人欺负吧？我都要看不下去了！"

杨筱念连忙提醒："你可别去惹陈思雨，她厉害着呢，认识好多人，校内校外的都有，小心她找人堵你。"

下午两点二十分上课，因为打扫卫生耽误了些时间，陆云檀和杨筱念两点十分才到班级，那个时候班里其他同学已经都到了。

第一节英语课，但是教英语的那位女老师一般不到上课时间不会进班，老金又不在，所以二班的一群猴子称起了大王，班里乱糟糟一片：少部分积极分子在默默学习，值日生在打扫卫生，落后分子们则在玩耍嬉闹说话聊天。

陆云檀正准备去接杯水，然而她才刚起身从凳子上站起来，陈思雨施施然走上了讲台，手中还拿着一个粉色封皮的笔记本，嗓音清亮地咳了两声："大家先安静一下，听我念一段东西。"

她是英语课代表，所以大家都以为她要宣布英语老师布置下来的学习任务，乱哄哄的班级瞬间安静了下来。

陆云檀也坐回了板凳上。

陈思雨红唇一勾，漂亮的眼梢微微挑起，表情看起来有些得意，然后开始绘声绘色地宣读笔记本上面的内容："7月20日，晴，终于开学了，我又见到了徐沛然，真是太开心了，我已经有整整一周没有见到他了……7月21日，徐沛然今天给我接了杯水。7月22日，今天我和徐沛然一起值日，但是我来晚了，徐沛然帮我把地拖了，我心里有些开心……"

徐沛然，二班班长，皮肤白皙，五官端正，长相有点小帅，性格比较外向，在班里的人缘还算是不错。

陈思雨连读了三篇日记后，班级里先是陷入了死一般的寂静，三秒钟后，忽然爆发出了一阵排山倒海般的呐喊起哄声，喊得最起劲的，就数最后一排的八大金刚。

下西洋和李航也在乐呵呵地起哄。陆云檀和孙茜却没有，而是沉默着对视了一眼，一点都不觉得好笑：显然，陈思雨正在宣读某个同学的私密日记本。

这时，陈思雨抬起了双手，将手掌向下压，示意大家安静，笑靥如花："还有呢，没读完呢。"然后将日记本往前翻了几页，继续大声地朗读，"7月13日，晴，我的心情却是阴天，"读到这里，她自己都没忍住笑了出来，"扑哧，哈哈哈……因为马上就要放假了，我就见不到徐沛然了，所以我一点也不想放假。"读完，陈思雨又捂着嘴巴笑了起来。

班级里面的起哄声更热烈了，后排还有男生大喊："班长，你可以呀，魅力无限！"引得不少人都在哈哈大笑。

陆云檀却尴尬得不行，虽然日记本的主人并不是她，但她还是很羞耻，同时又很愤怒，仿若正在被陈思雨当众扯下遮羞布的人是自己一样。

随后，她看向了坐在第三排正中间的徐沛然，看到他双拳紧攥，脑袋埋得低低的，耳根都红透了，像是要滴血。

这时，孙茜忽然戳了陆云檀一下。

陆云檀看着她问："怎么了？"

孙茜凑到陆云檀耳边说："你看李月瑶。"

陆云檀立即看向了坐在徐沛然前边的李月瑶。

此时此刻，李月瑶正趴伏在桌面上，紧紧地将脸埋在胳膊里，胖胖的身体一颤一颤，显然，她正在哭。

班里大部分人似乎都发现了这一点，抻长了脖子往李月瑶的位置上看，窃窃私语着。

卞西洋和李航也不再笑了，心里都有些不是滋味——其实，李月瑶对他们这帮差生，还挺好的。

陈思雨依旧得意扬扬地站在讲台上，志得意满地扫了一眼讲台下的李月瑶，嘴角又是一勾，然后朝着大家晃了晃手中的粉皮日记本：“大家猜一猜，日记本的主人是谁呀？”

孙茜气得要死，小声骂了句：“陈思雨真不是个东西！坏死了！”

陆云檀深吸一口气，用力地捶了一下桌子，直接从凳子上站了起来，死死地瞪着陈思雨，大声说道：“我的日记本，怎么了？”她又转身看向了教室后方，怒不可遏，“谁再敢笑一下，我就要谁好看！”

全班瞬间安静了下来，五十几道视线齐刷刷地集中到陆云檀的身上。

卞西洋赶忙扯了扯陆云檀的衣角：“檀姐，冷静点！冷静啊！”

陆云檀置若罔闻，面色铁青地瞪着陈思雨：“你竟然当众宣读人家的日记，披着张人皮不干人事！路边的野狗都比你人品好！”

孙茜声音小小地支援自己同桌：“骂得好！”

陈思雨向来是天之骄女，走到哪儿都有人捧着，从没被人当众辱骂过，哪里咽得下这口气：“陆云檀，你想死是吧？”

陆云檀冷笑一声，对自己的同桌说：“让开。”

孙茜立即起身给她让位：“檀姐，加油！”

陆云檀径直走上讲台，身姿笔挺，气势汹汹。陈思雨下意识地往后退了两步。

陆云檀面无表情地朝她伸出了手，不容置疑：“日记本给我。”

陈思雨扫了一眼呆若木鸡的李月瑶，冷幽幽地问：“是你的日记本吗？”

陆云檀不假思索：“是我的。”她再次重申，“给我！”

陈思雨再次勾起了嘴角：“也就是说，你承认你喜欢徐沛然？”

陆云檀面不改色：“承认。”

陈思雨不屑一笑：“既然如此，日记本还给你好了，反正丢的也不是我的脸。”说着，她将日记本扔了出去，故意扔偏，让陆云檀接了个空，然后转身走人。

陆云檀忍无可忍，一把抓住了她的马尾辫，翻转手腕，朝后用力一扯。

陈思雨大惊失色，不可自控地往后踉跄了几步。

陆云檀一把扼住了她的后颈：“道歉！”

陈思雨挣扎着想走，奈何陆云檀的手仿若铁打的，死死地压制着她，令她无法撼动分毫。

陆云檀再次警告她："道歉！"

全班噤若寒蝉，目不转睛地看向讲台。

陈思雨羞愤难当，白净的脸皮已经红透了，眼泪在眼眶里直打转："陆云檀，你给我等着吧！"

陆云檀咬牙切齿："你要是再不道歉，我现在就要你好看！"她突然加大了手中的力度。陈思雨感觉到了一阵剧痛，后颈几乎要被掐断，终于害怕了起来，双唇颤动着，嗫嚅着，正准备道歉的时候，教室的前门忽然被推开了。

英语老师瞬间蹙起了眉头，盯着讲台上的两人问："你俩干吗呢？"

陆云檀不得不松开陈思雨，面不改色地回答："她摔倒了，我正准备扶她起来呢。"

英语老师并不相信陆云檀的话，一脸怀疑地看向了自己的课代表："是吗？"

陈思雨知道英语老师一定会向着她，因为她比陆云檀成绩好得多，但她自知理亏，所以没有向英语老师告状，迅速低下了头："是的。"

英语老师不好再多说什么："赶紧回位，上课了。"

陈思雨立即朝着自己的座位走了过去，陆云檀先将日记本从地上捡了起来，然后才回了座位。

她没有翻开那本日记，而是把它放进了自己书包最里层的夹层中。

英语老师走上了讲台，把教案放在了讲桌上，一般这个时候，班长就会喊一声"Stand up（起立）"，然后全班起立，异口同声地喊"Good morning/afternoon Ms.Yang（早上好 / 下午好，杨老师）"。

但是今天杨老师站在讲台上等了好久，都没有等到来自班长的"Stand up"，索性自己喊了一声："Good afternoon girls and boys（下午好，孩子们）。"

徐沛然这才回神，赶忙喊了声："Stand up（起立）。"

全班起立，向老师回礼。

杨老师："Sit down, please（请坐下）。"

刚才发生的事情似乎在全班人落座的那一刻翻了篇，但事实并非如此，平静的表面之下，暗藏玄机——

上课还不到十分钟，陆云檀已经收到了来自多方的小字条。

孙茜：【檀姐，你刚才路见不平拔刀相助的样子帅呆了。】

下西洋：【檀姐，我好崇拜你。】

李航：【檀姐，收小弟不收？不比下西洋差。】

李月瑶：【真的很谢谢你，很谢谢你！我一定会报答你！一定！】

徐沛然：【多谢了啊。】

杨筱念：【你干吗要多管闲事啊？陈思雨现在真的很生气，正准备找人打你呢。】

呵，还想打我呢？

我堂堂全国武术冠军，能怕一帮小喽啰？

陆云檀嗤之以鼻，直接把杨筱念的字条攥成一团，扔到了一边。

刚才没听到陈思雨的道歉，她心有不甘，总觉得事情没办完，准备下课后彻底把这件事情解决了，不然陈思雨以后还会欺负李月瑶。

然而英语课一下课，陈思雨就怒气冲冲地离开了教室，看样子是真的要去找人帮忙。

这下陆云檀倒也不着急了，兵来将挡，水来土掩，来一个她打一个，来两个就打一双！于是，她拿着杯子去接水了，谁知杨筱念竟然跟了过来，急慌慌地对她说："陈思雨去找王泽了。"

王泽，文科十七班的男生，高三年级风云人物之一，学习不怎样，校内名声倒是响当当的，所以学校里面几乎没人敢惹他。

陆云檀却一点都没当回事："王泽怎么了？还能把我吃了？"

杨筱念无奈："王泽可不好惹！上回十八班有个男生跟他对着干，他找人在放学路上把那个男生堵了。"

陆云檀依旧嗤之以鼻："别说王泽了，就是李泽、张泽、杨泽一起来了都没用，陈思雨必须给李月瑶道歉，不然这事儿没完！"

杨筱念又急又气："这事跟你有什么关系呀？你非得管她干吗？还惹得一身麻烦！"

陆云檀看着杨筱念，问："如果今天被当众宣读的是你的日记本，你还会是这种事不关己高高挂起的态度吗？"

陆云檀："陈思雨这种行为就是在践踏别人的自尊，所以她必须道歉！"

杨筱念无奈：“随你便吧，我不管你了。”

两人接完水，一起回班，却在班级门口被一个烫着发的男生堵了，这男生的语气还挺不客气：“喊你们班陆云檀出来一下。”

陆云檀认出来这个男生是文科班的，大概猜出了他来找她的目的，也挺不客气地回道：“我就是陆云檀，有话就说。”

烫发男生上下打量了她一眼，语气趾高气扬：“王哥说了，看在你是个小女生的分上，就不为难你了，你好好跟陈思雨道个歉，这事就翻篇了。”

陆云檀都被气笑了：“做他的春秋大梦去吧。回去告诉王泽，让陈思雨来给我和我的朋友道歉，不然我连他一起收拾！”

烫发男生一脸怒意，神色猖狂：“你是不是给脸不要脸啊？”

陆云檀没说话，把水杯挂在了手腕上，突然出手摁住了他的右肩，另一只手抓住了他的右侧大臂，上下翻动，直接给他来了一套人工脱臼外加传统接骨。

烫发男生一脸惊恐。

陆云檀脸色一沉：“还不走！”

烫发男生的额头上已经冒出了冷汗，下意识地做了个吞咽的动作，转身就跑。

陆云檀不屑地冷哼一声，一脸傲娇地进了班，同时心里还有点小得意，感觉自己功夫越来越好了，下手稳准狠，完全可以和陆云枫一决高下，成为陆家武馆的最佳形象代言人。

杨筱念却没有跟着陆云檀进班，犹豫了一下，快速朝着西侧楼梯跑了过去，急匆匆地上了楼。

学校不给开空调，重点班的学生们也抵挡不了酷暑带来的高温，下课后一股脑地拥出了教室，三三两两地站在门前的走廊上。

梁云笺背靠栏杆而站，手肘搭在红色的栏杆上，修长的身体微微朝后方倾斜，正和站在他身边的周洛尘说着什么事情。

周洛尘侧靠在栏杆上，头上戴着一只黑色的鸭舌帽，显然，是头发没剪好，需要戴帽子遮羞。

杨筱念直接跑到了梁云笺面前，上气不接下气地说道：“陆、陆云檀她、她又惹事了！”

梁云笺瞬间站直了身体：“她怎么了？”

杨筱念言简意赅地把事情简述了一遍，最后长叹一口气，无奈道：“她还把王泽的小弟给得罪了，现在王泽肯定不会放过她了。”

不等梁云笺开口，周洛尘忽然笑了，语气中带着点欣赏：“她挺厉害啊。”

梁云笺眉头微蹙，他并不喜欢周洛尘的这种语气，好像自己守护许久的宝藏被周洛尘发现了。

杨筱念：“是挺牛的，但是有点太惹是生非了，这件事明明和她没关系。”说完，她抬起了眼皮，小心地打量着梁云笺的脸色。

梁云笺轻叹口气，重新靠在了栏杆上，附和道：“是啊，确实太能惹是生非了，一点都不讨人喜欢。”

周洛尘一愣，不明就里地看着梁云笺。

杨筱念心头一喜，继续说道：“我都已经提醒过她好多次了，可是她不听劝。”

梁云笺再次附和：“确实，软硬不吃，油盐不进。”

杨筱念打量了一下梁云笺的神色，感觉他确实是在赞同自己的话，于是又试探着说了一句：“住在老街上的人都这样。”

梁云笺眉头一挑，饶有兴致：“都什么样？”

杨筱念在心里舒了口气，索性放开说了：“都没什么素质。我妈说了，住在老街上的人都是东辅当地的老土著，没什么钱，还觉得自己特别了不起，天天做白日梦等拆迁，其实政府根本不会拆到那里去，只能守着家里那座破院子过一辈子。”

是吗？

梁云笺回想了一下自己记忆中的老街，确实有些破落，大部分人的素质也确实不怎么高，经常能见到光膀子的大汉和骂街的女人。

但是，这条老街上，却聚集着一股令人无法抵抗的人间烟火气。

光膀子的大汉敢当街扭绑人贩子；骂街的女人也可以很温柔地询问他胳膊上的伤口好了没有；卖蜂蜜面包的李叔会送给他面包吃，还跟夸小孩似的，夸他是个勇敢的男子汉；诊所的刘叔会每天帮他换药，并且分文不取……

他们是没什么素质，但却勇敢、善良、朴实，拥有着十足十的人情味。

梁云笺轻笑了一下，用一种鼓励的语气对杨筱念说：“还有吗？”

杨筱念搜肠刮肚地想了想：“她初中是五中的，但是老街旁边的学校都不怎么样，按照陆云檀的中考成绩，她根本上不了二中，全靠分配生名额，所以她高一的那个班主任可不喜欢她了，觉得她就是来二中拖后腿的。”

梁云笺点了点头：“是，你说得对，以后离陆云檀远点，少跟她接触。”

杨筱念心头又是一喜，嘴上却十分为难：“这样……不太好吧？”

梁云笺：“你配吗？”

杨筱念神色一僵，万分错愕。

“你配得上她的好吗？”梁云笺冷声质问，“你连她万分之一的好都配不上，有什么资格当她的朋友？”

杨筱念仿若被当众扇了一巴掌，脸颊涨红，眼眶发热，羞愤难当。

梁云笺神色阴沉，又带着难掩的厌恶：“以后，也少在我面前出现，免得脏了我的眼。”

下午第二节是班主任老金的生物课，陆云檀早早就把生物书从桌洞里拿出来了，老老实实地坐在自己的位置上，耐心地等待着上课铃打响。

悠扬的上课铃声打响，徐沛然喊了“起立”，全班起身，按照流程对着老金喊了声“老师好”，老金按照惯性回了句“同学们好”，全班落座，生物课正式开始。

天热，教室的门窗全部洞开着，老金刚开口讲了不到两句话，教室前门外忽然冒出了一人：“报告。”

老金话音一顿，全班人的目光在瞬间全部集中到了教室前门。

陆云檀的座位靠窗，看不到前门外站着的是谁，于是戳了戳她同桌：“谁呀？”

孙茜也是探着脖子才看到：“杨筱念。”

陆云檀赶忙看了眼杨筱念的座位，这才发现她的位置上空无一人，不由得诧异了起来：刚才接完水，我们俩不是一起回班了吗？

老金有些不悦：“进来吧。”

杨筱念脚步匆匆地进了班，将脑袋压得低低的，鼻尖和脸颊微微泛红，似乎是很不好意思。

等她坐好后，老金继续上课。

孙茜奇怪地盯着杨筱念看了一会儿，然后戳了戳正在认真听课的陆云檀，小声说：“杨筱念好像哭了。

“嗯？”陆云檀的注意力瞬间被转移，立即看向了坐在第二排的杨筱念。

她看过去的时候，杨筱念依旧低埋着脑袋，正伸手抽放在桌面上的维达纸巾，然后抬手，用纸巾擦了擦眼睛和鼻子。

孙茜：“她遇到什么伤心事了？”

陆云檀也是一脸蒙：“我也不知道呀。”忽然想到了一个可能性：该不会是被王泽或者陈思雨威胁了吧？

她不安地抿了抿唇：“我下课问问吧。”

下午只有两节课，然后是三十分钟的大课间，是下午的跑操时间。

陆云檀准备在去操场的路上问问杨筱念怎么了，然而下课后，杨筱念根本没有等她，迅速离开了教室，孤身一人去了操场。

陆云檀比杨筱念的个子高，所以跑操的时候她们也没站在一起，她只能等跑操结束后再去找杨筱念。

体育老师宣布“解散”的那一刻，一个个整齐的班级方阵瞬间土崩瓦解。陆云檀身形迅速地穿越人群，跑到了杨筱念身边，关切地询问：“你没事吧？”

杨筱念并没有看陆云檀，面无表情，语调冷冷：“没事。”

陆云檀有些不放心：“真的没事？我看到你哭了，不是因为陈思雨和王泽吧？”

杨筱念：“和他们没关系。”

陆云檀舒了口气：“那是因为什么呀？”

杨筱念的眼眶再次开始发热，咬了咬牙，回答：“不用你关心，以后离我远点。”

陆云檀不明就里：“什么意思呀？”

杨筱念深吸一口气，一脸怨毒地看着陆云檀：“意思就是我讨厌你，都是因为你！我恨死你了！”

陆云檀愣住了。

神经病吧。

她冷哼一声：“巧了，我也不怎么喜欢你。”说完，转身就走，双手负后，一身傲娇，内心还有些轻松：道不同不相为谋，早就该绝交了，以后终于不用再别别扭扭地相处下去了。

走到操场门口时，忽然听到有人喊她的名字：“陆云檀。”

她转身一看，是李月瑶。

李月瑶小跑了几步，来到她身边，神色有几分赧然，但还是很认真地对她说了声：“谢谢你呀，真的很谢谢。”

陆云檀：“不用谢，举手之劳。”

李月瑶欲言又止了好几次，都不知道该怎么表达自己的感激了：“真的真的很谢谢你，要不、要不然我以后每天都请你吃饭吧。”

“不用，我自己去买就行。”陆云檀忽然想到了什么，“对了，从明天开始不许再给陈思雨买早饭，也不许再替她打扫卫生，不然她只会得寸进尺！”

李月瑶抿了抿唇，神色中带着为难。

陆云檀明白了什么，信誓旦旦地对她说：“她要是敢找你的麻烦，你就来找我，我去找她的麻烦！”

李月瑶很感激，但也不好意思再继续麻烦她：“你已经帮了我很多了，要不、要不就这样算了吧，陈思雨不好惹，认识很多人，会连累你的。”

陆云檀心想：都已经惹上一道麻烦了，还怕惹上第二道？

她斩钉截铁地对李月瑶说：“你不用怕她。对付这种人，委屈求全是没用的，你越是委曲求全，他们就越是得寸进尺，最好的方式就是勇敢起来和他们对着干！让他们知道我们没那么好惹！”

李月瑶形容不安：“可是、可是我不知道该怎么对付他们……”

陆云檀伸手揽住她的肩膀：“怕什么？不是还有我嘛，我会帮你的！”

李月瑶眼眶都有点酸了，很真诚又很认真地说：“云檀，你真的是我见过的最好最好的人。”

陆云檀笑着回：“我也只是一般好而已啦！”

随后，两人一起回了高三教学区，才转上教室前方的走廊，陆云檀就看到了站在二班后门外的梁云笺，立即朝他跑了过去：“你怎么来了？”

梁云笺垂眸看着她：“听闻了檀女侠的英勇事迹，特来询问一下是怎么回事。”

陆云檀有些意外：“传得这么快？”

梁云笺笑着回：“是啊，名扬天下。”

陆云檀：“我是不是特别厉害？”

梁云笺满含赞同：“路见不平，拔刀相助，厉害极了。”

陆云檀开心地勾起了嘴角。

梁云笺切入了正题：“王泽来找你，你想好怎么对付王泽了吗？”

陆云檀想了想：“使用绝对力量碾压他？”

梁云笺无奈一笑：“没想过谈判吗？”

陆云檀：“不可能的，我还得罪了他的小弟。”

梁云笺轻叹口气：“略有耳闻。”

陆云檀：“我还要求陈思雨道歉，但是她没有道歉。”

梁云笺：“所以你的诉求是让她当众道歉？”

“她当众宣读了别人的日记，就必须当众道歉。”陆云檀不容置疑地说，“并且我要的不只是道歉，我还要她保证，以后再也不欺负班里面的任何一个同学！”

梁云笺点了点头：“行，我知道了。”

陆云檀一愣：“什么意思？”

梁云笺：“我先去和王泽谈。”

陆云檀：“要是谈不妥呢？”

梁云笺：“那就只能依靠檀女侠了。”

陆云檀拍了拍梁云笺的胳膊：“放心，你负责文，我负责武！”她又宽慰了他一句，“从古至今，两国外交从不杀来使，他要是不守规矩，敢动你一根头发，我就让他后悔来到这个世界上！”

梁云笺忍俊不禁：“多谢檀女侠的庇佑。”

陆云檀：“放心大胆地去谈，千万不要向恶势力低头！”

梁云笺一本正经地回：“鄙人一定谨记在心，绝不辜负您的厚望。”

陆云檀就喜欢别人捧她，尤其是梁云笺捧她，整个人都要飘起来了，然后挺直了腰板，一手负后，一手在半空中挥了挥：“没别的事了，你可以退下了。”

梁云笺：“那我走了。”

陆云檀点头：“嗯，走吧！”

但是等梁云笺走了之后，她却一直没有进班，而是目不转睛地看着他的背影。在梁云笺走进西侧楼梯间的那一刻，她忽然想到了什么，立即朝他跑了过去：“臭书生！”

梁云笺在台阶前停下了脚步，转身看着她。

陆云檀跑到他面前。这时，刚巧遇到了出来扔垃圾的徐沛然，陆云檀立即眉飞色舞地跟梁云笺介绍："他就是我们班班长，我现在的蓝颜知己，众所周知的那种！"

徐沛然脸皮薄，一个玩笑就红了脸："别、别、别开玩笑，我、我、我不敢当。"

陆云檀不乐意了："哇，你竟然还看不上我呢？"

梁云笺神色一沉，面无表情地盯着徐沛然。

徐沛然："不不不，我是配不上你。"

陆云檀："你还行吧，挺帅的！"

徐沛然的脑袋都快摇掉了："不不不，我不行！"说完，他转身就走，但奇怪的是，总觉得背后发凉，像是有人在用能杀人的眼神盯着他……那个词是怎么说的来着？如芒在背？如芒刺背？芒刺在背？

反正就是这么个感觉，被人追杀也不过如此，从而导致他越走越快，越走越快，到最后是一路小跑进的班。

陆云檀终于言归正传，看着梁云笺问："你们班开空调了吗？"

梁云笺这才收回了目光，没回答她的问题，反而问了句："你觉得他很帅吗？"

陆云檀："还行吧，不过不是我的菜。"

梁云笺的神色这才稍有缓和："你刚才问我什么？"

陆云檀无奈："你们班开空调了吗？"

梁云笺如实作答："没有。"

陆云檀不满地皱起了眉毛："学校也太过分了吧，重点班都不给开空调？"她抬头望着梁云笺，发现他的鬓角处有汗水，立即做出了一个决定：现在就行动！空调今天必须开！

然后，她斩钉截铁地说："你等我一会儿，我马上就让你凉快起来！"说完，她也不管梁云笺了，转身就跑，然而跑出去还没几步，忽然想起来什么，又立即停下了脚步，回头看着梁云笺，"你站在这里不要动哦，我去给你买兜橘子。"

梁云笺不解。

陆云檀顽皮一笑："逗你玩的，你站这儿别动。"

梁云笺微微蹙眉，有预感她要做的不是什么好事。

陆云檀看了眼腕表，距离四点半的大自习上课还有六七分钟的时间，完全够用。

下午的天气依旧炎热，犹如烤箱，所有人都是刚跑完操，一个比一个心焦气躁、汗流浃背，身上热得像是要从内部自燃。

教室里更是闷热，教室外面的走廊站着不少人。

卞西洋面红耳赤、气喘吁吁，正拿着把扇子靠在栏杆上扇风，另外一只手里还攥着一根刚从超市里买回来的棒棒冰。

陆云檀直接来到他面前："传令给八大金刚，现在就行动！"

卞西洋蒙了："啊？"

陆云檀："天下苦高温久矣，空调刻不容缓！"

卞西洋还是蒙的："太、太、太突然了吧？"

陆云檀振振有词："一点都不突然，今天39℃，明天40℃，如果再不开空调，我们都会中暑的！还有，你想想，如果咱们班现在已经开了空调，那么你跑完操之后，就不用站在走廊里扇扇子了，而是坐在教室里吹、空、调！"

卞西洋瞬间心动——空调啊！从烈火地狱到人间天堂的空调啊！

他一把合上扇子，如一头小牛犊似的，从后门冲进了教室。

半分钟后，八大金刚集体出动，一分为二，其中四个人每人抱着一摞灰绿色的卷子，脚步匆匆地朝着西侧楼梯间跑了过去。擦肩而过时，梁云笺迅速拦住了其中一人："你们要去干什么？"

被拦住那人叫孙明飞，兴冲冲地说："吹空调啊！"

梁云笺："？"

另外四位同学从教室里面出来后，直接来到陆云檀面前，其中一个叫李东浩的男生迫不及待地问："檀姐，咱们怎么干？"

陆云檀一脚踩在了栏杆下方的基石上，伸手指着面前的教学区："我喊一二三，你们就喊开空调，喊得声音越大越好！"

李东浩："行！"

陆云檀将双手搭在了唇边，做喇叭状，气沉丹田："一，二，三！"

四大金刚："开空调！"

"一，二，三！"

“开空调！”

“一，二，三！”

“开空调！”

连喊三声之后，楼上的某个班忽然加入，跟着二班的节奏一起喊了起来——

“一，二，三！”

“开空调！”

有了一个班的加入后，陆陆续续地有更多的班级加入了其中，一阵高过一阵的声浪在向他们证明，队伍在不断发展壮大。

少年肆意、轻狂、桀骜，浩浩汤汤的呐喊声在四方形的教学区内生生不息、经久回荡。

忽然间，楼上某个班的学生朝着楼下扔了一沓卷子：“不开空调就不学了！”

有人带头扔卷子，就有人跟着扔。

不消片刻，整个教学区就像是下了一场狂暴的卷子雨，从五楼到一楼的半空中飘满了各种各样的卷子和纸，绿的、白的、黄的……

年级长和教导主任抱着胳膊，一脸冷厉地站在教学区大门前，仰头望着一片混乱的教学区，脸上的表情一言难尽。

本场“开空调”活动一直持续了十五分钟，直到各班班主任出面，把走廊上的同学“轰”回了教室。

随后，年级长召集各班班主任，开了一场紧急会议。

下午五点半，大自习结束，各班学生去吃晚饭。

下午六点半，第一节晚自习开始，各班班主任皆板着脸进的班。

学生惯是会察言观色的，那股冲动劲儿过去后，内心终于后知后觉地升腾起了几分惶恐与不安。

老金推开了二班的教室门，面无表情地走上了讲台，全班寂静无声，一个比一个头埋得低。

呼吸声都收敛了的教室里，忽然响起了“嘀嘀”两声响。

全班人先是意外，然后齐刷刷地看向了挂在北面墙上的两台空调，全开了。

三秒钟后，整个高三教学区内爆发了一阵又一阵的欢呼雀跃声。

二班教室，老金站在讲台上，将空调遥控器放在了讲桌上，叹了口气：“你们赢了，空调开了，好好学习吧。”

紧接着响起的就是学生们自发性关门、关窗的声音。

老金蹙眉，扫视了一眼全班，语气中带着些忐忑：“刚才的事，不是咱们班人带的头吧？”

全班安静如鸡，唯独下西洋斗胆说了句：“怎么可能是我们呢？”

陆云檀附和：“对啊……”

老金点了点头：“不是你们最好，要真的是你们，趁早自首，年级长要查监控，最迟明天早上，一定能抓到罪魁祸首。”

陆云檀正襟危坐，查监控很快，估计用不了一个小时她就会被“抓捕归案”。

虽然早有预料，但心里还是会有点忐忑，毕竟是要被严肃处分的事情。

搞不好，还会被开除学籍吧？

然而年级长的效率比她想象中的要慢得多，一直到十点晚自习下课，她都安全无恙。

难不成是要等到明天白天再查？就不怕她畏罪潜逃吗？

不过她不会逃的，一人做事一人当。

但是在证据确凿之前，她也不会去主动自首，万一年级长查不出来呢？

十点晚自习下课，她没像往常一样那么积极地回寝室，而是等着李月瑶一起，然后亲自把李月瑶送回了女寝104——她担心陈思雨会在晚上熄灯后打击报复李月瑶，所以才要来104震慑陈思雨一下。

但是陈思雨却不在寝室。

陆云檀只好坐在104里等。

杨筱念也回了寝室，却没有理会她，甚至没有正眼瞧她一眼，像是把她当空气。

陆云檀也不知道自己怎么惹着杨筱念了，但也懒得搭理她，索性也把她当空气。

等了将近十分钟，陈思雨才回寝室。陆云檀从凳子上站起来，开门见山地说：“以后你要是再敢欺负李月瑶一下，我就让你知道什么是真正的教训！”

陈思雨哪里会服气，吊着眼梢，颐指气使地瞪着她：“陆云檀，你以为自己是谁啊？信不信我明天就找人收拾你？”

陆云檀语气淡淡：“这儿是女寝，你认识的那些好哥哥、好弟弟们的手再长，也伸不到这里来，你要是不乖乖听话，我就教你做人，没人会来帮你！”

陈思雨沉默了。

104 其余人也不敢惹陆云檀，整个寝室陷入了史无前例的寂静之中。

陆云檀面无表情地盯着陈思雨：“我说的话你听明白了吗？

“如果你现在道歉，并能够保证以后再也不欺负任何同学，我可以立即放过你。”

陈思雨也知道现在不会有人帮自己，但也不甘心就这么向陆云檀妥协——只要等到明天，她就能去找王泽或者其他人收拾陆云檀，现在只需要按兵不动就好。

于是，她就像是没听到陆云檀的话一样，放下了自己的挎包，从架子上端起了自己的洗漱用品，转身朝着阳台走了过去。

陆云檀心想，这还谈什么啊？

她长叹一口气：“那就让王泽直接来找我吧。”说完，她拉住了李月瑶的手腕，“这几天先去我们寝室住，最晚下周，你就是这个寝室的寝室长。”

李月瑶简单又迅速地收拾了一下东西，毫不犹豫地跟着陆云檀走了。

去 107 寝室的途中，李月瑶的内心非常不安：“云檀，王泽可能真的会在周六放学的时候找人堵你，他在校外认识的那些人都……”

陆云檀满不在乎：“来一个我就打一个，来两个我打一双！”

她带着李月瑶回到自己寝室的时候，一推开门，就听到孙茜在和大家分享新鲜出炉的八卦：“我一直以为是咱班先带头的呢，没想到竟然是九班。”

陆云檀蒙了，瞬间把王泽那帮人抛到了脑后：“啊？你听谁说的？”

孙茜：“听我九班的朋友说的，今天第一节晚自习下课后梁云笺就去找年级长自首了。”

寝室没有多余的床铺，陆云檀只能和李月瑶挤在一张床上。

李月瑶的睡眠质量很好，不认床，熄灯后没过多久就睡着了。陆云檀却无论如何也睡不着，倒不是因为身边多了一个人，而是因为梁云笺——

她做梦也想不到，梁云笺竟然会替她背黑锅。

年级长一定会给“空调事件”的罪魁祸首降处分，但她宁可自己背处分，也不想让梁云笺替她挨罚，因为梁云笺和她是不一样的。

她是落后分子，学习不好还经常惹是生非，所以挨处分是很正常的事情，但是梁云笺不同，他是积极分子，是品学兼优的好学生，是老师和同学们心目中的学生代表，所以他不能挨处分，不然岂不是往皑皑白雪上抹黑乎乎的炭灰吗？

不行！

她绝对不允许这种事情发生！

熄灯前，她给梁云笺发了许多条微信，勒令他不许抢自己的功劳，不然就揍他！但是他一直没有回复消息。她只好给周洛尘发微信，让他去劝劝梁云笺，不要打肿脸充胖子，就算他去自首了年级长也不会相信是他干的，然而周洛尘的回复却是：【你不要再管这件事了，梁云笺会解决。】

陆云檀无语到极点，这件事明明是因她而起，她怎么可能不去管嘛。

整整一晚上，她都没有睡好觉，并且已经下定了决心，明天一早就去找年级长自首，绝不让梁云笺替自己背这口破锅。

早晨五点五十分，寝室的灯一亮，陆云檀就睁开了眼睛，行动迅速地起床穿衣服，然后冲到阳台上洗脸刷牙。不到六点过五分，她就离开了寝室，连早饭都没去买，直奔教学区。

她要站在教学区门口堵年级长。

然而令她想不到的是，老金今天来得格外早，还不到六点十五分，他就迎着夏季的晨风阔步而来，在教学区门口看到陆云檀后，问了句：“你站在这儿干吗呢？”

陆云檀抿了抿唇，纠结了一下，最终决定对老金说实话：“我在等年级长。”

老金：“你等年级长干吗？”

陆云檀：“自、自首。”担心老金搞不明白状况，她又特意解释了一句，“昨天的事是我带的头，和其他人没有关系。”

她本以为老金会很震惊很愤怒，谁知老金竟然淡定极了，一脸无奈地朝她挥了挥手：“回班早读，别站在这儿浪费时间。”

陆云檀蒙了，不明白老金是什么意思：“年级长今天不来了吗？”

老金叹了口气："跟我去我办公室。"

这里是教学区门口，马上到上学高峰期了，来往学生多，有些话不能直接在这里说。

陆云檀只能跟着老金去办公室。

老金在办公桌后坐下，问站在桌前的陆云檀："你昨天晚上怎么不去自首呢？"

陆云檀实话实说："我一直等着年级长来抓我呢。"

老金都气笑了："怎么现在要去自首了？"

陆云檀抿了抿唇，小声说道："我听说有人去自首了。"

老金："嗯，九班的梁云笺。"

陆云檀："一人做事一人当，我用不着别人替我背锅。"

老金："他为什么要替你背锅？"

陆云檀想了想："因为他讲义气，够朋友。"

老金再次叹了口气，感觉这丫头真是不开窍，伸手点着桌面说："因为他知道年级长不会重罚他，但一定会重罚你！"

陆云檀不能理解："为什么呀？"

老金："因为人家是年级第一，因为人家学习好，因为人家没有'前科'，年级长最多给他下个警告处分，你会被开除学籍！"

陆云檀有点儿心理不平衡："这不是差别待遇吗？"

老金说话很直白："这不是差别待遇，是对好学生的从宽处理。平心而论，你要是年级长，你会怎么处理罪魁祸首？"

陆云檀无话可说。

老金："还有，如果你把这件事揽自己身上了，那么最先带头的就是咱们班，整个班级都会受到牵连，但如果是梁云笺，那就是九班带的头，和咱们班一点关系都没有，九班是重点班，学校也不会把九班怎么样，拉梁云笺一个典型就够了，但是这事放在咱们班就不一定了，说不定还要接连处分好几个。"

事关班级荣誉，陆云檀咬住了下唇，陷入了深深的茫然与纠结之中。

老金继续劝说："你以为年级长没有看监控吗？他早就看过了！谁是罪魁祸首，他心里清楚得很，但他为什么没有来找你？就是想放你一马。"

陆云檀纠结许久，还是不想让梁云笺替自己背锅："可是这件事真的和梁云笺没有关系，年级长不就是想拉出来个典型杀鸡儆猴吗？我也可以当那个被杀的典型，不对，我本来就应该是那个典型！”

老金无奈：“你怎么这么固执呢？现在大家不都是为了你好吗？你还不领情！”他又叹了口气，“算了算了，你自己看着办吧，但我劝你，先别急着去找年级长，再好好考虑考虑，考虑清楚了再做决定。”

“哦……”陆云檀小心翼翼地打量着老金的脸色，“那我先回班早读了。”

老金：“去吧。”

陆云檀走出班主任办公室后，先朝着对面二楼看了一眼，年级长的办公室位于西南角楼梯口处，此时大门紧闭。

显然，年级长现在还没来。

早读结束后应该会来吧？到时候她就去自首——她明白老金的好意，但她宁可被开除学籍，也不想让梁云笺平白无故地背个处分。

整个早读，她都心不在焉的，不停地抬着脑袋朝年级长办公室张望。

差不多七点十五分的时候，她看到年级长走进了办公室。

七点半一下课，她就冲出了教室，准备去自首。谁知，卞西洋紧跟在她身后冲了出来：“檀姐！檀姐等一等！梁云笺让我跟你说句话。”

陆云檀脚步一顿：“什么话？”

卞西洋：“这件事他参与了，他不无辜。”

陆云檀：“什么意思？”

卞西洋：“他让你问孙明飞。”

孙明飞，八大金刚之一，也是昨天她安排的上楼撒卷子的四人中的其中一个。

陆云檀立即把孙明飞从教室里喊了出来：“昨天梁云笺干了什么？”

孙明飞：“他干的事可多了，号召了六个重点班的人出来喊，第一把卷子也是他撒的，牛得很！”

全年级重点班一共有六个，理科四个，文科两个。

孙明飞还在感慨：“我真是没想到好学生也这么有血性。”

梁云笺要是没参与的话，自首了也能撤销。

但他参与了，并不算是无辜，怎么洗都洗不干净了。

陆云檀忽然好生气，怒不可遏地质问孙明飞：“我安排你们去干的事，你们让他干？他一臭书生会干什么呀？”

孙明飞一脸无辜：“我、我们可没逼着他干啊，他自己要这么干的。”

陆云檀还是生气，气得呼吸加重，咬牙切齿：“百无一用是书生！”

卞西洋连忙劝道：“檀姐！先消消气！人家梁云笺也是为了支持咱们的空调行动嘛，咱们现在能享受到空调带来的福利，梁云笺功不可没！”

孙明飞：“是啊，而且他去自首了，咱们就不用挨罚了，年级长肯定不会重罚他，他是年级第一，顶多给个处分，但咱们几个就不一样了，他一个人换咱们十个人，多划算。”

卞西洋也说：“既然已经有一个人去揽事了，咱们就不要再搭进去第二个人了，徒增伤亡啊。”

陆云檀牙关紧咬，不置可否，但也没有再继续往前走。

这时，卞西洋忽然伸出手，指向了对面二楼：“梁云笺去找年级长了。”

陆云檀立即抬头，朝着年级长办公室看了过去，一道修长清隽的熟悉身影，在年级长的办公室门前停下了脚步。

年级长办公室的大门没锁，却是关着的，梁云笺抬起右手，轻轻地敲了敲门，直到年级长喊了：“请进。”他才推门而入。

年级长坐在办公桌后，看到是他，叹了口气：“想好了？”

梁云笺站在办公桌前：“嗯。”

年级长：“我给了你一晚上的考虑时间，你还是没改变主意？一定要帮陆云檀揽罪是吧？”

梁云笺语气笃定：“这件事本身就是因我而起，和她没有任何关系。”

年级长：“你不要把我当傻子，监控我也看到了，是谁带的头我心里清楚得很。”

梁云笺面不改色：“她是受了我的挑唆。您可以再把监控往前调两分钟，就会看到我站在二班的后门外，在和陆云檀说话，我就是在那个时候挑唆她的。”

年级长无奈，再一次地提醒他：“你一旦受了处分，就和保送生无缘了。”

梁云笺：“无所谓。”

年级长虽然有些恨铁不成钢，但也能感觉到，他是真的无所谓，全年级最无所谓的一个人就是他了：“我知道你身体不太好，但是医学在不断进步，你也不能自暴自弃，有些人做梦都想要保送生名额，你就这么放弃了？”

梁云笺：“我要是活不到那一天，这名额给我，不就浪费了吗？”

年级长哑口无言。

几分钟后，梁云笺离开了年级长办公室，一走进西南角的楼梯间，就看到了陆云檀：“你怎么来了？”

陆云檀已经站在这里等他多时了：“我来看看大傻子长什么样！”

陆云檀还是好生气：“你是没脑子吗？我昨天是不是跟你说了站在那里不要动？你干吗要跟孙明飞他们一起？”

梁云笺回答：“想亲身感受一下当落后分子的感觉。”

陆云檀白他一眼，看不出来你这个臭书生还挺叛逆呀？

她冷哼一声，没好气地问：“被处分的感觉爽吗？”

梁云笺先做出了一副认真思考的样子，然后缓缓点头：“还行。”

陆云檀气得要死，转身就走，下了几级台阶后，越想越气，突然回头，气冲冲地瞪着梁云笺：“下次你要是再不听我的话，我就打断你的腿！两条腿全部打断的那种！”

梁云笺笑着回：“遵命。”

学校针对梁云笺的处分下得很快，上午十点多的课间操结束后，陆云檀一走进教学区，就看到许多人围在大门左侧的告示黑板前，全都在仰着脖子张望贴在黑板上的那张崭新的处分通知：

> 20×× 年 7 月 28 日，高三（9）班学生梁云笺，带头扰乱课间纪律，严重违反校规校纪，造成极其恶劣的影响。
>
> 经研究决定，给予该生通报批评一次，取消本学年所有评优资格，并扣除个人学分 50 分。
>
> 希望大家引以为戒，严格遵守校规校纪，共创美好学习环境。

层层叠叠的人群中少不了议论声：

“真的是九班的那个梁云笺吗？他竟然能干出这种事？”

“我真是没想到带头的竟然是梁云笺。”

…………

听着这些喋喋不休的议论声，陆云檀面红耳赤、羞耻不已，好像现在被贴在墙上、公开处分的人不是梁云笺，而是她自己。

哪怕受处分的那个人真的是她，她也绝不会像现在一样羞耻。

真是恨不得一下子把围在黑板前的人群全部给轰走，然后再把处分揭下来，撕个稀巴烂!

可是现在她不能这么干。

不过，她也绝不会让这张处分在这里存活太久。

上午最后一节是语文课，老师一喊下课，她就从窗台上翻了出去，一阵风似的，朝着教学区大门跑了过去，路过告示黑板的时候，她猛然一抬手，将那张四角贴胶的处分通知单的下面两个角从黑板上揭了下来。

但是下午两点来上课的时候，她很遗憾地发现，那张仅靠着上方两个角粘在黑板上的处分通知并没有被风吹走，但值得欣慰的是，现在已经没人过分关注那张处分了，只把它当成一张贴在黑板上的白纸，路过时不会再侧头多看一眼——这就很方便她的行动了。

于是在晚上十点的晚自习下课后，她又是全年级第一个冲出教室的人，路过教学区门口的告示黑板时，再一次做不经意状朝着贴在上面的处分通知伸出了魔爪，“唰”一下，直接把整张处分通知撕了下来，揉成一个团，揣进兜里，一路小跑回了寝室。

她本打算把这张处分撕个稀巴烂，然后扔进厕所里，用水冲走，但是在开撕的那一刻，她忽然迟疑了起来。

犹豫许久，她还是决定不撕了，又重新把那张被揉得皱巴巴的处分给捋平整了，对折两下，小心翼翼地将它放进了自己书包的夹层中。

第五章

/ 初创团魂

空调解决了，陈思雨的事情还没解决，陆云檀一直在等着王泽主动来找她，但是王泽比她想象中的要沉得住气，一直没有主动出击。

时间转眼就到了周五，陆云檀有些沉不住气了，甚至还有些郁闷：这么一声不吭的是什么意思？还想让本女侠去揣测你的内心吗？

无奈之下，她只好去找了梁云笺，让他帮忙出个主意。

周五上午，她没去跑操，安安稳稳地坐在凉爽的教室里，气定神闲地等待着“梁大检察官”莅临。

差不多十点十五左右，操场那边传来了跑操时专用的音乐广播，各班按照列阵顺序高喊起了“一二三四”。

窗户忽然被推开了，陆云檀一抬头就看到了梁云笺，立即露出了一个灿烂的笑容：“臭书生！”

梁云笺没有废话：“开始背吧。”

陆云檀不高兴地皱起眉毛：“你怎么不问问我今天有没有请假条呢？”

虽然知道她一定没有，但梁云笺还是配合着问了句：“请问这位同学，你有请假条吗？”

陆云檀依旧是理直气壮：“我没有呀。”

梁大检察官非常严格：“今天已经是你本周第四次逃操了，按照约定，需要多背一篇英语作文。”

“可是我今天不是因为偷懒才逃操的。”梁云笺太高了，仰着脖子说话太累，为了保护脖子，陆云檀从凳子上站了起来，两条小臂叠起来放在内侧窗台上，“我是要和你商量重要的事情。”

梁云笺："什么事？"

陆云檀眨了眨眼睛，天真无邪："我买了张彩票，中了一个亿，不知道该怎么花。"

梁云笺轻叹口气：又开始皮了。

陆云檀一脸惆怅："哎，钱多也有困扰呀。"

梁云笺微微垂眸，做认真思考状，片刻后，认真回答："要不这样，你把钱转给我，我替你花。"

陆云檀不知道该怎么往下接话了。

梁云笺："还有问题吗？没有的话赶快背英语。"

陆云檀瘪了瘪嘴："你真没意思。"然后终于说到了重点，"王泽那边没有消息了，但这件事肯定不会就这么不了了之，可是他不来找我，我不知道下一步该怎么办了。"

梁云笺还是那个态度："先谈判吧，能不动手尽量不要动手，不如我先去找他谈，谈不妥的话，再说下一步的事情。"

陆云檀："你自己一个人去找他？"

梁云笺："嗯。"

陆云檀坚决不同意："那怎么行呢？你自己去不安全！"

梁云笺叹了口气："那我带着下西洋一起去。"

陆云檀沉默片刻："你是对下西洋有什么误解吗？他是虚胖，不是壮！你带着他还不如带根棒球棍。"

梁云笺："那你想怎么样？"

陆云檀："本女侠跟你一起去。"

梁云笺考虑了一下："可以，但你要保证一点。"

陆云檀："保证什么？"

梁云笺不容置疑："到时候不许冲动，也不许乱说话。"

陆云檀哼了一声："那要看王泽的表现了，如果他欺人太甚，我也不会忍气吞声。"

梁云笺："总而言之，尽量保持冷静，如果真的动起手来，对我们双方都没有好处。"

陆云檀也知道他说得对，最后，她还是答应了梁云笺："好吧，到时候你负责谈，我尽量不插嘴。"

梁云笺舒了口气，然后询问：“你想什么时间去找他谈？”

陆云檀想了想：“我得等下西洋回来，问他一点事，然后才能确定时间和地点，确定了之后再通知你。”

梁云笺：“行。”

陆云檀：“那你快走吧，我没有别的事情了。”说完，就要去关窗户。

梁云笺抬手抵住了窗框，监督学习的态度一丝不苟：“你的英语作文还没背。”

见陆云檀没有反应，梁云笺眉梢微挑：“没有准备？”

陆云檀顾左右而言他：“食堂一楼新开了家炸鸡店，很好吃的，我请你吃炸鸡腿！”

面对贿赂，梁大检察官不为所动：“下次补上，连背两篇，不然以后都不许逃操。”

官大一级压死人，陆云檀不服气到了极点，却又无法反抗，气得牙痒痒。

梁云笺垂眸瞧着她，发现她的眼梢又挑了起来，好看的眉毛微微皱着，红润的嘴巴紧紧地抿着，脸上写满了倔强与不服气。

每每看到她这种表情，梁云笺就会忍俊不禁：“想打我？”

陆云檀撩起眼皮，瞟了他一眼：“你现在少得意，三十年河东，三十年河西，我一定会报复你的！”

至于怎么打击报复，暂时还没想好。

梁云笺笑着说：“行，我在河西等着你。”

陆云檀愤愤不平：“到时候我就一脚把你踹到河东去！”

在梁云笺离开后没多久，跑操结束的同学们陆陆续续地回了班，一个个依旧是面红耳赤、满头大汗，但好在教室里的空调开了，冷风不断加持，室内外温差巨大，所有人一走进教室，瞬间就被凉爽的冷空气包裹，刹那间舒适到了极点。

下西洋回来得比较晚，因为他拐去食堂旁边的小超市买了一瓶冰可乐。回到教室后，他立即拧开了可乐的瓶盖，“咕嘟咕嘟”地灌了几大口，心满意足地打了个气嗝后，突然想起来什么，立即伸出手拍了拍陆云檀的肩膀：“檀姐！”

陆云檀正在思考事情，被打断后，转了过来：“怎么啦？”

下西洋：“有要事与您商议。”

陆云檀：“下大人请讲。”

下西洋：“上周老金让咱们自行成立学习小组，一组四到五个人，今天下午就报名单了，我还没着没落的呢。”

陆云檀一愣：“老金什么时候让成立学习小组了？”

这次回答问题的是下西洋的同桌李航：“上周一下午四点钟左右。”

陆云檀呆若木鸡：“你怎么记得这么清楚？”

李航：“学习的事儿，必须上心。”

你既然这么有觉悟怎么与我们这种落后分子为伍了？

陆云檀又问了李航一句：“所以，你已经有着落了？”

李航：“没呢，唉，说来伤感，没人愿意要我，嫌我落后，怕我拖他们后腿。”

下西洋：“我也是，唉……”

陆云檀心想：没人来找我，岂不是也没人愿意要我？觉得我拖后腿？

她突然就怒了：“莫欺少年穷！没人要咱们，咱们就自己成立一个！”

随后，陆云檀摸着下巴想了想，突然把手往桌子上一拍：“我想好了，咱们学习小组就叫‘青云直上’学习帮！”

下西洋拍掌大喝：“好，就叫‘青云直上’学习帮，您就是咱们的小组长，咱们至高无上的帮主！”

陆云檀的同桌孙茜被下西洋的声音吸引到了，也扭头看了过来，对“青云直上”学习帮甚是好奇，甚至还有点儿想加入。

下西洋又说：“我给您当大护法！”

李航补充：“护法必须成双，加我一个不算多！”

陆云檀又沉吟了片刻：“不过，这样是不是有点儿‘中二’啊？”

孙茜实话实说：“是有点儿。”

陆云檀：“但是，当帮主应该挺威风的吧？”

孙茜：“？？？”

下西洋：“那当然啦！”

李航：“如果‘青云直上’学习帮成功成立，到时候，您走哪儿，都有人喊你檀姐！”

陆云檀瞬间就不觉得这事“中二”了：“我宣布，‘青云直上’学习帮即刻成立！从现在开始，你们俩就是左右护法！”

孙茜默默地把头扭了回去，生怕被拉入“中二”组织。

左护法下西洋有些不安：“只有咱们三个吗？”

右护法李航比较乐观：“咱们三个怎么了？三个臭皮匠还顶一个诸葛亮呢！”

帮主陆云檀：“肯定不只是咱们仨呀，还有军师。”

下西洋和李航异口同声：“军师是谁？”

陆云檀：“梁云笺！”

下西洋有些担忧：“他跟咱们都不是一个班的，老金能让他进咱们的小组吗？”

李航：“人家可是年级第一啊，老金为什么不让？”

陆云檀：“就是，学习小组的成立目的不就是组员之间互相帮助互相进步嘛，哪有将年级第一拒之门外的道理？”帮主的话就是真理，学习小组的事情就这么定下来了。

随后，陆云檀又问了下西洋一个自己更关心的问题：“咱们学校里面哪里最隐蔽？”

她之所以相信下西洋一定会给她一个完美的答案，是因为下西洋曾斥巨资从上届学长那里买来了一张纯手绘的、等比例缩小的豪华版二中校园地图，所以下西洋对校园环境可谓是了如指掌。

听闻檀帮主的问话后，左护法下西洋同志捋了捋圆滚滚的下巴上压根儿不存在的胡须，沉吟片刻：“操场北侧的小树林和操场东侧的观众台后方。”

陆云檀：“你确定？”

下西洋：“以我人格担保！”

陆云檀在小树林和观众台后方区域纠结片刻，最终做出了决定：“我今天中午就要在观众台后面和王泽谈判！”

下西洋：“檀姐，带我一个吧！”

李航：“我也想去！”

陆云檀：“你俩去干吗？”

下西洋：“我们现在是一个学习小组啊，一个团队的。”

李航：“团魂一定要燃起！”

陆云檀想了想，感觉他们说得很有道理。

十点半的上课铃打响，物理老师走进教室，“青云直上”学习帮结束了讨论，开始老老实实地听课。

十一点十分下课，陆云檀去找了陈思雨，让她去给王泽带句话：“今天中午十二点，操场观众台后面的空地，我要跟他好好谈一谈。”

陈思雨眉梢一挑，得意地看着她：“怕了？准备求饶？”

脏话都已经冒到嘴边了，陆云檀忽然想起了梁云笺交代的话“不许冲动，不许乱说话”，然后又硬生生地把这句话憋了回去，改成了：“主子之间的事，和你这种死丫鬟没关系。”

陈思雨怒：“你……”

陆云檀不给她把话说完的机会，双手负后，转身就走。

十二点，上午最后一节英语课下课，陆云檀带着下西洋和李航，一起守在了西北角的楼梯口，抱着胳膊等待着梁云笺的出现，气场颇强。

从这三人面前经过的人，无一不侧目而望。

几分钟后，目标人物梁云笺终于出现，然后他从他们三人口中得知，自己被拉入了一个名为“青云直上”学习帮的班内学习小组，还被强制安排上了军师的头衔，并且立刻、马上就要去操场执行自己身为“青云直上”学习帮军师的第一项任务。

头都是大的。

周洛尘给了梁云笺一个同情中夹杂着幸灾乐祸的眼神，然后自己走了，去食堂吃饭。

周洛尘走后，陆云檀倒是长舒了一口气——虽然她对周洛尘有些许好感，但却不太习惯和他面对面聊天，怪别扭的，感觉像是网友见面，干什么都得端着，需要时时刻刻维持形象，太累人，而且周洛尘也不愿意和她多说几句话。

她还是更习惯与他聊微信。

其实她本来也想着在自己的“青云直上”学习帮里给周洛尘安排个一官半职什么的，但是看他刚才的反应，好像对这件事没什么兴趣，就作罢了。

军师就位后，陆云檀带领着仅有的三位成员，雄赳赳气昂昂地去了约定地点，气焰嚣张地等待着敌军来会。

然而一直从十二点十分等到十二点半，王泽都没有来。

烈日炎炎，高温本就灼得人心焦气躁，陆云檀越等越生气，最后彻底暴躁了起来，抬脚揣飞了脚边的一颗小石子：“王泽什么意思呀？放我鸽子是吧！”

卞西洋和李航闻言，疯狂点头。

被迫成为军师的梁云笺长叹一口气：“如果他迟到的目的就是想激怒我们，从而给我们一个下马威，那你们现在的这种反应就是帮他达到了目的。”

陆云檀瞪着他：“你什么意思？他迟到了，我还不能生气？”

梁云笺：“当然可以生气，但不可以表现出来。”

陆云檀：“为什么？”

梁云笺：“因为你要让王泽知道，你不是一个可以轻易被激怒的人，你要表现出一副气定神闲的架势，这样才会让他知道你不好惹，不然他只会一直把你当猴子耍。”

卞西洋咂摸出了些许味道：“两军交战，谁沉得住气，谁就更稳？”

梁云笺：“对，以不变应万变。”

陆云檀：“那他要是放我鸽子呢？我也不能生气？然后低声下气地再约他一次？”

梁云笺：“不用。如果他不来，咱们就在全校范围内散布‘他怕了陆云檀，所以不敢来，并且主动求饶’这种言论，到时候他自然会主动约你。”

陆云檀难以置信，一脸敬佩：“书生，你的脑子真好用！”

为表诚意，她这回都没加“臭”字。

卞西洋也是一脸敬佩：“梁哥，军师之名，你当之无愧！”

李航补充说明：“二中刘伯温，高三活诸葛！”

陆云檀抬手拍了拍他的肩膀：“我们这个小组有你，仿若如虎添翼，咱们一定能做大做强，开创新辉煌！”

梁云笺无奈：都是在哪儿学的忽悠词汇？

他无奈一笑：“谢帮主抬举。”

话音刚落，卞西洋忽然凑到了陆云檀身边，低声又短促地说了句：“人来了！”

他的话音刚落，另外三人同时抬头，看向了从观望台下方通往这里的过道出口。

来了五六个男生，为首的那一位身材高大，一头金发，没穿校服，而是穿了一件黑色的短袖，下身穿的倒是青蓝色的校服运动裤。他双手插兜，一只裤脚正常地垂着，一只裤脚撩到了膝盖处，脚上穿着一双限量版的红白相间的 AJ 篮球鞋，还是高帮款。

炎炎夏日，陆云檀十分怀疑，穿这种鞋，会不会捂出脚气，而且，王泽长得太黑了，真的不适合金发，看起来一点都不洋气，只会把他衬得更黑。然后，她又看向了梁云笺，得出了一个对王泽来说非常残酷的结论：人和人之间，就是有差距。

梁云笺长得白，五官还立体，肯定染什么颜色的头发都好看，别说金黄色的了，哪怕是荧光绿也绝对驾驭得了！

陆云檀从梁云笺的侧颜上收回了目光，略带同情地看了选错发色的王泽一眼，然后又看向了跟在他身后的那几个男生。

这几个人倒是规规矩矩地穿着校服，全是年级里那些不安分的风云人物，所以陆云檀也都认识，其中就有那天被她卸了胳膊的烫发男生。

这几人一出现，梁云笺立即低声提醒了一句：“不要冲动，今天的目的是要求陈思雨道歉，不是打架。”

陆云檀哼了一声：“看着王泽那个嘚瑟样我就想揍他。”

梁云笺面无表情地看了她一眼。

陆云檀不服气，但还是承诺：“行，我闭嘴！”

王泽带着人走到了距离他们大概有一米远的地方停下了脚步，先看了眼站在最前方的陆云檀，又看了眼站在她身边的梁云笺，然后乐了：“年级第一竟然也来凑这种热闹？乖宝宝不用学习了？”

他的语气中带着调侃，又带着点对梁云笺的轻蔑与不屑。陆云檀的脾气一下子就上来了，瞬间把梁云笺的交代抛之脑后：

“他来见你是抬举你，你别不识好歹！”

王泽并没有生气，看向陆云檀的眼神中还带着些无奈：“你一个小女生，长得挺漂亮，文静一点多好，为什么要挑事？”

陆云檀不甘示弱：“挑事的可不是我，而是陈思雨！”

王泽：“这事我也听说了，不就是当着全班人的面读你的日记本吗？她是不对，但你也不至于让她当着全班人的面道歉吧？多丢人呀？再说了，她也是在帮你呀，不然你的小心思别人怎么知道呢？”

跟在王泽身后的那几个男生全都笑了。

陆云檀更气了：“你这说的是什么话？合着她还成受害者了？”

王泽叹了口气：“我不是说了嘛，她也有错，但你这么咄咄逼人，是不是太过分了？”

这什么“阴间言论”？陆云檀差点就被气炸了。

这时，梁云笺抬手摁在了她的肩头，示意她少安毋躁，沉着冷静地开口：“我们的诉求不高，更没有想置她于死地，只是想让她当着全班人的面道歉。”

王泽笑了：“凭什么让她道歉？我还想让你们给她道歉呢。”

陆云檀想骂人，但摁在她肩膀上的那只手忽然用力地捏了她一下，如同摁下了灭火器的开关似的，她瞬间闭了嘴，尽最大的努力保持沉默。

梁云笺面不改色：“我们之所以找你谈，就是不想把事情闹大，所以才想和平解决，不然鱼死网破，对我们谁都没有好处。”

“但是对我也没坏处吧？”王泽抬起眼皮，挨个扫了他们四个人一眼，笑了，“你们就来了这么点人？歪瓜裂枣的，要是真撕破脸了，打得过我们吗？”

身后的卞西洋忍无可忍：“你说谁歪瓜裂枣呢？”

李航也生气了：“瞧不起谁呢？”

王泽压根儿就没把他们几个放在眼里，先看着卞西洋：“一个没用的胖子。”又看了看李航，“一个矮冬瓜。”然后看向了梁云笺，“一看就不会打架的废物。”最后看向了陆云檀，“一个女的，能成什么事？我劝你们别闹了，我也不为难你们，回去后好好地跟陈思雨道个歉，这事就过去了。”

梁云笺：“如果我们不呢？”

王泽哂笑：“只要你不怕挨打，随意。”

陆云檀深深地吸了一口气，看着梁云笺：“还谈吗？”

梁云笺不置可否，面不改色地盯着王泽：“校内事校内解决，我不希望校外那些社会上的人牵扯进来。”

王泽：“怎么，乖宝宝终于知道怕了？”

梁云笺：“孟杰的父亲是赌徒，并且常年嗜酒，醉酒后经常家暴他和他的母亲，所以孟杰最恨的就是他爸，觉得他爸是他人生的耻辱。”

孟杰就是王泽在校外结识的那个大哥，隔壁技校的高年级学生，仗着自己年龄大，经常带着一帮技校的小混混欺负附近学校的高中生。

梁云笺：“我知道他爸经常去哪里赌，如果你把孟杰牵扯进来，我就让他爸去学校找孟杰，当众打他一顿，让他颜面扫地，并告诉他，全是王泽惹的祸。你觉得，孟杰想不想因为你惹得一身麻烦？”

王泽呆若木鸡。

陆云檀不可思议地看着梁云笺，心想：读书人才是最不好惹的！

卞西洋和李航则是一脸敬佩，突然感觉梁云笺的背影似乎高大伟岸了不少，相当有安全感。

梁云笺继续说道：“孟杰愿意关照你，无非是你能给他带来好处，但如果你给他带来的麻烦大于好处，他又会怎么做呢？”

王泽哑口无言，咬牙切齿地盯着梁云笺。

梁云笺：“所以，校内事最好校内解决，不然对谁都没有好处。”

陆云檀脑子转得有点慢，但现在也能够看明白梁云笺这么做的目的了：削弱王泽的实力！斩掉他的外部支援！然后她就没有后顾之忧了，不用再考虑周六放学回家的路上会不会被人堵的事了。

王泽心有不甘，却无计可施，气极反笑：“好学生果然厉害啊，我真是小瞧你了。”

陆云檀忽然有些小得意，好像被刮目相看的人是自己一样：“这就叫人不可貌相！”

王泽咬了咬牙：“你们不就是不想惹上校外的人吗？我当然可以满足你们的要求，咱们校内事校内毕，但是在解决问题之前，咱们是不是要把旧账清一清？”

陆云檀：“旧账不就是陈思雨吗？还有什么事要清的？”

王泽扭头瞧了一眼站在他左后方的烫发男生：“你跟贾坤阳的事，就这么算了？”

陆云檀是真的把这件事给忘了。

梁云笺在心里叹了口气——该来的迟早会来。然后，他主动询问王泽：“你想怎么解决？”

王泽扫了一眼站在后方的卞西洋和李航，最后把目光定在了梁云笺身上：“我不跟女生动手，你们三个人里面出来一个，让我揍一顿，这事儿就清了。”

不等梁云笺开口，陆云檀就炸了，上前一步挡在了梁云笺身前：“我呸！你想都别想！”

王泽面容阴郁：“这事儿不解决，咱们就不用谈了。”

陆云檀绝不退让：“我的诉求只是让你们道歉，并不打算给你们教训，但既然你们不知好歹，那就别怪我不客气了！”她下巴微扬，趾高气扬地盯着王泽，“今天晚自习下课，操场北侧的小树林见，谁不来谁是孙子！”

说完，她抬腿就走，走了几步之后发现另外三人没跟上，于是又停下了脚步，回头瞪着他们仨：“愣着干什么？走啊！”

卞西洋和李航全都在看梁云笺。

梁云笺也明白，现在的情况算是谈崩了。他叹了口气，对王泽说了句：“你完全没必要把事情搞得这么僵。”顿了下语气，他又无奈地说了句，“我是为了你好。”

王泽不屑一笑：“你什么意思？”

梁云笺：“你打不过她。”

王泽一愣：“你们的意思是让她跟我打？你们三个男的不上，让她一个女的跟我打？”他的语气中满含鄙夷，“你是男人吗？”

卞西洋抿了抿唇：“虽然我们是男的……”

李航也是一脸为难：“但是吧……”

梁云笺则比较坦荡，面不改色地对王泽说：“我们三个加一起，也打不过她一个。”

卞西洋叹了口气：“确实是这样。”

李航：“我们也不想这样……可是，实力不允许啊。”

梁云笺好心提醒王泽，但提醒得一点儿也不委婉：“她是全国武术冠军，家里开武馆的，三个你一起上，也不是她的对手。”

王泽深深地吸了一口气。

梁云笺：“晚上十点之前改主意还来得及，不然别怪我没提醒过你。”

之后，他没再多言，朝着陆云檀走了过去，卞西洋和李航立即跟上。

四人走出观众台下方的过道后，陆云檀才问了梁云笺一句：“你刚才跟他说那么多干吗？”

梁云笺回答："给他施压，心理战术。"

卞西洋追问："那你是怎么知道孟杰他爸是赌徒这事的？"

梁云笺："前几天去技校调查的。"

李航惊讶极了："这事怎么查？孟杰还挺厉害的，谁敢说他闲话呀？不怕被他发现？"

梁云笺："有钱能使鬼推磨。"

陆云檀一脸惊叹："书生，我以前怎么没发现你这么厉害呢？手段挺社会呀！"

梁云笺笑着回："没点手段，怎么给檀女侠当军师？"

陆云檀是那种给点阳光就灿烂的人，当即双臂抱怀，傲娇道："这倒是，我陆云檀的军师，必须是治世之才！"

卞西洋又问："那你怎么就想起来去查孟杰了呢？"

陆云檀立即高高地举起了手："这个我知道！战前调查，知己知彼，百战不殆！"

梁云笺夸奖道："聪明。"

陆云檀开心地勾起了嘴角，眼角眉梢中还带着点得意，仿若一只被撸开心的小狸猫。

卞西洋不禁感慨："亏了梁哥你没野心，你要是有野心，哪还有王泽什么事啊。"

李航也这么觉得："就是，早被梁哥扼杀在智慧的手段中了。"

梁云笺被逗笑了。

陆云檀忽然有了股危机意识，微微眯眼，盯着梁云笺："在我'青云直上'学习帮当军师，您不会觉得屈才吧？"

梁云笺预感到了什么，立即收敛了笑容："当然不会。"

陆云檀："为什么不会呀？"

梁云笺不假思索地回答："檀帮主深明大义、德高望重，我心悦诚服。"

陆云檀这才满意，眼梢微挑，傲娇地勾起了嘴角。

梁云笺舒了口气。

卞西洋和李航对视了一眼，心想：看吧，再厉害的人，想在咱们帮主手下活命，也得乖乖拍马屁。

四人路过食堂门口的时候，陆云檀让另外三人等她一下，快速朝着食堂跑了过去。

五分钟后，她拎着一个沉甸甸的食品袋回来了，给他们每人分了一个汉堡和一杯奶茶："现在太晚了，其他窗口都关了，只有卖炸鸡的那家开着。"说完，她又从袋子里拿出来一个炸鸡腿，单独递给梁云笺。

卞西洋本来挺感动的，因为帮主竟然还惦记着他们的温饱问题，但在看到炸鸡腿的那一瞬间，忽然就不平衡了："为什么只有他有鸡腿？"

李航也不平衡："就是啊，我们也想吃鸡腿。"

陆云檀："当然是因为军师刚才表现好呀！所以才奖励了一个鸡腿。"说完，她又拍了一下梁云笺的左臂，然后朝他眨了眨眼睛，用眼神表示：英语作文的事情就这么算了啊！

梁云笺强忍着才没笑出声。

高三女寝距离食堂比较近，四人走到路口，陆云檀和另外三人告别，朝着即将关闭的寝室大门一路狂奔了过去。

三人在路口停下脚步，向陆云檀行注目礼，目送她成功窜进寝室大门之后，才继续往前走。

卞西洋左手拿着汉堡，右手举着奶茶，感慨道："帮主对咱们真好。"

李航："就是，为了保护咱们的胳膊，不惜和王泽决战。"

卞西洋："看来咱们的胳膊，在帮主心里，还是很重要的。"

李航："是啊，一切都是为了保护我们的胳膊呀。"

梁云笺一言不发地走在这两人身后，微微垂下了双眸，心想：她明明是为了保护我的胳膊。

陆云檀和王泽约定周五晚上十点，晚自习下课后见面。然而周五晚上八点多，忽然下起了雨，并且雨势越演越烈，连绵不断，一直下到周六都没有停，所以时间只好往后推延。

周一倒是个阳光明媚的好天气。

这天下午五点半，第一节大自习下课后，陆云檀和李月瑶一起去食堂吃饭。

在窗口打完饭后，两人找了张没人的空桌子，面对面地坐了下来。陆云檀刚拿起筷子，就听到李月瑶小声对她说了句："我刚才看到王泽了，还有陈思雨。"

她的语气中，还带着难掩的紧张和不安。

陆云檀才不担心呢，只管吃自己的饭：“看就看到了呗，食堂又不是咱们开的，还能不让他们来？”

李月瑶抿了抿唇，惴惴不安：“全年级都知道你和王泽有矛盾的事情了。”

陆云檀依旧气定神闲：“那又怎么啦？”

李月瑶的神色中布满担忧：“我知道你会武术，但你是女生，他是男生，体力上是有悬殊的，而且他还比你高那么多，又比你壮，你很容易就会受伤的。”

其实还有半句话她没好意思说出口：现在全年级的人都在等着看你的笑话，如果你输了，就会沦为全年级乃至全校的笑柄。

陆云檀哼了一声：“女生怎么啦？现在该担心的是王泽！”她又信誓旦旦地说，“等我教训了王泽，陈思雨就老实了，到时候就算她哭着跪在地上求我，也必须道歉！”

李月瑶并没有那么乐观：“你是为了帮我才会和王泽对着干，你要是受伤了，或者发生了其他不好的事情，我会愧疚一辈子的。”

陆云檀并不想让李月瑶有这种心理负担，她帮李月瑶是出于自愿，不是为了当什么恩人：“即便没有你，陈思雨也会欺负别人，我一样会出手相助，你不用觉得欠了我人情，我只不过是看不惯陈思雨的那种做派而已。”

李月瑶还是很感激她：“那天要不是你出面认领了我的日记本，我可能都不敢来学校了。”

陆云檀：“你干吗要这样想？丢人的又不是你，是陈思雨！”

李月瑶不置可否，犹豫了一下，道：“其实我并不想让你和王泽起冲突，陈思雨不给我道歉也没关系的，我真的不想连累你。”

陆云檀斩钉截铁地说：“你没有连累我。他们心术不正，只会欺凌弱小，我最看不上的就是这种人了。”她又补充说明，“我的脾气已经很好啦，要是换了我哥，早就把他们收拾服帖了！”

李月瑶有些惊讶：“你还有个哥哥？亲生的吗？

陆云檀：“对呀，比我大七岁。”

李月瑶：“你哥比你还厉害吗？”

陆云檀一脸自豪：“当然啦！我们全家人都很厉害的！”

李月瑶好奇中又带着点羡慕："全都会功夫？"

陆云檀："也不是，我妈不会，但是我妈才是我家最厉害的，能把我们父女三人收拾得服服帖帖。"

李月瑶终于被逗笑了，语气也轻松起来："你们全家都那么厉害，那能让你欣赏的人一定也很厉害吧？"

陆云檀想了想，回："没有很厉害，不会武功，应该也不会打架，但是他会弹钢琴，还会折纸，折得可好啦！"为了重点强调突出折纸艺人的手艺精湛，她特意用上了一个成语来形容，"栩栩如生！"

李月瑶有点点八卦："他是不是给你折过好多东西？"

陆云檀重重点头："嗯！"又如数家珍般说道，"有双头乌篷船、有小狐狸、有小狗、小兔子，还有雪人和恐龙，而且你知道吗，他用的不是那种普通的纸，而是云笺纸。"

李月瑶："云间纸？朝辞白帝彩云间的那个云间？"

陆云檀摇头："不对。"又脱口而出，"是梁云笺的那个云笺。"

李月瑶一愣，忽然有点窥破八卦的小激动："所以你最欣赏的人是梁云笺？"

陆云檀果断否认："当然不是，我只是说那个纸的名字和梁云笺的名字一样而已。"她又解释道，"那种纸之所以叫云笺，是因为上面印着很好看的云纹图案。"

"哦，这样啊……"李月瑶的内心莫名有些小遗憾，还有些小凄凉和小愤懑，"其实我之前一直以为你和梁云笺关系最好呢，你俩看起来挺默契的。"

陆云檀哭笑不得："你怎么看出来我俩搭配默契了？"

李月瑶："因为他经常来咱们班找你，还给你送东西的。"

陆云檀解释道："他是替别人来给我送东西。"

李月瑶八卦心再起，立即追问："谁呀？"

陆云檀大大方方地回答："周洛尘呀。"

"啊？"李月瑶的眉毛都皱了起来，眼神中布满惊讶，又带着不可思议，"你认识周洛尘？你怎么会跟那种人走得近呢？"

陆云檀被问得一脸蒙："我为什么不能和他走得近？"

李月瑶纠结了一下，最终还是决定实话实说："因为他配不上你。"

她又叹了口气，难以理解地说，“有梁云笺在前，你竟然会欣赏周洛尘，你和周洛尘根本不是一类人。”

陆云檀更蒙了：“你为什么会这么觉得？”

李月瑶叹了口气，无奈道：“周洛尘上初中的时候就是个梁云笺的小跟班，什么都比不上梁云笺，处处被梁云笺压一头。”

陆云檀有点不敢相信：“真的假的？”

现在怎么看，都像是梁云笺是周洛尘的小跟班。

李月瑶：“当然是真的，我初中也是二中的。”二中初中部直升本校高中部的人很多，她就是其中之一，“在初中的时候，梁云笺简直是我们学校的神话，是高高在上的那种神明，你懂那种感觉吗？”

陆云檀再次蒙了：“梁云笺？神明？开什么玩笑？”

在她心目中，梁云笺就是一个无趣又死板的臭书生，一天到晚不是学习就是逼着她学习，无论横看还是竖看，他都和“神明”两个字不沾边。

李月瑶很认真地说：“我没有开玩笑，是真的！说他像是神明不是因为他高冷，而是因为他、他……”一时间她竟然有些词穷，说不上形容词，只好举例子，“他曾经是我们校篮球队的队长，有他在的……”

“等等！”陆云檀忍不住打断了李月瑶的话，“他还会打篮球呢？”

李月瑶重重点头：“是呀，校队队长呀！有他在的比赛，我们学校从没输过。”

陆云檀震惊到简直不知道该摆出什么表情……

她从未在篮球场上见到过他，也没有见他参加过任何校运动会的项目，所以她一直以为，梁云笺只是一个手无缚鸡之力的文弱书生。

李月瑶继续说道：“不光是校队队长，他还是我们的学生代表，初三毕业典礼上，他代表全体同学上台发言，念了一首《横渠四句》，一字一句都特别有力度，乱哄哄的台下瞬间就安静了下来，大家都在用一种专注的目光看他，心里有种热血沸腾的感觉。”

身为学生，应该没有人不知道《横渠四句》的：

为天地立心，为生民立命，为往圣继绝学，为万世开太平。

陆云檀不由自主地在心里默念了一遍《横渠四句》，又倍感惊讶地问：“他这么有号召力？”

李月瑶再次重重点头：“是的！如果这四句话，从别人嘴里念出来，我们会觉得那个人只是在念好词好句，但从梁云笺嘴里念出来的，不一样。”

陆云檀：“为什么？”

李月瑶：“因为他是梁云笺呀，我们私底下都喊他忧国忧民梁云笺，感觉他心怀天下，而且他和你一样嫉恶如仇，所以我才觉得你们两个很配！”她继续举例子，“曾经有一段时间，我们学校附近出现过收保护费的小混混，许多学生都被堵了，不交钱就揍人，还威胁我们不许告诉老师不许报警，不然就会报复我们，后来梁云笺出面把他们摆平了，然后我们学校里面就流传着这样一句话：出门报梁云笺的名字，绝对保平安。”

陆云檀微微震惊，心想：真的假的？

她严重怀疑，李月瑶口中的那个梁云笺，和她认识的那个臭书生，到底是不是一个人？

不过，她又忽然想到了一件事。

暑假，她不想学英语，也不明白中国学生为什么要学英语，然后梁云笺告诉她，学英语不是为了考试，而是为了民族的繁荣昌盛，为了能够与国际接轨，能够对外输出我们的优秀文化，同时学习西方的先进技术，“师夷长技以制夷”。

最后，他还说了句：“少年强则国强。”

确实是相当的心怀天下、忧国忧民。

紧接着，她又忽然想到了上周五的时候，梁云笺是如何对付王泽的——不动一兵一卒，就斩断了王泽与孟杰之间的联系——这也充分证明了李月瑶没有夸大其词，他确实有那个能力制伏学校周围的小混混，保全全校学生的平安。

周五那天，卞西洋和李航还对梁云笺说：

“亏了梁哥你没野心，你要是有野心，哪还有王泽什么事啊。”

“就是，早被梁哥扼杀在智慧的手段中了。”

当时梁云笺只是浅浅一笑，并没有多说什么。

沉默许久，陆云檀困惑又不解地问了句：“那他现在怎么变成这样了？”

三年前，那样一个飞扬、出众又卓尔不凡的少年，怎么就变成现在的臭书生了？

李月瑶叹息着摇头，还有些许的恨铁不成钢，仿若是个追星的事业粉：“谁知道呀，自从上了高中后，他就跟变了一个人似的，天天跟在周洛尘的身后，还为他鞍前马后的，也不打篮球了，让周洛尘成了校队队长，所有的风头都让周洛尘抢光了，我都怀疑他是不是有什么把柄落在周洛尘手里了！”

陆云檀：“这倒不至于吧，他俩关系挺好的。”

李月瑶又长叹口气：“反正自从上了高中后，梁云笺就和以前一点也不一样了，有种天神陨落的感觉，泯然众生了。”

陆云檀再度震惊：

有这么夸张吗？

臭书生原来真的那么厉害？

李月瑶又想到了些小八卦：“我们学校可多女孩偷偷喜欢他了，杨筱念就是其中之一。”

陆云檀彻底蒙了：“啊？”

李月瑶也有点蒙：“你不知道吗？杨筱念没跟你说过？”

陆云檀摇头：“没呀。”

李月瑶是个聪明人，突然明白了什么，赶忙闭了嘴。

陆云檀也明白了什么，突然有些吃不下饭了，因为她终于明白了杨筱念当初为什么要来主动接近自己了。

为了通过她，接近梁云笺。

怪不得无论她们俩之间怎么闹不愉快，杨筱念总是最先低头示弱的那一方，合着是怕她这个工具人跑了。

还真是够忍辱负重的。

陆云檀深深地吸了一口气，努力保持心情愉悦：“我们现在已经绝交了。”

李月瑶立即说道：“嗯！挺好的！杨筱念那人心机重，在初中的时候我们班就有好多人不喜欢她。”

陆云檀紧紧地咬着牙关，过了一会儿，没忍住问了句：“梁云笺和她关系好吗？”

李月瑶：“怎么可能？”

陆云檀莫名舒了口气，心情顿时好了起来，重新拿起了筷子，笑着说：“我发现你的性格也不是很内向呀，挺健谈的。”

李月瑶有点不好意思：“其实我不是内向，我就是不擅长主动和别人交朋友。”

陆云檀明白了，李月瑶是社恐。

吃完饭，陆云檀让李月瑶先回教室，自己朝着学校门口走了过去，去保安室拿东西。

这一路上，她满脑子都是李月瑶刚才在食堂里对她说的话。

她越想，越觉得梁云笺的身上仿若笼罩着一层扑朔迷离的烟雾，令人完全看不透。

真是个谜一样的男人呢。

距离保安室还有几米远的时候，忽然有人喊了她的名字：“陆云檀。”

她抬头一看，十分惊喜地在校门外看到了自己的哥哥，立即跑了过去：“哥！”

陆云枫今天穿了一套藏青色的丝绸唐装，折扇不离手，如墨般的乌发高高束起，发髻中插着一根造型简约的檀木木簪。

陆云檀“哒哒哒”地跑到校门前，笑嘻嘻地看着一门之隔的哥哥，喊了声：“嘿，美女！”

陆云枫冷笑：“你是觉得，我打不着你是吧？”

陆云檀抬头，看了看校门的顶端，发现也不是很高，她哥一个鹞子翻身就进来了，然后立即露出了一个尴尬而不失礼貌的笑容：“嘿，帅哥！你怎么来了？”

“不是你让我来给你送练功服吗？”说着，陆云枫将一个手提袋从栏杆间的缝隙中递了过来。

“我还以为你把东西放到门卫室就走了呢。”陆云檀接过袋子后，还特意打开看了一眼，确定是那套她最喜欢的白缎练功服。

陆云枫：“怎么突然要穿练功服了？”

陆云檀答非所问：“我昨天下午来学校的时候忘带了，不然也不会让你来给我送。”

陆云枫再次眯起了眼睛：“终于找到显摆的机会了？”

陆云檀哼了一声，斩钉截铁：“我才不是显摆呢，我是替天行道！”

陆云枫用扇柄在她脑袋上敲了一下：“嘚瑟样，也不怕丢人。”

陆云檀没好气地瞪着他：“我才不会丢人呢。”

陆云枫眉头一挑："是吗？"突然出手，攻其左颊，陆云檀迅速朝左后方侧身，同时抬手去挡，然而与此同时，陆云枫又抬起了左手，攻她右侧。

陆云檀毫无防备，脑门上结结实实地挨了一下，然后捂着脑门龇牙咧嘴地喊疼。

陆云枫"哗啦"一下展开了手中的折扇，一边给自己扇风一边语调悠悠地说："这招叫声东击西，好好学着点。"

陆云檀气呼呼的："哼！你这就是偷袭！"

陆云枫："这叫智慧。实战中靠的可不只是体力和技巧，还有脑子。"

陆云檀承认她哥说的是对的，但还是有点不服气，正准备继续挑刺儿的时候，视线范围内突然出现了一道挺拔清隽的身影，目光立即从她哥身上越到了他的身后："臭书生！"

陆云枫眉头微蹙，不悦地转身，然后心情更加糟糕了——怎么在哪儿都能碰见这个病秧子？

梁云笺正朝着校门走来，对上陆云枫的视线后，脚步不由得一顿，神经紧绷，连呼吸都屏住了。

陆云枫微微眯眼，语调冷冷："你是哑巴吗？都不知道打招呼？"

梁云笺立即开口："哥哥好。"

陆云枫脸色一沉："谁是你哥？谁允许你喊我哥了？你喊得倒是亲！"

陆云檀皱起了眉头，不高兴地看着她哥："你这人真是难伺候，人家不理你，你说人家是哑巴，人家喊你哥哥，你还要骂人家。"

陆云枫："我还想打他呢，你管得着吗？"

陆云檀立即冲着梁云笺喊道："愣着干什么呀！快进学校啊！真等着他去打你呢？十个你也打不过一个他！"

梁云笺醍醐灌顶，迅速朝着门卫室走了过去。

陆云檀本以为他是请假出去的，进校门的时候肯定要出示请假条，然而保安大叔似乎是认识他，也知道他为什么要出去，所以还没等他走到门前，就打开了校门。

梁云笺从门卫室与校门之间的缝隙中走进了学校。

陆云檀立即跑到了他面前，好奇地问："你去哪儿啦？"

梁云笺："去帮班主任送点东西。"

"哦。"陆云檀的鼻子忽然耸了一下，"去医院送的吗？你身上有消毒水味！”

梁云笺哑口无言。

陆云檀有些得意扬扬：“我的鼻子是不是特别灵？不过你们班主任好奇怪呀，有什么东西要往医院送啊？还不能自己送？安排自己班的学生去送？”

梁云笺抿住了唇，一时间竟不知道该怎么回答这个问题。这时，陆云枫开了口：“小狗的鼻子都灵，小狗还特别喜欢多管闲事。”

陆云檀一脸不忿地看着她哥。

陆云枫：“人家去送个东西，关你屁事？”

陆云檀：“我就是好奇嘛！”

陆云枫：“你怎么不好奇好奇你的袋子里有没有多出来什么东西呢？”

陆云檀的注意力瞬间被转移了，立即低头去翻手中的袋子。

梁云笺舒了口气，感激地看了陆云枫一眼。

陆云檀从衣服下面翻出来三张百元大钞，激动得不行，感觉像是中了彩票：“哥！我爱你！”

陆云枫哼了一声，本想回一句“你爱得太虚伪了”，然而还不等他开口呢，陆云檀就把脑袋转过去了，仰头看向了梁云笺，眼睛亮晶晶的：“我有钱了，这周还能请你吃炸鸡！”

陆云枫狠狠在心里骂：白眼狼！

梁云笺忍俊不禁：“多谢檀女侠的关照。”

陆云檀：“嗐，哪里的话！”随后她看了眼腕表，“快六点半了，咱们回班吧。”

梁云笺：“嗯。”

陆云檀冲着她哥摆了摆手，然后就和梁云笺一起朝着高三教学区走了过去。

陆云枫咬牙切齿地盯着梁云笺的背影，在心里骂了句：“狐狸精！”

梁云笺即便是不回头，也能感觉到陆云枫那能“杀人”的目光，下意识地挺直了脊背，走路都要顺拐了。

陆云檀心情倒是好得很，双手负后，走路蹦蹦跳跳的：“等今天的事情结束，我就请咱们整个‘青云直上’学习帮的人吃饭！”

虽然也只有四个人。

梁云笺笑了一下：“帮主豪爽。”

陆云檀抬头，瞧着他，说：“你信不信我能赢？”

梁云笺：“信。”

他言简意赅，却十足笃定。

陆云檀却叹了口气：“他们都不信我能赢，而且我还知道，有不少人等着看我的笑话呢，只有你一个臭书生相信我……”

她的语气十分低落，梁云笺立即安慰：“他们狗眼看人低，你不用把那些人的话放在心上。”

陆云檀眨了眨眼睛，顽皮一笑：“我才没难过呢！”

梁云笺很认真地说：“今天晚上，一定要小心，千万不要让自己受伤，但也不要下太重的手。”

陆云檀明白梁云笺的意思，但就是忍不住想抬杠：“要是王泽对我下重手呢？”

梁云笺一字一顿：“那我一定不会轻饶他。”

陆云檀眼皮一跳，诧异十足地看向了身边人。

这一瞬间，她从他的身上捕捉到了一些与往常不一样的东西。

然后，她又一次地想到了李月瑶对她说的那番话——

他是校篮球队队长，战无不胜。

他处处压周洛尘一头。

出校门后遇到了小混混，报梁云笺的名字，可以保平安。

从他口中念出的《横渠四句》，令人热血沸腾。

他是高高在上的神明呀。

所以，到底发生了什么，让他从一个卓尔不群的惊鸿少年郎，变成了一个平平无奇的臭书生呢?

晚上十点的下课铃一打响，陆云檀就从窗台上翻了出去，身姿轻盈地落在了外侧的走廊上，然后拎着东西跑去了一楼的女厕所，脱掉了身上的校服，换上了白色绸缎制造的中式练功服。

换好衣服后，她对着镜子重新扎了一遍马尾，然后把长而乌黑的辫子盘成了干脆利落的发髻，还在发髻中间插了一根木簪——习武之人习惯盘发的原因不是为了好看，而是为了打架的时候不被对方扯头发，也正因如此，很多习武的男人会把头发剃光或者剃成板寸。当然啦，她哥陆云枫是个例外中的例外。

确保自己的形象万无一失后，陆云檀双手负后，昂首挺胸地走出了卫生间，然后看到了在门口等候她多时的李月瑶，随后她们俩一起朝着教学区的大门走了过去。

此时正是放学的高峰期，整个教学区内乱糟糟的，来往都是身穿校服的学生，身穿一身白色练功服的陆云檀就像是个移动吸铁石似的，还是强力吸那种，走哪儿都能吸引不少人的目光。那些人在看她的同时，又在交头接耳地和身边人低声窃语着。

如雪花般飞来的目光中，包含着探究、轻蔑、鄙夷与嘲笑，李月瑶十分不安，替陆云檀感到不安，还为她担心。

陆云檀倒是气定神闲，把所有人都当空气，步伐稳健，脊背笔挺，下巴微微仰着，眼角眉梢上挂着按捺不住的兴奋。

到了教学区门口，她们与梁云笺、下西洋、李航三人会合。

下西洋当机立断拍马屁："帮主，您这身衣服太有气势了！"

陆云檀勾起了嘴角："不错，有眼光！"

李航内心懊恼不已——又被胖子抢了先机！然后他果断跟着吹彩虹屁："您刚才一出现，我的眼前猛然一亮，那一刻我就知道，您今晚赢定了！"

陆云檀斜眼瞧着他："你怎么看出来的？"

李航："因为您浑身上下都透露着王者之气！"

陆云檀满意地点了点头："不错，你也是有眼光的！"但她的内心还是有一点点不满，扭头看向站在一旁的梁云笺，眼梢挑了起来，冷幽幽地质问，"你呢？"

梁云笺明知故问："我什么？"

唉，真是孺子不可教！

陆云檀哼了一声："他俩都知道拍帮主马屁，你呢？"

下西洋和李航略有些意外：啊……原来帮主能听出来我们是在谄媚她。

梁云笺眉梢微挑："我如果拒绝呢？"

下西洋和李航略有些震惊：军师真是胆大包天！

陆云檀沉默片刻，然后叹了口气，一脸感慨地看着他："您果然是军师，深谙纵横之道，敢于直言纳谏，时刻提醒我保持清醒。"她又伸手拍了拍他的肩膀，“您就是我的邹忌呀！必须升职，升为副帮主！”

梁云笺：？

卞西洋和李航相当震惊：帮主，您快别说话了，军师的脸上已经写满了受宠若惊。

不过话又说回来，帮主，您对军师，确实是有点偏心眼儿了！

常言道，不患寡而患不均，帮主偏心眼，就容易引起左右护法对军师的嫉妒。于是乎，左护法卞西洋向新晋副帮主投出了一颗重磅炸弹：“副帮主呀，您来说说，咱们帮主与十五班的秦韵，孰美？”

十五班秦韵，芭蕾舞资深学者，皮肤白皙，五官精致，身姿窈窕，是年级里出了名的气质型大美女。

陆云檀瞬间抬起眼，面无表情地盯着梁副帮主。

梁云笺斩钉截铁不假思索：“当然是帮主美。”

右护法李航在此时果断化身陷害忠臣的奸佞：“是吗？我昨天可是看见了，您在下午第一节课下课后去了十五班，找了秦韵。”

陆云檀笑了一下，却是皮笑肉不笑：“哟，还有这回事儿呢？”

梁云笺蒙了：“我没有去找过她，我根本不认识她！”

陆云檀：“什么意思？李航诬陷你呗？人家时间地点和人物都说得清清楚楚明明白白，你还想狡辩？”她又冷哼一声，“贬职！从即刻起你不再是副帮主了，并且永不再升职！”

陆云檀冷冷地扫了一眼升职不到一分钟就被打回原形的梁军师，然后伸手搂住了李月瑶的脖子，宣布了一条最新命令：“从即刻开始，李月瑶就是本帮的副帮主！”

梁云笺努力保持心情愉悦。

李月瑶则是一脸蒙：“啊？”

卞西洋也蒙了，还十分愤愤不平：“凭什么她一个新来的也能当上副帮主？”

李航附和：“就是啊！总要有个先来后到吧？”

陆云檀理直气壮：“当然是按上次月考成绩来呀。”

卞西洋和李航心里不服气：那还不如让梁军师当呢，最起码我们俩还平衡一些，毕竟军师是年级第一。

李月瑶的内心也很惶恐不安：“我、我、我不行！我真的不行！”

陆云檀："不！你可以！你一定可以！"

李月瑶心中大为震撼：我才是真正的受宠若惊。

陆云檀："你们几个还有话说吗？没有的话我就去办正事了！"

下西洋："帮主必胜！"

李航："帮主加油！您必定凯旋！"

不管年级里其他人怎么看，"青云直上"学习帮内部人员还是很信任他们帮主的。

陆云檀勾起了嘴角："你们俩就准备好弹冠相庆吧！"

她甚是得意，好像现在已经胜利了一样。

梁云笺轻叹口气，严肃叮嘱："切记轻敌，一切小心，稳中求胜。"他从兜里拿出来一对红黑色的护腕，递给了她，"戴上这个，免得手腕受伤。"

陆云檀没搭理他，冷哼一声，双手负后，转身走人。

然而走出去还不到三步，她又忽然停下了脚步，转身，闪电般出手，把护腕从梁云笺的手中夺了过来，然后取掉了戴在左手手腕上的腕表，递给了李月瑶，让李月瑶帮自己保管着。

她的练功服是宽松的长袖与长裤，上衣缀七颗中式盘扣。

戴上护腕后，袖子往下一放，什么都看不出来。

"青云直上"学习帮五人抵达操场北侧小树林的时候，树林里几乎已经挤满了人。

陆云檀领着李月瑶走在最前方，下西洋跟在陆云檀左后方，他大概扫了一眼在场人员，震惊地说："好家伙，这是半个年级的人都来了吧！"

陆云檀微微蹙眉："剩下的那一半是没听到消息吗？"

新晋副帮主李月瑶小声提醒："人家学习好的还留在班里学习呢。"

陆云檀有那么一点点的小尴尬："哦……"

五人所到之处，人群统统向左右两侧退散，给他们让出了一条通往小树林中心的道路。

小树林中心有一片空地，地上除了杂草再无别的植被，正是大展身手的好地方。

王泽那边的人早就已经来齐了，位于空地的东侧，高矮胖瘦都有，全是年级里的风云人物。

陈思雨站在王泽身边，红唇微微勾起，冷笑着望着陆云檀，神色中还带着难掩的得意。

陆云檀压根儿就没把她放在眼里，甚至都不需要战前准备，直接走进了如同擂台一般被人团团围住的林间空地，在中间的位置站定，身姿笔挺，气宇轩昂，巾帼不让须眉。

她冲着王泽喊道：“还等什么呀，十点半就熄灯了，少浪费时间！”

她的语气，相当嚣张。

原本就乱哄哄的小树林中，如同被投入了一块惊天巨石，越发嘈杂了起来。

“青云直上”学习帮的余下四位成员，却不似其他人那样激动，一个比一个紧张，连呼吸都屏住了。

梁云笺薄唇紧抿，目光一寸不离地定格在陆云檀的后背上，忽然有人用胳膊肘戳了他一下：“挺大阵仗啊。”

梁云笺一怔，诧异万分地看向了忽然出现的周洛尘：“你怎么来了？”

周洛尘：“来凑热闹。”他看着不远处的陆云檀，“别说，她这身衣服还挺酷的。”

梁云笺了解周洛尘，他并不是一个爱凑热闹的人，除非他对某件事或者某个人，很感兴趣。

周洛尘将双臂抱在了胸前，没个正行似的，靠在了身边的一棵树上，饶有兴致地看着陆云檀的背影，语气中带着欣赏：“她竟然真来了，挺英勇啊。”

梁云笺不置可否，漫不经心地问：“你不去关心一下陈思雨吗？”

周洛尘眉梢一挑，反问：“我关心她干吗？”

梁云笺面不改色：“不然为什么要去陪她看电影？”

周洛尘浑不在意：“她请我的，闲着没事就去了。”

他话音刚落，小树林中再次涌起了一阵骚动，王泽走进了中间的空地中，在距离陆云檀一米远的地方站定。

梁云笺瞬间收回了目光，神情严肃。

周洛尘问了句：“你觉得她能赢吗？”

梁云笺头也不回，语气笃定：“一定可以。”

晚风吹过树林，渐渐吹散了骚动的人语声，仅留下枝叶婆娑时发出的簌簌声。

夜幕漆黑，月色皎皎。

陆云檀双手负后，长身玉立，白色的绸缎练功服在月华的照映下泛着丝丝流光：“咱们开始之前先说好，输了就要服，到时候可别赖账。”

王泽无奈地叹了口气：“好男不和女斗，你好好跟陈思雨认个错就算了，何必没事找事呢？”

面对这种胡搅蛮缠、黑白颠倒的人，不生气是不可能的。

陆云檀努力地使自己保持冷静：“我再跟你说一遍，挑事的不是我，是陈思雨，她一天不道歉，这事一天没完！”

随后，不少人朝着陈思雨投去了打探的目光，陈思雨的心态倒是好得很，面不改色心不跳的，下巴微微仰着，一脸倨傲。

王泽：“我真不想和你打，你一个女的，打得过我吗？”

陆云檀没跟他废话，直接出手，攻其右侧，王泽迅速躲挡，与此同时，陆云檀如电般抬起右手，趁其不备，狠狠地在他的脸上抽了一下，发出了一记响亮的脆响。

声东击西。

王泽直接被打蒙了。

陆云檀：“赏你一掌，让你长长记性，以后对女生尊重点。”

王泽恼羞成怒，右手攥拳，不遗余力地朝着陆云檀挥了过去。陆云檀双手同挥，使出了形意五行拳中的劈拳，手肘劈向王泽的手臂。

形意拳以劲猛闻名天下，但陆云檀并没有忘记习武之人的根本道义，所以收着力，况且手腕上还戴着护腕，更是缓冲了她手上的力道。

谁知手下留情却暴露了自己的破绽，王泽趁机抬腿，猛地朝她的右侧肋骨上踹了一脚。

陆云檀直接被踹翻了出去，狼狈地摔在了地上。

右侧肋骨处有剧痛传来，一顿一顿地疼，仿若有一颗巨石在不停地砸她的身体，疼得她眼前一阵阵发黑。

梁云笺心口一紧，立即朝她跑了过去，卞西洋、李航和李月瑶也同时迈开了脚步，然而却被陆云檀制止了。

她趴在地上，一手捂着肋骨，一手指着他们几个，咬着牙抵抗疼痛：“都不许过来！这是我的事！”

梁云笺脚步一顿，呼吸急促，内心兵荒马乱，咬牙僵持许久，转身，原路返回，双拳紧紧地攥着，手臂上青筋暴凸。

下西洋、李航还有李月瑶皆于心不忍，但最后还是跟着梁云笺回去了。

陆云檀捂着肋骨从地上站了起来，脸色微微有些苍白，额头冒出了一层细汗。

小树林里窃窃私语声不断，有讥讽她的，有嘲笑她的，有骂她活该的，有一小部分是同情她的。

周洛尘靠着树干，微微眯眼，目不转睛地看着陆云檀。

王泽脸色阴沉，眸光中却又泛着点得意。

陈思雨更是得意极了，双臂抱怀，志得意满地盯着陆云檀："没本事还要装厉害，活该被打。"

后面有王泽的小弟附和：

"趁早认输吧，还能少挨几下。"

"就是啊，一个娘们儿，也不嫌丢人。"

陆云檀咬着牙摁了摁自己的肋骨，万幸，没断，然后抬起了双眸，"我要让你后悔！"

王泽哂笑："我真不想和女生动手，你趁早认输吧。"

陆云檀神色一凛，缩肩勾脖，形如山猴，急而快地弹出右拳，王泽避之不及，眼前猛然一黑。

陆云檀用了一招形意十二形中的猴拳，顾名思义，是模仿猴子的身法，纵山之灵，缩力之法，形意合一，拳风迅猛。

她这人十分记仇，真如同峨眉山上的猴王似的，锱铢必较、睚眦必报，于是猴拳使出后，弹地而起，朝着王泽的左侧肋骨处踹了一脚。

这次，捂着肋骨倒地不起的换成了王泽。

大仇得报，陆云檀的肋骨都不怎么疼了，连呼吸都变得顺畅了。

王泽咬牙切齿，却久久不能起身。

陈思雨和那帮小弟此时统统噤了声，呆若木鸡地盯着陆云檀，再也没有了刚才的嚣张气焰。

陆云檀等得有些不耐烦了："你一直赖在地上怎么能行？打拳击的还有个输赢倒计时呢。"

下西洋深谙其意，在此时挺身而出："胜负输赢按照江湖规矩来，十、九、八……"

倒计时结束不起身，视为失败。

王泽咬着牙从地上站了起来，同时朝着陆云檀打了过去。陆云檀等的就是这一刻，当即使出了一个龙形大劈，劈开他拳头的同时抬起了右脚，朝着他的膝盖处狠狠地踩了下去。

这一招也是形意拳中典型的狠招式。

梁云笺见识过这一招，在陆云枫对付人贩子的时候。

所以在陆云檀使出这招的那一刻，他立即呵斥了一声："陆云檀！"

如同孙悟空听到了唐僧的紧箍咒，陆云檀下脚时略微往下移了几寸，力道也收了几分，没踹在王泽的膝盖上，而是落在了他的小腿前侧。

但即便是这样，也足够王泽喝一壶了。

小腿前侧是肌肉薄弱处，几乎是仅一层皮覆盖着，王泽疼得大喊一声，如同断了线的皮影人似的，"哗啦"一下栽倒在地，面色狰狞地捂着小腿，看起来痛不欲生。

陆云檀给了下西洋一个眼神，下西洋当即会意，又上前一步："还是按照规矩来，倒计时开始，十、九、八、七……"

等他数到"五"的时候，小树林中就开始有人跟他一起倒计时了，后来，加入倒计时的人越来越多，数到最后一个数"零"的时候，几乎是众口齐开，声震落叶。

倒计时结束，王泽还没能起身，胜负输赢一目了然。

下西洋非常有仪式感地大喊了一声："陆云檀，胜！"

陆云檀双手负后，傲娇地勾起了嘴角，眼角眉梢间尽是得意。但很快，她又想到了什么，脸色一沉，看向了陈思雨，不容置疑，厉声勒令："道歉！"

几百双眼睛同时看向了陈思雨。

陈思雨再也没了起初的那份气定神闲，她面色苍白，惶惶不安。

陆云檀死死地盯着她："出来道歉！"

陈思雨眼眶开始泛红，微微低头，咬着下唇，眼泪在眼圈里直打转，看起来好像受了天大委屈。

人群里有男生于心不忍了，怜香惜玉了起来："要不，算了吧，人家都要哭了……"

陆云檀循声看去，眼神如刀："你挺有爱心呀？知道她干了什么吗？你有什资格替别人原谅？"

那个男生瞬间闭嘴，噤若寒蝉。

也没人敢再替陈思雨求情。

陈思雨开始掉眼泪，长而翘的睫毛被打湿了，如豆大的眼泪珠子一颗一颗地往地上滴落，单薄瘦弱的身体一颤一颤，看起来梨花带雨的。

陆云檀气不打一处来——装可怜真有一套啊！

这时，安静的人群中忽然有个男生说了句："哭有什么用啊，错了就出来认错，装可怜给谁看呢？"

他的声音很好听，清朗、醇厚，如佳酿美酒，语调中却带着几分戏谑和玩世不恭。

陆云檀和众人一起循声看了过去，然后愣住了。

周洛尘依旧双臂抱着怀，斜歪歪地倚着树干，牵起嘴角，朝着陆云檀笑了一下："我说得对吗？"

陆云檀做梦都没想到周洛尘会来，更没想到他竟然还当众帮她说话、与她同仇敌忾，惊喜得不行，感觉比中了五百万还要开心。

她努力控制着，才没把嘴角咧到耳朵后面去，重重地点了点头："当然啦！你说得最对了！"

周洛尘又笑了，唇畔梨涡浅浅，双眸黑亮。

梁云笺双眸低垂，紧紧地咬住了牙关，胸腔不住起伏。

他心有不甘，却又万般无奈。

忽然间，周围的嘈杂声消失了，他又开始耳鸣。

尖细刺耳的不规则鸣声充斥着整个脑海。

视线微微有些模糊。

这是那颗肿瘤给他的馈赠。

最近这种症状越来越频繁，他不知道这意味着什么，但却明白，自己离她越来越远了。

哪怕面对周洛尘明目张胆的行为，他也什么都做不了，因为，他根本没有资本去与周洛尘争抢。

他从来没有像此刻一样那么痛恨自己脑袋里面的那颗肿瘤，它夺走了他的一切，不只是生命，还有喜欢一个人的权利与自由。

第六章

/ 柳暗又花明

常言道：得道者多助，失道者寡助。

陈思雨现在就是失道者。王泽是她的靠山，也是全年级最不好惹的人物，现在王泽输给了陆云檀，相当于她的靠山被陆云檀一脚踹翻了。她装可怜也没有用，因为陆云檀根本不吃她那一套，还不允许别人吃，所以她无法再继续目中无人地猖狂下去，只能按照陆云檀的要求去做。

最终，她当着小树林间所有人的面，含着泪向李月瑶和陆云檀道了歉，并承诺以后再也不会欺负任何同学。

陆云檀这才放过她，但并没有完全放过。

回寝室后，陆云檀亲自将在107寝室住了一周之久的李月瑶送回了104寝室，然后开始和陈思雨算旧账："你要是连给自己买饭和安排值日这种事都做不好，干脆也别当寝室长了，换个人当吧。"

陈思雨又红了眼圈，神色中的不甘与怨恨已经溢于言表了，却敢怒而不敢言，紧紧地咬着牙关，看起来还挺委屈，一副忍辱负重的样子。

陆云檀也不明白她到底在委屈什么，之前欺负别人的时候不是挺猖狂吗？还不明白自作自受的道理？

但她也懒得再跟陈思雨计较这么多，不然这事没完没了："当然啦，我一外寝人没有资格对你们寝室内部的事情指手画脚，你们自己看着办吧，但我要提醒你一点，以后要是再敢欺负别人，或者对李月瑶打击报复，就别怪我对你不客气！"

然后，她才回了自己寝室。

第二天早上，她和李月瑶一起去食堂吃早饭的时候，才从李月瑶口中得知，陈思雨辞了寝室长的职务，也没指定下一任寝室长是谁，让她们剩下的五个人看着办。

她们五个人商量了一下，让一个名叫赵子楠的女孩当了寝室长。

陆云檀听完，奇怪地问了句：“你为什么不当寝室长？”

李月瑶叹了口气：“我不好意思给别人安排任务。”

陆云檀这才想起来，李月瑶有点社恐。

吃完饭，两人一起回班，然后开始早读。

以前的早读时间，老金一走，陆云檀就开启了早餐模式，但是自从跟李月瑶成为饭搭子之后，她被迫无奈地成了每天早上去食堂吃饭的积极分子，于是乎早餐时间就被空了出来，从而导致她的早读时间活生生多出来二十分钟。

对于一个落后分子而言，多出二十分钟的学习时间，简直是度日如年、无比难熬。

她也曾向李月瑶表达过“早上不用去寝室喊我，我就是个纯粹的落后分子，不用去拉我一把，让我继续落后就好”等此类内心真实想法。然而，李月瑶的回答却是：“不行呀，梁军师交代过的，必须让我去喊你。”

陆云檀当场蒙了：“他什么时候跟你说的？”

李月瑶：“从咱们俩开始一起吃饭的时候。”

陆云檀愤愤不平：“你听他的干吗？我才是帮主！”

李月瑶沉默片刻，老实交代：“他说可以借我抄他的复习笔记，”她一脸愧色，“那可是年级第一的笔记呀……我无法拒绝。”

陆云檀无语凝噎：我也无法理解你们这种好学生追求上进的心理。

李月瑶又叹了口气：“军师给得太多了。”

陆云檀怒：“你们俩这就是结党营私，试图谋害帮主！”

“可是、可是军师也是为了你好呀。”

陆云檀哼了一声：“我不需要他为我好！”

李月瑶抿了抿唇，最终还是选择直言劝谏，一脸真诚：“帮主，您听过刘阿斗和诸葛亮的故事吗？”

陆云檀愤愤不平：我讨厌你们这帮有文化的好学生！

但是，为了不当扶不起的刘阿斗，檀帮主不得不按照梁军师的要求，每天早起，和李月瑶一起去食堂吃饭，按时进班，乖乖早读。

早晨六点四十五分，老金一离开二班教室，坐在陆云檀周围的落后分子们陆续从桌洞里拿出香喷喷的早餐，只有陆云檀一个人在坚持读书，显得格格不入。

“你这几天相当上进啊，”她同桌孙茜是个面包狂魔，今天的早餐依旧是面包，豆沙馅的，“搞得我都有学习压力了。”

陆云檀内心悲苦，嘴上却大义凛然：“都高三了，还不知道学习吗？”

孙茜大为震惊：这不是我认识的檀姐！

孙茜蒙了几秒钟后，转身看向了坐在后面的下西洋和李航：“你们帮主好像不太正常。”

下西洋一边吃着小笼包一边说：“我们帮主一战成名了，现在可能还比较激动。”

孙茜指了指自己的同桌：“谁家战神胜利后靠学习庆祝的？”

下西洋无言以对。

孙茜：“据我观察，她这种争分夺秒的早读状态，持续一周了。”

下西洋持续无言以对……好像确实不太正常！

正在吃手抓饼的李航加入群聊：“帮主也可能是想文武兼修呀。”

孙茜的脑子里冒出了一个问号：她能有这觉悟？

李航答疑解惑：“你们想啊，我们‘青云直上’学习帮卧虎藏龙，不说别人，就说军师，年级第一、成绩优异，能不给帮主造成压迫感吗？”他又压低了嗓门，“我跟你讲个帮内机密，梁军师昨晚被剥夺了升职权利终身。”

孙茜瞪大了眼睛：“为什么呀？”

李航煞有介事：“因为树大招风。”

下西洋补充：“毕竟年级第一，太优秀了。”

听到这里，陆云檀忍不住转过了身，盯着左右护法。

李航语重心长：“万一他有野心呢？”

陆云檀陷入了深深的思考之中。

下西洋立即表态：“我对帮主，绝无二心！”

李航：“我也是忠心耿耿，死心塌地！”

下西洋瞟了陆云檀一眼，叹了口气：“至于其他人什么情况，我就不知道了。”

李航语气中也充满了担忧：“副帮主应该还行吧，毕竟一个班的，至于军师……唉……”

他的话没说完，但最后这声叹息，却十分巧妙。

陆云檀眼皮一撩，盯着李航：“你的意思是，军师有二心？”

李航：“我可没这么说啊！”

陆云檀微微眯眼：“那你刚才那番话是什么意思？”

李航：“我是提醒您呀，为了帮主您好呀！”

陆云檀没好气：“提醒我什么？”

李航：“您怎么能确定，军师心里只有您呢？”

下西洋：“万一他真的有二心，随时可能会叛变啊！”

陆云檀沉默片刻，眼神一凛，眉头一皱：“秦韵？”

李航两手一摊，开始甩锅：“我不知道。”

下西洋语调悠悠：“军师的心里事，怎么会跟我们这种人说呢？”

李航：“就是呀，咱们是外人。”

外人？

他还有内人呢？

陆云檀咬了咬牙，一脸怒气：“他敢有二心！”

七点半早自习下课，下课铃声一响，陆云檀就拎着一串水杯冲出了教室，却没去一楼的水房接水，而是顺着东北角的楼梯上了四楼。

四楼是文科班的地盘，从十二班到十六班。

早晨的水房比市中心的地铁站还要拥堵，看起来像是一群缺水地区的难民争先恐后地去村子里唯一的井里打水。

但是，陆云檀志不在水，而在韵。

好巧不巧的是，她刚一走进四楼的水房，就看到了排在队伍最后方的秦韵，于是果断上前一步，排在了秦韵身后，近距离地观察了起来。

秦韵挺高的，陆云檀净身高一米六八，穿上运动鞋后，绝对能有一米七，但是秦韵比她还要高出一些，净身高绝对有一米七——这个结论，令陆云檀有些挫败。

秦韵的头发也挺浓密，自然柔顺地披散在肩头，发梢好像烫过，弯成了蓬松的卷卷，看起来还挺洋气。

陆云檀正在心里对比着自己和她的发量谁更胜一筹的时候，突然有个男生走进了水房。男生走到秦韵身边，给她递了包红糖，又温柔地小声询问秦韵：“肚子还疼吗？”

陆云檀眼皮一跳，震惊地发现，这男生竟然是之前跟她有点小过节的烫发男生，叫什么来着？贾坤阳？

但是贾坤阳并没有注意到陆云檀。

一旁的秦韵语气中带着些娇气：“还有点疼。”

贾坤阳：“今天别去跑操了，请假吧。”

陆云檀看着这俩人的互动，忽然就觉得贾坤阳看着顺眼了，还主动跟人家打了个招呼：“欸！”

贾坤阳一怔，满面震惊地瞪着陆云檀。

陆云檀越看他越顺眼，甚至觉得自己应该给他赔个不是：“没别的意思，就是来给你道个歉，那天是我不对，你也别往心里去。”

贾坤阳蒙了。

秦韵看了看陆云檀，又看了看贾坤阳，疑惑中又带着点怀疑：“你们俩之间有什么事呀？”

陆云檀生怕秦韵误会什么：“我们俩之间什么事都没！是我和王泽的事，误伤他了，所以我来给他道歉。”

秦韵瞪大了眼睛：“你就是陆云檀？”

陆云檀点头：“对啊！”

秦韵：“你怎么误伤他了？”

陆云檀面不改色心不跳地说了句：“我骂了他一句。”

秦韵：“就这？”

陆云檀：“对呀，他还挺大度的，都没跟我计较，但是我心里过意不去。”

贾坤阳：“……”

陆云檀没再多说什么，开开心心地走了，下到三楼的时候，还看到了梁云笺，不过梁云笺没有看到她，因为他是背对着她的，正在顺着走廊朝九班走。

陆云檀看着梁云笺的修长背影，叹了口气，一副悲悯、同情的神色：真是个可怜人，郎有意，妾无情！

她实则幸灾乐祸到了极点，下楼梯的时候都是一蹦一跳的，像极了一只快乐的小白兔，手里拎着的那一串空杯子如同铃铛似的，“哗啦啦”响。回班后，她发现黑板没擦干净，还自觉主动地去把黑板擦了。

因为心情好，连学习这件事都变得美妙了起来，第一节数学课，她听得专心致志，还主动回答问题，数学老师都表扬她了呢。

然而这种快乐仅持续了一节课，第一节下课后，她就被喊去了班主任办公室，还不是班长来传话的，而是老金亲自来喊的，并且表情十分严肃。

快乐戛然而止，她忐忐忑忑地跟着老金去了办公室。

老金在办公桌后坐下，面色铁青地质问：“你昨天是不是跟王泽打架了？”

陆云檀的第一反应是抵赖，完美地呈现出了落后分子冥顽不灵、不见棺材不落泪的倔强属性：“我没呀！我怎么可能和王泽打架呢，我都不认识王泽！”

老金直接打开了笔记本电脑，点出了那段监控视频：“你自己看！”这是其他班的班主任收缴本班学生的手机时意外发现的一段视频。

铁证如山，即便是资深落后分子，也无法再继续抵赖。

陆云檀终于低下了倔强的头颅，双手交握，老老实实地交代犯罪过程。但谁知，老金还追问了犯罪动机：“你为什么要跟他打架？”

陆云檀想了想，感觉这事不好说，因为牵扯进来的人太多了，于是小心翼翼地看着老金，试探性问了句：“王泽没交代吗？”

老金气急败坏：“王泽是王泽，你是你！”

“哦……”陆云檀纠结地挠了挠头，绞尽脑汁地斟酌措辞，“总的来说，是我看王泽不顺眼，他总欺负人。”

老金蹙起了眉头，瞪着她：“然后你就把人家打了一顿？”

陆云檀又想了想，然后点头：“嗯。”又猛然摇了摇头，“不不不，不是我单方面打他，他也打我了，他踹了我一脚呢！”

“甭管谁打谁，打架就是不对！”老金厉声质问，“他到底欺负谁了？是咱们班同学吗？你为什么不向我和年级长反映？非要用暴力的手段解决问题吗？”

陆云檀：“我也想过和平解决呀，但是王泽不愿意。”

老金继续刨问：“到底发生了什么事？”

陆云檀支支吾吾不说话。

老金：“你不跟我说，我就去找其他同学调查，全年级那么多人，我就不信问不出来！”

看这架势，他好像是要打破砂锅问到底了。陆云檀纠结着抿了抿唇：“那我跟你说了，你能保证不去追究无辜人员的责任吗？”

老金无奈：“你都说了是无辜人员，我干吗要追究人家责任？”

“那好吧。”得到了老金的许诺后，陆云檀才松了口，交代了犯罪动机，但省略了一些不重要的事情，比如梁云笺的加入。

她把梁云笺从这个故事中剔除了，自始至终从未提起过他的名字。

他是人间白雪，是品学兼优的好学生，不可以出现在这种为非作歹的故事中。

但是，陈思雨就不一样了，她是“人间极品”！

如果非要逮着一个人添油加醋的话，那这个人选，非陈思雨莫属！

讲到最后，陆云檀还担心老金不信，又信誓旦旦地说了句：“不信的话你可以去问班里面其他同学，周一下午两点十分左右，她就是在那个时候读了我的日记！”

陆云檀也把李月瑶从这个故事中剔除了，因为李月瑶是资深社恐，脸皮比纸还薄，要是让她卷入这件事中，并在老金这里曝光她的日记内容，她肯定会崩溃的，说不定以后都没法正常上老金的课了。

老金的眉头越皱越紧，脸色也越来越沉：“陈思雨真的当着全班同学的面宣读你的日记？”

陆云檀重重点头，义愤填膺：“千真万确！她可坏了，当众践踏我的尊严！”

说实话，他一点都没在这位同学身上看出来尊严被践踏的痕迹。

老金叹了口气，继续询问：“她是怎么拿到你的日记本的？”

这个问题，陆云檀也问过李月瑶，李月瑶说自己的日记本藏在衣柜的最深处，柜子还上了锁，只有从柜子里拿东西的时候才会打开，不知道陈思雨是趁什么时候偷拿了她的日记本。

但是陆云檀肯定不能按照李月瑶的回答去应付老金，因为她们俩情况不同，她和陈思雨不住在一个寝室。

“我怎么知道她是怎么拿到的？我还能把日记本送到她面前让她读吗？肯定是她偷拿的呀！至于怎么偷的，我不知道。”

老金："你之前得罪过她吗？"

陆云檀："没有呀，但她就是喜欢欺负人，看谁老实就欺负谁，专门欺负我们这种老实人！"

老金忍无可忍："就你还老实人呢？"

陆云檀："……"

老金再次质问："你为什么不把这事告诉我或者年级长？"

陆云檀想了想，说："她认识王泽，如果我告诉老师的话，她会迫于你或者年级长的压力道歉，但肯定不是诚心的，还会怀恨在心，然后让王泽打击报复我。"

老金无奈："就算王泽找你的麻烦，你也能向我反映呀！"

陆云檀："然后呢？他也只会暂时不找我的麻烦，还只是确保在校内不找，校外就不一定了，说不定会找几个人在我回家的路上堵我，校外的人你们也管不了，与其闹得尽人皆知，不如一劳永逸地解决掉。"

老金竟无法反驳她的话。

王泽的情况他也有所了解，确实如她所说，不仅在校内混，还和校外社会上的人有来往，打架斗殴对王泽来说和家常便饭一样，是个不服管教的硬茬，大部分学生都有点怕王泽。

最终，老金长叹一口气："你也是个厉害人物，换了别的学生，躲他还来不及呢。"

陆云檀还傲娇了起来，高高地扬起了下巴："我可是全国武术冠军，形意拳正统传人，怎么会怕这种小喽啰呢？"

老金也知道她家里是开武馆的，但还是很无奈。

"不管怎么说，打架就是不对，更何况是在校内！"他又命令道，"给你妈打电话，让她下午来学校一趟！"

陆云檀眨了眨眼睛："我没有手机呀。"

老金不信："你还能没手机？"

陆云檀一脸认真："真的没有，学校不让带手机！"

老金不想跟她扯皮："行了行了，不用你了，我给你妈打。"

陆云檀："哦。"

老金朝她挥了挥手："走吧，回班上课。"

陆云檀站着没动："那个，我课间操想请假。"

老金：“为什么请假？”

陆云檀特别理直气壮：“因为我昨天受伤了呢。”

担心老金不信，陆云檀又煞有介事地补充了一句：“我的半边肋骨都紫了，看起来可严重了，一动就疼！”

她还真没说瞎话，今天起床后，她特意撩开睡衣看了一眼，右侧肋骨乌青一片。

老金长叹一口气：“你要请几天？”

陆云檀狮子大开口：“伤筋动骨一百天呢。”

拿到官方的、正式的、有权威性的请假条后，陆云檀蹦蹦跳跳地回了班，丝毫没有一位受伤人士的自觉性。

距离第二节英语课上课还有一两分钟时间，陆云檀先去找了陈思雨，向她传达老金的口头邀请函。

一直到英语课快下课，陈思雨才回班，双眼红肿，不停抽泣，显然，是被老金狠狠地训了一顿。

陆云檀就欣赏老金这点：不偏心班级里的任何一个学生，无论学习好坏，皆是一视同仁，相当明事理！

第三节课下课后，跑操时间，陆云檀有官方假条在手，心安理得地坐在班级里，气定神闲地等待着梁大检察官的莅临。

今天梁大检察官比平时来得晚了几分钟，陆云檀有点儿不高兴了，一边气呼呼地抠橡皮，一边暗搓搓地想：就算秦韵今天请假了，但你去找秦韵也没用，她也不是为你请的假！

“哗啦”一下，窗户被打开了。

陆云檀立即抬头，看到了梁云笺，却没给好脸，连“臭书生”都没喊，阴阳怪气地说了句：“哟，真是没想到啊，军师还能记得我这个帮主呀？我还以为您另立门户了呢。”

梁云笺相当诧异：这是怎么回事？

为了保护脖子，陆云檀从凳子上站了起来，但还是要仰着头和梁云笺说话：“你给我听好了，我要告诉你一个坏消息。”

梁云笺也不知道自己怎么惹到她了，紧张地抿了抿唇：“什么、什么消息？”

陆云檀："你要做好心理准备啊，可能会伤你的心。"

梁云笺只能点头。

陆云檀眉梢一挑："准备好了吗？"

梁云笺深吸一口气："你说。"

陆云檀却叹了口气："秦韵你还是放弃吧。"

梁云笺眉头微蹙，不明就里。

陆云檀两手一摊："所以你没戏了呀。"

梁云笺哭笑不得：这算什么事儿啊？

陆云檀按捺住内心的幸灾乐祸，"好心"安慰了一句："没关系哒，天涯何处无芳草呀？没必要在一棵树上吊死对不对？"

梁云笺一脸无奈地看着她，长叹一口气："背英语吧。"

陆云檀："就这？"

梁云笺无动于衷："快点，不要浪费时间。"

陆云檀蒙了："你都不伤心难过吗？"

梁云笺一字一顿地回答："我根本不认识她。"

陆云檀不信："李航都看见你去找她了！"

梁云笺斩钉截铁："我没去找过她。"

陆云檀眉头紧皱："他说你去过，你说你没去过，你们俩在这儿跟我玩罗生门呢？"

梁云笺面无表情地盯着她："你信我还是信他？"

陆云檀："这……"

梁云笺又问："我和他同时掉水里，你先救谁？"

陆云檀："这这……"

梁云笺再问："如果'青云直上'学习帮里只能留下一个人，你是选我还是选李航？"

陆云檀："这这这……"

三计夺命连环问，问得陆云檀晕头转向，脑袋都是大的，还"嗡嗡"响。

与此同时，她终于体会到了身为一帮之主的艰辛：想要雨露均沾，实在是太难了！

梁云笺："怎么不说话了？"

陆云檀的大脑在飞速运转，最终决定采用糊弄政策："我选……下西洋。”

梁云笺转身就走。

“欸！欸！你怎么走了！”陆云檀急慌慌地从窗台上翻了出去，一路小跑去追梁大检察官，伸手扯住了他的衣角，“你还没检查我的英语作文呢！”

梁云笺停下了脚步，云淡风轻：“不查了。”

陆云檀倒是不乐意了：“为什么不查了？”

梁云笺：“以后都不查了。”

陆云檀忽然有种被抛弃的感觉：“为什么？”

梁云笺：“没时间，要去十八班找秦韵。”

陆云檀沉默片刻：“那个、人家秦韵，是十五班的。”

梁云笺尴尬了。

陆云檀忍着笑说：“你怎么连人家班级都记不住呀？”

梁云笺面不改色：“嗯，多谢提醒，以后一定记牢。”

陆云檀瞟了他一眼：“贼，小心眼儿。”

梁云笺：“到底是谁小心眼儿？”

陆云檀毫不羞愧，大言不惭地说：“我就是在考验你的忠诚度，万一你叛变了怎么办？”

梁云笺：“考验的结果呢？”

陆云檀：“你很忠诚！绝对不会叛变！”

梁云笺：“所以呢？”

陆云檀一愣：“什么意思？”

梁云笺：“新来的都成副帮主了，我呢？”

啧啧啧，好家伙，没想到你这个臭书生也是个追名逐利的人！

但是吧，既然人家已经洗刷了叛变的嫌疑，就不能再继续惩罚下去了。

想了想，陆云檀试探着问：“你想当什么呀？”

梁云笺不争不抢：“全听帮主的。”

唉。

没一个省油的灯。

最终，她说：“那行吧，还是提拔你为副帮主。”

梁云笺：“行了，开始背英语吧。”

翻脸比翻书还快。

梁云笺微微眯眼："没准备？"

陆云檀愤愤不平："你刚才还说不查了！"

在监督陆云檀学习上，梁云笺绝不让步："今天背不出来，下次就要背两篇。"

陆云檀双手负后，乜斜着梁云笺："你怎么不问问我有没有请假条呢？"

梁云笺叹了口气，虽然这番对话已经反复上演过无数遍，但他还是按照她的要求，询问了一句："这位同学，你有请假条吗？"

陆云檀从未如此得意过："有呀！"她立即从校服裤的裤兜里拿出官方请假条，"半个月呢。"

老金不可能真的给她批一百天，半个月已经是优待了。

看着她手中的那张墨绿色请假条，梁云笺微微蹙起了眉头："肋骨很疼吗？"

她原本在请假条上写的请假理由是：肋骨断了四根。

老金看后，认定她夸大其词，又让她把这几个字画掉了，改成了：肋骨受伤。

陆云檀本来想回答"不疼"，但是话到嘴边了，鬼使神差地改成了："很疼，重伤，需要养一百天才行。"

梁云笺的眉头蹙得更紧了，语气也加快了："需要去医院吗？"

陆云檀："那倒不用，我们习武之人，都是钢筋铁骨！"

梁云笺："哪怕是钢筋断了也要焊接、修复。"

陆云檀："没断。"

梁云笺还要说什么，下操的大部队忽然拥进了教学区。陆云檀心里一个激灵，转身就往教室走："我先走了啊，要是让年级长看见我生龙活虎地站在这里就不好了。"

梁云笺叹了口气，无奈地望着她回班的背影。

同学们陆陆续续地回了班，陆云檀召集"青云直上"学习帮众人，在教室后面的杂物间里开了个简短的会议，宣布帮内人员调动情况："从即刻起，梁云笺由军师提拔为副帮主，李月瑶改为军师职务。"

卞西洋蒙了，难以置信："梁军师升职了？"

李航也蒙了，不可思议："不是剥夺升职权利终身了吗？"

陆云檀：“最终解释权归本帮主所有！”说完，转身就走，不给他们多嘴的机会。

卞西洋愤愤不平：“帮主怎么能这样？”

李航：“这就是朝令夕改啊！”

卞西洋看向了李月瑶：“你就不恨吗？梁军师夺了你的位置！”

李航：“他这个人，甚有野心！”

李月瑶抿了抿唇，弱弱地回了句：“其实我干什么都行，不挑。”

第四节下课后，梁云笺出现在了二班教室的窗外，给陆云檀送来了一瓶活血化瘀的药酒。

左护法卞西洋和右护法李航将这一幕看在了眼中，再次对视一眼，微微眯眼——

看来，我们低估了梁副帮主的本事呀！

下午第二节课下课后，不用去跑操，据说是因为体育老师请假了，所以今天下午的跑操活动被取消了。

难得在下午四点的大课间休息一次，高三年级的同学们当然是选择享受生活，三三两两地聚集在教室外的走廊上，一边沐浴着灿烂清澈的阳光，一边“把酒话桑麻”。

偌大的四方形教学区，热闹非凡，处处洋溢着青春活力的气息。

正在这时，一位身材魁梧、身穿紫檀色丝绸唐装的中年男人阔步走进了高三热热闹闹的教学区，只见他肤色黝黑，鼻若悬胆，厚重的双唇藏在一把漆黑的络腮胡子中，宽刀般浓密的双眉下是一双如同老鹰般漆黑矍铄的眼睛，看起来像极了张飞和关公的结合体，威风凛凛、气场汹涌，甚是摄人。

这位关张结合体走进教学区后，左转，朝着教室那一侧走了过去，昂首阔步，衣袖无风自动。

在他转上一班教室前方的走廊的那一刻，站在走廊上的一班的同学们齐刷刷地屏住了呼吸，呆若木鸡地盯着来人——

按照三国时期的标准衡量，这人身高能有八尺，虎背熊腰，压迫感极强，走路时，左手负后，右手横于身前，手腕上戴着一串紫檀佛珠，手心中盘着两颗紫红色的核桃，核桃表皮上的包浆已有些年头了，色泽醇厚浓郁，在他遍布老茧的手心中泛着深沉的微光，仿若两颗淬了剧毒的暗器，随时可能会从他手中飞出去杀人。

一班的同学们一颗颗小脑袋里同时冒出了三个字：有、杀、气。

他过来时，一班同学们连口大气都不敢喘，僵硬着年少薄弱的身体，无声地往走廊两侧退了一步又一步，安静如鸡地给来者让路。

等隔壁二班的同学们反应过来的时候，那位杀气十足的关张结合体已经走到了二班的后门，然后，停下脚步。

至此，一班二班门外站着的学生都如同入了定似的，一动也不敢动，生怕震动到了空气，惊扰到这位好汉。

好巧不巧的是，正当这位好汉伸着头朝二班班内探望的时候，下西洋同学拎着一兜垃圾走向了后门。与好汉对视的那一刻，下西洋望而生畏，双手颤抖，转身想跑，但是未遂，被好汉叫住了："小胖，陆云檀是你们班的吧？"

小胖?

喊谁呢?

士可杀，不可辱!

下西洋稳了稳心神，硬着头皮与魁梧大汉对视，然而对视了还不到半秒钟，就败下阵来，转身逃跑："我不知道！"

魁梧大汉心说：这还能有不知道的?

下西洋从教室后门跑到了教室前门，又从教室前门夺路而逃，一路朝着东北角楼梯间跑了过去，狂奔上三楼，又从三楼教室前的走廊迂回至西北角楼梯间旁边的九班，看到梁云笺后，大喊一声："不好了！出事了！出大事了！"

梁云笺蹙眉询问："怎么了？"

下西洋气喘吁吁："有个彪形大汉，来找帮主，满脸杀气，像是来寻仇的！"

与此同时，一楼，陆云檀从卫生间出来后，一身轻松地朝着教室走，但奇怪的是，走廊上站着的所有人都在用一种同情中夹杂着惊恐的眼神看她，看得她浑身发毛。

走到四班后门的时候，李月瑶和李航忽然冲到了她面前，一左一右挡住了她的去路。

李月瑶满面焦急：“你现在千万别回班！”

李航语气急切：“有人来找你麻烦，快逃！”

陆云檀一脸蒙：“谁啊？”

李航：“不认识啊！那男的看着特别凶，一手拍死两个下西洋都没问题！”

陆云檀心想，有这么夸张吗？

李月瑶：“会不会是王泽安排的人啊？”

陆云檀听得云里雾里，好奇地仰起脖子，朝着走廊尽头望了过去，然后就看到了那位彪形大汉。再然后，她在众目睽睽之下朝着大汉狂奔了过去，同时张开了双臂，开心大喊：“爸！”

李航、李月瑶，以及走廊上其他同学全是震惊脸：大水冲了龙王庙了！

陆云檀她爸已经去影视剧组当了将近两个月的武术指导，前天下午她返校的时候，她爸还没回家呢，没想到今天竟然来学校找她了，着实惊喜！

她就像一只小巧的白鸽似的，直接飞扑进了她爸的怀中。

陆林笑呵呵地用宽大的手掌揉了揉闺女的脑袋，浑厚的嗓音中带着铁汉柔情：“丫头，怎么两个月没见还瘦了？”

陆云檀仰头看着她爸：“我学习学的呀！可努力了！”

陆林：“好好学习还能被请家长？”

陆云檀松开了她爸：“合着你是被我们班主任请来的？”

陆林：“那不然呢？”

陆云檀不高兴地瘪了瘪嘴：“我还以为你是特意来看我的呢！”她又忽然想到了什么，“不对呀，我们班主任不是给我妈打的电话吗？怎么让你来了？”

陆林直言不讳：“你妈说她想多活两年。”

陆云檀无言以对。

陆林：“听说你跟人打架了？”

陆云檀点头：“嗯！”

围观同学满面敬佩，心想：果然是战神，面对家长质问，一点都不慌张。

陆林蹙眉，略带谴责：“习武之人最不屑的就是动手，更不屑和手无缚鸡之力的普通人动手，不道德，不规矩。你怎么能上来就打架呢？”

陆云檀：“我不是没有尝试和他谈判呀，但是他冥顽不灵，明明做错了事情，就是不道歉，还要践踏人家的尊严！”

她见解释起来又很费劲，干脆催促道：“你怎么不去找我班主任呀？一直在我们教室后门站着干吗？”

陆林一脸无奈：“你们班主任不在办公室，我只能先找你，但我问你同学陆云檀是不是这个班的，他们都说不知道。”

陆云檀蒙了：“怎么会不知道呢？”

但很快，她就从周围同学们心有余悸的目光中明白了什么——大家是在掩护她。

她无奈地叹了口气，对她爸说：“你来就来呗，手里干吗盘个核桃啊，看着跟黑帮老大一样，都把我同学吓到了，还以为你是来找麻烦的呢。”

陆林把右手一伸，也很委屈：“你妈非让我盘核桃，说看起来斯文，不吓人，我本来盘的是铁球！”

陆云檀心说：还不如核桃呢。

铁球，全名“保定铁球”，是保定府三宗宝之一，现代人常用来健身、活动手部筋骨用，但其还有一个隐蔽的用处：作防身器械用。

陆林还在惦记他的铁球：“铁球多好，体积大，分量足，核桃轻飘飘的，盘起来一点感觉都没有。”

陆云檀也知道她爸有手中盘东西的习惯，而且这事儿吧，也不能全怪她爸，也怪她，是她向同学们隐瞒了自己被请家长的事情，不然的话大家就不会误会了。

但是她隐瞒这件事的原因，不是觉得被请家长丢人，而是为了降低此事的影响力，免得大家总是会想起操场北侧的小树林，因为那天老金找她谈话的时候无意间说漏了嘴：学校准备扩建校园，修建植物园。

植物园欸，下西洋那张老版校园地图上可没有！

知道这件事情的人很少，所以陆云檀决定绘制一版新的、带植物园的二中地图，然后去校外复印店复印一百张，打着“最新版二中校园地图”的名头，贩卖地图，大赚一笔。

“陆云檀！”

突如其来的点名道姓打断了陆云檀的地图美梦，她和她爸同时扭头，在对面二楼的年级长办公室门口，看到了班主任老金。

老金趴在栏杆上，朝他们父女俩挥了挥手，示意他们俩来年级长办公室。

陆云檀领着她爸朝着西北角楼梯间走的时候，刚巧碰到了顺着楼梯往下冲的梁云笺和卞西洋。

卞西洋原本冲在最前面，然而在看到彪形大汉的那一刻，猛然顿住了脚步，梁云笺差点撞他身上。

卞西洋一边伸手指着彪形大汉，颤颤巍巍："你你……你不要过来呀！"一边畏畏缩缩地往梁云笺的身后躲，即便梁云笺的挺拔身躯根本挡不住圆滚滚的他，"就是他！"

梁云笺脊背笔挺，一动不动地站在台阶上，面无表情地看了眼彪形大汉，然后看向了跟在他身边的陆云檀，关切询问："你认识他吗？找你干什么？"

陆云檀："他是我爸呀，我们去找年级长。"

梁云笺和卞西洋两人同时瞪大了眼睛，异口同声："你爸？"

陆云檀点头："对呀！不像吗？"

梁云笺和卞西洋同时一愣：

一个白白嫩嫩，一个形容粗旷，怎么看，都不像。

陆云檀继续领着她爸上楼，上到二楼时，陆林忍不住说了句："刚才那两个小孩，看起来好像不太聪明。"

陆云檀："胖的那个可能有点迟钝，但是又高又帅的那个，可聪明了，他是我们年级第一呢！"

又高又帅？

陆林哼了一声，一边盘核桃，一边不屑点评："帅什么？长得那么白净，一副书生样，还经不住你哥的一巴掌。"

陆云檀不高兴了，小嘴一噘，好看的眉毛皱了起来："你不能喊他书生，他是我同学，不许你这么说他！"

与此同时，楼梯间，卞西洋一边心有余悸地拍着胸口，一边感慨："真没想到那位大佬竟然是帮主之父，哎，帮主之母得长得多好看啊，才能把帮主的基因提拔成这样。"

梁云笺想到了那位满头戴着粉红色发卷的女士："她和她哥的长相都随母亲。"

下西洋一愣：“帮主还有个哥呢？”

梁云笺叹了口气，点头：“嗯。”

下西洋仔细地回想了一下彪形大汉的肤色、体型与气场，不禁打了个寒战：“那她哥……得长成什么样啊？”

梁云笺沉默片刻，用四个字言简意赅地做出了评价：“人间修罗。”

彪形大汉 2.0 版的凶神恶煞形象跃然浮现在下西洋的脑海中。

救命，好害怕！

他胖脸煞白，颤声开口：“你、你说，帮主，是、是不是饶了王泽一命？”

梁云笺反问：“不然呢？”

下西洋：“我、我以后再也不敢惹帮主生气了。”然后，他又看向了梁云笺，语重心长，言辞恳切，“听我一句劝，以后，千万不要对帮主之位有任何非分之想！”

我要帮主之位有什么用？

梁云笺抿唇犹豫片刻，试探着问：“要是有人对帮主有非分之想呢？”

下西洋的脑海中瞬间浮现出了彪形大汉和人间修罗联手杀人的画面：“那就祝他好运吧！”

梁云笺无语。

下西洋：“不过话说回来，帮主不会是因为王泽这件事被请家长了吧？”他甚是担忧，“直接去见年级长了，看来情形很严重呀，不会被开除吧？”

梁云笺一怔，转身朝着楼上冲了过去。

老金一直站在年级长办公室门前，等待着陆家父女的到来。

和班主任一起走进年级长办公室后，陆云檀才发现，王泽和他的家长并没有来，办公室内只有年级长一个人。

也就是说，在这场双方参与的事件中，只有她单方面被请了家长。

陆云檀无论如何都想不通，为什么年级长不追究王泽的责任。

这不公平！

正当她准备好好地跟年级长狡辩……不对，是理论一番的时候，年级长竟然从办公桌后站了起来，迅速走到了她爸面前，主动伸出了手：“陆师父吧？您好您好，没想到您竟然亲自来了。”

陆云檀一脸蒙：这么客气的吗？

陆林也是满心诧异，完全没想到年级长会是这种态度，但他好歹是个成年人，沉得住气，面不改色地与年级长握手：“您好。”又说了句客套话，“丫头调皮，给您添麻烦了。”

年级长看了陆云檀一眼，叹了口气：“她是挺皮。”

陆云檀心说：您倒是继续客气呀！

寒暄过后，年级长请他们落座，当然啦，这里的“他们”指的是陆林和老金，没有陆云檀的份。

年级长的办公室比较大，办公桌前靠墙壁一侧摆了一张木沙发，陆林和老金并排坐在了沙发上，年级长坐在了他的办公桌后，今日的焦点人物陆云檀老老实实地站在办公室中间，默默无声地等待着接下来的批评教育。

年级长最先开口：“今天请您来呢，主要是有两件事。第一件事儿您应该也知道了，云檀在校内打架，严重违反了校规校纪。”

陆林点头，态度良好：“是，我听她说了，把人家男孩子打了一顿。”他又看向了自己闺女，摆出了一副愠怒的表情，严肃批评，“太不像话了！怎么能下那么重的手呢？”

陆云檀：“我还收了力了的。”

年级长掀开笔记本电脑的屏幕，调出了那段学生拍摄的视频证据，然后将整台电脑转了过去，正对着陆林，点击播放：“您看看，全年级这么多学生都去围观了，造成了极其恶劣的影响！”

红外摄像头的夜间拍摄模式极其清晰，连陆云檀的头发丝都拍摄得清清楚楚。

铁证面前，陆云檀愧疚地低下了头颅。

陆林立即点头，态度坚决地表示：“我明白，都是云檀惹的祸。”又严肃训斥了自己闺女一句，“你这丫头真是不让人省心！还不赶紧跟老师承认错误？”

身为落后分子，属性之一就是及时认错，至于会不会改，另说。资深落后分子陆云檀连个草稿都不用打，张口就能来一串态度诚恳的道歉致辞：“周老师，我知道错了，对不起，下次一定不在学校里面打架了，绝对不影响其他同学学习。”

周姓年级长气闷：“校外打也不行！”

陆云檀乖乖点头：“好的。”

老金补充教育，语重心长：“高三了，还有不到一年的时间就要高考了，要把所有的精力都放在学习上，高考才是最重要的。”

陆云檀再次乖乖点头：“我知道了，谢老师。”

陆林“啧”了一声：“什么谢老师？你怎么这么会省事呢？说谢谢！”

老金一脸尴尬。

陆云檀不得不解释：“那个……我们班主任姓谢。”

陆林有点蒙：“姓谢？你妈怎么跟我说你们班主任姓金？”

陆云檀根本不敢去看班主任的脸色：“姓谢！谢！”

老金咳了两声：“我叫谢训，言川训，和金毛狮王谢逊读音相同，他们就给我起外号，叫我金毛狮王，后来简化成了老金。”

最怕空气忽然安静。

陆云檀尴尬而又不失礼貌地一笑：“原来您知道呀。”

老金笑了一下：“我怎么可能不知道？”

年级长也笑了：“别总以为我们当老师的什么都不知道，不跟你们这帮小崽子计较而已。”

陆云檀又是尴尬而不失礼貌地一笑。

年级长言归正传：“校内打架情节严重，处分肯定是跑不了，但是……”

他的话还没说完，办公室的大门忽然被推开了，梁云笺站在门口，手里还拿着一张信纸：“报告。”

年级长一愣：“有事情吗？”

梁云笺神色坦荡地走进了办公室：“我来交检讨。”

年级长眉头微蹙：“什么检讨？”

梁云笺走到了办公桌前，把手中的信纸放在了办公桌上：“上次空调事件的检讨书。”

年级长有些奇怪：“我什么时候让你写检讨了？”

梁云笺面不改色：“班主任让写的。”

陆林看着他，忽然问了句：“你也犯错误了？”

梁云笺点头：“嗯。”

陆林：“年级第一也能犯错误？不应该呀。”

陆云檀不乐意了，对她爸说：“年级第一怎么不能犯错误了？人无完人！”

陆林想了想：“这倒也是。”

年级长叹了口气，拿起了梁云笺的检讨书，只看了一眼，就紧紧地蹙起了眉头——这字写得，龙飞凤舞，跟鬼画符似的，马上就要从纸上飞起来了。

“写得挺着急呀。”年级长把那张名为“检讨书”的符纸放回了桌子上，瞥了梁云笺一眼，然后对陆林说，“另外还有件事需要注意一下，男女同学之间的关系问题，学校也是不允许的。”

梁云笺呼吸一顿，身体瞬间绷紧了。

陆云檀的呼吸也是一顿，紧张了起来。

陆林板起了脸，没好气地瞪着自己闺女：“就是！”然后伸手指着年级长的笔记本电脑，“你看看你当众把人家小伙子打了，以后学校里面的小姑娘会怎么看他？多影响同学之间的关系啊！”

整间办公室瞬间陷入了死一般的沉默中……

年级长在心里长长地叹了口气：算了，算了算了算了！

老金也很无奈，但还是及时圆了场：“我和年级长的意思是，已经高三了，太严重的处分也不合适，学校也不能不给犯错的学生改过自新的机会，而且校规校纪上也有明确规定，学生可以将功补过。”

陆云檀甚是意外：“校规校纪上还有这规定？什么时候加上去的规定呀？”

老金：“一直有。”

年级长：“高一军训期间，要求你们晚自习的时候背校规校纪，你没背吗？”

军训期间的晚自习时间，陆云檀都用来研究折纸了。

但是，她肯定不能承认自己不务正业的事实，面不改色心不跳地回答：“我忘记了。”

年级长：“还有校规校纪考试呢，你考了几分？及格了吗？”

连根拔萝卜一样，曾经的旧账被一笔又一笔地拔出来一箩筐。

但是身为资深落后分子，揣着明白装糊涂的属性也是根深蒂固的，陆云檀低声道：“我也忘记啦，而且都过去那么久了，谁还记得住两年前背的东西啊。”

年级长叹气，看向了梁云笺：“给她背一遍校规校纪上面有关将功补过的规定。”

陆云檀抢在梁云笺开口之前说：“他肯定也忘记了。”然后又看向了梁云笺，说，“你肯定也忘记了，是吧？”

她知道梁云笺一定能背出来，因为他的脑子特别好用，但她不能让他背出来，不然她这个当帮主的会很没面子的！

梁云笺明白她的意思，但还是按照年级长的要求背出了那条校规校纪：“第六章，第七条规定，多次参与校园志愿者工作或者对学校做出特殊贡献的学生可酌情撤销处分。”

陆云檀生气啦！

哼！

我要撤了你副帮主的职位！

年级长却在心里叹了口气，无比惋惜：这么聪明的孩子，怎么就生病了呢？

老金接过了话题：“学校的目的是教书育人，一定会给大家改过自新的机会。”

陆林咂摸出了些许言外之意：“我们可以怎么做呢？您也别为难，直说吧，当家长的肯定全力帮助孩子改过自新，绝不推辞。”

年级长舒了口气，开门见山地说：“咱们学校十月初要承办一场中国和 J 国的高中生篮球友谊赛，教育局分布下来的重要任务。”

篮球赛？

陆云檀瞥了一眼梁云笺。

年级长继续说道：“毕竟是和 J 国高中生比赛，也算是个国际赛事了，到时候不光有媒体报道，教育局局长也要来现场观看，所以咱们学校肯定要重视对待，想在开场之前搞个小型的开幕式，最好带有民族特色，您看看您能不能帮忙安排个武术节目什么的，宣扬一下中华的武术文化。”

陆林不假思索：“当然可以！必须要在国际友人面前展示一下咱们泱泱大国的威武风范！”

年级长：“您愿意帮忙真是太好了！不过现在发愁的是，咱们学校的学生基本没有会武术的，现在开始排练，来得及吗？”

陆林想了想：“要是不用咱们学校学生行吗？彩排还耽误他们学习。”

年级长：“那您的意思是？”

陆林："去年咱们东辅承办春晚分会场的时候，东辅体院的学生表演了一场武术节目，是我去指导的，如果有需要的话，我可以跟他们校领导联系，把原班人马重新聚集一下，也不用费劲学新动作，稍作改变就行，省了不少彩排时间。"

年级长喜出望外："那可真是太好了！"

陆林："这就是您想说的第二件事？"

年级长不好意思地笑了一下："是啊。"

陆林："丫头不犯事您也可以直说，这忙我肯定会帮！"

年级长："没想到您这么爽快。"

这时，陆云檀弱弱地插了一嘴："那个……不需要我出力吗？我需要将功补过呀。"

陆林："你想干吗？"

陆云檀："我也想为中华文化的对外输出与交流工作出一份力。"

年级长一脸为难："这次是男篮比赛。"

陆云檀无语。

陆林最了解自己闺女："她的意思是她也想表演节目。"

陆云檀一点都不觉得不好意思，因为她有自己的理由："咱们二中总得出个人吧？不然功劳全是体院的，到时候媒体报道也都是体院。"

年级长感觉她说得挺有道理，但还是没松口："彩排会耽误你学习，已经高三了。"

陆林叹了口气："不彩排她也不会学习。"

陆云檀坦荡承认："对呀。"

老金不得不开口："云檀爸爸，云檀的成绩并不是很好，按照她现在的水平，顶多压个一本线，还上不了好一本，也就是二本的水平。"

陆林一怔，大喜过望："还能上二本呢？这不挺好的嘛！"

陆云檀点头："对呀，我都说了我学习很好的！"

老金和年级长两脸无语：

无话可说！无话可说！

面对着年级长和班主任无语中夹杂着无奈的目光，陆林解释了一句："我和她妈不想给她那么大压力，再说了，人各有命，她就不是学习那块料，拿刀架她脖子上，她也就这水平了，没必要强求，只要她品行端正、善恶分明，不会给社会添麻烦就行，其他的，随遇而安吧。”

陆云檀她妈怀她的时候，已经三十三岁了，在那个年代，这岁数生孩子，绝对算是高龄产妇，还曾一度被老街上的街坊邻居调侃是老蚌生珠，那个时候陆林也已经三十五了，所以他们两口子也算是老来得女，过度宠爱一些是必然的。

年级长和老金也是难得见到这么佛系的家长。

事情告一段落，陆林也该走了，年级长和老金亲自将他送到了校门口。陆云檀也屁颠屁颠地跟去了，去的时候挺开心的，因为父亲在身边，还能逃避几分钟的自习课，但是，回来的时候就很不开心了，因为左边是年级长，右边是班主任，像是两个官兵在押送犯人回监狱，时不时的还要受到两位官兵的耳提面命，比如——

老金：“云檀，高三了，上点心吧。”

年级长：“未来是自己的，不是别人的，现在努力，以后就轻松了。”

老金：“不要让自己后悔。”

年级长：“父母年纪也大了，懂事的孩子，要学会让父母省心。”

老金：“以后再也不能打架了。”

年级长：“这次算你运气好，赶上能够将功补过的机会了，下次可就不一定了！”

陆云檀也不敢说话，只能乖乖点头，并且是听一句话点一遍头，都快点成小鸡啄米了，看起来诚诚恳恳的，内心却后悔到了极点：还不如回班上自习呢。

终于走到了高三教学区门口，她不由得长舒了一口气，和老金一起向左转，回教室，年级长独自朝右转，回自己的办公室。

即将走到转角处的时候，陆云檀忽然想到了什么，立即转身去追年级长：“周老师！”

年级长停下了脚步，一脸无奈地看着陆云檀。

陆云檀跑到了他面前：“我就是想问问篮球比赛的中方队员是从咱们学校的学生中挑选吗？”她特意补充了一句，“我替大家问一问。”

年级长点头：“是，咱们学校是承办单位。”

陆云檀：“谁都可以参加吗？”

年级长：“没有特殊限制，任何人都可以报名，再选拔，谁优秀谁上。”

陆云檀又问：“什么时候开始报名呀？”

年级长：“应该是正式开学后，高一高二的学生里面肯定也有篮球打得好的。”他突然叹了口气，“这场比赛，咱们可不能输，不然多丢人。”

陆云檀斩钉截铁：“肯定不会输的！少年自有少年狂，我们都是泱泱华夏的未来脊梁，所以我们一定会赢！”

年级长笑了，他不得不承认，这丫头虽然调皮捣蛋，但真的很讨人喜欢，身上有股侠气，还有股傲气，更带着一股中国学生的骨气。他说：“没错，你说得对！”

回班之后，陆云檀开始熬自习，没错，就是熬，煎熬的那种熬。

好不容易熬到了五点半大自习下课，老金还没离开教室呢，她就从窗台上翻了出去，马不停蹄地奔向了三楼。

但是人家重点班的学生，都是积极分子，听不到下课铃似的，几乎全都坐在班里学习，教室前的走廊上几乎没有人走动，安静极了，在整座乱哄哄的教学区内显得遗世独立。

陆云檀只好悄悄地来到了九班后门，小声对坐在门口的那位男生说了句：“同学，能帮我喊一下梁云笺吗？”

那位男生抬起了脑袋，推了一下鼻梁上的眼睛，冲着前排大喊：“班长，有人找。”

神奇的一幕发生了，整个重点班的学生，几乎没有一个好奇回头看的，心无旁骛地学自己的，标准的“两耳不闻窗外事，一心只读圣贤书”。

陆云檀震撼到了极点，终于明白了她爸为什么说她不是学习那块料了——好料都在重点班里打磨呢，她这种心无大志的边角料，遵纪守法就好。

梁云笺从前门走出了教室，陆云檀立即跑到了他面前，说话声音小小的，生怕打扰到好料们的学习：“你们班的人都不出去吃晚饭吗？”

梁云笺解释道：“现在人多，过一会儿再去食堂不需要排队，可以节省不少时间。”

陆云檀简直震惊了：我真的不是读书那块料！

梁云笺：“有事吗？”

陆云檀终于想起来正事：“我刚才问年级长了，他说谁都可以报名参加篮球赛，你也可以的！”

梁云笺抿了抿唇：“你想让我去？”

陆云檀点头：“你要是赢了，也属于将功补过了，就可以把你的处分撤销了，保送名额还是你的！”

他每次考试都是年级第一，要是因为空调事件的处分丧失了保送名额，她会愧疚一辈子的，还会不甘心，虽然她也不知道自己到底为什么会不甘心。

谁知，梁云笺却默然不语。

陆云檀：“你不想参加吗？”

梁云笺垂下了双眸：“我、我不会打篮球。”

陆云檀皱起了眉毛：“你在初中的时候不是校队队长吗？”

梁云笺：“很久之前的事情了。”他无意识地攥紧了双拳，“我并不喜欢打篮球。”

陆云檀怔住了，盯着他看了一会儿，叹了口气：“那好吧，你不喜欢就算了。”她也不想耽误他学习，“你快回班吧，我走了。”

她神色中流露着难掩的失望，梁云笺忽然觉得自己是个没用的废物，既懦弱，又贪生怕死，活得还不如一条狗。

狗都明白死而无憾的道理，他呢？活得窝囊，放弃本性，只为了苟且偷生。

就这样将就着、勉强着活下去有什么意义呢？他还是自己吗？

如果换作是她，会为了活命放弃自己最爱的武术吗？

答案显而易见，她不会。

哪怕是生命的烟花只剩下最后一捻，她也一定会拼尽所有的心血去绽放光芒。

那么，这样唯唯诺诺的自己，有什么资格去靠近她呢？他又有什么资格去谴责杨筱念不配合当她的朋友呢？

他不想再这么憋屈地活下去了。

即便是死，也要死得干脆痛快。

陆云檀转身的那一刻，梁云笺喊住了她，问了一句：“你想看我打篮球吗？”

陆云檀点头：“想呀。”

梁云笺：“只是因为保送名额？”

陆云檀实话实说：“也不是，李月瑶说你曾经战无不胜，我就想看看你到底有多厉害。”

梁云笺眼梢微卷，勾起了嘴角：“我确实是战无不胜。”

陆云檀：“你怎么一点都不谦虚呢？”

梁云笺眉头一挑：“因为实力。”

陆云檀忽然好生气：“有实力不去参赛？这可事关我们中国学生的面子！”

梁云笺双目黑亮：“去。”

陆云檀一愣：“你怎么忽然改主意了？”

梁云笺面不改色：“因为你下次月考可以考进年级前三百五十名。”

陆云檀瞪大了眼睛：“你在说什么？”

梁云笺：“我去参赛，你考进年级前三百五十名，很公平。”

陆云檀蒙了：“我我我……我不行！”

梁云笺：“你可以。”

陆云檀：“我真不是学习那块料！”

梁云笺：“你是。”

梁云笺不容置疑，语气笃定：“你一定是。”

陆云檀怔住了，全世界，好像只有臭书生真心相信她是学习那块料，比她自己还要相信。

她要是不努力一下的话，好像有点对不起这份世界上独一无二的信任。

在潇洒江湖与励精图治之间纠结了许久，陆云檀狠了狠心，咬了咬牙，暂时放弃了仗剑走天涯的梦想：“我肯定能考进年级三百五，但你要是赢不了比赛，我就把你大卸八块！”

哼！

本帮主也不是那么好惹的！

梁云笺笑着说：“好啊。”

第七章

/ 鲜衣怒马少年郎

上次月考，陆云檀考了全年级第四百三十一名，距离前三百五十名还有八十一名的差距。

东辅二中是省重点高中，学霸汇聚之地，竞争不是一般激烈，再加上有重点班的选拔，学霸与学渣之间的差距也大，并且存在断层。

高三年级理科六百人，差不多在三百名左右是个分水岭：前三百名以内，稳上重点；前三百名到四百五十名，一本线以上；四百五十名开外，普通二本或者以下，不过二本以下的人还是偏少数，毕竟是省重点高中。

常言道：知己知彼，百战不殆。

为了能够更好地完成目标，陆云檀特意去一楼的西南角楼梯口溜达了一圈，因为那边的墙壁上张贴了上次月考的成绩榜。

之前她很少会去看这张大红榜，就算去看，也是只看自己的成绩，从没关注过别人的，所以对分数段的分布情况并不是很了解。然而这次看过之后，她非常挫败地发现，想要进步八十一名，实在是太难了，因为排名越靠前，人与人之间的分数差距越大。

不过前三百名之内的差距变小了，毕竟是群雄逐鹿，再差也差不到哪儿去，只能说没有最好，只有更好。

就好比年级第一梁云笺和年级第二周洛尘之间，差了整整 12 分，但是这能说明周洛尘不好吗？不，701 分的成绩够优秀了，是大部分人往死里学都达不到的水平，只能说梁云笺太优秀。

于是乎，陆云檀得到了一个现实却残酷的结论：好料是一骑绝尘的好，差料是大差不差的差。

唉。

一声长叹。

她又粗略估计了一下：以自己的成绩，要想进步八十一名，整体分数至少要往上提81分，平均一科要提高15分，但是语文已经没有进步空间了，只能填补在不及格的英语上。

也就是说，下次考试，她的英语成绩，必须考到100分以上才行。

对于一位英语成绩常年不及格的人来说，这要求太高了。

面对困难，陆云檀的第一反应是：本女侠不学了！

世上无难事，只要肯放弃。

但是就在她准备撂挑子不干的时候，忽然想到了梁云笺，世界上唯一一个相信她是块可以被精雕细琢的好料的人。

要是就这样轻易放弃了，好像有点对不起臭书生的信任。

算了，试一试吧。

于是乎，陆云檀在一夜之间由资深落后分子化身二等积极分子——成绩不行，但坚持不懈地努力学习的人，被称为二等积极分子——起早贪黑地学习，还在拼命地向一等积极分子靠拢，比如早晨五点半起床，晚上十二点睡觉，打着手电筒背英语；再比如最后一节课下课后，坐在班里多学习十分钟再去食堂。

脱胎换骨般上进的陆云檀，令坐在其周围的群众大跌眼镜，还以为他们的战神被下了降头，或者受到了什么刺激，纷纷献上了满含担忧的慰问。

陆云檀不想说那么多，不然显得自己好像是被臭书生拿捏了一样，所以统一回答："副帮主有心篡位，我必须文武双修！"

下西洋和李航听此回答，内心大喜过望——又一次升职的机会来了。

下西洋语重心长："副帮主既然已有了二心，位高权重，怕是不妥。"

李航也提出了宝贵建议："副帮主之位，一人之下，万人之上，他要是想谋反，简直易如反掌！"

其实篡位之说是陆云檀瞎编的，但是吧，做戏做全套，而且谁让臭书生那天当着年级长的面背出来校规校纪呢？真是不给她这个当帮主的人面子！

哼！

于是乎，檀帮主欣然接受了左右护法的忠诚建议："传我令下去，即刻起，副帮主被贬为军师，不，军师也不给他干了，让他当打杂的！”

左右护法喜上眉梢，升职加薪近在眼前——

下西洋：“那副帮主之位由谁接替？”

李航：“帮主可曾想过提拔谁吗？”

面对左右护法满含期待的提问，檀帮主给了一个非常高情商的回答：“暂时悬空，至于谁接替，要看你们的表现了，不过，我很看好你们两个哟！”

左右护法激动极了，并且在这天上午的跑操结束后，左护法还特意去了趟九班，向曾经的副帮主通知他已经被贬为帮内打杂的事实。

梁云笺的反应十分淡定，因为他已经习惯了这种大起大落的人事调动，或者说，习惯了檀帮主朝令夕改的不规则作风。

他只是有些心累而已——从军师到副帮主再到打杂的，他在这个学习小组内的职位变动轨迹，比万里长城还要蜿蜒曲折，并且还无法预判未来走向。

酷暑炎热，却又不留痕迹，空调似乎还没开几天，就步入了 9 月份。

9 月 1 日正式开学。

新学年开学典礼上，校领导安排高三的学生代表站在升旗台下面向全校三个年级的学生进行开学演讲。

演讲人是周洛尘。

那天清晨，他穿着白衬衫与黑色西服裤，迎着艳艳朝阳，站在灿烂辉煌的五星红旗下，认真庄重地宣读演讲稿。

少年眉宇俊朗，身姿笔挺，声色朗朗，吸引了全校师生的目光。

陆云檀却一点也开心不起来。

她觉得自己应该开心的，因为她很欣赏周洛尘呀，他如此光彩夺目，她应该深感骄傲才对。

但事实却并非如此。

她很不甘心。

因为站在五星红旗下的人原本应该是梁云笺，他才是这届高三生的学生代表。

但是他有了一次处分，所以年级长取消了他学生代表的资格，把应该属于他的荣誉给了周洛尘。

她开始替梁云笺不甘心，可是她的这份不甘心能有什么用呢？改变不了现实。

她根本听不进去周洛尘的演讲，一个字也听不进去，低着头站在班级的列队中，紧盯着自己的脚尖看。

在演讲的结尾，周洛尘念了一首《横渠四句》：“为天地立心，为生民立命，为往圣继绝学，为万世开太平。”

嘹亮的校园广播将少年抑扬顿挫的嗓音放大了无数倍，传遍了校园的角角落落。

演讲结束，雷鸣般的掌声暴起。

陆云檀并没有鼓掌，脑中浮现出的却是梁云笺读《横渠四句》的模样。

虽然她没有亲眼见到过那场面，但李月瑶的形容足以让她完成想象：

他穿着白衬衫与西服裤，站在铺着红毯的演讲台上，台下学生无数；他身前话筒的高度要比一般人高出一些，因为他本身就比普通人高；他应该是脱稿演讲，因为他的记忆力很好，嗓音也很好听，低醇且有力度；在他念出《横渠四句》的那一刻，台下的学生纷纷抬起了头，朝他投去了敬仰的目光。

…………

“云檀。”

直到李月瑶喊了她的名字，陆云檀才回神，然后才发现，开学典礼已经结束了，原本整齐的班级方阵纷纷解散，身穿校服的学生们如同归窝的蚂蚁似的，成群结队、三三两两地朝着本年级的教学区拥去。

在两人一起回高三年级教学区的途中，李月瑶小声吐槽了一句：“周洛尘就是在模仿梁云笺。”

陆云檀一愣：“模仿他什么了？”

李月瑶：“《横渠四句》呀。他肯定是想到了我们初三毕业那年梁云笺上台演讲的时候念了这四句话，然后才在自己的演讲稿中也加上了这四句话。”

陆云檀：“这个……《横渠四句》也不是梁云笺写的，是名人名言，谁演讲都能用。”

李月瑶叹了口气，还有些苦恼：“唉，我跟你说不明白，你不懂。”

陆云檀不服气：“那你努力跟我说说嘛，万一我能懂呢？”

李月瑶努力地整理了一下逻辑和措辞：“我总觉得他们俩之间的关系没有看上去那么好，梁云笺处处压周洛尘一头，虽然上高中后他没有之前那么优秀了，但每次考试都是年级第一，周洛尘永远考不过他，所以周洛尘从来没当过学生代表，这还是第一次呢。”

陆云檀都觉得周洛尘有点可怜了：“真惨啊。”

有梁云笺在前，他似乎永远无法翻身。

李月瑶如同追星的死忠粉，感觉自己家偶像最优秀，谁都嫉妒他：“所以我觉得他肯定对梁云笺又羡慕又嫉妒又恨。”

陆云檀是真的不懂了：“恨他为什么还模仿他？”

李月瑶：“因为他也想成为梁云笺那样的人啊，说不定还想取而代之呢。”

陆云檀仔细想了想，竟然感觉李月瑶说得有点道理。

忽然有点不喜欢周洛尘了。

但是她又想到了那个藏在音乐教室中与她进行折纸比赛的男生，想到了乌篷船，想到了云笺纸，想到了充满阳光的走廊与曲调悠扬的《春日颂》。

内心最柔软的地方被触动到了，她迅速稳了稳心神，告诫自己：我还是喜欢的！

李月瑶还在喋喋不休：“周洛尘模仿得一点都不像，《横渠四句》完全没有读出梁云笺的感觉。”

陆云檀好奇地问：“梁云笺说的时候是什么感觉？”

李月瑶：“心怀天下。”

陆云檀：“周洛尘呢？”

李月瑶：“模仿心怀天下。”

回班之后没过多久，上课铃就打响了。第一节下课后，新一次的月考成绩出来了，老金将成绩单打印了出来，贴在教室后方的黑板上。

陆云檀从未这么积极地去关注过自己的成绩，第一个冲向了后黑板，仰着脖子、目不转睛地在白色的 A4 纸上寻找自己的成绩和排名。

陆云檀：语文 137 分，数学 99 分，英语 80 分，理综 195 分，总分 511 分，班级排名 32 名，年级排名 406 名，比上次进步了 25 名。

这次月考题难，预估的一本线划得比较低，505 分，她超了 6 分，但总分比排名 350 名的那位同学还差了不少呢。

拼命努力了一个月，才进步了一点点，换作一般人，可能会失望挫败，不过陆云檀可不是一般人，她一点也不失望，还觉得自己挺厉害呢，并且十分乐观——

努力一个月就能进步二十五名，两个月就可以进步五十名，三个月就是七十五名，以此类推，等到明年六月份，她都能上重点大学啦！

再说了，她只努力了一个月而已，怎么好意思想着一蹴而就呢？这不是做白日梦吗？当人家坚持不懈地努力了两年多的人是吃素的吗？

所以，她觉得自己能够进步二十五名，已经很棒了！而且学习这东西和吃饭一样，一口吃不成一个胖子，慢慢来就好，坚持才是胜利！

陆云檀正站在后黑板前沾沾自喜着呢，忽然想到了一个严肃的问题。她和梁云笺的约定是她考进年级前三百五十名，他就去报名参加篮球赛，但是她现在没有考进三百五十名，他还会去报名吗？

不过，她只差了五十六名而已呀，他不会这么斤斤计较吧？去菜市场买颗白菜还能讨价还价呢。

上午第三节课下课后，陆云檀又一次地逃操了，一边坐在教室里面背英语单词，一边等待着梁大检察官的到来。

梁云笺却一直没来。

到了十点二十分，陆云檀有点坐不住了，起身从凳子上站了起来，准备去九班找他。

然而，她才刚走出教室，就看到梁云笺从对面二楼的年级长办公室里面走出来了。

她不由得蹙起了眉头，有点担忧地心想：怎么又被年级长约谈了？最近他被年级长约谈的次数有点多呀。

看到他走进了楼梯间，陆云檀立即朝着一楼西南角的楼梯间跑了过去，刚跑到楼梯口，就看到了从上而下的梁云笺，急慌慌地询问："臭书生，年级长找你干吗了？"

二十多分钟前，第三节课的下课铃尚未打响，年级长就出现在了九班的教室门外。铃声一响起，他就推开了教室前门："梁云笺，跟我去办公室一趟。"

梁云笺大致能够猜到年级长为什么要找他。他轻叹口气，放下了手中的黑色签字笔，在全班人的好奇目光中，起身从凳子上站了起来，跟随着年级长去了办公室。

年级长先走进了办公室，然后站在了门边，等梁云笺走进去后，他关上了办公室的门。

梁云笺一言不发地站在黑色的办公桌前。

年级长在办公桌后的木椅上坐了下来，尚未开口，先叹了口气："朱老师已经找你聊过好几次了吧？"

朱老师，就是九班的班主任。

梁云笺点头："嗯。"

年级长："那你应该知道我为什么找你吧？"

梁云笺："嗯。"

年级长再次叹了口气："我和朱老师都知道你是想为咱们二中尽一份力，但是你的身体状况确实令人担忧，不适合去参加篮球赛。"

梁云笺想说些什么，然而却被年级长打断了："你先听我把话说完。你爸妈写的那份同意书我看过了，你妈也确实给我打了电话，但我还是奇怪，之前他们千叮咛万嘱咐地跟我和朱老师交代过，不让你做剧烈运动，日常的跑操都不让你参加，生怕影响你的病情，怎么现在会突然同意你去参加篮球赛了？"

梁云笺冷静回答："我的病治不好，所以我告诉他们，我不想再这么小心谨慎地活着了，很累。"

年级长满面无奈，恨铁不成钢："谁活着不累？只有你累吗？你爸妈活着不累吗？你就没想过你要是出了什么事，他们俩怎么办？"

他们两个？

如果不是因为他的这个病一直拖累着，他们两个应该早就离婚了。

他的成长生涯，充斥着父母的冷战与争吵，即便他们两个从未当着他的面吵过架，但是紧闭的卧室房门内，经常传来断断续续的争吵声。

家庭的破碎感清晰明了，空气中的那份僵持与硝烟味也从未消散过。

他的父母，就像是一对参差不齐的齿轮，碰撞着、摩擦着、磕磕绊绊地一起生活着。齿轮的边沿永远对不齐，也永远无法磨合到一起，所以，那时的他有着强烈的预感，过不了几年，他们一定会离婚，最快是等到他上了高中、住校之后。

他不知道其他人对自己父母的婚姻破裂是一种什么态度，但他却希望父母离婚，希望他们放过彼此，尤其是在得知了那些往事之后。

但是没想到，他生了病，颅内的那颗良性肿瘤，竟是不治之症，如同一剂无解的慢性毒药，随时会要了他的命。

因为他的病，那对参差不齐的齿轮，终于磨合齐了，因为他们有了共同的目标：给儿子治病，让他活得久一点，再久一点。

因为他的病，他的家庭也终于和谐了许多，父母再也没有冷战过、争吵过，两人之间的关系甚至达到了一种前所未有的琴瑟和鸣，但这一切的前提都是因为他的病。

换句话说，他们两个现在之所以能够和谐共处，不是因为有感情，也不是因为释怀了过去，而是因为儿子还活着。

他们两个，是因为他这个儿子，才各自让了一步。

但他并不想让父母为了自己委曲求全，他还是希望他们能够放过彼此。

如果他死了，父母就不用再像现在一样勉为其难地在一起了，他们会活得比现在轻松。

“他们很支持我去参赛。”梁云笺的语气沉着冷静，“我的余生，不能只有治病，我不想当一名一事无成的病患，我想做我自己。”

年级长不置可否：“让你爸妈亲自来学校一趟吧，我听听他们是怎么说的。”

梁云笺面不改色：“他们最近很忙，我爸在国外演出，我妈是做生意的，最近在外地出差。”

年级长：“能忙到连自己的孩了都不管？”

梁云笺：“要挣钱，不然怎么给我治病？”他苦笑了一下，“我这病，家里没点经济基础，根本拖不了几年。”

年级长哑口无言。

梁云笺向他保证：“我会对我的生命负责，真出了什么事情，我父母绝对不会追究学校的责任。”

年级长再次叹息：“你这孩子怎么这么倔啊？我和朱老师不想让你参赛，也是为了你好，不完全是担心会被你爸妈埋怨。”他的语气中满是遗憾和惋惜，“你是一棵好苗子呀，未来可期。”

如果没有生病的话。

梁云笺也知道自己的未来一片模糊，或许根本就没有未来，所以，他只能说：“希望您能理解我，我想认真地活一次。”

年级长沉默许久，看向他的神色中带着万般无奈：“你真的想去参加比赛？”

“非常想。”梁云笺再次重申，“我父母已经写了承诺书，您不用担心那么多，我会对自己的生命负责。”

离开年级长办公室后，梁云笺并没有上楼，而是顺着办公室旁边的楼梯下了楼，还没走完台阶，陆云檀就跑了过来。

“臭书生，年级长找你干吗啦？”

“询问一下课间操的考核情况。”梁云笺走到了她面前，垂眸瞧着她，一本正经地说，“点名批评二班陆云檀，逃操成性，屡教不改，反面典型。”

陆云檀微微眯起了眼睛：“臭书生，我发现你现在胆子变大了，一个帮内打杂的，都敢批评帮主了，不怕我把你驱逐帮外吗？”

梁云笺轻叹口气，语调缓缓：“都已经是打杂的了，还用得着担心被驱逐吗？”

陆云檀：好像有点道理啊！

她略一垂眸，抿起了红唇，眼珠子一转，忽然有了主意：“职位都是在不停变动的呀，你要是想晋升，必须努力才行呀。”

梁云笺压着嘴角，忍着笑问：“怎么努力？”

陆云檀：“比如去报名参加篮球赛，比如成功被选拔成为主力队员，再比如勇夺桂冠，拿下属于我们中国学生的胜利！”

梁云笺没再废话，直奔主题：“这次考了多少分？”

陆云檀没好气地“嘁”了一声，还翻了个白眼：“我就知道你要问。”然后双手负后，转身朝着东边的走廊走了过去，“跟本帮主来。”

梁云笺只能跟上。

陆云檀走到了那张刚贴上去的红色榜单前，伸出手，先指向了431名：“看到了吗？我上次在这里。”然后手指缓缓上移，定格在了406名的位置，“现在在这里。”

梁云笺明知故问：“所以呢？”

陆云檀煞有介事：“所以我有了好大好大的进步，并且全是凭借着自己的努力。”

梁云笺挑眉看着她，不说话。

陆云檀心里有点犯嘀咕，还当他对自己的成绩不满意，于是乎开始宣扬自己这个月的辛苦与不易：“你知道吗，我现在每天五点半就起床了，比寝管大妈的亮灯时间还早，睡得比熄灯时间还晚，开着小台灯去阳台上背书，要不就是趴在被窝里做题，可努力了！”

说完，她瞥了梁云笺一眼，像是个顽皮的小孩一样打量着他的脸色，期待着老师的认可与表扬。

梁云笺忍俊不禁，很认真地夸奖：“很棒。”

陆云檀舒了口气，然后傲娇地勾起了嘴角：“是吧？我也这么觉得！”

梁云笺又鼓励道：“再接再厉，下次一定会更好。”

陆云檀却皱起了眉头，一脸不满地看着他：“没有奖励吗？只有口头表扬？”

这不是敷衍本帮主呢吗？

梁云笺：“想要什么奖励？”

陆云檀：“你会去报名参加篮球赛吗？”

梁云笺语气笃定：“会。”

陆云檀：“这就够了。”

梁云笺有些意外：“只有这个要求？”

陆云檀点头：“嗯。”她又说，“本帮主的要求很低的。”

梁云笺故意说：“只报名，要是没选拔上怎么办？”

陆云檀：“不是你说的自己战无不胜吗？”

梁云笺继续逗她：“万一是我夸大其词呢？”

陆云檀冷哼一声：“那我就让你知道一下本帮主的厉害！”

梁云笺笑着问：“比如？”

陆云檀：“我让我哥揍你。”

梁云笺瞬间沉默。

陆云檀：“我就跟我哥说你欺负我，我哥很厉害的，对我很好的，我上初中的时候，学校里面有人欺负我这个弱女子，然……”

梁云笺忍不住打断了她的话：“欺负你？这个弱女子？”

陆云檀瞪着他："怎么啦？我不是弱女子吗？不可以被人欺负吗？"

梁云笺沉默许久："是，可以……"

陆云檀继续编故事……不，是讲故事："然后被我哥知道了，你猜他是怎么对付他们的？"

梁云笺叹息，配合着表演："我不知道。"

陆云檀："你猜猜嘛。"

梁云笺只能猜："打了一顿？"

陆云檀摇头："不是，他把他们几个捆了起来，送到了我爸面前。然后他们两个联手把他们几个教育一顿。"

梁云笺再傻，也感受到了恐吓。

陆云檀哼哼一笑："所以你要小心哦，乖乖听本帮主的话，不然他们就是你的前车之鉴。"

梁云笺不敢说话。

陆云檀："你再好好想想，自己可以被选拔上了吗？考虑好再回答。"

他还敢回答"不可以"吗？

梁云笺长叹一口气："可以了。"

陆云檀："确定吗？

梁云笺："确定。"

"很好！"陆云檀满意地勾起了嘴角，又抬手拍了拍梁云笺的肩膀，"我就知道你绝不会让本帮主失望！"

梁云笺无奈一笑："承蒙帮主厚爱。"

面向全校男生的两国中学生篮球友谊赛的报名活动截止到9月7日，几乎所有的男生都报了名，其中有些人是真的打得好、真想为国争光才积极主动地报了名；有些则是打得一般，却自认为自己打得很好的；有些则是单纯凑热闹，并且这部分人还占据了大多数。

全校三千多学生，男生占了一大半，10月20日就要比赛，训练至少需要一个月，也就是说选拔的时间最多只有十天，根本来不及去一一审核。

校领导们为了过滤掉滥竽充数的人选，制定了预赛选拔的制度：先班内审核，审核过关的，才有资格正式参加选拔赛。

预赛选拔的时间只有三天。这三天，可谓是校篮球场的高光时期，从早到晚，八座篮球架下时刻有激烈赛事进行：少年们在篮球场中英姿勃发、挥汗如雨，少女们在场外热情围观，为本班的男生加油呐喊。

陆云檀没时间去围观，每天的正课一上完，她就要去体院馆彩排开幕式。她爸是武术表演的指导，再加上她是这场武术表演中的唯一一位女生以及唯一一位二中学生，于是乎当仁不让地占据了本场表演的C位。

一切都在如火如荼地有序进行着。

经过各班班主任和体育老师的第一轮筛选后，一千七百多名男生中，仅有一百七十名男生获得了正式选拔的资格，选拔比例还不到十分之一，接下来的选拔比例只会更低，也更难：一百七十人当中选出来十二个。

一支正规篮球队共十二人，五人作为主力队员上场，另外七人替补。

五个上场的队员，分别担任前锋、中锋和后卫：前锋两个，分为大前锋和小前锋，主要任务是得分；中锋一人，主要任务在篮板，所以对身高要求极为严格，通常由全队最高的那位成员担任；后卫两人，分为控球后卫与得分后卫，主要任务是控制全局和射球、阻断，对队员的大局观要求较高，尤其是控球后卫，故而控球后卫又被称为赛场上的指导员。

这三类队员各司其职，互相配合，兼顾默契，才能打出一场好球。

二中校队十二人，全部获得了正式选拔的资格，他们的目标也很坚定：冲破选拔，全员晋级。

平时带着他们训练的体育老师也是这么想的，毕竟他们这些人都已经磨合了许久，打起配合来更得心应手，正式训练起来难度也会降低很多。

是人都有私心，所以在排列对战表的时候，体育老师总是集中将校队的成员排在一个队伍中。

普通学生哪是校队的对手？

几场比赛下来，校队几乎是战无不胜。

学生们也都不是傻子，逐渐发现了赛制中的不公平，纷纷怨声载道，但校领导对此却睁一只眼闭一只眼，因为校队的实力有目共睹，确实比普通学生强。

9月17日下午五点半，是最后一场选拔赛的进行时间，截止到目前为止，已经有七人获得了参赛资格，全是校队的，剩下五人，要在最后这场比赛中角逐出来。

参赛选手还剩十人，各分两队，又是普通学生一队，校队五人一队。

又是一场看起来毫无悬念的比赛，不出预料，最后的胜利者还是校队。

但是，陆云檀还是去了，并且是冒着被她爸揍的风险、逃了彩排去的，因为这场比赛有梁云笺。

“青云直上”学习帮的余下三人也都去了——虽然李军师一心只想混日子，虽然左右护法一心只想着升职，虽然梁云笺现在仅是帮内的打杂人员，但他们毕竟是一个团队的，该去为他加油的时候，必须去为他招摇呐喊，哪怕这是一场大概率会失败的比赛。

比赛五点半开始，陆云檀他们四个提前十五分钟就逃了自习课，像集体出逃的小仓鼠似的，纷纷窜去了篮球场。

因为大自习还没下课，所以篮球场周围还没有围观学生。

十位选手，五五一组分站在篮球场最西边的那片场地的左右两侧，普通学生那组的五人穿着自己的篮球服，五花八门的什么颜色都有；校队那组的五人穿着校队统一定制的黑色篮球服，球服的正面印着白色的号码，背面印着东辅二中的校徽。

校队队员站在场地东侧，气氛十分轻松，也十分热闹，不仅有余下七位队员的助威，还有几位体育老师和校领导的陪伴。

普通学生站在场地西侧，气氛紧张且寂寥，并且再没有第六个人，仅有他们五人。

对比之下，普通学生这边的光景着实凄凉。

梁云笺穿着一双白色篮球鞋，一套白色的篮球服，身前印着紫色的号码“17”。

余下四人分别为高三（1）班的赵坤，穿着绿色的篮球服；高二（4）班的薛浩扬，穿着蓝色的篮球服；高二（12）班的陈龙，黄色的篮球服；高一（15）班的丁一凯，黑色篮球服，尴尬地和对面撞了衫。

除了梁云笺，剩下四人都挺紧张，尤其是绿衣赵坤，不停地舔嘴皮，嘴皮都快让他给舔掉了，话也变多了：“校队的人要不是靠潜规则，早让人给干下去了。”

撞衫的丁一凯附和道：“谁说不是啊，他们一上就是一个队，谁能把他们干下去？”

赵坤：“谁知道为国争光还得靠人脉？”

薛浩扬叹了口气：“这就是内卷。”

陈龙原本紧张到不敢说话，谁料却被薛浩扬逗笑了：“听天由命吧，干得过就干，干不过也问心无愧了。”

梁云笺一直没说话，默不作声地看向对面。等到陈龙话音落下后，他收回了目光，定定启唇：“我们一定能赢。”

赵坤并不这么认为：“兄弟，别的不说，咱们五个连配合都没打过，怎么跟人家干啊？”

篮球赛的选拔模式也对校队的人非常有利：选拔机制不仅看双方输赢，还会参考本场赛事中谁得分多、谁的表现好。就好比红队 PK 蓝队，蓝队赢了，晋级的不一定全是蓝队的人，或许还有红队表现极为突出的人，但是，这个“表现得极为突出”的条件，就显得十分微妙了。

谁有资格判定一名队员表现得极为突出呢？只有裁判。

裁判是谁？体育组的几位体育老师。

人脉的优势就在这时体现出来了。

裁判说谁表现得极为突出，那谁就是极为突出，更何况只要是有校队参加的比赛，校队一方从未输过，并且每次都是以大比分差距获胜，说人家表现突出也无可厚非，所以校队的人每次都是全员晋级。而梁云笺他们五个人，则是靠着实力一场场打出来的——赢了一场之后，再被打散重组到别的队伍里，再继续血拼，拼到最后，只剩下了他们五个。

从实力上来说，他们几个并不差，毕竟是血拼出来的，但是从配合上来说，他们几个之间的默契可以说几乎为零，因为他们从未在一起打过一场比赛，忽然就硬凑在一起打决赛了，所以赵坤并不对这次比赛抱有任何希望。

另外三人也都这么觉得，只是没说出来而已。

梁云笺却不这么认为，沉着冷静地分析：“对面 7 号是大前锋，9 号小前锋，12 号中锋，14 号得分后卫，4 号控球。7 号实力挺强，抢篮和卡位一绝，14 号三分球挺厉害，其他三个实力一般，我们主要防守 7 号和 14 号就行。”

随着梁云笺的分析，赵坤、陈龙、丁一凯和薛浩扬都朝着赛场对面看了过去，每当他说出一个人，他们的目光就巡视过去一个。

梁云笺又分析道：“他们跳球的应该是 12 号，他的弹跳力不错，但比起陈龙还是差一点。”

陈龙一脸惊奇地看着他：“你怎么知道？”

赵坤、薛浩扬和丁一凯都在用一种惊讶的目光看梁云笺。

梁云笺面不改色：“我看过你们每一个人的比赛，也分析过校队每一位队员的特点，其实他们的实力并不是很强，而且战术落后，固步自封，能赢比赛纯属运气好。”

薛浩扬：“纯属有体育老师罩着还差不多。”

丁一凯不可思议地看着梁云笺：“兄弟，你有点牛啊。”

赵坤却并不是那么相信梁云笺：“你说人家校队实力不行就算了，还说人家战术落后。战术都是体育老师给的，你能比体育老师还牛？”

梁云笺神色认真，只回答了两个字：“我能。”

赵坤嗤之以鼻。

梁云笺语气笃定：“我一定可以带你们赢。”

赵坤叹了口气：“自信是好事，自信过头，就是扯淡。”

梁云笺说话也很直接：“还没开始打呢，你就觉得自己不行了，能赢才怪。”

赵坤哑口无言，脸色却有些不好看。

梁云笺却没有退步，面无表情地盯着赵坤：“想打，就好好打，不想打，趁早退赛，不要影响其他人的士气。”

赵坤脸色一沉：“你再说一遍？”

战火看似一触即发，陈龙及时圆场：“哎呀，就是一场比赛，尽力就行了，比赛第二，友谊第一！”

梁云笺：“你跟他们友谊，他们跟你友谊了吗？你能走到今天这一步，是你一分一分打出来的，他们呢？你甘心吗？”

陈龙呼吸一滞，不说话了，双唇紧抿，神色中带着不甘。

丁一凯和薛浩扬的脸色也不太好，显而易见的不甘心。

梁云笺：“所以别再说比赛第二友谊第一这种话，没有友谊，只有比赛，我们就是要赢。”

赵坤无言地看了梁云笺一眼，虽然心里还是有点生气，却是服气了，不说别的，就说赛前调动士气这一块，他就远不如梁云笺。

有人就是天生的领导者。

犹豫了一下，赵坤决定主动示好：“你说咱们该怎么赢？”

梁云笺等的就是这句话："你打大前锋；丁一凯小前锋；陈龙最高，中锋兼跳球。"其实他们五个人都不矮，最低也有一米八三，只不过陈龙特别高而已，"薛浩扬得分后卫；我控球。"然后开始安排战术，"陈龙和薛浩扬负责防对面的 7 号；赵坤盯好 14 号，别给他投三分球的机会；丁一凯你的任务很简单，就是上分、上分、上分；传球不知道该传给谁的时候，一律传给我。"

就冲他能记住所有人的名字，四人就不再怀疑他，纷纷点头："好。"

该说的都说完了，梁云笺没再开口，面无表情地看向了对面。

他今天，就是要打破校队的统治，打散这支墨守成规的队伍，如同渔夫一样，在沙丁鱼中放置鲶鱼，激活他们的生存欲和危机感。

因为，他们的最终目的根本不是赢得参赛资格，而是胜过 J 国高中生，不为别的，只为证明我华夏少年意气风发，势不可当。

这时，赵坤忽然问了句："你说，咱们赢了之后，真的能全员晋级吗？"

梁云笺语气笃定："当然可以。"

赵坤："谁晋级谁不晋级都是那几个体育老师说了算。"

丁一凯也有些愁："谁不知道体育老师偏心？都快偏到大西洋去了，别咱们辛辛苦苦赢了比赛，结果又被无缘无故地撸下去了，赢了有什么用。"

陈龙和薛浩扬直叹气。

梁云笺："那就往死里打，打到他们士气溃散、信心崩盘、主动认输。"

赵坤："然后呢？"

其实他想问的是：然后就能全员晋级了？

然而梁云笺的回答却是："然后就等着为国争光吧。"

赵坤沉默片刻，他忍不住朝着梁云笺竖了个大拇指："兄弟，格局！"

陈龙："一下子就打开了。"

丁一凯："说真的，我现在已经觉得自己是民族英雄了。"

薛浩扬："校队就是咱们成为民族英雄路上的绊脚石。"

场地东侧，校队那边的气氛依旧轻松热闹，没人讨论战术，没人讨论比赛，也没人分析对方球员的情况，只是在场边聊天，聚在一起插科打诨。

就连两位校队的教练都在抱着胳膊和另外一位身兼主裁的体育老师聊天。

所有人都轻轻松松的，除了校队队长周洛尘。

他早就已经晋了级，按理说并没有什么好担心的，但事实情况并非如此——他担心梁云笺会晋级，担心梁云笺会重返校队——从得知梁云笺报名参赛的那一刻起，他就开始担心了。

全校学生中，只有他一人知道梁云笺得病的事，虽然他并不知道梁云笺到底得了什么病，但是从梁云笺放弃篮球和从不参加跑操的情况上看，不难猜出梁云笺应该是得了一种很难治愈的病，甚至危及生命，不然梁云笺一定不会欺瞒陆云檀。

所以，他无论如何也想不到，梁云笺竟然会报名参赛，是真的不怕死还是因为病好了？

但无论是出于哪种原因，他都不希望梁云笺重返赛场。

即将上场的那五位队员一直聚在一起聊天，丝毫没有赛前的紧张感，似乎已经稳操胜局了。

周洛尘面无表情地走到了这几人身边，严肃告诫："都紧张一点，这场不好打。"

"不至于吧？"穿着7号球衣的那位男生朝着场地对面瞥了一眼，"这几个人看着也就那样。"

14号迟疑了一下："不过我倒是听说了，梁云笺挺牛的，一路打下来，没败绩。"

4号不屑一顾："运气好吧。"

周洛尘都被气笑了："你跟他打一局就知道他是不是凭运气了。"

12号："我真看不出来他有多厉害。"

周洛尘毫不留情："他一个打你四个都没问题。"

12号脸色有点难看。

9号赶忙岔开了话题："一队五个人呢，只有他一个人厉害也没用。"

周洛尘："你觉得能一路打到现在的人，能有多差？"

9号不说话了。

4号："队长，你也不能长他人志气，灭咱们自己的威风吧？"

余下四人的目光中皆透露着不服气与谴责。

周洛尘无奈，正准备说些什么，不远处忽然传来了一个女孩的喊声："你们仨快点！快点！比赛马上开始了！"

他抬眸望去，看到了陆云檀。

她一马当先地跑在前面，后面跟着两男一女。

他们四人都是从高三教学区的方向跑来的。

卞西洋真是虚胖，还不如李月瑶呢，跑在最后，气喘吁吁：“帮主，你……你等等我！”

陆云檀不等他，也没朝着别的地方看，一溜烟地向着篮球场西边跑了过去，看到梁云笺后，喊了一声：“臭书生！”

周洛尘眉宇紧蹙，咬紧了牙关，收回目光后，沉着脸对即将上场的五人说：“无论如何，给我盯死了梁云笺。”

4号是控球，场上的指导员：“其他四个不用管了？”

周洛尘：“把他压死，另外四个也活不了。”

他又说：“他必须被淘汰，不然死的就是我们。哪怕是不择手段，也要把他弄下场。”

4号皱了皱鼻子：“不择手段？跟他们玩，没必要下黑手吧？”

周洛尘：“怕什么，主裁还能吹你？”

4号想了想，点头：“这倒也是。”

下课铃还未打响，陆云檀就带着“青云直上”学习帮的几人来了，梁云笺十分意外：“你们怎么来了？”

陆云檀：“当然是来给你加油呀。”

梁云笺明白了什么：“逃课？”

陆云檀点头，还理直气壮道：“对啊！”

梁云笺叹了口气，严肃叮嘱：“下次不许逃了。”

陆云檀不听他的话，还哼了一声：“你真是好大的胆子，一个帮内打杂的，竟然都敢命令本帮主了。”说完，立即瞥了一眼左右护法。

卞西洋当机立断，附和陆云檀的话：“小梁啊，就算你现在打进了决赛，也不能夜郎自大呀，更不能以下犯上藐视帮主。”

李航也跟着说道：“小梁啊，你不能漠视帮主的一片苦心呀，帮主逃课是为了谁？还不是为了来给你加油？”

陆云檀：“就是！”说完，又看了李月瑶一眼，希望她也说点什么。

李月瑶没有办法拒绝，点了点头：“帮主说得对。”

有了众人的支持，陆云檀的底气强硬了许多，腰杆也越发笔挺，下巴微微仰起，神色中带着点小得意：“小梁呀，你不要不知好歹。”

梁云笺倍感无奈。

这时，站在一旁观察许久的来自高一的丁一凯忽然说了句：“你就是陆云檀？”

陆云檀没想到自己名声这么大，走哪儿都有人认识了，立即点头，自豪地说：“对呀！”

丁一凯：“军训的时候我加了你微信，买了一张最新版的校园地图，但是，为什么你卖给我两块，卖给我室友一块？”

手持老版地图的下西洋震惊又难以置信：“什么？最新版？”

微商贩子陆云檀不敢说话。

梁云笺微微蹙起了眉头。

来自高二的陈龙也被唤醒了记忆：“你两块买的？她卖给我两块五！”

陆云檀已经开始在心里规划逃跑路线了。

梁云笺眉头蹙得更紧了。

同样来自高二的薛浩扬补充道：“我有一个室友也买了，但他好像只花了五毛。”

丁一凯和陈龙异口同声：“凭什么？”

薛浩扬：“我那室友长得帅，特别帅。”

梁云笺的脸已经黑了，陆云檀惊恐且不安：行了，别再说了！

丁一凯愣了一下，恍然大悟：“我那个室友也挺帅，而且我的还是黑白图，他的是彩印。”

真相大白，陆云檀的收费标准是按照买家的颜值划分的，颜值即正义：颜值高，收费就低，还是彩印。

梁云笺的眉头已经皱成了“川”字，沉着脸，一字一顿：“陆、云、檀！”

陆云檀不敢说话。

下西洋也急需一个解释：“为什么会出来一个最新版？”那他斥巨资买来的旧地图不就砸在手里了吗？

陆云檀顾左右而言他：“那个，比赛快开始了吧？”

梁云笺不吃她那套，板着脸，不容置疑：“跟我过来。”话音落下后，转身朝着篮球场外走了过去。

陆云檀挣扎片刻，最终还是老老实实地跟了过去。

然后，以“青云直上”学习帮为首的吃瓜群众，就看到了这样一番画面——

梁云笺双腿修长，大步走到体育馆前的水池边停了下来，面无表情地看着磨磨叽叽朝着自己走来的陆云檀。走到他面前后，陆云檀停下了脚步，低下了愧疚的头颅，双手不停地互相绞啊绞。

梁云笺低头垂眸，面色严肃地说些什么；陆云檀不敢吭声，一直低着头挨训，偶尔会抬起头犟两句嘴，但很快就偃旗息鼓了，再次低下了愧疚的头颅。

这幅画面，把丁一凯他们几个看蒙了。

“你们‘青云直上’学习帮，到底谁说了算啊？”他们隔壁一班的赵坤倍感疑惑，“我一直以为战神是老大。”

下西洋叹了口气：“是老大没错，但是吧……”

李航：“基本上来说，小事是帮主说了算。”

赵坤：“大事呢？”

李航：“打杂的说了算。”

赵坤心说：好一个打杂的。

下西洋还是很维护帮主的面子的：“不过我们帮里面，几乎不发生大事，毕竟，我们可是正规的、积极向上的学习小组。”

来自高一的丁一凯：“那这回是？”

下西洋：“说不好。”

李航：“反正挺严重。”

有文化的军师李月瑶总结出了标准答案：“非法盈利、收费标准不统一、三观跟着五官走，严重违反帮规帮纪与道德底线。”

下西洋：“对！”

李航：“帮主这算是知法犯法，罪加一等。”

李月瑶：“算是很大的事情了。”

但下西洋还是困惑，问李航和李月瑶：“你俩知道新版地图的事情吗？”

两人异口同声：“知道呀。”

下西洋蒙了：“你俩怎么知道的？我为什么不知道？”

李航：“那个，其实我俩吧……”

李月瑶抿了抿唇：“是替帮主送货的。”

李航：“我男寝。”

李月瑶：“我女寝。”

李航：“一单跑腿费两毛钱。”

李月瑶：“节假日三倍工资。”

下西洋已经要被气晕过去了。

几分钟后，梁云笺领着陆云檀回来了，梁云笺的表情依旧严肃，陆云檀的脸上写满了不服气，但还是按照要求对丁一凯他们几人说：“一张图的成本价是一块，”包含人工跑腿费，“我可以把多收的钱退给你们，或者你也可以选择退货退款。”

丁一凯想了想：“退货倒不用，退钱就行。”

薛浩扬：“我那个只花了五毛钱的室友，需要补钱吗？”

陆云檀回答问题之前，先悄悄地瞥了梁云笺一眼，看他表情没什么变化，才回道：“不用了，以后多多介绍客源就行。”

梁云笺努力保持心情愉悦。

这时，裁判的哨声忽然吹响，提醒各位队员比赛马上开始。

众人的注意力瞬间集中在了这场即将开展的比赛上，暂时将“微商”事件抛之脑后。

陆云檀双目明亮地看着梁云笺：“臭书生！你要加油呀！”

下西洋：“小梁，我很看好你！”

李航：“小梁，好好表现，赢了这场比赛，你就能升职了！”

李月瑶：“你们一定能赢！”

陆云檀又说：“别管裁判怎么判，你们努力打就行了，只要问心无愧就好，你们能够进入决赛已经很棒了！”

提及“裁判”，梁云笺忽然想到了什么，立即对另外四位队友叮嘱道：“无论对方怎么对待我们，都不能打击报复回去。”

赵坤不服气：“为什么？”

丁一凯也不服：“已经被区别对待成这样了，还要被他们摁着打？”

梁云笺很严肃地回答：“因为他们犯规主裁不一定会吹哨，但我们犯规，主裁一定会吹。我们也没有替补，但凡有一个人被罚下场，这场比赛我们就输定了。”

陈龙叹了口气：“就没有对付他们的办法吗？”

梁云笺：“有。”

余下四人的眼睛瞬间亮了。

梁云笺：“对方撞人或者绊人，直接往地上倒，抱着被撞部位大喊大叫，把事情闹得越大越好。”

赵坤：“要是打手呢？”

梁云笺：“裁判不吹哨，比赛不暂停，但是一定要喊出来，让大家知道你被打手了。”

丁一凯：“裁判要是不管呢？”

梁云笺：“观众自有审判。”他又看向了陆云檀，“大自习下课后来看比赛的人会越来越多，到时候就需要檀女侠的协助了。”

陆云檀瞬间就明白了梁云笺的意思：在对方犯规的时候闹得越大越好，是为了让观众知道对方犯规了，而且大家早已对比赛中的不公平现象怨声载道，稍微添一把火，就能激起众怒，令主裁有所忌惮，不敢再继续搞小手段。

她信誓旦旦地保证：“放心吧，交给我们了！”

卞西洋不太明白：“什么意思？”

陆云檀言简意赅地解释：“就是在裁判不公平判决的时候抵制他，让他知道群众的眼睛是雪亮的！”

众人皆恍然大悟，看向梁云笺的目光中不由得多了几分佩服——年级第一的脑子就是好用！

李航立即表态：“放心吧，带节奏，我们是专业的！”

卞西洋补充说明：“绝对百万营销号水平！”

李月瑶想到了一个重要的问题：“你们有没有队名呀？我们怎么给你们加油？”

球队五人同时思考起了队名，赵坤先行提议：“格局大点，为国争光队。”

陆云檀：“是不是太长了呀？‘为国队’怎么样？”

李航：“‘争光队’比较好听。”

卞西洋：“‘为争队’比较独特。”

李月瑶：“‘国光队’也很好听呀。”

发起人赵坤无语极了：真是好一套排列组合。

梁云笺忽然开口：“少年队。”

少年自有少年狂，身似山河挺脊梁！

敢将日月再丈量，也唯我今朝少年郎！

红日初升，其道大光；河出伏流，一泻汪洋；潜龙腾渊，鳞爪飞扬；乳虎啸谷，百兽震惶！

美哉我少年中国，与天不老。

壮哉我中国少年，与国无疆。

陆云檀重重点头：“这个好！就是少年队了！”

距离比赛开始还有半分钟时，双方人马齐齐走上了赛场，在各自的位置站定。

副裁判拿着球走到了中轴线上，两边的跳球人员率先出列，正对着本方的球员，与对方的跳球选手面对面而站。

正如梁云笺猜测的那样，对方的跳球选手确实是12号，身高特别突出，有一米九以上；本方的跳球选手陈龙也不矮——梁云笺身高一米八六，他比梁云笺还要高出几厘米，净身高应该在一米九左右——但比之对面的12号，还是矮了一点。

主裁举起口哨的那一刻，梁云笺深吸了一口气，不是因为紧张，而是希望自己脑袋里的那颗肿瘤能够继续保持稳定，最起码能坚持到本场比赛结束。

之前的几场比赛下来，病情并没有明显恶化的迹象，他暗自庆幸着，却又担心这种稳定只是那颗肿瘤给他营造的假象。

少年队的其余成员都有点紧张，最紧张的莫过于跳球的陈龙。

反观对面，状态依旧轻松，即便周洛尘已经提醒了他们要盯死梁云笺，但这几人并没有将队长的话放在心上。

尖锐的口哨声刺破空气，副裁将手中的篮球高高抛起，陈龙和12号的反应都很迅速，同时抬手起跳。

陈龙也不知道是不是因为自己对裁判带有偏见的原因，所以他总觉得这球是偏向12号的，他拍了个空。

篮球向着校队那方飞了过去，7号抬手扣下了球，身形迅速，动作敏捷地朝着少年队那一侧运了过去，然而才刚跑过中轴线，身侧忽然闪出来了一道白影，下一秒，他的右手忽然拍了个空，球被断走了，怎么断的他都没看清，在心里爆粗的同时大喊一声：“回防！”

4号和9号迅速进攻梁云笺，然而还不等他们近身，梁云笺就抬手将球抛了出去，精准地投进了一个两分球。

直至球落地，距离比赛开始，还不到二十秒。

五点半的大自习下课后，前来篮球场观战的学生越来越多，成片的蓝白色校服将正在进行比赛的那片场地包围成了海洋中的独立岛。

陈龙再一次地抢到球之后，被对方的7号和12号双向夹击，无法突破，迅速将球传向了梁云笺。14号挡在了梁云笺身前，错位防守，试图阻挠他接球。梁云笺纵身突破防守，接到球后不假思索地将球传给了距离篮板最近的赵坤，赵坤瞅准时机抬手就投，却被对方的9号盖了下来，又迅速抢球补投，来了个完美的扣杀，赢得了观众席的一片喝彩声。

比分变成了12:21。

校队12分，少年队21分。

站在场外围观比赛的另外七位校队成员的脸色一个比一个难看，教练的脸色更是难看到了极点，像是被人当众打了脸。

伴随着一声响亮的哨声，上半场比赛结束，进入为期十分钟的休息时间。

校队五人垂头丧气地围聚到了教练身边。

少年队没教练，但有梁云笺，梁云笺去哪儿，另外四个就跟到哪儿。

梁云笺直接朝着陆云檀走了过去，陆云檀早就安排了卞西洋、李航去超市买水，资金从帮费中扣。他们五个一来，“青云直上”学习帮众人就纷纷把矿泉水递了过去。

陆云檀难得细心一次，把水递给梁云笺之前，特意把瓶盖拧开了：“给你。”她的左手手腕上戴着一块红黑色的Swatch棋盘格腕表，右手手腕上戴着一块替梁云笺保管的蓝黑色Swatch棋盘格腕表，乍一看像极了二手表贩子。

梁云笺满头满脸的汗，因剧烈运动而升高的体温将表层皮肤烫得微微泛红，从陆云檀手中接过水瓶后，仰起脖子大口喝了起来，突起的喉结在挂着汗滴的修长脖颈上滑动起伏。

几口下去，一瓶水转眼就没了大半。

另外几位的情况也和他差不多，但心情都很愉快，无味的矿泉水愣是喝出了碳酸快乐水的感觉。

喝完水后，梁云笺舒了口气，单手拎着没盖的水瓶，朝着场地对面看了一眼。

对方教练的面色铁青，表情严肃，正在喋喋不休地跟围在四周的队员说些什么，旁边还站着几位已经晋了级的校队队员，时不时地朝着他们这边看上几眼，其中就包括周洛尘。

四目相交的那一刻，周洛尘迅速别开了自己的目光，看向了不远处的教练，下意识地顶了顶腮帮。

梁云笺也收回了目光，对另外四位正在嘻哈笑闹的队友说："紧张起来，下半场不好打。"

赵坤一愣："啊？"

他觉得，上半场赢得挺轻松。

陆云檀也很是诧异："他们应该不会再反超了吧？我感觉你们的水平完全能够碾压他们。"

卞西洋："我也这么觉得。"

其余几人看向梁云笺的目光中都带着点疑惑。

梁云笺解释道："半场比赛足够对方教练摸透咱们每个人的虚实，所以他们下半场的防守和进攻一定会更具针对性。"他又解释得更具体了一些，"会重点防我和赵坤，所以下半场的战术要改。"

陆云檀还是很奇怪："为什么会防你呀？"

防防赵坤，她懂，因为赵坤在上半场的时候得分最多，看起来好厉害，可是梁云笺就不一样了，除了开场的那个漂亮的两分球外，他并没有再多投中几个球，一直在运球、传球，看起来像极了赛场上的搬运工。

男生一般都懂点篮球，卞西洋及时为帮主答疑解惑："因为小梁是控球后卫，核心人物！"

陆云檀："什么是控球后卫？"

李航也开始为帮主科普："就是场上的教练，他让打哪儿，就打哪儿，他让谁得分，谁就能得分。"

学弟丁一凯抹了把额头上的汗，更为详细地为学姐解释："我们把球传给他，是因为无法确定把球传给哪个队员最好，他是控球，控制全场的意思，他能分析出把球传给谁最好。”

薛浩扬补充说明：“回防还是进攻，都要听他安排。”

陈龙：“控球的责任不是得分，是把控节奏。”

军师李月瑶贴心地为自家檀帮主总结以上解释：“相当于将军，对方防他，是因为擒贼先擒王。”

陆云檀恍然大悟，满含惊讶地看向了梁云笺：“你还挺厉害的嘛！”

她的语气中带着难掩的欣赏，左右护法对视一眼，微微眯眼，眼神中浮现出了紧张与戒备之色——不好，打杂的要升职！

陆云檀又说了句：“看来你这个书生也不简单呀。”

梁云笺笑着说：“你才知道？”

陆云檀哼了一声：“你还真是不谦虚。”

赵坤不想破坏气氛，但又不得不强势加入对话：“先说说下半场怎么打吧。”

梁云笺言归正传：“他们下半场的重点一定是防守，进攻不会太激进。”

陈龙插了一句嘴：“那他们岂不是更赢不了？”

梁云笺叹了口气：“他们想要的可不是赢，而是晋级，我们也是一样。别忘了，谁能进谁不能进，是那几个教练说了算，而不是比赛胜负。只要我们无法用大比分胜出，就无法全员晋级。”

虽然有些残酷，但这就是事实。

想要全员晋级，就必须以压倒性的优势胜出这场比赛，不给对方机会，不然他们五个人当中一定会有人被顶替掉。

梁云笺又说了一句：“对方的7号和14号确实打得好，我们谁能够保证自己不会被他们两个顶下去？”

没人敢做出这种保证。

另外四人认清现实后，神经陡然紧绷了起来，连带着整个“青云直上”学习帮都跟着紧张了起来，陆云檀都不敢随便说话了。

小学弟丁一凯不安又忐忑地看着梁云笺：“那、那该怎么办啊？”

梁云笺：“只能放手一搏，他们守，我们就攻。”他沉着冷静地排兵布阵，“下半场位置不变，但是赵坤你们几个不需要再去特意防守7号和14号，伺机防守就行，陈龙协防赵坤，薛浩扬在我方篮圈安全的前提下协防我，丁一凯你的主要任务还是上分，我们的目标是碾压性胜利，至少要将比分拉开20分以上。”

赵坤、陈龙他们几人纷纷点头，但心中压力不小，还有几分气馁和无奈——本以为赢了就行了，谁知道还要额外拉开20分。

梁云笺将语气放缓了一些，温柔且有力度：“上半场我们打得很好，只要能够保持状态，就一定能晋级。”他又逐一夸奖，“赵坤命中率很准，只要你拿球，我绝对放心；丁一凯卡位出色，几乎没有破绽；薛浩扬单打能力很强；陈龙你就是最强中锋，篮板防守全靠你了，咱们能不能赢也全靠你了。”

付出得到了肯定之后，四人的信心又回来了不少，虽然压力尚在，但动力也更足了，仿若胜利的曙光近在眼前了，只要努力地伸出手就能摸到。

最好的提醒与鼓励皆是点到为止，所以梁云笺没再多言。

夕阳的余晖映照在他的脸上，将他的瞳孔点成了明亮的金色。

陆云檀仰着下巴，目不转睛地看着梁云笺，忽然觉得，这个臭书生，有点迷人。

她有点相信李月瑶的话了，相信他为什么会被奉为“神明”了。

要是在古时，他一定是那种惊才绝艳、名动天下的少年郎。

然后……许配公主当驸马？

呸！

不行！

凭什么？

“青云直上”学习帮的人都不能去当驸马！

陆云檀忽然好生气，瞬间把脑子里奇奇怪怪的想法给驱逐出境了，一把夺过了梁云笺手里的矿泉水瓶：“一瓶两块！”

梁云笺心想：这又怎么了？

陆云檀又冷哼了一声：“还有配送员的跑腿费，一单三块，一共五块，赊账翻倍。”

梁云笺一脸蒙，完全想不明白自己怎么惹着她了：“我干什么了？”

陆云檀翻脸的速度比翻书还快，别说梁云笺了，就连下西洋他们都看不下去了。

下西洋：“帮、帮主，小梁好像没犯什么错事。”

李航：“小梁在赛场上表现挺好的，让他喝瓶水不过分。”

陆云檀：“你们俩挺维护他呀？那行，跟他一起当打杂的吧！降职，统统降职！”

好端端的两位威风凌凌的护法，瞬间就变成了：左打杂的卞西洋和右打杂的李航。

陆云檀还是好生气，又满含威胁地瞪了梁云笺一眼。

梁云笺更蒙了，却又不敢说话，但是，她总不能平白无故地生气吧？

一定有原因。

就在他准备去跟陆云檀说说话的时候，哨声吹响了，下半场比赛即将开始。

陆云檀也被这声口哨给吹醒了，立即看向了梁云笺，忽然有点不好意思，都不知道该怎么开口了，她还想给他加油呢。

梁云笺主动开了口：“我上场了。”

陆云檀当即顺着台阶往下跳：“你要加油呀！”

或许是因为她清晰地认识到了自己刚才的行为着实有些无理取闹了，于是决定弥补一下：“等你赢了这场比赛，我就请你喝奶茶，还给你升职，让你当大护法。”

梁云笺无奈一笑：“行。”

左打杂的卞西洋和右打杂的李航不禁在内心感慨：

人生，真是变幻莫测，悲欢无常！

唉，还是看球吧。

双方队员就位后，场上的气氛陡然紧张了起来，散漫的空气在瞬间被凝固了，无论是观众还是球员，皆迅速进入了比赛的状态中。

伴随着一声哨响，下半场比赛正式开始。

对方的战术也正如梁云笺所预料的，以防为主，进攻为辅，赵坤和丁一凯的好几轮进攻都没成功。

赵坤将球传给了丁一凯，丁一凯迅速朝对方的篮板运球，然而才刚过中轴线，距离他最近的 9 号就冲了过来，步步进攻，他只能紧逼防守，12 号却又从另外一侧夹击，无奈之下，他只好选择传球，但因为视野原因，再加上时间紧迫，他无法确定该把球抛给谁，于是朝后来了个盲投。

如同抛秀球似的，场上所有人都朝着那颗漫无目的飞行的篮球冲了过去，梁云笺身快一步，成功抢到了这个领接球，然后就成了众矢之的。

在校队的最新战术中，他是首当其冲的防守对象，4 号、7 号、14 号迅速从不同方向包抄而来，梁云笺却没有动身，站在原地，抬手投了个远程球。

他站在中轴线外。

在场所有人都在这一刻屏住了呼吸，因为他距离对方篮板实在是太远了，这都敢投球，简直是不可思议，还有点疯狂。

红棕色的篮球在半空中划过了一个漫长的抛物线，“砰”的一声砸在了篮板上，然后反弹进入了篮圈中。

完美三分球。

全场寂静无声，两秒钟后，爆发出了一声惊呼，大部分都是在喊牛的，就连校队的教练都忍不住鼓了鼓掌。

周洛尘站在教练身旁，下意识地咬紧了牙关，逐渐攥紧了双拳。

周围的鼓掌欢呼声，对他来说，无比刺耳。

梁云笺的这个三分球为少年队提供了新的进攻思路——远攻——不再费力地抢篮板，减少与对方的近战，尽可能远射，投两分或者三分球。

但远射球实在是考验队员的命中率与临场发挥能力，并不是所有人都能像梁云笺一样轻轻松松地投三分，并且对方的防守能力很强，对梁云笺和赵坤的防御程度更是达到了严防死守的地步，尤其是对待梁云笺，4 号和 9 号就像是黏在了他身上，寸步不离地紧贴防守。

下半场的赛程打得无比艰难，第三小节即将结束时，比分是 13:25，距离超越 20 分的目标还差得远，校队一方还总是在不停地搞小动作，打手已经是常规操作了，哪怕是少年队已经朝着裁判喊了无数遍，裁判依旧是不管不问不吹哨。

梁云笺接到了从陈龙手中传来的球，再一次地被对方的 4 号和 9 号夹击，他迅速将球朝着丁一凯的方向投了过去，9 号顺势追击，谁知梁云笺是虚晃一枪，球还在他手上，趁 9 号分神之际，他迅速带球越人，避开堵在他前方的 12 号的同时，将球换至左手，毫无障碍地沿着左边线运球，然后将球传给了丁一凯。

丁一凯不假思索地抬起了双手，正欲投球的时候，对方 7 号忽然从身后用力地撞了他一下，丁一凯猛地朝前一趔趄，其实能站稳，但他很听学长的话，顺势往地上一躺，开始抱着胳膊大喊大叫：“嗷！他撞人！犯规！”

但是裁判并没有吹犯规哨，预示着比赛可以继续。

陆云檀早已蓄势待发，见状果断大喊了一声：“撞人了凭什么不判犯规！”

卞西洋附和着喊道：“他们都犯规多少次了！”

李月瑶努力摆脱社恐症，大喊道：“太明目张胆了！”

李航也扯着嗓子喊：“不犯规不会打球吗？就这水平怎么对战J国的队伍？”

卞西洋：“晋级的都是什么货色？也不怕丢人？我都担心丢人丢到J国去！”

陆云檀：“不公平！不公平！不公平！”

余下三人立即跟着喊了起来：“不公平！不公平！不公平！”

前来观赛的学生们早就看不惯裁判的包庇行径了，更何况赛事的选拔本来就不公平，太偏心校队，大家内心积怨已久，一时之间数百人同时高喊“不公平”，声浪似火，一浪高过一浪，威慑力十足。

乳虎啸谷，众口铄金，裁判抵挡不住压力，不得不吹哨，判校队7号犯规，判罚球。

丁一凯执行罚球，罚了两个，中了两个。

比分差距再一次被拉大了。

惹了一次众怒后，校队不敢再搞小动作，接下来的比赛轻松许多，少年队连连上分。

梁云笺接到从薛浩扬那里抛来的球后，传给了大前锋赵坤，赵坤抢篮板，成功扣杀。

这一杀，似乎把对方的心态杀崩了。

也不知道是因为比分的差距越来越大还是因为刚才被观众群嘲了一次，校队的防御彻底崩盘，攻击也开始变得消极散漫，一副破罐破摔任人宰割的模样。

距离整场比赛结束还有三十秒的时候，两队之间的比分差已经达到了25分以上。

丁一凯在和7号抢球，梁云笺喊了一声：“给他。”

毕竟是同校同学，也不能太过赶尽杀绝。

丁一凯叹了口气，不抢了。

7 号在最后一刻投了个两分球，努力地缩小比分差。

哨声响起，比赛结束，少年队以压倒性的姿态获胜。

观众席忽然爆发了一阵沸腾的欢呼与呐喊声。

他们不仅是胜出了一场比赛，更是战胜了校队的霸权与赛制的不公。

他们替在场许多人扬眉吐气了一把。

赵坤却有那么一点点的蒙：“咱们是不是晋级了？”

陈龙也有点被胜利冲昏头脑了：“我也想问。”

丁一凯和薛浩扬没敢说话，看向了梁云笺。

梁云笺却在看别的地方。

陆云檀正在朝他喊着什么，却被满场的鼓掌与喝彩声淹没了声音。

他微微地蹙着眉头，努力地分辨口型。

丁一凯伸出手在他眼前晃了一下：“学长？”

梁云笺回神：“嗯？”

丁一凯：“她说你是大护法了。”

梁云笺诧异地询问：“你是怎么知道的？”

丁一凯：“我妈是聋哑学校的老师，所以我略懂唇语。”

梁云笺了然。

丁一凯：“所以，咱们是晋级了吗？”

另外三人也都在用一种满含期待的目光看着他。

梁云笺看向了校队的教练，然后笑着回答：“应该是。”

四人欢呼雀跃，同时扑向了梁云笺，气势凶猛地抱住了他。

周洛尘也看向了身边的教练，发现教练并没有愤怒或者失望，反而，很是庆幸。

庆幸对手赢了。

庆幸梁云笺赢了。

庆幸这样的队员加入了他的麾下。

周洛尘最担心的事情还是发生了，那个战无不胜的梁云笺，回来了。

“这么好的苗子，当初怎么没进校队啊？”教练双臂抱怀，满含欣赏地看着梁云笺，忽然开口询问周洛尘，“我听说他原来也是咱们学校初中部的，你俩一起打过球吗？”

当然打过。

打过不止一场。

梁云笺是队长，他是前锋，随时听梁云笺指挥。

也玩过三人篮球，他另立门户，和梁云笺针锋相对，却没赢过一场。

也在私下练习的时候换过位置，他打控球，梁云笺当前锋，但他根本左右不了局面，也无法做到心甘情愿地将接到手中的球传给别人，总是想着自己上分，而梁云笺却依旧能成为一个好前锋。

就像初中的教练说的那样，梁云笺是全能型选手，在哪个位置都行，之所以让他当控球，是因为只有他能做到在打比赛的同时兼顾全局，他有着常人难以企及的大局观。

——自己处处不如他。

——只要有他在，自己就永远不可能登顶。

周洛尘深吸一口气，竭力使自己的语气变得自然平静：“打过，他原来是校队队长。”

教练相当诧异：“那怎么现在不打了？因为学习太忙了？”

周洛尘摇头：“不是。”

教练：“那是因为什么？”

周洛尘欲言又止了一次：“不好说。”

教练：“这有什么不好说的？”

周洛尘抿了抿，看似是在犹豫：“我跟你说了，你可别告诉别人。”然后才下定决心似的，说，“他有病，所以才不打篮球了。”

教练震惊不已，瞪大了眼睛：“有病？什么病？”

周洛尘摇头：“具体什么情况我也不太清楚，但好像不能剧烈运动，他平时连跑操都没参加过。”

教练更为诧异，还有些恼怒：“那他还敢报名参加篮球赛？”

周洛尘：“可能是因为病情好转了吧。”

教练是本校的体育老师，为人师表的基本准则还是有的：“好转了也不能胡闹呀，这不是拿生命开玩笑吗？他父母怎么会同意他参赛？”

周洛尘：“但是他打得确实挺好，反正比我强，还比我强得多，让他晋级吧。”

教练的态度坚决："不可能，万一他在比赛途中犯病了怎么办？这不闹笑话吗？丢人丢到J国去了，让人家以为咱们没人了，逼着病秧子上场。"

周洛尘："但他打得这么好，不让他晋级，是不是说不过去？"

教练："那也没办法，有病就是不行，学校也不会同意。"

周洛尘再次抿了抿唇，犹豫着说："其实我觉得他挺可怜，也可能只是想在病情恶化前再参加一场比赛，你看能不能让他晋级，但是不让他上场，只让他当替补选手，也算是满足了他的一桩心愿。"

让他得到晋级的资格，却又不让成为正式队员，对梁云笺来说，这种感觉应该挺不是滋味，就像他永远无法亲口向陆云檀承认自己才是那个和她互换叠纸的人一样。

但只要是能折磨到梁云笺的事情，周洛尘都乐此不疲地去做，就好比两年前的某个傍晚，他从音乐教室的窗台外取走了那只纸叠的小老虎，却告诉梁云笺自己什么都没见到。

其实他不是故意拆开那只老虎的，是折纸人的技术不佳，老虎自己散开了，他无意间看到了背面写的字：【哼，我肯定能认出来你，送什么花呢？狗尾巴草吧！】

然后，他主动去找了年级长毛遂自荐，说自己可以代替梁云笺完成钢琴独奏节目。

是的，是他故意误导了陆云檀，为了达到这个目的，他甚至可以亲手弹奏出那首让自己恨之入骨的《春日颂》。

不为别的，只是为了折磨梁云笺。

谁让他是梁顾的儿子呢？

教练抱着胳膊，脸色微沉，不置可否。

周洛尘语气中带上了几分哀求："其实你让他晋级真的没什么，少一个替补选手而已，反正正式比赛的时候七位候补也不可能全都上场。再说了，他的水平真的很高，要是不让他晋级，我都替咱们球队感到可惜。"

最后一句话戳中了教练的心窝——

这么好的苗子，真是可惜了。

沉默许久后，教练叹了口气："让他晋级也不是不行，就是不能上场啊。"

周洛尘："当个陪练足够了。"

教练认真地想了想，终于松了口：“也可以先让他当几天陪练，要是他的身体情况实在不行，再换人也来得及。”

周洛尘立即向教练保证：“他一定会是个好陪练。”

教练侧头瞧着他：“你俩关系很好？”

周洛尘点头：“是啊，从小一起长大的，亲兄弟一样。”

最起码，在过去的很长一段时间里，他是真的把梁云笺当成过兄弟的。

但是在知道了自己母亲与他父亲之间的那些事后，这种关系，就变了味。

第八章

/ 前尘往事

9 月 20 日，学校公布了篮球赛的晋级名单，出乎所有人预料的是，晋级选手的人数竟然不是十二，而是十三。

现在是第二节课下课时间，“青云直上”学习帮众人在帮主陆云檀的带领下，站在班级门外的走廊上，严肃商讨着这份刚刚公布的晋级名单。

只见檀帮主双手插兜——时已入秋，帮主她老人家还穿着清凉的夏季校服——单脚踩着栏杆下的石基，表情严肃地聆听着众人的讨论。

右打杂的李航踊跃发表个人观点：“梁护法和赵坤他们五个全晋级了，再加上校队之前晋级的那七个人，刚刚好十二人，现在又多了一个人，还是校队的人。”

下西洋补充说明：“多出来的那个是 7 号，最后投了两分的那个，体育组组长给出的理由是他意志坚强，带有不服输的体育精神，但只要去看比赛的人都知道，最后那个球明明是咱们梁护法让给他的，为了让他们输得好看点，不然他们队的得分都到不了二十。”

长居军师之位的李月瑶也加入了紧张而激烈的讨论中：“现在说这个已经没有用了，我们应该担心的是接下来的事情，最终的上场人数还是十二人，也就是说这十三个人里面最后肯定会有一个被淘汰掉。”

下西洋：“体育组组长还说了，要在接下来的训练过程中确定最后的淘汰人数。”

李航：“也就是说，谁在训练过程中的表现不佳，就会被淘汰。”

李月瑶：“还不如说谁讨不到教练的欢心就淘汰谁呢。”

下西洋神色凝重，迟疑且担忧地说：“咱们梁护法，应该不会……”

他的话还没说完，就被陆云檀给打断了："当然不会！"

陆云檀刚才一直没说话，现在终于开了口，却只说了四个字。左打杂的下西洋不禁感慨了句："帮主，您今日，真是惜字如金啊。"

李航果断拍马屁，争取早日晋升："普天之下成大事者，皆惜字如金！"

下西洋不甘示弱："您越来越有大将之风了！"

陆云檀沉默片刻："那个……我上火了，话说多了嗓子疼。"

李月瑶懊恼地说道："梁护法的危机还在持续，我们现在应该怎么办？"

陆云檀皱着眉毛，绞尽脑汁地思考了许久，最终长叹了口气："哎，我也不知道。"

下西洋一脸谴责地看着李月瑶："李军师，您这个问题问得实在是刁钻，咱们'青云直上'学习帮五个人，共用一颗脑子，现在咱们这里没脑子，怎么可能解决这个棘手的问题呢？"

李月瑶蒙了："没脑子？怎么会没脑子呢？我们不是四个人吗？怎么也得是五分之四吧？"

李航叹了口气："军师，咱们不能夜郎自大呀。"

陆云檀也叹了口气，伸出右手，食指朝上，甚是苦恼："唯一的那一颗脑子在楼上呢。"

下西洋具体说明："九班。"

李航更具体地说明："在教室第三排中间的位置，不受身高限制的那个位置，年级第一专属的那个位置。"

李月瑶明白了，本帮脑子数量的计算方式不是「1/5*5」，而是「1+0*4」。

她忽然觉得梁护法好不容易，每天都需要一带四。

悠扬的上课铃声忽然打响了，以陆云檀为首的没脑子的"青云直上"学习帮，不得不返回班级进行伟大的物理学科的学术研究。

第三节的物理课下课后，是规定的跑操时间，陆云檀又一次地逃了操，准备好好地问一问帮内唯一一个有脑子的人该怎么办。

然而她却没等来"脑子"，反而等来了一位陌生的课间操检查员——

那个戴着黑框眼镜的男生推开了二班教室的前门，将目光锁定在了教室里唯一一位留守同学的身上："有假条吗？"

陆云檀蒙了："你是谁呀？"

戴眼镜的男生："查课间操的。"

陆云檀瞪大了眼睛："不是梁云笺查吗？怎么变成你了？"

戴眼镜的男生："他请假了，班主任安排我替他一天。"

请假了？

陆云檀十分诧异，连声追问："他为什么请假了？什么时候请的假？"

戴眼镜的男生："我不知道。"他一边回忆一边说，"第一节下课后他妈来了学校一趟，然后他就跟着他妈走了。"

陆云檀："啊……"

戴眼镜的男生再次询问："你到底有没有假条？"

陆云檀当然不可能有。

"那个，能通融一次吗？"陆云檀试图和这位仁兄讨价还价，"下不为例，就这一次。"

戴眼镜的男生毫不容情，举起了小本本和签字笔："没有是吧？叫什么名字？"

陆云檀忽然好想臭书生。

戴眼镜的男生："快说，我还要去查下一个班。"

无计可施，陆云檀只好报出自己的大名："陆云檀。"

戴眼镜的男生在小本本上记下"二班，陆云檀，无故旷操"这九个大字后，潇洒走人，不留下一片云彩。

不出预料的话，老金一定会在不远的未来找她谈话，但是陆云檀并不怎么在乎，毕竟是资深落后分子，被班主任喊去做思想教育已经是家常便饭了。

她现在只想知道，梁云笺为什么会忽然请假。

操场上的音乐声忽然停了，预示着跑操即将结束、大部队即将回班，陆云檀迅速从书包里拿出了手机，然后才看到了梁云笺在一个多小时前给她发的微信消息：【我请假了，今天不要逃操。】

陆云檀将手机藏在桌洞里，双手并用，飞快地打字：【你为什么请假了？】

梁云笺回得很快：【家里出了点事，不严重。快把手机收起来。】

陆云檀挺叛逆，就是不收，还犟了句嘴：【你管得还挺宽。】

梁云笺：【还想再被没收第五部手机吗？】

陆云檀：【哼！】

虽然不服气，但她不得不向现实低头，气呼呼地把手机塞进了书包的夹层中。

医院走廊，梁云笺坐在候诊区的蓝色休息椅上，低着头，盯着手机屏幕看了几分钟，没再收到消息回复，但也无法确定她到底是按照要求把手机收起来了还是又被没收了手机。

“云笺。”

梁云笺抬起了头，朝着走廊东侧望了过去，看向了他妈。

宋瓷左手手腕上拎着皮包，手里拿着手机，右手攥着厚厚的一沓检查清单和项目缴费单。

她快步走到了自己儿子面前：“交完费了，去做检查。”

梁云笺轻叹口气，起身从凳子上站了起来。

因为肿瘤无法手术根除，他暂时只能采取保守治疗的方式，但这样并不能保证颅内的那颗肿瘤不会恶化或者增大，也无法保证身体其他部位的机能不会受到病情的影响。

所以，他每隔一段时间就要做一次体检，定期监视那颗肿瘤的生长状况。

在梁云笺起身的那一刻，宋瓷仰头看着自己儿子，有点意外：“一个月没见，我怎么觉得你又长高了？”

从八月底开始，她就一直在外地出差，其实工作还没忙完，但是儿子的检查不能耽误，所以她连夜从外地赶了回来，下飞机后马不停蹄地去了学校，给儿子请了假，带着他来医院做检查。

宋瓷边走边问：“你现在多高了？到不到一米八八？”

梁云笺对自己的身高并不是很关心：“不知道。”

宋瓷叹了口气：“等会儿量一下，哎，太高了也不好，会被女孩子嫌弃的，陆云檀应该不嫌弃你高吧？”

梁云笺无语。

宋瓷：“不过她哥也挺高的，应该能接受。”

梁云笺：“她爸更高。”

宋瓷：“你见过她爸了？”

梁云笺：“嗯，前几天他去学校了。”

宋瓷：“怎么样呀？人好不好？”

梁云笺：“挺好的。”

宋瓷：“我是问他觉得你好不好？”

梁云笺无语。

宋瓷又说：“你觉得人家好不重要，重要的是人家要觉得你好，不然要是人家不让陆云檀和你当好朋友，你能怎么办呀？人家是教武术的，你打也打不过。”

梁云笺心想：何止是打不过。

他不想再继续这个话题了：“说点别的吧。”

宋瓷笑了：“戳到你痛处了？没关系啊，多挨几顿打就习惯了。”

梁云笺哭笑不得：“我是你亲生的吗？”

宋瓷轻叹口气：“我也不太确定，一直怀疑你是章桐亲生的。”

梁云笺有些无奈：“提她干吗？都过去了。”

宋瓷：“我过不去呀。”

梁云笺的呼吸一滞，忽然很心疼自己的母亲。

“放心吧，我肯定是你亲生的。”他对自己的母亲说，“全世界最好的宋瓷女士。”

宋瓷被儿子逗笑了：“那到底是我好看，还是陆云檀好看呀？”

梁云笺：“你。”

宋瓷非常意外：“不怕被她知道吗？”

梁云笺很认真地叮嘱她：“只要你不说她就不会知道。”

宋瓷心想，这跟朋友圈仅我可见有什么区别？

她又叹了口气：“儿大不由娘啊。”

这时，她的手机忽然振动了一下，举起左手一看：“你爸发来的消息。”

梁云笺的脚步一僵。

宋瓷抿了抿唇：“你爸去了休斯顿，已经约到那个医生了，他会把你的病例给那个医生看，如果那个医生愿意接受你，我们会立即办理签证，医疗签证办不下来的话，只能办理移民，你爸也算是在艺术领域有成就的人，移民签证会比较好办，到时候……你可能会有很长一段时间回不到中国。”

也见不到陆云檀了。

梁云笺喉咙发哽，垂在身体两侧的双拳松了又紧，紧了又松，欲言又止了许多次，最终，也只能回答一句：“我知道了。”

他很有可能会客死在他乡，一辈子也见不到她了，除了一句简单的“我知道了”，他还能说什么呢?

宋瓷清楚地感受到了自己儿子情绪上的变化，没再过多地阐述这件事，直接换了话题：“对了，我出差的时候忘带那部和你们老师联系的手机了，刚才和你们班主任见面有点匆忙，我着急带你来医院做检查，也没来得及问问你最近的情况，最近你在学校里没什么事吧？”

她有三部手机，一部处理工作事务，一部处理生活琐事，还有一部专门用来和儿子的学校老师联系。

上次出差，她忘记带那部专用来和老师联系的手机了。

梁云笺面不改色地回答：“没什么事，都挺好的。”

下午陆云檀值日，她原本的值日任务是拖班级地面，后来和下西洋换了值日区，换到了教学区门口的走廊。

由于教学区门口出出入入的人流量大，尤其是下午两点十分到两点二十之间，这是上学高峰期的时间段，所以一般打扫这个卫生区域的人都会等到两点二十之后再去拖地，因为这个时候大部分人都已经进班了，剩下的那小部分没来的，会被纪律检查员定义为：迟到。

陆云檀不到两点十分就拎着拖把去教学区门口值日了，但是她醉翁之意不在酒。

随着时间的推移，走进教学区的学生越来越多，清一色的蓝白校服，还成群结伴的，看得人眼花缭乱。

陆云檀一边假模假样地拖地，一边抬着脑袋朝门口看。突然间，视线中出现了一抹修长俊逸的身影，她立即扯着拖把朝他跑了过去：“臭书生。”

跑到梁云笺面前，她才注意到了他身旁的周洛尘。

“怎么了？”梁云笺停下了脚步。

周洛尘也停下了脚步，看样子是不打算走了。

梁云笺意外地看了周洛尘一眼，周洛尘视若无睹，无动于衷。

梁云笺微微蹙起了眉头。

陆云檀也瞟了周洛尘一眼，没想到他会停下来，顿时有些紧张和无措，因为之前她去找梁云笺说话的时候，他向来不会做过多停留，这还是第一次。

感觉很不适应，还有种被人窥视聊天框的感觉。

很多话忽然就说不出口了。

而且，她并不习惯和周洛尘面对面地相处，像是网友见面，二次元可以聊得热火朝天，三次元却偃旗息鼓，尴尬得很。

她也不知道自己为什么会在周洛尘面前变成这样，但感觉就是很陌生，好像每天和自己聊微信的人不是他一样。

唉，与人交际真是一种奇怪的东西——陆云檀的内心发出了这样的感慨，但为了更好地和帮内唯一一个有脑子的人沟通交流，她不得不对周洛尘说："那个……我和梁云笺需要借一步谈话。"说完，给梁云笺使了个眼色，示意他跟自己走。

周洛尘突然开口："我不能听？"

陆云檀煞有介事："这是我们帮内的事务，很机密的。"

周洛尘又问："我可以加入吗？"

不，你不行——这是陆云檀的第一想法。

其实一开始的时候，她是想过在帮内给他留个位置的，但当时的他好像对这件事没什么兴趣，也不愿意多听她说几句，所以她也就放弃了这个想法，而且现在帮内人员的人数已经固定了，大家各司其职，和谐共处，突然多加一个新成员的话，怕是不妥。

她也不好意思很直接地拒绝周洛尘，于是采取了缓兵之计："我一个人说了不算，需要问问大家的意见。"

陆云檀再次用眼神示意梁云笺跟上，然后拉着拖把去了西南角楼梯间。

等梁云笺走进楼梯间后，她先问了句："你同意他加入吗？"

梁云笺神色清冷地反问："为什么要问这个？"

陆云檀叹了口气："走个流程。不然万一他问你我有没有贯彻落实他入帮的事项，该怎么办？"

梁云笺："你同意吗？"

陆云檀："我肯定是参考大家的意见呀。"

梁云笺定定启唇："我不同意。"

陆云檀眉头一挑："哦吼，人家把你当兄弟，你竟然把人家拒之门外。"

梁云笺面不改色："不是询问我的意见吗？不同意就是我的意见。"

陆云檀心说：你好理直气壮呀。

她想了想，说："那行吧，现在不同意一票，等会儿我再去问问下西洋他们。"

梁云笺："如果他们三个同意呢？"

陆云檀不假思索，斩钉截铁，不容反驳："不可能。"

梁云笺："你怎么知道？"

陆云檀："李月瑶不喜欢周洛尘；下西洋和李航一心只想着当副帮主，天天陷害你还来不及呢，怎么可能允许周洛尘加入，这不是给自己增加竞争对手吗？"

梁云笺哭笑不得："你也知道他们俩天天在陷害我？"

"哼，我当然知道啦。"陆云檀扬起了下巴，一脸傲娇，"我可是帮主呀，耳聪目明，谁都逃不过我的火眼金睛。"

梁云笺："你就这么放任他们俩陷害我？"

陆云檀理直气壮："你懂什么是管理之道吗？大巧若拙，迷迷糊糊！再说了，我要是不用他们两个牵绊你，你叛变怎么办？从古至今，这种例子太多了！"

梁云笺心说：还挺聪明。

陆云檀微微眯眼，一脸告诫地盯着他："所以，你千万不要试图谋反，我会发现的，然后出动我的八十万禁军总教头去绞杀你。"

梁云笺被逗笑了："八十万禁军总教头是谁？"

陆云檀："我哥呀。"

梁云笺瞬间沉默。

陆云檀："所以你要安分守己，不然，哼！"

梁云笺沉默片刻："请帮主放心，我绝无二心。"

"这还差不多。"陆云檀终于言归正传，"你知不知道体育组的老师选了十三个人晋级？"

梁云笺："知道。"

他是从医院回来之后才知道的这件事，确实是有些出乎他的预料。

陆云檀："多出来的是那个 7 号，就是你让丁一凯让他球的那个人，看来体育组老师还是不死心，总想着让校队出风头，你有没有办法？"

梁云笺实话实说："没有。"

陆云檀心想，完了，帮内唯一一个有脑子的人都说没办法了，看来是真的没办法了。

她长叹一口气："十二个人里面总有一个人会被淘汰，最后淘汰的八成是你们五个里面的一个，这对你们五个来说实在是太不公平了，真的就没有一点解决办法吗？"

梁云笺很认真地回答："我们无力改变赛制，唯一的办法就是用实力证明自己。"

陆云檀想了想，也是，他们五个不就是用实力把校队的那四个人淘汰了吗？

凡事总是要有一些信念感呀！

"你们一定可以的！"她信誓旦旦地鼓励道，"我看好你们！"

梁云笺："努力过后，哪怕不成功，也算是问心无愧了。"

陆云檀重重点头："对！很正能量。"

梁云笺："学习也是一样。"

好家伙，在这儿等着我呢？

陆云檀撇了撇嘴，没好气："你可真是一个扫兴的臭书生。"

梁云笺笑着说："希望能在我死之前，看到帮主奋发图强的样子。"

陆云檀无语，心说：

瞧你这话说得，什么叫死之前？人生百年，我还能一百年都不上进吗？

哼！

小瞧人！

她有点不高兴了，拎着拖把转身走人："不理你了。"

看着她的背影，梁云笺收敛了笑容，无力地叹了口气。

两点半上课，陆云檀鬼画符似的，匆匆拖完了走廊，卡在上课铃打响之前半分钟进了班。

第一节语文课下课后，她召集"青云直上"学习帮众人去了班级后面的小杂物间，开了个简短的会议，会议主题：关于是否同意周洛尘同志的入帮申请。

投票的结果也如她所预料：全票反对。

李月瑶给出的反对理由简洁明了：“我讨厌他。”

身为资深事业粉，她怎么会同意偶像对家入帮？这是对她追星信仰的严重不尊重！

左打杂的下西洋给出的反对理由：“帮内人才济济，不需要再多此一人。”

右打杂的李航给出的反对理由：“此人资质平庸，上不如梁护法，下不如郑和，不要也罢。”

陆云檀听闻右打杂的给出的反对理由后，甚是惊诧地询问：“郑和是谁？”

下西洋：“我！我姓郑名和！”

时隔数日，陆云檀终于想起来了下西洋的本名是郑和。

面对郑和同志的委屈与愤懑，陆云檀决定稍作安抚，以示人文关怀。

她拍了拍郑和同志的肩膀，语重心长：“名声在外，有好有坏，以前是以前，现在是现在，下西洋挺好的。”

郑和：“……”

本次会议，在郑和同志的无语凝噎中宣告结束。

时间转眼就到了周六，一周一度的回家时间到了。

周六下午五点半，大自习的下课铃声一打响，全校学生就如同被从笼子里放出去的猴子一样，迫不及待地冲出了教室，拎着大包小包的东西激动“返乡”。

梁云笺先回了一趟寝室，取行李箱，然后才离校。

校门正对着的马路边停着一辆崭新的劳斯莱斯幻影，白色的车身大气流畅，吸引了众多学生的目光。

梁云笺漫不经心地扫了一眼，然后开始在停在校门外众多的轿车中寻找自家的车。

熟悉的黑色奔驰停在了马路对面，他妈正站在车旁冲他招手，他立即拉着行李箱走了过去。路经劳斯莱斯车前的时候，忽然有人喊了他一声：“云笺。”

梁云笺脚步一顿，循声望去，意外又无奈地看到了周洛尘他爸。

周业坐在劳斯莱斯的驾驶室，左手搭在车窗上，笑呵呵地问他：“怎么回家？叔叔送你吧？叔刚换的新车。”

周洛尘坐在副驾驶的位置，隔着一道前车窗，面无表情地看着他。

梁云笺在心里叹了口气，回答：“不用了，我妈来接我了。”

周业朝着马路对面看了一眼，微微蹙眉：“你家怎么还是那辆车啊？都开了多少年了，你爸也不说换一辆，实在不行让他跟着我干吧，绝对比他弹琴挣得多。”

梁云笺面不改色地回道：“谢谢您的好意了，但是他不想像您一样半途转业，无论是做人还是做事都要有始有终。”

周业哑口无言。

梁云笺：“我先走了。”

“你说你招惹他干吗？”等梁云笺走后，周洛尘无奈地对他爸说，“被他怼一顿很开心吗？”

周业叹了口气，一边开车一边没好气地说：“这小子，跟他爸一样，软硬不吃的倔货，不知好歹。”

周洛尘哂笑：“你觉得他们家人会在乎你换了什么车吗？”

周业哑口无言。

车头掉转，周洛尘朝着窗外看了一眼，看到了那辆黑色的奔驰，看到了梁云笺和他妈宋瓷。

宋瓷是真的爱梁顾的儿子，母亲章桐也是，即便他才是她的亲生儿子。

这个世界上，似乎只有父亲是真心实意地爱着他。

父亲也深爱着母亲。

可母亲的心好像是石头做的，无论父亲怎么做，都打动不了她。

周洛尘收回了目光，看向了自己父亲，欲言又止了几次，还是没能按捺下内心的那份困扰与疑惑：“你当初，为什么要骗我妈呢？为什么要冒充自己是梁顾？”

其实，这是一个很简单的故事：

十几年前，一个女人爱上了一段钢琴乐，却因为自卑，不敢去见那位钢琴家，踌躇了几天后，她鼓起仅有的勇气在一张白色的云笺纸上写下了一句话：你弹的曲子真好听。然后她趁那位钢琴家不在的时候，悄悄地溜进了琴房，将这张云笺纸放在了他的黑色钢琴上。

第二天，钢琴家回复了她的留言，也给她留了一张纸：谢谢，你是这首曲子的第一位观众，很高兴能得到你的认可。

女人收到留言后很是开心，也备受鼓舞，于是又给那位钢琴家留了一句话：这首曲子让我感受到了久违的温暖。

钢琴家是个感情细腻的人，于是又回复了她：你遇到了什么不开心的事情吗?

然后，他们两个就开启了一段以纸传书的交往。

正所谓纸短情长，渐渐地，女人爱上了从未谋面的钢琴家，钢琴家似乎也对女人有了些好感。

某一天，钢琴家给女人留了一张云笺纸：你可以帮我为这首曲子命名吗?

女人幸福而又激动，辗转反侧了整整一晚，终于想到了一个最符合她听到这首曲子的感受的名字——《春日颂》。

第一次在琴房外听到这首曲子的时候，她刚刚经历双亲过世的沉痛打击，正处于人生最低谷的阶段，是这首曲子给了她温暖和力量，悠扬的音符像是春日的阳光一样驱逐冬日残留的阴冷与雾霾，将爱与希望撒向人间。

在纸上写下这三个字的时候，她的内心还有些忐忑不安，很担心钢琴家会不喜欢这个名字，却又暗自期待着他会采纳这个名字。

然而，钢琴家却一连数日都没有回复她，那间琴房内也不再传出钢琴声。女人开始焦虑，开始惶恐，每天都过得忐忑而不安，很害怕钢琴家会就此消失，就像是她的双亲一样——她已经把钢琴家当成了人生中的唯一一束阳光。

终于有一天，琴房内再次响起了阔别已久的钢琴乐，女人按捺不住内心的悸动与焦虑，冲动之下闯入了琴房。

钢琴乐戛然而止，坐在黑色钢琴后的英俊男人惊讶而又诧异地看着她。

女人也很意外，因为她认识这个男人，是乐团的首席小提琴手，周业。

“你竟然……会弹钢琴？”她是周业的下级，也是小提琴手，却没正式入团，只是个微不足道的备选人物而已。

周业回答：“会一点。”

女人又追问：“这是你的琴房吗？”

周业回答：“梁顾的琴房，但我经常来这里练琴。”

梁顾，是乐团中的钢琴师。

与周业的桀骜肆意不同，梁顾温文尔雅，更像是一位贵公子。

女人也知道，在乐团中，周业和梁顾的关系不错，所以，周业借用梁顾的琴房练琴也不足为奇。

之前她一直猜测，坐在琴房中的人是梁顾，但如今的情况却令她的想法产生了动摇：或许，那个人是周业。

其实，无论是工作还是生活中，周业一直对她很好，她也能感觉到周业对她的关心和好感，但是……感情这种事情不能勉强，她对周业没有男女之情。

她不喜欢周业肆意张扬的性格，阳光太明媚，就会刺眼。

梁顾就温暖得刚刚好，他的一举一动一言一行皆如同阳春三月的春水似的，无比熨烫人心。

周业是“春风得意马蹄疾，一日看尽长安花”，梁顾是“陌上人如玉，公子世无双”，她喜欢后者，更何况，在平日里，梁顾也对她很好。在父母刚离世的那段时间里，梁顾送了她一双纸叠的乌篷船，他还告诉她：“想他们的时候就把船放进河水里，以水载舟，可渡相思。”

只有这样温暖的人，才能够谱写出温暖的曲子。

所以，她先入为主地认定了梁顾才是《春日颂》——她自认为的名字——的创作者。

可是她好像错了。

站在琴房门口，女人抿了抿唇，忐忑而紧张地看向周业：“每天晚上，一直是你在这里练琴吗？”

周业：“不然呢？”

女人：“这不是梁顾的琴房吗？”

周业：“你不知道吗？他被外派去国外学习了，两个月都没回来了。”

女人：“啊……”

周业：“他被外派半年，最近你家里面事多，也没怎么来过乐团，不知道也正常。”

女人莫名有些失落：“哦……”

原来这几个月间，一直与她云笺传书的人真的不是梁顾，而是周业。

但不知为何，她还是有些无法接受：“那……你刚才弹的曲子……”

不等她把话说完，周业就抢先说道：“《春日颂》，怎么样，好听吧？”

女人怔住了，呆愣愣地盯着周业看了许久，忽然露出来一个灿烂的笑容，重重地点了点头：“嗯！好听！”

她开心得无与伦比，《春日颂》，是她取的名字呢。

也是在这一刻，她不可自拔地爱上了周业，爱上了这个创作出帮助她走出人生低谷乐曲的人。

不久后，她就和周业在一起了。

等梁顾从国外回来的时候，他们已经结了婚，并且，她已经有了一个月的身孕。

乐团为梁顾办了一场接风宴，她和周业以新婚夫妻的身份去参加了这场接风宴，还给梁顾送上一份迟来的喜糖。

梁顾微笑着接过了他们递来的喜糖，然后，对他们两个说了声：“新婚快乐。”

这言简意赅的四个字，是他在整场接风宴上说出的唯一的话。

那时的她一心沉浸在自己的幸福中，所以并没有察觉出梁顾的异样，直到两个月后，她无意间在报纸上看到了一篇有关梁顾的专访。

梁顾学成归来后，举办了一场个人钢琴演奏会，年少有为的他凭借着这场演奏会大获成功，一举名动业界，吸引了无数来自国内外的媒体争相专访。

在一次面向国内媒体的采访中，有记者问他：“是什么给了您创作《春日颂》的灵感？”

梁顾沉默许久，回答：“一个女孩的父母在一场车祸中不幸离世，为了鼓励她重新振作起来。”

记者笑着追问：“是您喜欢的女孩吗？”

梁顾牵起嘴角，却笑得无奈：“下一个问题吧。”

…………

那位记者一字不落地将梁顾对所有问题的反应与回答全部刊登在了报纸上，女人看后，瞬间崩溃。

她被周业骗了，被现在那位已经成为她丈夫的男人给骗了。

她不再温柔，变得歇斯底里，疯了一般和周业大吵一架，几乎把家中的东西全部砸了一个遍。

然后，她流产了。

她失去了她的孩子，但是，她并不难过，反而如释重负，最起码她可以离开周业这个骗子了。

但是周业不同意离婚。

然而压垮她的最后一根稻草不是周业的态度，而是梁顾结婚的消息。

年少有为的钢琴家，最终还是遵从了父母之命，娶了与之门当户对的富家千金。

富家千金名叫宋瓷，是一位很漂亮的女人。

婚后一年，宋瓷为梁顾生下了一个儿子，取名：梁云笺。

而那个被现实压垮了的可怜女人，叫作章桐。

梁顾有妻有儿，家庭美满，章桐心灰意冷，有苦难言，她不再对生活抱有任何幻想，也不再闹着离婚，行尸走肉般活着。

在梁云笺一岁时，章桐生下了一个孩子，是周业的孩子。她对那个孩子并没有多大的亲昵之情，甚至在他出生后的第一时间都不想去看他一眼。

后来，周业给自己儿子取了名字：周洛尘。

云中笺书来，不及京洛尘。

“我要是不骗她，哪儿来的你？”路口的红灯变绿，周业缓缓踩下了油门，同时回答儿子的问题。

周洛尘不置可否，心绪复杂：“你……后悔过吗？”

周业无声一笑：“我有什么好后悔的？喜欢就要去争取，争取不到才会后悔。”

现在的他争取到了，所以不后悔。

但是，周洛尘并不这么觉得。

母亲的心里从未有过父亲，她的心里，一直爱着梁顾。她爱宋瓷生的孩子，甚至爱过了自己生的孩子，只因为他是梁顾的孩子。

后来，求而不得的母亲对梁顾的爱到了一种疯狂的地步，为了能够接近梁顾，她甚至不惜利用自己的儿子。

周洛尘记得自己在很小的时候就认识了梁云笺，那时的他大概三岁，笔都拿不稳，也没什么学书法的天分，那位教书法的老先生不愿意收他为徒，章桐拎着无数礼品去那位老先生的家中恳求了无数遍，终于打动了老先生，破例收下了他。

在那位老先生的书房中，他认识了梁云笺。

梁云笺比他大一岁，高了他足足一头，无论是学习还是说话做事都比他老练得多，看起来像是个小大人，威风凛凛的。

小孩都喜欢和比自己大的孩子玩，所以那时的他是真的很崇拜梁云笺，天天跟在梁云笺的屁股后面，一口一个“大哥哥”喊着。

梁云笺确实也是一位合格的大哥哥，总是很照顾他，尤其是上了小学之后。

他刚满六岁就上了学，甚至都没有上过学前班，所以在学校里处处不如班级里别的小孩，他跟不上老师的讲课思路，也融不进比他大一岁的小孩子的群体中去，就连个头儿都没有别的孩子高，所以他总是被欺负。

每当这时，梁云笺都会挺身而出保护他，帮他打跑那些欺负他的小孩，还威胁他们如果再敢欺负他一下就把他们打得满地找牙。

后来，梁云笺成了孩子王。学校里面没人敢惹他，因为有梁云笺罩着，所以也没人敢再欺负他。

从那时起，他开始每天屁颠屁颠地跟在他的大哥哥身后，一边崇拜着梁云笺，一边对他鞍前马后。

这一跟，就是许多年。

从小学到初中，他是真的把梁云笺当成兄弟的。

直到他上了初二。

父亲离开了乐团，下海经商，那段时间，父亲每天都回家很晚，陪客户喝酒，喝得烂醉如泥。

母亲对父亲向来是不闻不问。

某天晚上，父亲又一次烂醉回家，或许是因为生意不顺利，又或许是因为其他什么原因，破天荒地和母亲吵了架。

这一吵，把十几年前的那桩旧事给吵了出来，然后周洛尘终于明白了母亲为什么总是对父亲那么冷淡，为什么要逼着年幼的他去学钢琴，还总是弹那一首曲子，也明白了为什么他总是会在各种辅导班里与梁云笺不期而遇，更明白了母亲为什么连学前班都不让他上，直接送他去了小学。

不是为了他好，是想借接送孩子的机会见到梁顾，哪怕见不到梁顾，见到梁顾的儿子也是好的。

母亲对梁云笺，比对她自己的亲生儿子还好。

他开始恨梁顾，恨梁云笺，恨过去那个把梁云笺当兄弟的自己。

从那之后，折磨梁云笺，似乎成了他的使命。

只要能够让梁云笺受到伤害的事情，他都愿意乐此不疲地去做，就好比误导陆云檀：让梁云笺在自己喜欢的女孩面前有口难言，一定是一件很痛苦的事情。

也应该感谢老天爷，给了梁云笺一场病，才让他得到了这个给梁云笺制造痛苦的机会。

只要梁云笺痛苦，他就会开心。

他就是见不得梁云笺好。

“嘀！”

电动车的鸣笛声打断了周洛尘的思绪，他微微蹙眉，看向了倒车镜。

干净的镜面上反照着一辆黑红色电动车，骑车的是一位身穿二中校服的女孩，放学回家连书包都不背，左手手腕上戴着一块黑红色的手表，头上戴着一个火红色的头盔，黑色防风镜倒映着城市的霓虹灯，看起来酷酷的。

她被堵在了劳斯莱斯的身后，想溜缝儿超车，又怕蹭着人家高贵的劳斯莱斯，只好鸣笛示意，希望劳斯莱斯的车主能够明事理、知好歹，往旁边让一让，不要挡着本女侠回家的道路。

周洛尘不禁勾起嘴角，对他爸说了句：“你先开快点，然后忽然刹车。”

周业没好气：“后面的那辆电动车不就撞上来了？”

周洛尘：“就是让她撞上来。”

周业：“……小王八蛋，你知道这车多少钱吗？”

周洛尘：“几百万的车还怕一辆电动车？”

周业看了一眼后视镜，忽然明白了什么，笑着问：“你认识的女孩？”

周洛尘大大方方地点头：“嗯。”

周业没再说话，一脚踩下了油门，然后又猛地踩了刹车。

“咚”的一声，电动车结结实实地撞上了劳斯莱斯的后车尾。

那一刻，陆云檀万念俱灰，脑子里面直接弹出了自己爹妈哥哥砸锅卖铁帮她还债的凄惨画面。

魂都快没了。

这时，劳斯莱斯副驾驶室的车门忽然被打开了，陆云檀心虚又忐忑地看了过去，然后，震惊又激动地看到了周洛尘——

是熟人！

好讲价！

但是在讲价之前，要先把态度端正起来，于是她迅速摘下了头盔，一脸诚恳地看着来人："我真不是故意的！"

周洛尘走到了车尾处，看了一眼车后尾，不出所料被撞出来一个坑，再一看她的电动车，屁事没有，连块车漆都没被蹭掉。

电动车，才是我国制造业的巅峰水准。

看周洛尘没有说话，陆云檀心里毛毛的，态度越发端正："你放心，我绝对不会肇事逃逸的。"

周洛尘不置可否，而是问了句："我可以入帮了吗？"

陆云檀一愣，心想：什么意思，用入帮名额和我交换赔偿吗？

虽然很心动，但是吧，公是公私是私，不能混为一谈啊，不然梁云笺他们几个人肯定不高兴。

可是又不能直接把大家的投票结果告诉周洛尘，不然他恼羞成怒加倍索要赔偿怎么办？

只好采用缓兵之计了。

"这个……我还没问他们几个呢。"陆云檀一脸为难，"等明天下午返校之后我问问。"

周洛尘也没抱多大希望，叹了口气，无奈道："走吧，以后骑车小心点。"

走？

就这么放我走了？

陆云檀蒙了。

周洛尘："不是你的责任，我爸的责任，他起步太快了。"

陆云檀在心里长舒一口气：

明事理！

这才叫明事理！

怪不得人家能开劳斯莱斯呢！

感觉像是在一瞬间清了一个亿的负债，陆云檀长舒一口气，然后果断选择溜之大吉："那我就先走了啊，"她一点都没客气，二话不说地戴上了头盔，张口就来，“急着回去学习呢。”

周洛尘心说：书包都没背，还学习呢？

陆云檀戴好了头盔，一边磨转车把一边说：“明天请你喝奶茶！”

周洛尘：“喝喜茶，直接给我送到班里去。”

陆云檀：我就是随口这么一说，你怎么还当真了？

她沉默片刻：“你倒是，客气一下啊。”

周洛尘笑着回：“你也没跟我客气啊。”

陆云檀：行吧。

她把头盔上的护目镜放了下来：“我走了，拜拜。”

“拜拜。”

等她骑着电动车走了之后，周洛尘才上了车。

在他系安全带的时候，他爸笑呵呵地看着他，问了句：“你和那个女孩关系挺好？”

周洛尘怔了一下：“还行吧。”

周业不懂了：“你这反应不像只是还行啊”

周洛尘：“我觉得她挺好的，反正比学校里面其他女孩好，挺独特。”

周业：“那为什么只是还行？不应该是很好？”

周洛尘：“有点疯，喜欢惹事，我受不了。”

周业重新启动了车子，无奈一笑：“就因为这个？”

当然不是。

借口而已。

周洛尘沉默许久：“梁云笺也和她的关系很好。”

周业瞥了自己儿子一眼：“所以你就不敢了？”

我是害怕成为第二个你，更害怕她变成第二个章桐。

但是周洛尘不能对自己的父亲说实话，因为父亲是这个世界上对他最好的人。

他只能说：“我还能和梁云笺的眼光一样？”

周业没说什么，一言不发地开车，又过了一个路口后，忽然说了句：“梁云笺有病你知不知道？脑子里有颗肿瘤，治不好。”

周洛尘一僵，呆若木鸡地看着自己的父亲：“你怎么知道的？谁跟你说的？”

周业："原来的同事，前几天聚会了。"

他和梁顾原先都是东辅音乐团的，所以有许多共同的朋友。

周洛尘深深地吸了一口气："你怎么知道他这病治不好？恶性肿瘤吗？"

周业："良性的，但是位置不好，没法开刀，不确定什么时候就恶化了，只能等死。"

其实周洛尘，并不想让梁云笺死。

周业："宋瓷他们两口子不想放弃，准备带着他去休斯顿治病，现在正办签证呢，医疗签证办不下来就要办移民。"他又叹了口气，"当初多少个国家给梁顾投来了橄榄枝，他全都拒绝了，坚决不改国籍，现在要为了儿子办移民，估计心里也不怎么好受。"

周洛尘诧异地看了他爸一眼："你还心疼他呢？"

周业苦笑一下："我心疼他干什么？我心疼我自己还来不及呢。人各有命，他就是这命，谁都没办法。"

周日下午不到两点，陆云檀就开始着手准备去学校的事情了，最重要的一件事情就是去找一家之主兼财务部部长纪雪杉女士要新一周的生活费。

粉红发卷爱好者纪雪杉女士坐在正屋里面的沙发上，一边看电视一边嗑瓜子。陆云檀屁颠屁颠地跑到了她妈面前，一脸谄媚："美丽的妈妈，我要返校了。"

纪雪杉瞟了她一眼，冷哼一声，没好气："钱包在床头柜上呢，自己去拿二百。"

"好的！"陆云檀"嗖"一下跑去了东耳房，从床头柜上拿起了纪雪杉女士酷爱的豹纹皮钱包，拉开拉锁后，从一沓厚厚的人民币中抽出来薄薄的两张粉红色人民币，然后又把钱包拉链拉上了，重新放在了床头柜上。

"我只拿了二百。"为了表明自己是个不贪心的好孩子，她特意拿着两张票子去她妈面前晃悠了一圈。

纪雪杉女士嫌弃得不行，一边挥手一边撵人："走走走！别耽误我看电视！"

陆云檀见好就收："拜拜，下周见！"

纪雪杉女士想了想，还是决定走一个流程：“在学校好好学习，别老欺负同学。”虽然这么说可能没什么用，但毕竟是当妈的，该说的场面话还是要说，“学生要以学习为主，高三了，抓点紧。”

“知道了！”话还没说完呢，陆云檀就跑出去了，然后直奔东厢房，敲响了紧闭的大门，“哥！哥！我该回学校了，你不想再看我一眼吗？”

陆云枫连门都懒得给她开，在屋子里吼道：“花盆下面，拿完赶紧走！”

“好的！”陆云檀迅速去搬门口的花盆，在下面看到了两张百元大钞，也不嫌脏，从地上捡起来后随便抖了两下，直接揣进了校服裤兜，然后怀揣着四百元巨款，蹦蹦跳跳地回了西厢——之所以不去一进院的练功房找她爸要钱，是因为她知道，她爸比她还穷，所以从他身上是榨不到什么油水的，就那三五块钱，还不如让他留着和隔壁大爷下象棋用。

收拾完东西后，她把行李箱放到了电动车的踏板上，然后骑着车回了学校。

返校途中，她路过了万达广场，忽然想起来要请周洛尘喝喜茶的事情。在去万达买喜茶和直接去学校之间犹豫了三十秒钟，面前的红灯变绿了，她用力拧动车把的同时做出了决定：喝什么喜茶呀，等会儿去学校门口的超市买两瓶香飘飘得了，香飘飘不比喜茶好？年销售量连起来能绕地球两圈呢，保质期还比喜茶长，想什么时候喝就能什么时候喝。

二十分钟后，她将电动车停在了高三女寝楼对面的停车棚里，先将行李箱送回了寝室，然后去了学校对面的大超市。

好巧不巧的是，她刚走出校门，就遇到了正拉着行李箱朝学校里面走的周洛尘。

四目对视的那一刻，双手空空的陆云檀尴尬到了极点。

周洛尘停下了脚步，眉梢微挑：“去买喜茶呢？”

不，我是去买香飘飘。

但是吧，说实话伤感情，她只能说善意的谎言：“我家附近的喜茶店没开门，真的太遗憾了。”

身为资深落后分子，说谎话不打草稿是必备技能之一。

紧接着，她又打了个商量：“要不这样吧，我去给你买两杯香飘飘，想喝什么口味你随便挑。”

周洛尘无语。

陆云檀眨了眨眼睛，天真无邪：“我觉得不错，你觉得怎么样？”

还能怎么样？

只能接受香飘飘。

周洛尘一边朝门卫室走一边说：“你等我一会儿，我也要去超市买点东西。”又一本正经地补充，“顺便选两杯香飘飘。”

陆云檀很欣慰他能够接受香飘飘：“好的！”

随后两人一起去了超市。

路边停着一辆香槟色宾利车，车前站着一位身穿黑色高定长裙的漂亮女人，手里面拎着一件校服外套，她一直在盯着周洛尘看，想喊他一声，却欲言又止，生怕打扰到他似的。

周洛尘自始至终没有看她一眼，就好像不认识她一样，目不斜视地从她面前走了过去。

女人无奈，决定等他从超市回来后再把外套给他。

几分钟后，一辆黑色的奔驰车停在了校门口，梁云笺先下了车，转身去接他妈递来的书包，然后打开了后备厢，把自己的行李搬了出来。

“我走了。”梁云笺将行李箱的拖杆拉了上来。

宋瓷不放心地叮嘱：“记得按时吃药，不要剧烈运动，周三记得请假，要去医院做治疗，上次体检你颅压有点高。”

梁云笺不以为然：“高得不多。”

宋瓷没好气：“高到爆炸才算是高？”

梁云笺无奈地叹了口气：“走了。”

宋瓷一直没上车，目不转睛地看着自己儿子的背影。

梁云笺快走到校门口的时候，忽然有人喊了他一声：“云笺。”

他脚步一顿，循声看去，预料之外、意料之中地看到了章桐。

章桐快步朝他走了过去，手里依旧拿着校服外套：“辰辰刚才把外套忘在车上了，麻烦你帮他带到寝室吧。”周洛尘的小名不是尘尘，而是辰辰。

梁云笺接过了她递来的校服：“好。”

直到他走进学校，章桐还在看他，目光专注而悠远，像是透过他的背影在看另外一个人。

“章桐。”

女人浑身一僵，难以置信地转身。

宋瓷不知在何时走到了她身边：“你儿子从超市里面出来了。”

章桐下意识地抬眸，看向了马路对面的超市。

自己儿子身边，还跟着一位漂亮的小姑娘，正是如此，她刚刚才没好意思开口喊儿子，怕打扰到他。

宋瓷朝那里扬了扬下巴：“看到那个女孩了吗？”

章桐看着她，不明就里。

宋瓷冷面冷声：“我儿子的朋友，让你儿子离她远点。”

章桐呆若木鸡。

宋瓷：“你儿子什么德行你自己心里最清楚，让他安分一点。”她的底线是儿子，“上一辈的事就上一辈了结吧，没必要牵扯到下一代。我和我丈夫不欠你的，我儿子更无辜，你们家无论是谁，都怨不到我儿子身上。”

老金要求下午四点之前进班，陆云檀在三点半的时候拎着一兜香飘飘进了班，然后召集帮内人员，一人分发了一杯香飘飘，再然后，“青云直上”学习帮众人人手拿着一杯香飘飘，雄赳赳气昂昂地去了三楼。

到了三楼的水房门口，陆云檀给左打杂的安排了本周的第一项任务：“去把梁护法喊过来，你可以跟他商量换口味的事情。”

刚才她在超市买了七杯香飘飘，给了周洛尘两杯后，剩下五杯是给“青云直上”学习帮众人的福利。

下西洋手慢一步，没抢到最爱喝的草莓味，只好退而求其次选红豆芝士味，但是帮主不让他选了，非说红豆是梁护法预订的，无奈之下，他只好选择了自己最讨厌的香芋味。

一听有摆脱香芋味的机会，下西洋转身朝着九班跑了过去：“得令！”

两分钟后，梁云笺和下西洋一起来了水房，这一路上，下西洋一直在跟他商量换口味的事，但就是不给他说要用什么口味换什么口味。

到水房后，梁云笺看到陆云檀他们三人已经冲好了奶茶，正捧着杯子喝呢，热水机上面放着两杯没开封的奶茶，一杯紫色包装，一杯红色包装。

陆云檀看热闹不嫌事大，指了指紫色包装：“香芋味，下西洋的。”又指了指红色包装，“红豆芝士，你的。但你们俩可以换。”

下西洋眼巴巴地望着梁云笺，情真意切：“你听我的，红豆味真不好喝！豆都没煮熟，吃起来跟夹生饭一样。”

梁云笺也不喜欢香芋，果断从台子上拿起了红豆芝士：“我喜欢吃夹生饭。”

卞西洋震惊且无语。

梁云笺拆开了杯子外面的透明包装，一边冲奶茶一边问陆云檀：“找我干什么？”

陆云檀哼了一声，开始挑刺：“怎么啦？我们还不能来找你啦？”

陆云檀微微眯眼：“好哇，看来梁大护法是位高权重飞扬跋扈啦，所以才不把本帮主的探望放在眼里。”

梁云笺预感又要被降职。

谁知，陆云檀的话锋又忽然一转：“不过看在你篮球赛晋级有功的份上，就暂且饶你一次吧，下不为例。”

梁云笺舒了口气：“谢帮主厚爱。”

陆云檀不开玩笑了，言归正传：“也没什么太大的事，就是想问问你们怎么训练？几号出最终的球员名单。”

梁云笺：“每天下午五点到八点之间训练，周六日的中午可能会加训。10 月 10 日出结果。”

10 月 20 日就要对战 J 国学生，至少要预留出来十天的时间对最终晋级的十二位队员进行磨合训练。

陆云檀点了点头，双眼亮晶晶地看着他：“你要加油呀，我看好你！”

李月瑶也鼓励道：“不用有太大压力，你只要正常发挥就行。”

卞西洋也在这时抛却了换奶茶不成功的私人恩怨：“打倒不公平现象！为国争光！”

李航：“就校队那水平，真上了场也不行，别的比赛就算了，和 J 国的比赛，这要是输了，不是丢我们中国学生的脸嘛！”

卞西洋：“就是！”

梁云笺勾起了嘴角，笃定地保证：“放心，绝不会辜负大家的期望。”

正式训练开始后，以陆云檀为首的“青云直上”学习帮众人就很难再见到梁护法了，甚至连隔壁一班的赵坤都很难再见到。

其实这也很正常，高三复习本来就很忙，再加上篮球训练，可谓是忙上加忙，连轴转的陀螺是没有时间停下来陪别人聊天的。

但是吧，“青云直上”学习帮的人还是很挂念梁护法，却又不好意思去训练场打扰他。

三周时间匆匆而过，转眼就到了10月10日，也就是即定的出最终名单的日子。

年级里面传说的是：体育组会在今天下午五点公布对战J国的正式名单。

这些天以来，大家也都对这份最终的名单进行了各种猜测，猜什么的都有，可谓是众说纷纭。在这其中，流传最多也最信誓旦旦的一种说法是：梁云笺是被淘汰的那一个。

上午第一节生物课下课后，陆云檀再一次地带领“青云直上”学习帮众人聚集到了班门口的走廊上。

正式入秋之后，气温骤降，陆云檀就不再嘚瑟了，乖乖地穿上了秋季校服的外套，双手插兜，单脚踩着栏杆下的基石，表情严肃地聆听着众人的汇报。

下西洋：“昨晚在男寝内多方打听，最终确定了这种说法的来源是校队。”

李航补充：“我也去打听了，结果，唉，不甚乐观。”

陆云檀先和李月瑶对视了一眼，然后沉声开口：“具体有多不乐观？”

李航再次叹了口气：“他们都说咱们梁护法遭到校队的排挤了，训练的时候从来不让咱们梁护法参加，只让他捡球。”

陆云檀忽然好生气，眼睛瞪得像铜铃，声音都高了八个度：“什么？还有这事发生呢？体育老师不管吗？”

李航叹息摇头。

下西洋一脸愤懑：“是的，不管，放任他们欺负咱们梁护法！”

陆云檀气得要死，说起话来都变得咬牙切齿了：“也不看看他是谁的人？就敢随便欺负！”

下西洋附和着骂道：“就是！”

为避免伤及无辜，李航赶忙说了句：“赵坤和丁一凯他们四个还行，对咱们梁护法还挺好，私下会和他一起练。”

李月瑶反应最快：“也就是说以校队为首的那八个人才是欺负咱们梁

护法的罪魁祸首？”

李航点头：“对！”

李月瑶气呼呼地说：“我就知道周洛尘贼心不死，嫉妒咱们梁护法处处比他优秀，所以故意给梁护法使绊子！这就是胡作非为，怪不得他不红！”

“那个，军师啊。”陆云檀斟酌着词汇，小心翼翼地说，“周洛尘和咱们梁护法的关系不错，应该不会搞出这种背地里使绊子的事情。”

李月瑶反驳：“他可是校队队长，要是真把咱们梁护法当朋友，还能放任他的队员去欺负咱们梁护法？为什么不阻止呢？”

陆云檀哑口无言。

她觉得，李月瑶说得……很对。

他为什么不去阻止呢？为什么放任他们欺负梁云笺呢？

卞西洋哼了一声：“原来是个人面兽心的玩意儿，幸好当初没同意他入帮！”

李航也愤愤不平：“入了也要给他踢出去，‘青云直上’学习帮才不要这种两面三刀的家伙！”

这时，赵坤从三班门口走过来了，手里还拎着两个水杯，看样子是刚去水房接完水。

不等走到二班前门，陆云檀就把他给堵了：“赵坤！你们内部人员现在知道不知道最后被淘汰的那个是谁？”

卞西洋、李航和李月瑶也纷纷围在了赵坤面前，看向他的目光殷切而紧张。

赵坤蹙起了眉头，一脸为难，舔了舔唇，欲言又止了一次，才说：“可能是梁云笺，我说可能啊，不确定，不一定是！我说得不一定准！”

但是大家都明白，他说的话很有可能是真的。

陆云檀忽然好难过，精神头瞬间瘪了下去，像是一只被放光了气的气球。

她难过的不是梁云笺被淘汰，而是他被不公正待遇了。

如果他没有努力，或者实力不够，即便是被淘汰了，也没有什么好遗憾的，毕竟他尽力了。

但是现在，他不是因为不够努力或者没有实力被淘汰，而是被针对了，他的努力、实力以及想要为中国少年争光的信仰全都被辜负了。

真的很不公平。

陆云檀心里面闷闷的，像是在心口上压了一块千斤巨石。

整整一上午，她都开心不起来，整个人萎靡不振。

中午去食堂吃完饭，她陪着李月瑶去了一趟学校书店。

李月瑶要买一支自动铅笔，陆云檀没什么好买的，就在笔架旁边瞎逛了起来，逛着逛着，被挂在钩子上的祈福卡吸引了。

长方形的红色卡片不足手掌心大，上面挂着一条红绳，下面垂着中国结和流苏，外面包着一层平整透明的塑料膜，看起来平平无奇，标价“5RMB”。

陆云檀觉得，就这玩意儿，一块钱卖给她她都不愿意买，还卖五块，脑残才买呢。

“走吧，去结账。”李月瑶选好了笔。

陆云檀跟在她身后朝结账台走，走了还没两步，忽然定下了脚步，然后转身，当了三倍的脑残：伸手从挂钩上拿下来三张祈福卡。

午休的时候，她趴在被窝里，用黑色的签字笔分别在三张祈福卡上写下心愿：

梁云笺不被淘汰

中国队获胜

下次月考考进年级前350名

写完之后，她把祈福卡塞在了枕头套里，然后才安心睡觉。

下午两点半上课，李航和下西洋卡着两点二十八分的点拿着拖把回了班。

然而语文课上课后还不到十分钟，李航和下西洋就被老金喊走了，老金的表情还有些严肃，搞得陆云檀都跟着担心了起来，替她的两位帮员捏了一把冷汗。

一直到下课，李航和下西洋才被放回。

两人的脸色看起来都不怎么好。

等他们俩回位之后，陆云檀转过了身，问他俩：“老金找你们俩干吗了？”

卞西洋脸色微微有些凝重：“我俩……好像摊上事了。”

陆云檀的表情也跟着僵了一下：“啊？摊上什么事了？”

李航叹了口气：“中午不是我俩值日嘛，拖教学区门口，最近查得严，年级长老挑刺，我俩一商量，就在涮拖把的水里面加了点洗衣粉，这样拖得干净点，结果地太滑了，把人滑倒了，摔得好像有点严重。”

陆云檀赶忙追问：“多严重？”

卞西洋：“直接从台阶上滚下去了。唉，其实他也有点责任，迟到了，着急进班，走得也快。”

李航：“左脚摔骨裂了。”

“啊？”陆云檀一想就觉得疼，略带同情地问，“谁啊，这么惨？”

卞西洋：“八班的邹帅。”

陆云檀忽然瞪大了眼睛：“谁？”

李航还当帮主她老人家没听清呢，又字正腔圆地重复了一遍：“八班的，邹帅。”

陆云檀的脸上缓缓绽放出了一个灿烂的笑容：“可真是太好了！”

卞西洋和李航震惊脸。

脚都摔裂了，还太好了？

面对着两人惊恐的目光，陆云檀立即解释了一句：“我对他的遭遇还是深表同情的，但是，邹帅是校队的呀！晋级的那八个人里面的一个呀！”

卞西洋和李航忽然明白了什么。

陆云檀：“十三个人，少了一个，不就剩十二个人了吗？不多不少刚刚好，还淘汰谁呀？”

她越说越激动，越看卞西洋和李航越顺眼——

陆云檀大手一挥：“从即刻起，你们俩就是‘青云直上’学习帮的副帮主了！卞西洋左副帮主，李航右副帮主！”

塞翁失马，焉知非福？焉知非福啊！

第九章

/ 前途似海，来日方长

伴随着秋季的深入，中国和 J 国篮球友谊赛的日期也越发临近，校领导为了彰显两国之间的友好建交关系，校园内的每一根路灯杆子上都挂着两国国旗，二中学生们的心情就像是这随处可见的旗帜一样，迎风招展，激动荡漾。

比赛开始的前一周，陆云檀就没什么心思学习了——虽然她本来就没有——再次重操旧业，继续她的微商生意。

19 日晚上九点，陆云檀结束了她的最后一次开幕式的彩排，从体育馆回到教室后，第一件事就是安排发货。班长还在讲台上坐着，她就开始搞小动作了，转身把两包手摇小国旗交给了下西洋，小声叮嘱：“高一 516 寝室的。”然后又给了李航两包五星红旗贴纸，“高二 408 寝室的。”

其实这些玩意儿学校书店和超市都有卖的，但是他们卖得贵，一包手摇小国旗卖十五块，一包红旗贴纸卖十块。陆云檀则是直接去批发市场进的货，一包手摇小国旗进价七块，她卖十块；红旗贴纸进价五块，她卖七块，中间的差价就是利润，刨除给下西洋、李航和李月瑶的人工送货费，她依旧能赚一笔。

下西洋收好了货，很严谨地用黑色油漆笔在透明塑料包装袋上记下了寝室号，然后倍感欢喜地感慨了一句：“最近一段时间的生意是真不错啊！”

李航也用油漆笔做了记号：“这已经是我今天接收到的第十五单货了。”

他们的跑腿费也涨了，从一单两毛涨到了三毛，今日净赚四块五，明天的早饭有了！

下西洋把新一单货放进了几乎已经被国旗和红旗贴塞满了的书包里：

“说来也惊险，我今天中午送货的时候差点被梁护法发现。”

陆云檀一惊，后背的汗毛都要竖起来了：“怎么回事？”

下西洋刚要回答，谁知才刚张开嘴巴，就被班长徐沛然点了名：“郑和。”

吓得陆云檀赶紧把身子转了过去，李航也迅速低下了脑袋，做认真学习状，唯独下西洋同志，被铁面无私的班长在黑板上记下了名字。

那一刻，下西洋同志心里委屈极了。

明明是三个人的锅，为什么只让他一个人背？因为他善良敦厚吗？这不是欺负老实人嘛！

班长杀鸡儆猴，陆云檀再也不敢随意造次。

几分钟后，下课铃打响了，陆云檀终于敢放心地朝后转身了：“今天中午发生什么了？你怎么撞见梁云笺了？”

下西洋：“我去 317 寝室送货，路过大水房，结果你猜怎么着？刚巧遇到了从水房里面出来的梁护法，那一刻我真是嫉妒梁护法呀！”

陆云檀一头雾水：“你嫉妒他什么呀？”

下西洋的眼睛直往窗户外瞟：“那时梁护法刚洗完头，穿着一件黑色卫衣，头发湿淋淋的，乌黑黑的，发梢还往下滴着水，真帅啊。”

李航的眼睛好像也进沙子了，不停地挤呀挤：“帅出天际！”

陆云檀感觉他俩奇奇怪怪的：“然后呢？然后他问你什么了吗？”

下西洋：“问什么？我什么都不知道！帮同学送东西而已。”

陆云檀点了点头：“不错，回答得很好。”她又哼了一声，“就算被他发现了也没什么好怕的，我是帮主，你俩是副帮主，他一个小小护法，还管得了我们了？反了天了他！”

下西洋用力地眨眼睛：“这个吧，我还是觉得，学生就要有学生的样子，不能违法乱纪。”

李航重重点头：“对，还是得听梁护法的教诲，咱们是学习小组，万事要以学习为重。”

陆云檀没好气，翻了个白眼：“听他的教诲？听他一席话，浪费十分钟，我那过世多年的爷爷都没他啰唆。”她忽然板起了脸，坐直了身体，开始模仿梁云笺批评她时候的样子——

“陆云檀，你知不知道这件事会带来什么严重的后果？要是被班主任和年级长发现了，会处分你！被公开处分很开心吗？”

她又哼了一声，恢复了本来面目："是呀，我就是很开心，管得着嘛他！"

卞西洋和李航不敢说话。

"学得不错。"

陆云檀蒙了。

卞西洋和李航同时抬头，事不关己地望向了天花板。

陆云檀深吸一口气，梗着脖子转了个身，然后，终于看到了不知在窗外站了多久的梁云笺。

梁云笺的脸上没什么表情，神色清清冷冷。

气氛，多少有点尴尬了。

陆云檀扯动嘴角，露出来一个尴尬而不失礼貌的微笑："您怎么来了？我尊敬的护法大人。"

卞西洋和李航无语：帮主！您刚才的硬气呢？

梁云笺无动于衷，神色依旧冷淡："来看看帮主是怎么模仿我的。"

陆云檀无计可施，只能傻笑："我那不是逗大家玩嘛。"

梁云笺叹了口气，一脸无奈："红旗多少钱一包？"

为了不被梁云笺发现，她甚至没做重点班的生意，没想到还是被他知道了，更神奇的是，他竟然没批评她，反而找她买红旗。

简直是，不可思议。

卞西洋和李航也是两脸蒙。

梁云笺："我们班五十七人，一人两面红旗，需要几包？"

陆云檀虽然震惊于梁云笺的态度，但还是迅速地转动了小脑筋，从书包里面拿出来四包小红旗："一包里面三十面小红旗，四包就够了，我不收你钱！"然后又从桌兜里面拿出来两包红旗贴纸，一脸谄媚，"再送你两包贴纸！"

言外之意：刚才的事就那么过去了啊！

梁云笺忍俊不禁："不用，微信转账给你。"

陆云檀："那怎么能行？你是我尊敬的大护法呀，我怎么好意思收你的钱呢？"

梁云笺不置可否，抬起手腕看了眼腕表："还有一分钟上课，最多只能再给你十秒钟时间考虑到底收不收钱。"

陆云檀心说：

这是让我考虑?

这是给我的考验！对金钱的考验！

梁云笺：“还有五秒钟。”

陆云檀脱口而出：“一包红旗进价七块，贴纸进价五块！”

显而易见，陆云檀没能通过金钱的考验。

梁云笺笑了一下，没再多说什么，拿着东西走了。

陆云檀一边恼怒于自己的面子没了，一边又暗自庆幸着回了本。

晚自习下课后，陆云檀背着书包回到了女生寝室，先和李月瑶一起跑上跑下地送货，在熄灯前一分钟才回到寝室，熄灯后打着小台灯去阳台洗漱，然后钻进了被窝里，开始给帮内众人结算今天的工资。

李航，十五单，微信转账四块五。

卞西洋，十七单，微信转账五块一。

李月瑶，二十单，微信转账六块。

梁云笺，没有被提供工作机会，今日工资，零。

清完工资后，陆云檀长叹一口气，然后按照日常习惯给周洛尘发了一条微信：【晚安，好梦。】

她给周洛尘的微信备注是：折纸艺人。

她计划着，等折纸艺人回复“晚安”之后，就关机睡觉。

折纸艺人的消息回得很快，却没有回复“晚安”，而是一条四十块钱的转账，然后跟着一条文字消息：【红旗和贴纸的钱。】

陆云檀在被窝里蹙起了眉头，诧异地想：你什么时候找我买红旗和贴纸了?

然而还不等她回复消息，折纸艺人又瞬间把消息给撤回了，却只撤回了文字消息。

陆云檀奇怪极了：这是什么意思? 找别人买了红旗和贴纸，但是转账转错人了?

紧接着，她又有点不高兴了。

她明明都跟他说了她在卖红旗，为什么还要找别人买?

哼!

她猜测，要不是因为微信没有转账撤回的功能，他一定也会瞬间把转账给撤回了，这样就可以掩盖他去找别人买红旗的罪证了!

在陆云檀生闷气的时候，对话框上方忽然显示起了“对方正在输入”的字样，很快，折纸艺人又发来了一条消息：【替梁云笺转账。】

陆云檀怀疑他在狡辩。

四包红旗加上两包贴纸，应该是三十八块。

再说了，就算是替梁云笺转账，至于撤回消息吗？

想了想，她回了句：【怎么是四十？】

折纸艺人：【他说多出来的两块钱是戏票钱。】

陆云檀：【……】

折纸艺人：【你给他表演什么节目了？】

陆云檀气急败坏，还有点恼羞成怒：【模仿狗熊！】

折纸艺人：【……】

两国篮球友谊赛计划上午十点开始，但这并不耽误二中的莘莘学子上早自习和第一节课，哪怕是陆云檀这个要去参加开幕式的C位女演员，也得乖乖上完课才能走人。

但是大家早就没有学习的心思了，心早就飞到体育馆去了。

为了确保班级纪律，老金今天早上都没去吃早饭，从六点二十起就守在了班里，如同定海神针似的，威武不屈、神情严肃地站在讲台上，严格镇压着班内的一帮孙猴子，直到早自习下课的铃声打响，他才一步三回头地走出了教室。

班内众生，长舒一口气。

陆云檀的桌面上只摆着一本做样子用的英语作文书，其他什么东西都没有，比脸还要干净，但她的心，已经野了，如同脱缰野马似的，扑腾扑腾地跳，一心只想着奔向灯光璀璨的舞台，去当她的C位女演员。

两个多月的排练，可不是白排的，今天的她，一定是舞台上最靓的那个女仔！

“帮主，你听说了吗？”下西洋忽然拍了拍陆云檀的肩膀，“东辅电视台今天会来咱们学校。”

陆云檀转身，一脸激动地看着左副帮主：“来干吗？”

下西洋：“采访啊，做新闻啊，这可是国际赛事！”

李航补充：“听说还有现场直播呢，在微博，说不定还要上把热搜。”

陆云檀：“我的妈呀，这么大阵仗吗？”

下西洋：“那你看！咱们学校那八百年不开一次的喷泉都开了，连水池里面的水都换了，多隆重啊，足以见得本次赛事的重要性。”

陆云檀想了想，感觉下西洋的话非常有道理。

李航再次补充：“不光喷泉开了，超市的物价都降了，竟然比外面卖得还便宜，多给老板娘五毛钱她还跟你急，说你不遵守市场秩序。”

陆云檀被震惊得倒吸一口气：“看来校长他小姨子也不是一点事都不懂啊。”

其实他们也不知道学校超市的老板娘到底是不是校长小姨子，但大家都这么传，一届又一届地往下传，所以他们就默认了她是，再加上这个老板娘平时的态度实在是蛮横，卖东西的价格还比学校外面高出不少，所以他们就更加确定了：她是！她就是！不然她凭什么敢开黑店？

李航：“人家那叫不懂事吗？人家那叫太懂事了！”

下西洋：“该涨的时候涨，该降的时候降，赚钱、名声两不误。”

陆云檀沉思着点头：“有道理，这才是社会人。”

李航：“我准备趁此机会去超市囤点货。”

下西洋：“我也是，机不可失，失不再来。”

陆云檀：“加我一个。”

“薅超市羊毛”的小计划就此确立。

几分钟后，第一节的上课铃打响了，说来也是英语老师倒霉，今天轮到她上第一节课了，除了全班前十愿意给她个薄面，时不时地抬起头听一听课，其余四十七人，不是交头接耳就是神游天外，后排以八大金刚为首的落后分子们更是猖狂，恨不得把教室后方当篮球场，气得英语老师直拍讲桌。

八点四十的下课铃一打响，如同打开了关山猴的笼子，猴子猴孙们一个比一个欢呼雀跃，开始往脸上身上贴五星红旗的贴纸，又从桌洞里面拿出了早就准备好的小红旗，左右手各执一面，激动不已地冲出了班级。

陆云檀是直接从窗户上跳出去的，因为她要迅速前往体育馆，去化舞台妆。

跑到体育馆门口的时候，她看到了一辆蓝色的大巴车，身穿J国中学生校服的男生们正鳞次有序地从大巴车的前门下车，然后按照他们教练的指示，排成了一列六人的两列队伍。

三位教练说的是J国语言，这些高中生们说的也是J国语言。

也不知道是血统的原因还是国家之间的差异明显，这些人的长相和气质也确实很有民族特色，一看就是J国人，反正和中国人不一样。

这一刻，陆云檀忽然感觉好神奇，她竟然见到活生生的J国人了。

跑到体育馆后，陆云檀先去找她爸，最终在乱哄哄的后台找到了。她“嗖嗖”地跑到了她爸面前，先喊了声：“陆总指导。”然后才叽叽喳喳地说，“我刚才看到J国人了，看到了好多好多。”

陆林：“看到就看到呗，他们还能把你吃了？”

陆云檀一边挠头发一边说：“感觉还挺奇怪的。”

陆林：“哪儿奇怪了？”

陆云檀：“他们看起来和我们好像，都是亚洲面孔，都是黄种人。”

陆林：“所以呢？”

陆云檀：“所以我马上就要用我们的中华武术向他们展示我国的雄风！”

陆林没好气：“那你还不赶紧去化妆？再磨叽一会儿我就让你哥顶替你！”

陆云檀震惊：“我哥也来了？”

八月份那次来例假，她肚子疼得厉害，实在是没法参加排练，于是她爸就让她哥代替她参加了几次，结果倒好，负责舞美设计的音乐女老师竟然起了歪心思，贪图她哥的美色就算了，还妄想让她哥代替她成为C位主角！

哼！

想得美！

我才是C位女主角！

当时，音乐老师给出的换角理由是：“他身量高，打拳打得也更有力度，舞台效果看起来会更好一些。”

面临换角危机的陆云檀急中生智，理直气壮地反驳：“可我才是二中的学生呀，我可是这场表演中唯一的一位二中学生呢！”最后又非常狡诈地补充了一句，“我哥是东辅大附属中学毕业的。”

东辅大附属中学，二中的头号劲敌。

此言一出，彻底把音乐老师的换角想法给掐死在摇篮里了，稳固地确保了她C位女主角的地位。

不过她哥给她带来的这份危机感并没有就此解除。

陆云檀如临大敌地问她爸：“谁让他来的？”

陆林叹了口气：“你妈听说你们音乐老师对你哥有意思，非逼着他来。”

陆云檀都替她哥感到无奈：“你没跟她说我哥对我们音乐老师没意思呀？”

陆林也很无奈：“我说了，你妈不听，说你哥猪鼻子里插葱装大象，太把自己当回事。”

陆林：“其实你妈的话也没错，杨老师长得多漂亮，还是老师，铁饭碗呢，这么优秀的姑娘眼瞎了才能看上你哥，也不知道你哥是怎么想的，也不撒泡尿照照镜子，还看不上人家呢。”

陆云檀感受到了陆师父和纪女士对亲儿子的赤裸裸的嫌弃与歧视。

陆云檀觉得有必要为自己哥哥说句话：“我哥也很优秀呀，又高又美的，还有自己的事业，追他的女孩能从咱们街东头排到街西头。”

陆林冷哼一声：“有个屁用，怎么不领回家一个让我和你妈见见呢？”

陆云檀：“强扭的瓜不甜嘛，我哥对她就是没有那种感觉，不能强迫呀。”

陆林：“你懂得还不少！”

陆云檀吐了吐舌头：“我去化妆了。”

跑到化妆室后，她先换上了武术服，然后坐在了化妆镜前，让专业的化妆老师给她化舞台妆。

刚化到一半，那位姓杨的音乐老师走进了化妆室，先用目光在室内扫描了一圈，然后将视线定格在了陆云檀身上，再然后，径直朝陆云檀走了过来，毫不避讳、开门见山地询问：“云檀，你哥呢？”

陆云檀也不知道她哥藏哪儿去了，只能回答：“我没有看见他。”

“好吧。”杨老师略有些失望地叹了口气，但也没忘了鼓励她一句，“等会儿演出加油。”

陆云檀点头：“嗯！”

杨老师走后，陆云檀在心里叹了口气：这就是妾有意，郎无情。

摸着良心说，杨老师真的挺好的，又漂亮又温柔又大方——虽然对方给她带来了一场换角危机——但凭借着她对她哥的了解，他是不会喜欢杨老师这种姑娘的。

化好妆后，陆云檀就去武术演员的队列中集合了。

三十二名青年学生演员，只有她一位女生，其他三十一名男生全是东辅体校的大学生。他们穿的是黑色束腰武术服，只有陆云檀一人是白色衣服——C 位女主角的特殊地位体现在了方方面面。

陆林先整了一下队伍，然后盘点人数，确认无误后，带着他们去了演员通道，等会儿他们就从这儿进场。

陆云檀站在队伍最前面，能将体育馆里面的情况看得清清楚楚，围绕一圈的观众看台上已经坐满了身穿校服的二中学生，但是由于人员太多，座位不太够，看台中间的过道也被临时改成了观众席位。

几乎每个学生的手里都拿着两面手摇小红旗，脸上贴着五星红旗的贴纸，有的同学还将红旗贴纸贴在了校服外套的左胸口处，更有人用贴纸在后背上贴出了“中国”两个字。

总而言之，放眼望去一片中国红，看起来还怪令人激动和骄傲的。

陆云檀用目光在观众席巡视了一圈，然后将视线落在了场地对面的安全通道处，那里是两国篮球队员的入场通道。

队员们也都已经换好了衣服，在入场通道处呈两队站列。

从陆云檀的视角看去，中国少年队站在通道内侧的左边，J 国少年队站在右边。

中国队的篮球服是红色的，正面印着金色的“CHINA”和球服号码；背面看不见，但陆云檀见过梁云笺的篮球服，所以知道背面印着“东辅市第二高级中学”这几个金色的字，还有一个二中校徽。

J 国队的球服是白色，正面印着红色的英文国名和球服号码，背面也看不到，但陆云檀也不怎么在乎。

梁云笺站在我方队伍的第一个，球服上的号码是“17”。

陆云檀记得，他之前打晋级赛的时候穿的那件白色球服上面印着的号码也是“17”。

到底是多喜欢“17”这个数啊？

是他的幸运数字吗？还是说这个数字对他来说有着什么不凡意义？

场馆内的灯光忽然更亮了一个度，音响“嘭嘭”响了两声，有老师的声音从洪亮清晰的音响中传出“喂喂”。

没过多久，一男一女两位身穿正装的学生主持人拿着话筒走到了场地中央，面向着电视台的摄影机而站，各班班主任开始组织本班纪律。

原本喧哗热闹的气氛瞬间降了八个度。

等到现场彻底安静下来，电视台的编导老师对着两位主持人比了个“OK”，录制正式开始。

身穿黑色西装的男主持人率先举起了话筒，面带微笑地看向镜头，说了一段字正腔圆的开场白。

接下来是身穿浅蓝色礼服的女主持人，妆容清丽大气，播音腔珠圆玉润，都快赶上电视台的专业主持人了。

两位主持人的开场白结束后，是校长李海军的发言，发言内容不外乎是一番光鲜亮丽的场面话。

领导发言结束，接下来就是开幕式表演。

馆内的白色灯光逐渐暗淡了下来，黑暗中，一柱柱红色和黄色的灯柱逐一亮起，音乐缓缓响起，以陆云檀为首的三十二名武术演员鱼贯入场，如同一颗颗早就定位好的卫星似的，迅速分散、站位。

舞台灯光渐亮，浮现出了演员们的庐山真面目。

初时，舞台乐缓若长江，宏伟大气，三十二名学生先打了一段柔中带刚的太极拳，动作整齐划一，气势恢宏。

陆云檀站在面对摄影机的第一排正中间位置，一身白衣在一众黑色的武术服中尤为出众，一拳一脚行云流水，刚柔并济。

舞台乐陡然激荡，仿若河流撞见瀑布，万马奔腾，银河落九天，三十二名演员的拳法也由轻灵缓慢的太极变成了爆发力极强的形意拳六合拳，一拳一脚如斧劈刀砍龙腾虎啸，飒飒生风。

陆云檀的白稠武术服在璀璨灯光的照耀下泛着灼灼流光，一套拳法即将接近尾声之时，突然从半空中落下了一杆红缨枪，陆云檀腾空而起，稳稳地接住了这杆长枪。

与此同时，余下的三十一名男演员迅速后退，将舞台留给了她。

舞台乐再次变换，由万马奔腾变成了烈烈秋风，一身白衣的窈窕少女英姿飒飒挥舞长枪，威风凛凛，翩若惊鸿。

长枪乃百兵之首，素有“游龙一掷乾坤破”的威名。

伴随着曲调的升腾，陆云檀再一次腾空而起，挥手出枪，如掷银龙刺破长空。

体育馆内再次惊起了一片震耳欲聋的呐喊与掌声：

“威武！女中豪杰！巾帼不让须眉！”

“牛！牛！”

在整个体育馆中，数高三（2）班的人喊得最大声。

在高三（2）班中，数“青云直上”学习帮众人喊得最大声——

左副帮主卞西洋：“帮主！这是我们帮主！”

右副帮主李航：“帮主牛！牛啊！”

军师李月瑶：“啊啊啊啊啊，帮主好厉害！”

高三（17）班的同学们则纷纷看向了他们班的王泽，虽一言不发，但眼神足以说明一切：你现在还能坐在这里，是战神饶了你一命。

王泽的脸色，微微有些泛白。

入场通道处的两国少年篮球队的队伍也由整齐的两列变成了乌泱泱的一团，所有人都挤向了前排，抻着脖子朝馆内看。

梁云笺站在最前方，目不转睛地看着舞台中央的少女，丁一凯整个人都要趴在梁云笺的后背上了，后面还有人不停地朝前挤。

丁一凯眼巴巴地望着舞台，一脸羡慕：“学长，学姐她好厉害哦。”突然又有些好奇，“学长，你平时不听话的时候会挨揍吗？”

梁云笺：“好好看表演！”

丁一凯：“哦。”

这时，忽然有人碰了一下梁云笺的胳膊，梁云笺回头一看，诧异地发现是那位刚才和他并肩而站的J国队员。

这位队员的球衣号码是“5”，笑意和善地看着梁云笺，用英语问：“Do you know that girl（你认识那个女孩吗）？”

梁云笺语调淡淡：“What do you mean（你想干吗）？”

J国5号队员笑得灿烂：“I want to meet her.She's so cool！I want her phone number（我想认识她。她太酷了！我想要她的手机号）。”

现场人多嘈杂，严重影响了丁一凯那本就不怎么高的英语听力水平：“学长，他在说什么？”

梁云笺言简意赅："他在做梦。"

表演结束后，陆云檀顺着来时的路退了场，把表演时用的红缨枪放到后台后又跑回入场通道，因为这里距离篮球场最近，视野最开阔，所以她准备站在入场通道的出口这里看比赛。

那对身穿正装的主持人再次上了场，又对着摄像机说了一段高三年级语文组组长精心创作的主持词后，比赛正式开始。

每队十二名队员，首发阵容只有五人，剩余七人要和教练一起坐在观众席第一排的替补队员区。

J 国队的替补队员区在体育馆北侧，也就是靠近陆云檀的这一侧；中国队的替补队员区在体育馆南侧，与 J 国队隔着一片标准尺寸的篮球场遥遥相望。

中国队这边的始发阵容一上场，陆云檀就紧紧地蹙起了眉头：以梁云笺为首的在最后一场晋级比赛中胜利的那五人，竟然没有一个人被选入首发阵容中。

首发中的五人，竟然全是校队的人，其中就包括周洛尘。

显而易见，梁云笺他们五个是被排斥了，被穿小鞋了！

不公平！

太不公平了！

陆云檀越想越气，在心里把校队的那几位教练骂了个狗血淋头。

忽然间，有人从身后拍了一下陆云檀的肩膀。陆云檀来不及调整情绪，骤然回头，脸上怒意未消，看向来人的眼神中还带着腾腾杀气。

陆云枫的手中拿着一杯未开封的奶茶，一脸无奈地看着自己妹妹："谁惹你了？"

陆云檀双臂抱怀，朝着篮球场对面努了努下巴："坐在对面第一排的那几个体育老师，太烦人了。"

陆云枫抬眸望去，十分诧异地看到了梁云笺：这个病秧子怎么还敢参加篮球赛呢？不要命了？

"那个臭书生怎么参赛了？"

陆云檀："当然是因为人家打得好呀，人家可是通过选拔赛一场场拼杀上来的。"

陆云枫的语调不冷不热："打得好怎么不上场？坐在替补区？"

陆云檀哼了一声，没好气："那是因为体育组的那几个老师不公平！不然他肯定能上场！"

陆云枫终于明白了她为什么生气："不让臭书生上场就是不公平？"

陆云檀重重点头："对！彻头彻尾的不公平待遇！"

陆云枫叹了口气："强中自有强中手，人家教练不比你懂？"

"才不是呢！就是不公平！哎！算了，你又不懂！"陆云檀懒得跟她哥说那么多，气呼呼地将奶茶从他手中夺了过来，就这还不满意呢，"吸管呢？"

陆云枫眉头一挑："谁说是给你买的奶茶？"

陆云檀振振有词："那你来找我干吗？不就是给我送奶茶的吗？"她伸出了右手，手心朝上，蛮横不讲理，"快点把吸管交出来！不然我就去跟杨老师说这杯奶茶是你给她买的！"

陆云枫无奈地抬起了另外一只手，用力地将吸管打在了陆云檀的手掌心中。

陆云檀手心都被打红了，一边甩手一边瞪着她哥："你等着吧，我马上就在'相亲相爱一家人'的群里发消息说你不想结婚，让七大姑八大姨全都去制裁你。"

陆云枫愣住，一时没有接上话。

陆云檀趁机敲诈勒索："除非你给我点封口费。"

陆云枫面无表情："那你发吧。"

一声尖锐哨响，扭转走了陆云檀的注意力，她瞬间就把封口费的事抛之脑后了，转头看向了篮球场。

场馆内的气氛陡然安静了下来，连空气中都弥漫着紧张的气息。

大气都不敢喘一口的感觉。

不知是谁先带头大喊了一声"中国加油"，引起了万涛呼应，排山倒海般的加油口号在瞬间响彻整座体育馆，千万盏小红旗齐齐挥舞，放眼望去尽是飘扬着的中国红。

骄傲和自豪的感觉又在陆云檀心中油然而生：这就是我们中国红的力量！

双方的始发阵容同时上场，分别在篮球场两侧摆好了站位，中国队在东侧，J 国队在西侧，以陆云檀的视角望去，中国队的场地在左边，J 国队在右边。

涛声般的加油声渐渐退去，体育馆内再次恢复到了落根针都听得到回音的安静与紧张气氛中。

中国队的五位球员的球衣上印着的号码分别是：6、7、10、13、15。

周洛尘就是 6 号。

J 国队那边分别是：4、5、9、11、23。

裁判员是中国和 J 国双方各一人，主裁是中国人。

裁判拿着球在中轴线处就位，双方的跳球人员也各自就位，都是队内身高最高的一位担任跳球选手。

中国队这边的跳球选手是 10 号，J 国队那边是 11 号，双方的身高旗鼓相当，差不多都在一米八八左右。

“J 国人看着也不算矮呀。”陆云檀抱着胳膊，斜靠着墙壁，回头看着她哥，小声说道，“我一直以为他们很矮呢。”

陆云枫和他妹保持一样的姿势，抱着胳膊靠着墙：“按照平均身高来算，人家的平均身高还比咱们高点呢。”

陆云檀心里有点不舒服，酸酸道：“啊？真的假的？你在哪儿看的数据呀？靠谱吗？”

陆云枫：“官方公布数据。不过这是平均身高，取值区间是十八到四十岁。主要是老一代人的身高拉低了平均值，新生代的营养水平跟上了，身高值相对来说也提高了不少。”

陆云檀内心平衡了不少：“反正我们是未来可期的！”

陆云枫笑着说：“国泰民安，当然未来可期。”

哨声一响，裁判向上空抛球，中方的 10 号和 J 国的 11 号同时抬手起跳，最终是中方的 10 号手快一招，抢先拍到了球，用力地将球打向了我方阵营中。

至此，厮杀正式开始。

中方 7 号距离球最近，接到球后迅速朝着敌方阵营运球，遭到 J 国 4 号和 5 号同时夹击，中方 7 号无法突破对方防守，最终选择传球，抬手将球抛向了站在左边线处的周洛尘。

周洛尘起跳接球，中方13号已经站在敌方的篮板下了，他在传给13号和自己投篮之间犹豫了一瞬，最终选择了后者，抬手将球朝着篮圈抛了出去，结果篮球用力地砸在了篮板上，却没反射进篮圈里，而是擦着篮圈掉下来了，直接掉到了对方23号的手里。

坐在替补席上的赵坤忍不住骂了一句："周洛尘在搞什么？"

薛浩扬坐在他左边："想装帅投两分，但是未遂。"

陈龙坐在赵坤右边："我是不理解他好好一个前锋，干吗非要转行去当控球？他控得也不行啊。"

丁一凯坐在陈龙的右边："要是梁哥，肯定会把球传给13号，因为13号的站位进球率高，在没有把握的情况下传给他最稳妥。"说完，他看了一眼坐在他右边的梁云笺，希望得到认可。

然而梁云笺却没有说话，紧紧地抿着薄唇，表情严肃地盯着赛场上的J国23号。

23号是个狠角色，技艺娴熟地带球越人，迅速朝着中方阵营突围，仿若一头闯入无人之境的野狼，中方10和13号同时夹击他都没防住。

丁一凯回头去看他的时候，23号已经闯进了我方的篮下三秒区内，势不可当地起跳扣球，成功扣杀。

开局不到两分钟，比分就变成了0:2

说不失望，那是假的，但是坐在观众席上的同学们还是毫不吝啬地向场上的中国少年们送上了热烈的掌声和加油口号，就连站在入场通道处的陆云檀都在扯着嗓子大喊："中国！加油！中国！加油！"

为了能够喊出效果，她还把奶茶放到了地上，双手做喇叭状架在了唇畔，内心依旧斗志昂扬：开局不利也没什么的，不就是两分嘛，很快就能追上来！

然而赛事的发展并没有她想象中那么乐观。

中国队一直在被J国队压着打，哪怕是陆云檀这个不懂球的外行人，都能看出来对方的选手确实比我方的技高一筹，而且配合还比我方要好。

随着赛事的进行，比分的差距逐渐在拉大。

距离上半场结束还有两分钟的时候，两队的比分已经由最初的0:2，变成了现在的10:21。

看似，胜负已定了。

坐在观众席上的二中学生们为中国队呐喊加油的劲头都快被打蔫儿了。

上半场最后一分钟时，中方 15 号从 J 国 5 号手中断来了球，极速朝着对方的篮板进攻，还没闯入两分线，就遭到了 J 国 9 号和 11 号的双向夹击，他只能传球，视野范围内的最佳传球人是周洛尘，于是他不假思索地将球传给了周洛尘。

周洛尘接到球后的第一选择是突围，单枪匹马地朝着对方三秒区运球，被对方 23 号截堵后抬手投篮，成功投进了 2 分。

比分变成了 12:21。

哪怕仅仅是追回一点点分，观众们也是欢呼雀跃的，低落的士气也被这弥足珍贵的一球给拉回来了不少。

上半场比赛结束，双方队员们满头大汗地聚拢到了各自的教练身边。

场内的观众们再次摇动起了手中的小红旗，为中国队加油助威，陆云檀也不例外，再一次地将双手架在了唇边，大喊了两声“中国加油”之后，扭头看着她哥，笑嘻嘻地说：“刚才进球的那个 6 号是不是特别帅？”

陆云枫冷哼一声，没好气：“不帅。”

陆云檀皱起了眉毛：“可是人家进球了呀，好几个球都是他进的。”

陆云枫也会打篮球，所以看比赛的角度和陆云檀这个外行人不同：“要不是因为他，进的球会更多。”

陆云檀蒙了：“为什么呀？”

陆云枫给自己妹妹解释：“因为他是控球，却一直在按照前锋的套路打，全队的节奏都被他带乱了。”

也就是说，周洛尘拖了全队的后腿？

她刚才还觉得他很帅呢，是队里面最厉害的一个。

没想到他竟然是发挥最差的一个。

这种反差令陆云檀有点无法接受，简直不知道该摆出什么表情了。

紧接着，她忽然想到，梁云笺之前一直打控球，然后又问了她哥一句：“控球这个位置是不是很难打？”

陆云枫：“是。控球不仅需要绝佳的大局观和控场能力，功利心也不能太强，他是赛场上拿球次数最多的人，却不能只想着自己进球，而是要把球传给更容易得分的队友，属于最强辅助。”他朝着对面努了努下巴，“那个 6 号，功利心太强，只想自己出风头，不给队友冒头的机会，根本不是控球的料。”

陆云檀不说话了，心情还有那么一点点复杂。

虽然她并不想承认，但是在内心深处，她确实觉得周洛尘不如梁云笺。

李月瑶说过的话又开始在她脑海中盘旋：梁云笺处处压周洛尘一头。

她开始认同李月瑶的话了，无法自控地认同。

可是，周洛尘才是那个从相识之初就令她惊艳不已的少年，他在她心目中的形象应该是最完美无缺的，是独一无二的，怎么会被梁云笺超越呢？

更奇怪的是，她竟然觉得这个世界上没有人比梁云笺更优秀。

就在这时，J 国队的 5 号忽然走到了她面前，笑意羞怯地跟她打了个招呼：“Hello！”

陆云檀蒙了——这 J 国小子来找我干吗呀？

更令她蒙的是：这家伙不会是要跟我用英语交流吧？那他可真是找对人了……

先不说口语如何，听力对她来说都是一道坎儿。

本省的高考英语听力部分不计分，所以他们也从没进行过听力训练，不过他们班英语老师给他们做过一次随堂听力测试，满分 30，她只考了 3 分……

不过，她还是听得懂“Hello”的，回一句“你好”她也还是会的，于是出于礼貌地回了句：“Hello.”

下一句，应该不会是“Nice to meet you（很高兴认识你）”吧？

J 国队 5 号笑得更灿烂：“Nice to meet you！”

陆云檀的心里忽然乐开了花：哈！用英语进行国际化的交流也不是很难嘛！

于是乎，她又特别自信地回了一句：“Nice to meet you,too！”

J 国队 5 号一脸崇拜地看着她，语速不由自主地变快了：“You're so cool！ I want to make friends with you.Can you give me your phone number?”

陆云檀眨了眨眼睛：这一句，也太长了。

3 分的听力水平在此时发挥了巨大“优势”——她一句话都没听懂。

无奈之下，她只好回头，求助于她哥：“那个……帮我翻译一下呗？”

陆云枫一脸无语：“这你都听不懂？”

陆云檀："哎呀，他说得太快了，叽里呱啦的，没听清也听不懂。"

陆云枫毫不留情："39 分都是你们老师放水了。"

陆云檀气呼呼："你到底能不能听懂？听不懂就直说！"

陆云枫："你哥再不行，也是过了六级的人。"

陆云檀："那他到底说了什么嘛？"

他说他很崇拜你，想和你交朋友，还想要你的联系方式——但是陆云枫不可能这么原原本本地翻译。

他瞟了一眼旁边站着的 5 号。

这位 J 国小伙儿的额头上还挂着赛场上残留的汗水，五官端正，浓眉大眼，眉宇间有点像是年轻时候的木村拓哉。

总而言之，算是个帅小伙。

思量片刻，陆云枫开口："他说他们快赢了，要求你给他鼓鼓掌，向他们 J 国表示祝贺。"

陆云檀差点气炸了："他真这么说？"

陆云枫点头："是的，我也觉得很过分。"

陆云檀狠狠地瞪了 J 国 5 号一眼："呸！你想得美！"

这位 J 国仁兄，也是一个字都没听懂，只感受到了滔天怒火。

陆云檀也感觉到了沟通上的差距，于是再次看向了她哥："给他翻译，一个字都不许少！"

陆云枫叹了口气："行。"然后对 J 国 5 号说，"She already has a boyfriend, so can't give you the phone number. Otherwise,her boyfriend would be as angry as she just showed（她已经有男朋友了，所以不能给你她的手机号。否则，她男朋友会像她刚才一样很生气）。"

陆云檀也没听懂她哥说的话，但是他说了这么长呢，应该是原原本本地把她刚才说的话全翻译出来了吧？而且他还说了一个"angry"呢，生气。

对，没错，她就是很生气！

J 国 5 号却无法接受："Really（真的吗）？"

陆云枫沉思片刻，朝着对面点了点下巴："Seventeen（17 号）。"

这一刻，J 国 5 号队员终于明白了刚才他问 17 号认不认识这位女孩的时候，17 号为什么用一种快要杀人的眼神去看他。

J 国 5 号长叹一口气，失魂落魄地离开了这片伤心之地。

陆云檀却有点蒙了，问她哥：“他刚才又问你什么了？你为什么要回答 17？跟梁云笺有关系吗？他怎么那种反应？”

陆云枫没好气：“你也不是一点都听不懂啊，只挑想听懂的听？”

陆云檀：“什么嘛，就一个词我还能听不懂？”

陆云枫咬了咬牙：“我说中国队的 17 号马上就要上场了，17 号会杀他们个片甲不留，让他小心点。”

“说得好！”陆云檀立即给她哥竖了个大拇指，“怪不得他刚才走的时候那么低落呢，原来是害怕了。”

陆云枫在心里叹了口气，没文化也挺幸福的，活得像单细胞生物一样简单，容易感到快乐。

陆云檀心情大好，开开心心地从地上拿起了奶茶，斜靠在墙上吸了起来，同时看向了场地对面。

中国队的主教练还在给围在他身前的几名队员讲解战术。

梁云笺忽然从凳子上站了起来，径直走到了主教练的面前，开门见山，毫不留情：“你的战术太老套，固步自封，自以为是，对付他们根本没有胜算。”

主教练先是一愣，继而怒不可遏：“你……你说什么？”

周围的队员们也都在用一种看疯子的眼神看梁云笺，除了周洛尘。

他知道梁云笺是认真的。

梁云笺无动于衷，神色漠然地看了一眼对面墙壁上的电子记分牌：“这就是你指导出来的成绩？ 11:21？看看校长的脸色吧。”

主教练呼吸一滞，下意识地看向了校领导所坐的位置。

梁云笺又说了句：“真要是输了这场比赛，你的前途也就到头了。”

主教练哑口无言。

梁云笺：“我可以替你收拾残局，就看你愿不愿意给了。”

主教练被打动了。

或者说，被点醒了。

胜败乃兵家常事，输比赛并不可怕，可怕的是输了面子。

现场来了那么多领导和媒体，这场比赛一旦输了，二中的面子可就丢尽了。

而且，以现在的比分情况来看，他们大概率一定会输，并且还会输得很惨很难看……确实是一盘残局，他自知没有那个能力挽回。

事到如今，有人说能改变战局，这自然很好。

但他还是有些犹豫不决，无法下定决心，毕竟他是主教练，无论如何都要担责任，而且这个17号，身体确实不太好——他曾找这个17号的班主任沟通过，知道17号得了什么病，不让17号上场也是他班主任和年级长默许的事情。

犹豫许久，主教练终于开了口："你的身体……"

梁云笺语气笃定地打断了主教练的话："我很好。"他似乎能够猜到主教练在犹豫什么，"如果我们最后的结局还是输，我会主动去找校长，并在媒体面前公开承认是自己的失误导致了败局。我的情况，你最了解，让我来背锅，最好不过。"

一个患有不治之症的学生，校领导肯定不会继续追责，最后大概率会不了了之。

主教练深深地看了眼前的这个少年一眼，最终，选择放权："你说说你的建议吧，我先听听。"

梁云笺："首先，必须换人。"

周洛尘的呼吸一顿，下意识地攥紧了双拳——梁云笺一定会换掉他。

只要有梁云笺在，他这辈子都别想出头。

他现在所拥有的一切光环，也都是梁云笺让给他的，但是只要梁云笺想，随时能够收回。

主教练沉吟片刻："你说要换谁？"

梁云笺淡淡地扫了周洛尘一眼："首发五人除了周洛尘全部换。"

周洛尘一怔，诧异十足地看向了梁云笺。

梁云笺却看向了身后："丁一凯，赵坤。"

两人应声而起，快跑两步来到了梁云笺身边。

梁云笺的目光继续在替补席巡视，最终看向了曾经的手下败将、最后一名晋级的7号队员："杨锵。"

杨锵先是瞪大了眼睛，难以置信地盯着梁云笺看了一秒钟，然后直接从凳子上弹了起来，几乎是一下子弹到梁云笺身边的。

人员到齐后，梁云笺开始排兵布阵："赵坤大前锋，周洛尘小前锋，杨锵中锋，丁一凯得分后位，我控球。”他的语气沉着冷静，丝毫没有处于劣势的慌乱与焦急，“赵坤负责抢篮板、卡位，杨锵会与你协同作战；杨锵自由人，伺机而动，我方拿球时进攻，敌方拿球时防守，但是一定不要忽略我方禁区；丁一凯和周洛尘，你们的任务很简单，那就是上分，我们三个会为你们两个解决一切后顾之忧，追平比分就靠你们了。”

丁一凯重重点头，然后代替大家问了一句：“那防守呢？对面 23 号挺强的，怎么防他？”

梁云笺：“暂时不用担心，第三小节他应该不会上场，这是我们追平比分的最好时机。”

主教练插了一句嘴：“你怎么知道他不会上？”

梁云笺沉默片刻：“杀鸡焉用宰牛刀。”

众人沉默，无力反驳他的话。

12与21的比分差距，足以让对方把他们当成一帮手无缚鸡之力的弱者。对方 23 号实力超群，如同一把锋利的武士刀。对付弱者，没必要用这么好的刀，替换个没那么优秀的队员上场就行，还能让更多的队员积攒比赛经验——任谁当教练，应该都会这么安排。

一时间，大家的心头都有些心不甘和意难平，尤其是年纪最小的丁一凯，愤愤不平地骂了句：“狗眼看人低！”

梁云笺时刻保持着理智：“是我们表现得太差，才会让对方小看，现在只有绝地反杀，才能把面子挣回来。”

杨锵小声问了句：“如果……23 号没被换下来呢？”

梁云笺语气沉冷：“那更要往死里打，无论如何这场比赛都不能输。”

赵坤挠了挠头发：“那要是，输了呢？”

梁云笺的回答是：“我们不能输，我们代表的不只是东辅二中，还是中国少年。”

本场比赛的重要性，不言自明：一旦输了球，丢的不只是二中的人，还有中国少年的面子。

梁云笺神色坚毅，一字一顿地启唇：“我们，必、须、赢。”

赵坤不说话了，其余人也都陷入了沉默当中，胸中气概难平——

他们是中国未来的希望，是中国少年的代表，所以，他们必须赢。

这是压力，也是动力。

梁云笺伸出了右手：“二中必胜，中国必胜！”

赵坤最先将自己的右手搭在了他的手背上，字句铿锵地重复：“二中必胜，中国必胜！”

紧接着是丁一凯和杨锵：“二中必胜，中国必胜！”

还少一个人。

四人同时将目光投向了周洛尘。

周洛尘所站位置与他们之间隔开了一些距离，始终保持着沉默，像极了一个局外人。

他也不想入局。

他宁可被梁云笺换掉，也不想对梁云笺俯首称臣。

所以他迟迟没有伸出自己的手。

赵坤和丁一凯不明就里，疑惑地打量他。

杨锵小声喊了句：“队长？”

周洛尘不置可否。

赵坤有些不耐烦了：“哥们儿，你什么意思啊？”

梁云笺知道他什么意思，在心里叹了口气，看向周洛尘的神色中带着些许无奈：“现在不是我在命令你，而是我们需要你，二中需要你，国家需要你。”

周洛尘垂下了双眸。

梁云笺又说：“我希望你能暂时放下私人恩怨，好好打完这场比赛，不然我们都会变成J国队的手下败将。”

周洛尘再次咬紧了牙关，迟疑少许，终于朝他们走了过来，将自己的右手搭在了杨锵的手背上，深吸一口气：“二中必胜，中国必胜。”

之后，五位少年高高地扬起了搭在一起的手，将手往下砸的同时嘶声力吼：“二中必胜！中国必胜！”

少年们洪亮粗旷的吼声响彻整座体育馆，坐在观众席上的学生们的情绪也被他们孤注一掷的吼声调动了起来，片刻后，场馆内再次爆发出了一阵排山倒海般的呐喊助威声：“二中！加油！中国！加油！”

陆云檀站在通道入口，抬眸看向体育馆内。

放眼望去，满目国旗飘摇，凝聚着民族血液的中国红震撼人心。

忽然间，她的眼眶有点酸，鼻子也有点酸。

她吸了吸鼻子，回头看着她哥："我好感动啊。"

陆云枫被逗笑了："感动什么？"

陆云檀："凝聚力！民族的凝聚力！我们虽然暂时处于下风，但是我们不认输呀。中国人虽然温良，但我们依旧有着傲骨，中国少年更是，我们初生牛犊不怕虎，我们身似山河挺脊梁，少年强则国强！"

陆云枫点头："少年如春前之草，如江河之源，咱们前途似海，来日方长。"

陆云檀："嗯！我们前途似海，来日方长！"

伴随着一声嘹亮尖锐的口哨，预示着下半场比赛即将开始。

双方交换场地，第三节轮到 J 国发球。

J 国选手的出场人员也确实如梁云笺所预料的那样，换下了 5 号和 23 号，由 8 号和 14 号顶替，上场阵容变成了：4 号、8 号、9 号、11 号、14 号。

"宰牛刀"没上场，本小节是追平比分的最佳时机。

双方就位后，哨声再次响起，比赛正式开始。

J 国的发球手是 11 号，他的发球干脆利落，直接将球传给了最新上场的 14 号，14 号稳稳地接到了球，迅速朝着中方阵营突破。周洛尘正面防守并成功断球，刚带着球越过中场线就遭到了强硬防守，梁云笺刚好位于他的视线范围内，于是他迅速将球传给了梁云笺。

梁云笺带球突破，周洛尘趁机朝着 J 国篮板下切入，梁云笺看准时机，又重新将球传给了周洛尘，周洛尘抬手投球，篮球先砸到了篮板上，然后反弹进入了篮圈中。

两分球。

观众们的掌声与呐喊声轰动耳膜，胜利的希望又在胸膛中熊熊燃起。

周洛尘并没有很得意，甚至连自豪感都没有。

梁云笺也是一样，进球之后，他便开始安排起了下一步的攻防计划。

他们之间连一个眼神交换都没有。

刚才，他们两个采用的那种战术叫作传切配合。

在过往的许多场比赛中他们经常会采用这种配合战术，默契十足，战无不胜。

但是在上了高中之后，他们两个就再也没一起打过球。

横亘在他们之间的不只是一个陆云檀，还有上一辈的恩怨纠缠。

他们两个再也不可能像曾经一样肝胆相照了。

在比赛开始之前，梁云笺甚至在想，这可能是他们两个这辈子一起打的最后一场球了。

第三小节开局得力，之后中国少年队又乘胜追击，陆续进了好几个球，两队的比分差逐渐缩短，截止到J国队吹暂停哨的那一刻，比分已经由12:21变成了18:23。

J国队教练也看出了势头不对，于是又重新将5号和23号换上了场。

23号“宰牛刀”确实是一位很有实力的选手，接下来的比赛，变得无比难打。

球再一次地传到了梁云笺的手中，23号防他和他防23号一样严，球刚传到他手上，23号就朝他扑杀了过来，步步紧逼，攻击性极强。梁云笺做了个假动作，将球传给了杨锵，23号却并没有对他降低警惕，一直提防着他，杨锵只好将球传给了距离J国篮板最近的丁一凯，赵坤协助丁一凯抢篮板，丁一凯瞅准机会扣杀，却被对方的5号盖了下来，球重新落回了丁一凯的手中，正准备继续扣的时候，裁判的哨响了，第三节比赛结束。

距离第四节比赛开始之前，有130秒的休息时间。

中国少年队下场后，在梁云笺面前集合——他们已经默认了梁云笺为队长。

梁云笺刚要开口，颅内耳鸣声骤起，不规律的尖锐鸣声如同高危警报似的，充斥着他的大脑，有那么一两秒钟，他什么都听不到了，仿若被人摁进了深海中，眼前的视线也如同被拔掉了电源的屏幕似的，突然黑了几秒钟。

头颅开始眩晕，像是要爆炸了一样疼。

他知道，这是颅内的那颗肿瘤给他的警告。

这警告，来得可真是时候。

梁云笺立即闭上了眼睛，做了几组深呼吸。

他希望，自己能坚持得再久一点，能坚持完最后一节比赛就好。

等耳鸣的症状减轻一些后，他睁开了眼睛，面前的四人都在用一种奇怪的目光打量他，尤其是周洛尘。

梁云笺解释了一句：“我想了想接下来的战术。”然后拼命抵抗着耳鸣和头疼的症状，不慌不忙地排兵布阵。

哨声再次响起，第四节比赛开始。

轮到中方发球，发球人是赵坤。23号挡在梁云笺面前，赵坤将球传给了丁一凯。

丁一凯带球向J国篮板进攻，直逼篮下，遭遇对方强烈防守，他以一敌三，跳起扣篮，成功扣杀，将两队间的比分差缩短至3分。

全场再次爆起了震耳欲聋的呐喊欢呼声。

丁一凯自己都蒙了，完全没想到自己竟然这么牛：这可是一个能吹一辈子的球啊！

在这一刻，他甚至觉得自己已经成了民族英雄，高高地扬起了手，嘶喊着朝梁云笺扑了过去：“哥！我好牛！”

梁云笺笑得无奈，但还是夸奖了句：“嗯，真的很厉害。”

丁一凯内心越发斗志昂扬，很自信地认为接下来追齐3分完全不在话下，然而J国队的水平确实不低，接下来的比赛打得十分胶着，中方少年队进一个球，J国队很快就能追上来，距离比赛结束还有两分钟时，两队的比分是32:34。

J国队23号接到了队友的传球，朝着中方篮板突破，赵坤和杨锵合力防守，盖下了23号一记扣球，一番争抢过后，球到了杨锵手中，他直接将球传给了周洛尘。

距离比赛结束还有二十秒。

周洛尘带球突破重围，朝着J国篮板跃进，却忽然将球传给了梁云笺。

梁云笺稳稳地接到了球。

距离比赛结束还有十秒。

梁云笺站在三分线外，看向了J国篮板，视线却不太清晰，耳鸣声越发尖锐。

他已经什么都听不到了。

篮板在他眼中也变成了一幅模糊的油画。

头痛欲裂。

但是他知道，自己必须拿下这个三分。

他深吸一口气，高高地抬起了双臂，用力将手中的篮球抛了出去。

深棕色的篮球在半空中划过了一个长长的抛物线，“咚”的一声砸在了篮板上，也砸在了体育馆内所有人的心上。

篮球回弹，撞在了篮圈内侧，又调皮地在篮圈上打了个转，才从篮圈内落下。

球落地，比赛结束，标准的压哨三分球。

比分变成了 35:34。

中国队，胜！

全场先寂静了两秒钟，骤然爆发出了一阵海啸般震彻云霄的欢呼雀跃声，胜利的喜悦与击败对手的自豪感充斥着在座每一位学生的胸膛。

就连校长和教育局的副局长都从座位上站了起来，笑意盈盈地望着赛场上的中国少年，不断地为他们鼓掌。

中国，未来可期。

陆云檀更是激动得不行，都开心得跳起来了：“啊啊啊，我们赢了！赢了啊啊啊啊啊！”又难以自持地高声冲着场馆内大喊，“臭书生！你好厉害！”

她没注意到的是，在她活碰乱跳的时候，手里攥着的那半杯奶茶，尽数泼到了她哥的衣服上。

陆云枫气急败坏地瞪了他妹一眼，转身去找洗手间了。

陆云檀激动了一阵过后，才想起来去和她哥交流胜利心得，但谁知回头一看，她哥竟然不见了，她心里还有点愤愤不平呢：哼，让你瞧不起人家臭书生，人家赢了！

等她再次将目光转向体育馆内时，瞬间就被眼前的画面震惊到了——

不知是哪个班带的头，双手舞动手中的红旗，将整座体育场变成了一片红色的海洋。

一时间，场馆内像是涌入了一场春风，漫天飞扬的红旗，热潮一般起起伏伏，场面好生壮观。

好多同学都从观众席上冲了下来，朝着场上的中国少年们围了过去。

陆云檀也冲向了篮球场，她要去找梁云笺。

然而人海茫茫，她在拥挤的人群中挤着寻找了好久，都没找到梁云笺。

最终，她找到了赵坤：“你见到梁云笺了吗？”

赵坤一愣，迅速环顾了四周：“欸，他刚还在呢。”

梁云笺步履艰难地推开了面前的人群，冲向了场馆西南角、最偏僻的那条安全通道。

他预感到自己快坚持不下去了。

眼花与耳鸣的症状越来越严重，头疼的症状也越演越烈，像是有一把斧头，在他的颅内不停劈砍。

那颗肿瘤即将爆炸。

他第一次嗅到了死亡的气息。

生命随时会戛然而止。

他不想死在众目睽睽之下，不想死在她面前，更不能死在她面前，不然一定会吓到她，会令她感到恐惧。

他更担心，自己的突然死亡，会变成她一生中挥之不去的阴影。

她的人生充满了阳光与花香，活得肆意而明媚，不应该被任何人干扰，所以，他宁可无声无息地化为乌有，也不想以猝死的结局被她铭记一生。

他希望她，一生无忧。

幽长的走廊空无一人，他的意识开始模糊，步伐也变得跌跌撞撞，步履维艰地扶着冰冷的墙壁前行。

眼前出现了一扇门，但是他已经看不清门上写的是什么字了，他只能隐隐约约地看到一扇门的轮廓。

他也来不及思考那么多了。

现在的他，只想尽快把自己藏起来。

他推开了门，冲了进去。

陆云枫洗完了手，刚刚关上水龙头，一转过身，洗手间内突然冲进来一位少年，穿着红色的篮球服，正面印着数字“17”。

看清来人是谁后，他一脸不耐烦地蹙起了眉头，还没开口，挺拔的少年忽然倒向了他，双眸紧闭，不省人事。

陆云枫脸色一变，伸出手扶住了他的身体，抓起他的手腕为他切脉。

脉象无规律，且时缓时急。

陆云枫的神色越发凝重，松开梁云笺的手腕后，迅速脱掉了自己的外套，盖在了少年的头脸上，不假思索地将他背了起来，冲出了洗手间。

第十章

/ 星星瓶子

中国和 J 国的少年篮球友谊赛圆满落幕后，二中学生们的好日子也就到头了，本年度所有的娱乐活动全部取消，仅剩下了唯一一个目标，那就是：学习。

各位莘莘学子即便是不想学习、无心学习，也会有班主任和任课老师帮助他们收心的。老师们采取的行动和手段也很简单粗暴：月考。

篮球赛结束后的第三天，全校同学就迎来了一场大型月考活动。

在本次月考中，“青云直上”学习帮帮主陆云檀的成绩略有退步——十月初的那次月考她考了全年级第三百九十一名，到了月末，又退回到四百名开外了，第四百零九名。

不过她倒是没灰心，因为她心里很明白自己为什么会退步。

十月份她压根儿没好好学习，也没那个心思学习，天天翘首以盼着篮球赛的开始，忙微商忙得不亦乐乎。

再说了，退步又不可怕，可怕的是不知道自己为什么退步，现在她已经知道了自己退步的原因，所以没必要妄自菲薄，继续努力就好啦！

但在这次月考中，还是有令她感到不甘心的地方：年级第一不再是梁云笺了，而是周洛尘。

梁云笺没来参加考试。

从篮球赛结束后，她就没再见过梁云笺。

听他们班的同学说，他请长假了，但是有关他请假的原因却众说纷纭。

有传闻说他得到了学校的保送名额，不用参加高考就能上一流大学，所以才不来学校了，现在每天都在世界各地旅游；有传闻说他爸妈给他请了全省顶级教师当家教，每天都在家里上一对一的高级课程；还有传闻说得更离谱，说他没来学校是因为得了重病，正躺在医院里接受治疗，还有人声称自己在篮球比赛结束后去洗手间的途中亲眼看到梁云笺发病了，然后被一个人高马大的美女发现了，最后是美女把他送去了医院。

以上所有传闻，都传得惟妙惟肖有鼻子有眼，尤其是最后一条，时间、地点、人物、事件都齐全，搞得还挺吓人。

但更令陆云檀焦急的是，她联系不上梁云笺。

这个臭书生的微信号像是被注销了一样，无论她给他发什么，他都不回复，打电话也不接，刚开始的时候还是无人接听，到后来直接变成了关机，她甚至有点怀疑他是不是被绑架了。

更奇怪的是，她给周洛尘发微信询问梁云笺的情况，周洛尘也不回复消息。他们俩像是商量好了一样，一起不回复她的消息，弄得她心里又着急又无奈。

其他传闻是不是真的她都无所谓，但是最后一条有关他生病的传闻，她必须弄清楚真相，不然她晚上连觉都睡不好。

她猜测，传说中的那位“人高马大的美女”，应该就是她哥陆云枫，所以她特意去找她哥当面求证过，她哥的回答是：“我不可能背他，我只可能过肩摔他。”

听起来有道理，却又有些没道理。

可她还是不放心：“可我有同学说看到你背着梁云笺跑出体育馆了。”

陆云枫抱着胳膊，倚靠在门框上：“你同学原话是什么？”

陆云檀原原本本地描述：“一个人高马大的美女背着一个身穿红色篮球服的人跑出了校门。”

陆云枫无奈：“就这？”

陆云檀：“这还不够？除了你还有谁符合‘人高马大的美女’这个描述？”

陆云檀又问了句：“比赛结束后你去哪儿了？我都没看到你。”

陆云枫长叹一口气：“我被你们杨老师发现了。”

陆云檀：“然后呢？”

陆云枫：“然后我就走了。”

陆云檀不理解：“你走什么呀？我们杨老师又不是老虎，还能吃了你？”

陆云枫：“你管得着吗？”

陆云檀腹诽，不知好歹！

我就多余问你这一句！

哼！

活该你单身！

她在心里暗自发誓再也不会关心她哥的终身大事，然后言归正传，偏要打破沙锅问到底：“既然你都走了，为什么还有目击者声称看到你背着梁云笺离开了学校！”

陆云枫深吸一口气，沉着脸说：“我再告诉你一遍，我不可能背他，我只是在学校门口遇到他了。”

陆云檀眼睛一亮，迫切追问：“他去哪儿了？”

陆云枫：“不知道，反正看起来挺着急的，上了一辆黑色的奔驰车。”

陆云檀：“那是他们家的车！”

陆云枫思索片刻，用一种猜测的口吻说：“可能是家里有什么急事吧，所以才不打招呼就走了。”

陆云檀想了想，感觉有道理，但还是奇怪：“既然你们俩都没肢体接触，那个同学为什么说你背着他跑出学校了？”

陆云枫无奈：“你早上站在咱们街东头，跟隔壁王大姐说咱妈和咱爸拌嘴了，晚上再去街西头，听到的就是：‘陆师父出轨十八岁小娇娘，糟糠之妻愤然离婚。’”他又总结道，“这就是三人成虎，人言可畏。”

陆云檀点点头，好有道理。

陆云枫：“还有什么奇怪的地方吗？”

陆云檀有：“可是他为什么不来学校了呢？微信和电话都联系不上他。”

陆云枫冷哼一声，没好气：“你操的心倒是不少，人家家里出了事还必须跟你汇报一下？你算老几啊？凭什么给你眼神？”

话糙，理不糙，但确实是有点伤人心。

她不高兴地撇了撇小嘴巴：“都是同学，还是好朋友，我关心人家一下怎么啦？你以为谁都跟你一样冷漠？”

“你把人家当好朋友，人家不一定把你当好朋友。”陆云枫靠着廊柱，一脸无奈地看着自己的妹妹，“说不定你在人家眼里就是一个普通同学，毕业之后再也不会联系那种，因为人家看不上你，觉得和你联系没什么必要。”

陆云檀忽然好生气：“才不是呢！”

陆云枫：“那咱们走着瞧。”

陆云檀：“哼！走着瞧就走着瞧！”说完，愤然离去，朝着西厢走了几步之后，又气不过地回了次头，愤愤不平地说，“我最讨厌你啦！”

陆云枫在心里叹了口气，面上却一副云淡风轻，耸了耸肩，转身回房：“无所谓。”

陆云檀真的好生气好生气，恨不得去跟她哥打一架，但同时，心里还是有些庆幸的：陆云枫都说了比赛那天他在学校门口见到了好端端的梁云笺，就说明梁云笺没病，那么“突然发病、被送去医院”等传闻肯定都是假的！

不信谣！不传谣！不造谣！

再说了，乱传人家生病住院，这不是诅咒人吗？

造谣的人真讨厌，比满嘴风凉话的陆云枫还要讨厌！

所以，在这之后，每当在学校里听说“梁云笺生病住院”等类似传闻，她必定会严肃辟谣，绝不允许他们胡说。

但是，臭书生这假请的时间也有点太长了，一直到十一月份，他都没来上学。

在步入十一月份后，“青云直上”学习帮内又发生了几件大事，第一件事：下西洋离校集训去了。

下西洋学习不行，单靠文化课的话八成是上不了什么好学校，所以他爸妈就想让他走艺术路线。他之前也一直在校外上着播音主持班的课，只不过只有在周日的时候会去上课，因为他爸妈也不想让他把文化课给落下，但如今临近艺考，各大艺校都在进行高强度的集训，他也不得不请假去参加考前训练。

下西洋一走，“青云直上”学习帮又减少一员大将，陆云檀忽然发觉自己的人生无聊了起来，除了学习，再无其他事情可言。

但也有好事发生，这就是第二件大事了：李航竟然通过了东辅航空航天大学飞行专业的提前录取。

每年十一二月份，东辅航空航天大学都会在全国范围内的高三年级招录符合飞行员标准的男生。

此消息一经下达，东辅二中高三年级的全体男生几乎全都报了名。

虽然人家的招生标准中已经清清楚楚明明白白地说明了身高低于一米六八且高于一米八二的男生以及视力不好的人不要，但还是有无数不符合标准的人前赴后继地报名，不为别的，只为了去凑个体检的热闹。

李航小同志个子虽然不高，但却在人家要求的标准之内：173cm。

李航小同志学习虽然不好，但却有着惊人的好视力：双眼 5.3。

李航小同志虽然小身板单薄，但却出乎预料地通过了全项体能考核。

不录取他录取谁？

全年级六百多名男生，仅有二班的李航小同志和重点班十班的一位男生被录取了。

这就意味着，只要他高考成绩能超过二本的分数线，就能被东辅航空航天大学破格录取！

为了达成这个目标，李航也加入了起早贪黑、囊萤映雪的高考拼搏队伍中。

在梁护法和左副帮主不在学校的这段时间内，檀帮主、李军师以及剩下的右副帮主，每天的任务只有一个，那就是：学习。

陆云檀的本学期学习目标：考进年级前三百五十名。

臭书生都赢了比赛了，她也不能食言，必须完成目标！

李航的本学期学习目标：摸到二本线。

李月瑶的学期学习目标：下学期可以被提入重点班。

二中的重点班有着极为残酷的晋级和淘汰机制，每学期都会淘汰综合成绩最差的几名同学，然后在普通班中提额总成绩最好的几名同学上来。

为了学习，每天早上不到六点，这三人就在食堂门口集合了，买完早餐后也不在食堂里面耽误时间，直接拿着早饭去教室吃，三五分钟就吃完了，然后就进入了注意力高度集中的学习状态中；每天中午这三人也几乎是最后三个离开教室的——十二点下课后继续留在班里上一会儿自习，然后再去食堂吃饭就不用排队了；晚上十点下晚自习，十点半寝室熄灯，他们仨会在十点十五分的时候离开教室，先去教学区后面的操场上跑几圈，放松一下疲惫的身心，然后再回寝。

日子就这么一天天地过去了，秋去冬来寒霜降，转眼就到了十二月份。

又一天的晚自习结束了，陆云檀带领着“青云直上”学习帮仅剩的两位帮员去了被冬夜笼罩着的操场，去的途中，三人还有说有笑的。

忽然间，天空中飘起了一粒粒细微的小雪花。

军师李月瑶比较富有浪漫色彩：“入冬的第一场雪呢，许愿很灵的！”

陆云檀：“真的吗？”

李月瑶：“心诚则灵。”

陆云檀摇摇头，好家伙，这似是而非回答都快赶上庙里的资深老和尚了。

但她还是对着雪花纷飞的夜幕许了个小小的心愿。

李航和李月瑶也一样。

陆云檀左右看了看身边的两人，问了句：“军师你许了什么愿？”

李月瑶：“下学期考进重点班。”

陆云檀伸了个大拇指：“果然是学霸！”又问李航，“右副帮主呢？”

李月瑶接了句：“肯定是考过二本线。”

李航摇头：“No！ No！”

陆云檀：“那你许了什么愿？”

李航仰头望天：“希望我国的航空飞行事业继续做大做强，再创新辉煌，在全球范围内闪闪发光！”

李航看着陆云檀：“帮主你呢？”

陆云檀的愿望很简单：“我希望我们‘青云直上’学习帮能早点重聚。”

高考将至，大家各奔前程，原本是整整齐齐的五个人，突然之间就变成了三个人。

离别来得就是这么猝不及防，但同时也提醒了他们，真正的离别近在眼前了，再等几个月，高考一结束，他们就真的要彻底分开，之后想再聚一次，就难了。

李航叹了口气：“帮主，你这一句话给我搞伤感了。”

李月瑶：“我也是，忽然好难受啊。”

陆云檀嘻嘻笑了一下：“马上就重聚啦，下西洋不是艺考完就回来了吗？”

李航：“那梁护法呢？”

陆云檀沉默了。

她也不知道。

梁云笺就像是人间蒸发了一样，她失去了和他的一切联系，也无从得知他的现状。

她一沉默，气氛也跟着低落了起来。李月瑶见状立即岔开了话题：“今天操场上的人好多呀。”

李航立即附和：“就是，大晚上人还这么多？都这么爱运动？”

陆云檀抬头看去，发现今天晚上来操场活动筋骨的学生还真是格外多。

半分钟后，他们仨从南门进入了操场，把棉服外套脱掉后直接扔在了红色塑胶跑道内侧的人工草坪上，然后就甩着膀子跑了起来。

冬夜凉凉，微雪飘飘，一呼一吸间白雾茫茫。

跑了一圈后，陆云檀的鞋带忽然开了，就让李航和李月瑶先跑，自己蹲下去系鞋带。

刚把鞋带系好，还没来得及站起来呢，她的视线中突然出现了一双白色的男士运动鞋，与此同时，头顶传来了周洛尘的声音：“比赛吗？跑四百米？”

陆云檀抬头看了他一眼，顺势从地上站了起来，没好气地说了句：“我才不和你比呢。”说完，直接绕开了他，继续顺着跑道跑了起来。

周洛尘不明就里，追了上去，与她并肩而跑：“我怎么惹着你了？”

陆云檀斜眼瞟了他一眼：“你真不知道？”香飘飘事件过后，她再和周洛尘面对面相处的时候，也没那么别扭和尴尬了。

周洛尘反问：“知道我还问你？”

陆云檀这才发现他是真的不知道，只好把话说明白一些：“你为什么不回我的微信？”

周洛尘忽然一下子岔气了，疼得厉害。

他捂着左肋下侧，停下了脚步：“我手机被没收了。”

“啊？”陆云檀有些意外，跟着他停下了脚步，“什么时候的事？”

周洛尘：“十月份，篮球比赛结束后。”

陆云檀忽然好愤懑：“为什么学校不通报批评你？”

周洛尘沉默片刻：“可能只是因为我学习好？”

陆云檀心说：哼！她每被没收一部手机，就要被通报批评一次。真不公平！

陆云檀的眉毛又皱了起来，小嘴巴微微噘着，“不服气”这三个字写了满脸。

看着她的小表情，周洛尘没忍住笑了，忽然明白了梁云笺为什么那么喜欢去找她了。

确实很有意思。

他笑着说了句："确实挺遗憾，我也想感受一下被通报批评的滋味。"

陆云檀瞟了他一眼，开始阴阳怪气："那多简单啊，你明天去年级长办公室门口，当着他的面玩手机，愿望立即就能实现。"

真是惹不起。

周洛尘叹了口气："不是故意不回你消息，是忘记告诉你了，最近太忙了。"

陆云檀还在阴阳怪气："哟喂，您整天忙什么呢？"

周洛尘无奈一笑："申请东辅大学的保送生名额。"

陆云檀怔住了，惊讶又茫然地看着他。

保送生名额不应该是梁云笺的吗？

梁云笺只是缺席了一次月考而已，就被取消保送生资格了吗？

她抿了抿唇，没忍住问了句："那……梁云笺呢？"

周洛尘却反问了一句："他要移民了你不知道？"

陆云檀忽然瞪大了眼睛："什么？"

周洛尘："全家移民到美国去，最近一直在办理签证，所以才没来学校。"

陆云檀彻底僵在了原地，整个人呆若木鸡，像是忽然被人当头打了一棒，给她带来了无尽的冲击和错愕。

梁云笺他……竟然要移民了？去美国定居？再也不回来了？

这就是他不愿意回复她消息的原因吗？

她哥曾经说过的话忽然在脑海中冒出：

"你把人家当好朋友，人家不一定把你当好朋友。说不定你在人家眼里就是一个普通同学，毕业之后再也不会联系的那种，因为人家看不上你，觉得和你联系没什么必要。"

梁云笺是不是真的觉得和她继续保持联系没什么必要，所以压根儿没想过提前告诉她这件事？临走前随便给她打个招呼就行了是吧？

他是不是也没把她当成朋友，只把她当成了一个好糊弄的小傻蛋，一直在用一副虚伪的面貌来和她相处？

还是说，这件事他谁都没说呢？

可是他告诉了周洛尘这件事，这就说明，这件事并不是谁都不能透露，而是分人。

她在梁云笺的心里是下等人，没必要提前告别的那种人！

不知道为什么，她的心里忽然特别委屈，委屈极了，像是被最信任的人以买糖果名义骗出了家门，结果却把她抛弃了。

也不知道是被风吹的还是雪花落进了眼中，她的眼眶开始一阵阵地发酸。

周洛尘一直保持着沉默，似乎在等她自行消化这件事。

陆云檀咬着牙关，沉默许久，深深地吸了一口气，又问周洛尘："他是什么时候告诉你的？"

"早就跟我说了，大概是这学期刚开学吧。"周洛尘垂眸瞧着她，问，"你们俩关系不是挺好的吗？他竟然没告诉你？"

陆云檀的心头忽然冒出来一股火气，也不知道是在生周洛尘的气，还是在生梁云笺的气："他跟我有什么好说的！"

还不到早晨八点，东辅市人民医院就已经人满为患了，人山与人海不仅侵袭着宏伟的门诊楼，还在不停地侵袭着高大的住院部大楼。

3 号住院部大楼有八台电梯，还分高底层和单双层，然而梁顾愣是在通往 10 ~ 20 层（单层）的这两台电梯前等了有足足十五分钟，才成功挤身搭乘。挤进电梯后也用不着他腾出手摁楼层键，反正每层都有人下，所有的单数楼层键早就被别人摁亮了。

到了十九楼，电梯门缓缓开启，梁顾拎着早饭走下了电梯，虽然手中拎着的是保温袋，但他还是下意识地去摸了摸，生怕饭凉了似的。

每间病房的大门上都镶嵌着长方形的透明玻璃板，走到 1930 这间单人病房门前时，梁顾先朝着病房内看了一眼，看到了站在窗前的儿子。

一晃十几年过去，当初的那个嗷嗷待哺的小婴儿，已经变成了一个挺拔的俊逸少年，颇有他年轻时的风范。

但其实在当年，这个小子刚刚出生的时候，他的第一反应是不知所措。护士把裹在蓝色襁褓中的孩子抱给他的时候，他连抱都不知道该怎么抱，两条胳膊全是僵硬的。

后来，孩子一天天地长大，他也慢慢习惯了为人父的身份，并且伴随着年纪的增长，他也会设想未来，设想儿子长大后会从事什么职业、会找一个什么样的女孩结婚、会生一个男孩还是女孩……

不过真到了那个时候，他也变成满头白发的老爷爷了。

但谁知道呀，孩子得病了。

两年多以前，噩耗忽然袭来，如用陨石撞击地球，把他的家庭撞得动荡不堪，无论是他还是妻子，都无法接受孩子得病的事实，但是他们两个谁都没有想过放弃——

保守治疗是能暂时保持肿瘤的稳定，但没人能保证肿瘤不会病变、不会恶化。

他们想要的是根治，想要儿子一生安康，寿终正寝，而不是战战兢兢地活着，或者死于一场疾病带来的意外。

这两年来，他和妻子问遍了全国乃至全世界范围内的知名脑科医生，大部分医生看完儿子的病例后，都建议他们保守治疗，仅有极个别医生说可以手术一试，但却无法保证生存率，也无法保证术后残留的伤害会有多大。

在无法保证生命完整的前提下，他们不敢拿儿子的生命去赌。

后来，他们听说休斯顿的一位专攻脑部病变的医生正在研究开发新的治疗手段，还听说他曾经成功治愈过一名和他们儿子的病情极为相似的病例，于是乎，他立即推掉了所有的工作，怀揣着所有的希望远赴美国。

飞行万里，前途渺茫，但万幸的是，那位金发蓝眼的医生看过儿子的病例后，很欣然地表示可以接受他儿子成为自己的病患。对于他和妻子而言，这绝对算是两年多以来听到的最好的消息了，原本渺茫的希望被点石成金，变成了浩瀚烟花，被阴霾笼罩许久的生活终于重现了斑斓色彩。

但是他们夫妻俩谁都没想到，这个不要命的臭小子竟然瞒着他们俩报名参加了篮球赛。

脑瘤患者最忌剧烈运动，稍有不慎就会导致脑出血或者肿瘤破裂。

更绝望的是，儿子的病情特殊，导致他暂时无法接受开颅治疗，所以他们只能选择保守治疗的方式。

那个臭小子，在 ICU 中躺了整整一个月，各种仪器加身，每天都在和死神抗争。

在那短短的一个月中，他们夫妻两人收到过数次来自 ICU 的病危通知书，其中有几次连主治医师都要放弃了，下达病危的时候，还劝他们要做好心理准备。他的妻子宋瓷还曾在 ICU 门外哭晕过好几次。

但或许是天见可怜，又或许是儿子命不该绝，在死亡的边沿徘徊过无数次后，儿子竟然挺了过来。

半个月前，儿子的情况逐渐稳定，被转至普通病房。

再过几天，就能出院了。

妻子宋瓷说，这小子是命大，白捡了一条命回来，还说儿子大难不死，必有后福。

他很赞同妻子的说法。

此时，窗外的阳光正好，无私地照耀着病房内的一切。

梁顾推开了病房的门。

站在窗前的梁云笺听到脚步声后，转过了身。

他的身上穿着一套蓝白条相间的病号服，在朝阳的照耀下，浓密的短发漆黑如墨，肤色浅得有些过分，呈现着一种病态的苍白感。

走进病房后，梁顾先问了一句："你妈呢？"

梁云笺微微扬起眼梢，笑着问："才几个小时没见就想她了？"

梁顾瞪了他一眼："天天好的不学，调侃你爸妈一整套。"他走到了餐桌前，将早餐袋子放到了桌子上，又问了一遍，"你妈干什么去了？再等会儿饭就凉了。"

梁云笺没再调侃他爸："缴费去了。"

沉默片刻，他忽然对自己的父亲说了句："对不起，让你们破费了。"

青春期的孩子，到了一定的年龄段，会对花费父母的钱财产生愧疚情绪，这是一种懂事的标志，也是成长的标志，但梁顾并没有感到欣慰，反而无尽心酸："你说什么呢？"

梁云笺望着自己的父亲，很认真地道歉："是我不对，让你们担心了。"

梁顾眼眶直泛酸，因为担心会影响儿子的情绪，所以他们夫妻俩从未主动提及过他报名参加篮球赛的事情。

没想到，这小子竟然会主动开口。

孩子确实是长大了，懂事了。

但他宁可儿子永远叛逆不懂事，只要儿子能身体健康、平平安安就行。

随后，梁顾深吸一口气，很严肃地告诫：“不许再有下一次了。”

梁云笺沉思片刻，点了点头：“好。”

其实，他虽然在“鬼门关”前走了一遭，但并不后悔参加篮球赛，如果重来一次，他应该还会报名参赛，因为他不想唯唯诺诺地走完生命的最后一段路。

以当前的医疗手段来说，他被治愈的希望十分渺茫，虽然那位休斯顿的医生愿意为他治疗，但对方采用的是最新的治疗技术，目前成功被治愈的临床案例仅有一例，那些没有被成功治愈的病患也没机会对外告知治疗的失败，这就是幸存者偏差。

可以这么说，他是以小白鼠的身份去参加临床治疗，所以，他没有那么自信地认定自己可以成为幸存者。

与其抱着侥幸心理如履薄冰地活着，不如接受现实，脚踏实地地走完每一天，最起码他还能活得像自己，还能在死之前再打一场篮球。

唯独对不起父母。

他让他们担心了。

梁顾似乎能够猜到儿子在想什么：“留得青山在，不愁没柴烧，要心存希望。”

梁云笺没有反驳父亲的话，乖乖地点了一下脑袋：“嗯。”

梁顾很了解自己的儿子，点到为止即可，其他说再多也没用，索性换了话题：“我昨天听你妈说你出院后要直接回学校？”

梁云笺无奈一笑：“已经请了将近两个月的假，再不回去就要被开除了。”

梁顾：“想好怎么跟陆云檀说了吗？”

梁云笺背靠窗台，叹了口气：“还没。”

按照他对“青云直上”学习帮帮主的了解，她现在估计连打死他的心都有了。

梁顾也叹了口气：“劝你最好先把理由想好，她哥可不好说话。”

梁云笺：“我知道。”

梁顾犹豫了一下，还是决定和儿子吐露实情：“之前你还在 ICU 的时候，她哥来看过你几次，我和你妈想答谢他，他只和我们提了一个要求，让你以后离他妹妹远点。我和你妈也明白他的意思，他也是为了他妹妹好，但我们谁都没有资格去阻止你和其他人的交往，不过我们相信，你是个有分寸的孩子，知道该怎么处理这件事。”

梁云笺抿唇沉默许久，轻轻地点了点头：“嗯。”

梁顾还是忍不住提醒了一句：“也不要用太决绝的方式，不然人家小姑娘心里也难受，保持正常的同学交往就行，该毕业了，至少要给彼此留下一个好印象，以后各奔天涯，回想起来也不会满心失望。”

梁云笺低头，苦笑一下：“我明白。”

他一直都明白，所以极力克制着自己，绝不进一步地去靠近她。

她是明媚的阳光和晶莹的雨露，而他却是行将干枯的河流，生命垂垂危矣，有什么资格去接近她呢？

那朵没来得及送出的纸叠玫瑰，怕是这辈子都送不出去了。

要是那年夏天，没有遇到她该多好，这样的话，即便是人生短暂，也不会有这么多遗憾了。

周日，对于陆云檀来说，等于睡懒觉。

她一觉睡到了上午十一点才醒，还是被饿醒的，但是吧，这个时间很尴尬，吃早饭太晚，吃午饭太早，而且她妈现在估计还没做好饭呢，所以她只能先饿着。

躺在被窝里伸了个大大的懒腰，她抓起放在枕头边的手机，看到未读消息的那一刻，一下子就从床上弹了起来。

梁云笺：【下周回学校。】

陆云檀目不转睛地盯着手机屏幕，呼吸突然急促了起来，心跳也在加快，“咚咚咚”几乎要从胸膛里面跳出来了。

她有好多好多好多话想跟他说，也有好多问题想问他，却不知道该从何说起。她的脑子里面全是乱的，像是变成了一团乱糟糟的毛线，无论怎么找都找不到最端头的那根线，更别提把线团捋顺了。

越捋越着急，忽然一下子，陆云檀的胸腔里冒出了一阵滔天怒火：你还敢回来呢？

将近两个月没来学校，没回复她消息，现在轻飘飘的一句“下周回学校”就行了？

——也不解释一下为什么这么长时间不来学校吗？为什么不愿意提前

告诉我你要移民了呢？为什么不愿意和我提前道别呢？就这么不把我陆云檀当回事吗？我在你心里真的就只是一个无关紧要的人？

陆云檀红了眼眶，直接把手机摔在了床上，力气很大，手机从厚厚的被子上弹了起来，重重地摔在了地上，发出了“咚”的一声巨响，然后她抑制不住地哽咽了起来。

她抬手抹了两下眼泪，又用力地吸了吸鼻子，本想止住哭泣，却适得其反，哭得更厉害了。

心里难受得像是堵了一块坚硬的大石头，压得她透不过气，石头上的尖锐棱角还在不停地刺痛她的心脏。

她讨厌梁云笺，讨厌移民！

房门忽然被敲响了，紧接着，门外传来了她哥的喊声：“起床吃饭！”

陆云檀哭着大喊了一声：“你走开！”

门外再没了响动。

喊这一声，像是打开了悲伤的闸门，她开始放声大哭。

过了好久好久，她才停止了哭泣，掀开被子下床，先去卫生间洗了把脸，然后去打开了房门。

陆云枫一直站在门外等她。

陆云檀的眼眶红彤彤的，还微微有些肿，身上穿着棉睡衣，头发乱糟糟的，开门之后也不说话，跟一根水泡过的木头似的，蔫巴巴地站着。

陆云枫微微蹙眉：“你怎么了？”

陆云檀的眼眶又开始酸了，用力地咬了咬牙，忍着想哭的冲动说：“梁云笺要移民美国了。”

陆云枫：“跟你有什么关系？”

陆云檀瞪了她哥一眼：“你要是来说风凉话的，就赶紧走，我不想听！”

陆云枫无奈地叹了口气：“我的意思是，他以后怎么样，和你无关，你以后怎么样，也和他无关。没有一辈子的朋友，离别是人生常态，你要习惯这点。”

陆云檀又吸了吸鼻子，低着头沉默了一会儿，说：“他没和我说他要移民，但是他和别人说了；他还请了好长的假，快两个月没去学校了，我给他发了好多消息，问他为什么没来学校，他都没回复我，我还是从别人嘴里听说的他没去学校的原因是在办理移民。”说着说着，又要哭了，委屈如潮水般在心头泛滥，“我觉得他根本没把我当好朋友，他都不和我说这些事，哪怕是提前和我道个别呢，他都不愿意。”

陆云枫问了句：“你听谁说的他要移民了？”

陆云檀：“和他从小一起长大的那个朋友。”

陆云枫冷笑了一下，哂道：“这朋友的嘴还挺快，什么都往外说。”

陆云檀感觉她哥好像有点误会了，就替周洛尘解释了一句：“不是他主动说的，是我问他的。”她又说，“刚才梁云笺给我发微信，说他下周回学校，只说了这几个字，也没解释别的。”

说完，她眼巴巴地看着她哥，希望她哥能给出一些不同的看法，好让她明白是自己想多了，哪怕没别的看法呢，安慰她一下也行。

陆云枫看懂了妹妹的眼神，去只能狠着心说：“你是人家谁呀？人家凭什么给你解释这么多？如果他真的要移民了，那么对他而言，你迟早会变成一个无关紧要的陌生人，后半辈子都不可能再联系的那种，所以他凭什么要把所有的事情都跟你汇报一下？”

陆云檀的眼眶又酸了，心里也很难受，像是心脏上扎了一根倒刺，拔不掉，却造成了无法忽略的刺痛感。

但是她没再像上次一样反驳她哥说的话。

她开始觉得，她哥说的是对的。

或许，对于梁云笺而言，她只是一个普通朋友罢了，在临别前随便道个别就可以了，没必要跟她解释那么多，反正以后再也不会联系了。

回到房间后，她把手机从地上捡了起来，这才发现屏幕碎了，不平整的裂纹贯穿全屏，形成了一个“λ”符号。

漆黑的屏幕忽然亮起，她看到梁云笺又给她发了一条微信：【大概周三回，需要我带什么东西去学校吗？】

二中实行半军事化管理，住校生一入校门深似海，从此花花世界是路人，所以，能在住校期间走出校门的人，相当于去了海南免税店，肩负着为亲朋好友代购的艰巨任务。

其中，最火爆的“代购物品”无外乎三种：现做奶茶、刚出炉的炸鸡、日期新鲜的红豆饼。

要是在以前，陆云檀肯定会毫不客气地给他列长长的一张购物清单，但是现在，她忽然看清楚了自己和梁云笺之间似乎没有她想象中那么好。

普通朋友而已，人家跟你客气，你不能不跟人家客气，不然就是得寸进尺。

最终，她回了句：【不用了，谢谢。】

然后关掉了手机。

碎屏幕也没去换，就这么凑合着用吧，无所谓了。

周日下午返校，老金要求四点进班，陆云檀原本和李航还有李月瑶约好了两点到班上自习，但是到了两点的时候，她还在家里的床上躺着呢。

她一下子失去了学习的动力，考进年级前三百五十名的目标也在忽然之间化为了乌有。

那个鼓励她学习的人都要走了，她干吗还要听他的话呢？

嘁，她才不要听他的话呢，都是假的，什么“少年强则国强”，什么“横渠四句继往开来”，什么“师夷长技以制夷”，全都是假的！骗人的！虚伪至极！

再说了，他肯定也不是真心实意地鼓励她学习，仅仅是普通朋友之间的普通关心、普通鼓励，说场面话而已，她又何必当真呢？

而且学习多累呀，睡不好吃不好，还要天天对成绩提心吊胆，一点都不快乐，他一定是在把她往火坑里推，她才不会上当受骗呢！

但其实她在床上躺着也没事干，手机关机了，小说不想看，平板电脑没电了也不想充，就这么无所事事地干躺着，一直躺到三点半，然后才慢吞吞地起了床，磨磨叽叽地换上了冬季校服，又磨磨叽叽地整理了一下难得背回家一次的书包，临近四点的时候才骑着电动车出发去学校。

到校的时候已经快四点半了，她也不急，反正都已经是资深落后分子了，不怕迟到，也无所谓了。

什么都有点无所谓了。

她还先回了一趟寝室，把带来学校的行李整了一下，然后才背着书包不慌不忙地朝教学区走。

比之高一和高二来说，高三教学区安静极了，大门仅开了一条小逢，进去就是知识的殿堂。

一抹修长清隽的身影伫立在殿堂门前。

陆云檀猛然停下了脚步，呆愣愣地看着梁云笺。

梁云笺也穿着冬季校服——浅蓝色的运动款外套，深蓝色的运动裤——一套平平无奇甚至可以说上是土的衣服，愣是让他穿出了俊逸优雅的感觉。

梁云笺快步朝着陆云檀走了过去。

陆云檀站着没动，双手插兜，面无表情地看着他。

梁云笺走到了陆云檀面前，将手里拎着的东西递给她："给你带的。"他又忍不住多说了一句，"奶茶，还有红豆饼，我本来还想去买炸鸡，但是时间有些不够了。"

他本来应该在周二出院，但是她的微信回复令他感到不安。

其实在给她发消息之前，他就已经做好了被她破口大骂的准备，可谁知道她不但没有冲着他发脾气，还回了那样一条充满了客气与疏离的消息，令他不知所措到了极点——他认识的那个檀女侠，绝对不会这样对他说话。

之后再发消息，她就不再回复了，给她打电话，也是关机。

他很着急，于是提前出了院，赶在下午四点之前来了学校。

谁知道，她竟然迟到了。

他等了将近一个小时，才等到她。

递东西时，他也是小心翼翼的。

陆云檀却没接他递来的东西，心里冒出了一股好大的火气，消失了两个月，一句话也不解释，没事人似的就回来了？就算没把我当朋友，也应该解释一句吧？

她咬了咬牙，竭力克制着自己的怒火："你为什么请假呀？"

梁云笺只能回答："家里出了些事。"

嗯。

天大的事。

要移民了，要去美国了，就是不告诉我。

都没把我当回事，还假惺惺地送什么东西呀？把我当傻子吗？

陆云檀深吸一口气，冷幽幽地问："听说你要移民了？"

梁云笺呼吸一滞，如遭雷击。

他至今为止都没攒够与她说再见的勇气，因为这一别，很有可能是永别。

她猝不及防的质问像是一只手突然摁下了加速器，不由分说地把毫无准备的他推向了分离。

梁云笺的沉默，令陆云檀越发怒不可遏：“你说话呀！哑巴了吗？”

梁云笺如鲠在喉，欲言又止了数次，才艰难启唇：“我、我是要去留学。”他攥紧了双拳，却又不自在地松开，然后再次攥紧。他极为努力使自己保持平静，却依旧不敢直视她的双眸，“学校还没有申请好，所以才没有告诉你。”

骗子！又骗人！

都跟周洛尘说了是移民，到我这里就变成了留学了？

跟我说一句实话就这么难吗？

再说了，就算是留学，为什么不能提前跟我说呢？为什么两个月不回复消息呢？

陆云檀突然红了眼眶，一把抓过了他递来的袋子，然后远远地扔了出去：“滚开！”

今年的春节来得比较晚，二月中旬才过年，高中生们的期末考试时间定在了一月末。

对于高一高二的学生们来说，期末考试一结束就等于放寒假了，但是对于高三的莘莘学子来说，期末考试并不等于本学期结束，而是新一轮补课的开始。

东辅二中的高三生们需要再补两周的课，一直补到大年二十九才能放假。

“青云直上”学习帮左副帮主下西洋同志很会投机倒把，将自己的归期定在了期末考试结束后。他本以为为期两周的补课生涯会无比风光无限，毕竟，他现在是副帮主了，但谁知道，一回来他才惊愕地发现，“青云直上”学习帮好像快散伙了！

为救帮派于危难之际，左副帮主决定重磅出山，挽狂澜于既倒，扶大厦于将倾——

周一清晨，早自习下课后，下西洋召集右副帮主李航和军师李月瑶于二班门前的走廊上，开了一个简短的会议，会议开始，他先着手调查事情的起因：“帮主她老人家，为什么会和梁护法决裂呢？”

右副帮主李航双手拢袖，长叹口气：“这，唉……说来话长啊。”

左副帮主下西洋站姿庄重：“那就请您长话短说。”

李月瑶看不下去这种无聊的官腔对话，言简意赅地总结了事情的起因：“因为周洛尘嘴贱！”

卞西洋：“他怎么嘴贱了？”

李月瑶：“梁护法之前有两个月没来学校，也没跟我们说原因，后来周洛尘跟帮主说梁护法没来学校的原因是在准备全家移民美国，然后帮主就生气了。”

李航补充：“再然后帮主去质问梁护法有没有这回事，梁护法不承认自己要移民，只说是出国留学，最后就成现在这样了——帮主单方面和梁护法割袍断义！”

这两段话的信息量实在是太大，卞西洋反应了好久才逐渐消化，第一反应是震惊：“梁护法真要全家移民？”

李月瑶叹了口气，点头：“恐怕是的，我和李航都去问过他，他没有否认。”

卞西洋有点不理解了：“那他为什么不跟帮主说呢？”

李月瑶猜测道：“可能是没想好该怎么跟帮主说吧？毕竟是移民呀，又不是搬家，哪有那么容易说再见。”

李航：“其实就是怪周洛尘，移不移民是梁护法自己的事，他想什么时候说就什么时候说，关周洛尘屁事？他偏要多那一嘴。”

李月瑶气愤不已：“他就是故意挑拨离间！”

李航点头：“我也觉得他居心叵测，故意离间帮主和梁护法之间的关系，妄图趁机上位，跻身咱们‘青云直上’学习帮，取梁护法而代之。”

卞西洋觉得他们俩的话都很有道理，但他还是有些不理解的地方：“这么浅而易懂的道理，咱们三个都看明白了，帮主她老人家还能看不明白？为什么还要一意孤行地和梁护法决裂？这不是深深地伤害了梁护法的赤子之心吗？”

李航叹息：“当局者迷呀。”

卞西洋叹气点头，不禁感慨：“看来再英明的人，也难逃小人的蛊惑与蒙蔽呀。”

李月瑶沉默片刻：“你们俩有没有想过，帮主那不是生气，而是伤心难过，接受不了梁护法要移民的事实。”

卞西洋细细一想：“舍不得梁护法移民？”

李航：“害怕再也见不到他了？”

李月瑶：“对啊，毕竟是移民啊，天南海北的，说不定往后余生都见不到了。”

李航怔了一下：“你这……忽然一下子把我也给说难过了。”

卞西洋：“我也是，伤感了。”

李月瑶：“我也很难过，但现在不是我们难过的时候呀，梁护法就算是要移民，肯定也是等到高考后了，现在距离高考还有好几个月呢，咱们得想想办法让帮主跟他和好呀，不然咱们‘青云直上’学习帮可真的要散伙了！”

卞西洋忽然一下子意识到了事情的严重性，又忽然一下子想到了自己开这场会议的目的和使命——挽狂澜于既倒，扶大厦于将倾。他严肃又认真地思考片刻，想到了一条锦囊妙计：“我有办法了！”然后迅速把自己的好主意和大家分享了一下。

时间转眼到了大年二十九，补课的最后一天，一切照旧。

上午第三节课又是化学课，那位姓李的化学老师又一次地拖了堂，一直到十点十分才下课。

陆云檀在先去跑操和先去上厕所之间纠结了一秒钟，最终决定先去厕所，因为她必须去换一片卫生巾才行。

从卫生间出来的时候，她看了一眼腕表，已经十点十五分了，现在再去跑操，必定会被守在操场门口的纪律委员记名迟到，不如直接逃操。

但是她没逃，哪怕“姨妈”已经要疼死了，她也不逃。

她才不要欠梁云笺的人情呢！

跑完操后，她的肚子疼得更厉害了，回教室的路上一直弯着腰捂着肚子走，脸上毫无血色，嘴唇都泛紫了。李月瑶看着都害怕，搀着她的胳膊，担忧不已地问：“云檀，你没事吧？实在不行下午就请假吧，反正马上放假了。”

陆云檀想了想，感觉这是个好主意，还能少上半天课，于是重重点头：“行！”

回去后，老金不在办公室，她只能先坐在教室里等。

卞西洋坐回自己的位置上后，和同桌李航对视了一眼，然后伸手拍了拍陆云檀的肩膀：“帮主，有要事商议。”

陆云檀转身：“什么事？”

卞西洋：“寒假在即，辞旧迎新，您看，咱们‘青云直上’学习帮是不是该找个时间团建一下？”

陆云檀不想和那个“美国人”一起团建，找理由拒绝：“寒假总共才五天半，初五下午就返校了，哪有时间聚啊。”

计划 A 失败，换计划 B。

李航出言劝谏：“您误会左副帮主了，他的意思是找个时间聚在一起互相把作业写一写，不会的也有人方便问。”

资深落后分子陆云檀有点被打动了，但她还是没有答应，而是先说了句：“都有谁去呀？超过四个人我可不去，有姓梁的我也不去。”

好家伙，这是点名道姓的不让梁护法参加团建啊。

卞西洋只好先安抚帮主：“您放心，只有您、我、右副帮主和李军师。”

李航补充说明：“咱们四个才是一个班的，喊他干吗？”

卞西洋：“团建不加无用之人。”

陆云檀眼神幽幽地瞟了他们俩几眼，终于答应了：“那行吧。去哪儿呀？”

卞西洋：“去我家吧，我爸妈大年初四去串亲戚，我家没人。”

陆云檀想了想，确定初四那天没事：“行。”

第四节下课后，她又去找了老金，这次老金在办公室。

听闻陆云檀的来意后，老金十分无奈：“只剩半天就放假了，不能再坚持一下吗？”

陆云檀摇头：“不行，我实在是太难受了。”其实她现在已经好很多了，但就是铁了心地要请假，实在是不想上下午的两节课了。

老金盯着她看了一会儿，关心地问了句：“云檀，您最近是不是遇到什么事情了？学习总不在状态，也不好好听课，期末考试退步了快一百名，再这样下去可不行呀，马上就要高考了！”

陆云檀：“没什么事情呀。”

老金：“那你最近一段时间是怎么回事？一模之前还好好的，成绩不断进步，各科老师都在私底下跟我夸过你，说你懂事了，知道学了，现在怎么又恢复原形了？”

陆云檀不说话，严格执行落后分子挨训时应该坚守的准则：不反驳、不赞同、不吭声。

老金无可奈何，长叹一口气，拉开了抽屉，从里面拿出来一张假条，一边签名一边说："这次的假条我给你批了，希望你回家之后能好好地想一想，反思一下，新学期该怎么做，无论如何，前途为大，什么事都比不上自己的前途重要。"

陆云檀乖乖点头："哦。"拿到假条之后，说了声，"谢谢老师。"然后离开了班主任办公室，转头就把老金的肺腑之言抛之脑后，迅速收拾了一下东西，骑着车回家了。

回家之后，她也没事干，就在床上躺着，盯着天花板发呆。

十二点多的时候，她妈来给她送午饭，还给她送了一个暖水袋，让她放在肚子上焐一焐。

吃完饭，陆云檀又没事干了。不知道是从什么时候开始，她的时间像是变成了梅雨季节的池塘，充盈而泛滥，多到不知道该用到什么地方去，日子都变慢了，从早到晚无聊得很，总结成三个字来说就是：没意思。

没意思透了。

即便是过年，也是无聊的。

其实她原本是一个很爱过新年的人，新年可以穿新衣服，可以吃好吃的，可以走街串友凑热闹。

她最爱的过年项目，就是在大年三十晚上站在自家门口看老街上各家各户的居民一起出动点鞭炮，噼里啪啦地响，热闹得锣鼓熏天，烟火声中大家一起迎新年。

但是伴随着环保政策的下达，东辅市区内不允许燃放烟花爆竹，于是乎东安老街上再也没有了往年的热闹与喧嚣，大家只能守在电视前看春晚，可谓是无聊透顶了。

伴随电视上《难忘今宵》这首经典曲目的播放，陆云檀的脑子里忽然冒出来一个奇怪的想法：也不知道美利坚合众国那里过不过中国年？

她转念又想：呸！爱过不过！和本女侠一点关系都没有！

无聊的春晚结束，新年的夜晚再次回归了沉寂。

整个过年期间，唯一能让陆云檀感到有意思的事情，大概就是收红包了。

她妈给了她"666"的红包，祝她新年六六大顺，高考考个好成绩；

她哥给了她一千，希望她新的一年可以成长一些，不要再那么可爱得让人想动手了；就连她爸，一位在家中没什么经济话语权的武术师父，都给她凑了九十九块当压岁钱。

有钱之后，人生也就没那么无聊了。

拿到压岁钱后，她转手就在某个阅读 App 上充了三百块钱，然后就开启了没日没夜地看小说生涯，从大年初一看到了大年初三。

大年初四一早，她收拾好了书包，骑着电动车前往下西洋家赴约。

去的路上，她还在想下西洋家面积大不大呀？够不够宽敞？他们几个全部聚在一起会不会稍显拥挤？哎，应该让大家去她家的，她家宽敞，可以随意撒欢。

然而当她按照百度地图显示的导航骑过去之后，才震惊地发现，人家下西洋家是住小别墅的——小区中央，有一片精致高档的联排别墅，其中一栋就是下西洋家。

下西洋同志很有待客之道，早就站在大门口恭候帮主大人了，帮主一捏闸，他就奔到了帮主身边：“您终于来了，已经恭迎您好久了！”

陆云檀摘下头盔，单手抱在怀中，看了一眼旁边的三层独院小别墅，不禁感慨：“我亲爱的左副帮主，真没看出来呀，您的出身极为富贵啊。”

下西洋极其谦逊，一边摆手一边说：“哪里哪里，寻常人家罢了！”

陆云檀下了车，跟在下西洋身后，把自己的电动车推进了院子。

别墅的第三层是阁楼，下西洋他爸妈比较宠他，把阁楼打造成了他的私人空间，装修成了集学习与娱乐一体的多功能厅。

阁楼的面积十分宽阔，东边靠墙立了一排书架，书架前铺着白绒毛地毯，地毯上摆着一张长方形的大桌子，能同时坐下好几人。

李航和李月瑶都已经来了，正低着头奋笔疾书呢，听到上楼梯的声音后，两个人抬头，对视了一眼，心照不宣，一切尽在不言中。

陆云檀上来之后，先把带来的一大兜零食放到了门边的地板上，然后朝着桌子走了过去：“作业写得怎么样了？”

李航汇报工作：“数学卷子还差两套，英语卷子还差三套，语文卷子还差四套，理综……”

找到规律的陆云檀抢答：“还剩五套？”

李航点头：“是的。”

陆云檀顿觉不堪重负：“怎么有这么多作业？我记得没有这么多呀。”

李航叹了口气：“您请假那天下午，变天了。”

卞西洋：“无数张卷子铺天盖地而来，寒假危在旦夕。”

李月瑶拍了拍自己身边的位置：“你来了刚好，咱们分一下工，一天就写完了。”

卞西洋见状立即拉开了李军师身边的凳子：“帮主！您坐！”

陆云檀心累不已地坐下了。

卞西洋在李航身边坐了下来：“把没写完的作业分一分吧，大家各司其职，效率高一些。”

陆云檀觉得自己身为帮主，应当身先士卒，于是主动包揽了一项任务：“那我写四套语文卷子吧。”又立即补充说明，“作文可不负责啊！”

李月瑶：“那我写数学吧，再加一套理综。”

李航：“我只能写两套理综。”

卞西洋：“鄙人勉强可以承包两套理综，就是质量……不敢保证。”

陆云檀：“凑够数量就行了，先别管质量了。”又惆怅地问，“还有三套英语卷呢？怎么办呀？”

李航胸有成竹：“没事，打电话问班长答案，班长肯定写了。”

卞西洋点头：“对，让咱们军师打电话，班长没写也能连夜补齐。”

陆云檀忍不住笑了，内心还莫名其妙地产生了点小羡慕。

李月瑶红了脸，又气又羞地瞪了对面两人一眼。

分工结束后，四人各司其职，开始埋头苦干，奋笔疾书。

阁楼铺有地暖，温度较高，坐了没几分钟陆云檀就热了，于是放下了笔，把羽绒服脱了下来，挂在了凳子后背上，然后捋起了白色毛衣的袖子，继续奋笔疾书。

阁楼内安静得仅剩下运笔的“沙沙”声。

卞西洋忽然说了句：“你们想不想喝奶茶？咱们可以点外卖。”

以陆云檀为首的三人点头同意。

“奶茶提案”被全票通过，卞西洋用手机点了外卖。

二十分钟后，卞西洋的手机响了，是外卖打来的电话，卞西洋挂断电话后喊上了李航、李月瑶和他一起去小区门口拿外卖。

陆云檀相当奇怪：“不就四杯奶茶嘛，用得着这么多人去拿？”

下西洋："这不是快到中午了嘛，我顺便订了点吃的，还有精致的下午茶。"

陆云檀心想，你可真是一个精致的猪猪男孩。

三人走后，她独自一人坐在阁楼里，继续低着头奋笔疾书，争取早日做完四套语文卷。

安静的楼梯上，忽然传来了脚步声。

陆云檀正在写字的动作一顿，抬头望向了楼梯口，看到了梁云笺。

梁云笺穿着白色羽绒服、蓝色牛仔裤，羽绒服内搭着一件黑色头帽卫衣。

无论春夏秋冬，无论衣物薄厚，他永远是那样的俊逸清隽。

他的左手手腕上戴着那块黑蓝色的Swatch腕表，右手拎着一个浅粉色的礼物袋。

陆云檀面无表情地看了他一眼，就像是看空气似的，什么反应都没有，又面无表情地把脑袋低了下去，继续写卷子。

梁云笺轻叹口气，朝着书桌走了过去，轻轻拉开了她对面的那张椅子，取下书包，坐了下来。

他将书包放在了地毯上，将礼物袋放到了桌子上，动作轻柔地推向了她："新年快乐。"

陆云檀没抬头，却突然伸出了手，用力地将礼物袋推下了桌子："谁稀罕你送的礼物！"

也不知道袋子里装的什么，落在地毯上时，发出了一声沉闷的"咚"声。

但她一点也不在乎，最起码表现得一点也不在乎，闷头写卷子，下笔力大如牛，几乎要把尖细的笔尖给折断了。

少顷后，她听到了椅子摩擦地毯的声音，听到了梁云笺弯腰捡东西的声音，听到他起身，重新把东西放回了桌子上，自始至终动作轻柔，耐心平静。

等他重新坐好后，空气再次安静了下来。

整间阁楼内仅剩下他们两个的呼吸声。

陆云檀一直没有抬头看他，梁云笺也没有再开口。

许久后，她终于听到他对她说了一句："对不起。"

手中的笔终于停了。

梁云笺深吸一口气，目不转睛地看着她：“我不是故意不回你消息，也不是故意隐瞒你，我只是、只是……”时隔近两个月，他自以为已经做好了与她告别的准备，但事到临头他才发现，这世界上并不是所有的离别都可以轻而易举，有些勇气，一辈子也攒不齐。

有口难言，大抵如此。

陆云檀终于把头抬了起来：“只是什么？”

梁云笺下意识地攥紧了搭在腿上的双手：“只是不知道该怎么告诉你这件事。”

陆云檀并不接受这种解释，怒气冲冲：“我还能拦着你离开？我真是好大的本事呀！”

梁云笺沉默许久，终于鼓足勇气对她说出了这句话：“我不确定什么时候能够回来，有可能，一辈子都回不来了。”

陆云檀一下子握紧了手中的笔杆，力气大得几乎要将笔杆折弯：“为什么呀？为什么不回来了？”

因为走了之后，将来的结局不过两种，痊愈而归或客死他乡。

但是，并不是所有人都能够成为幸运儿，所以，客死他乡的概率会更大一些，是真的一辈子都回不来了。

梁云笺再也没有了多余的勇气，甚至不敢直视她的双眸，垂眸看着桌面，竭力使自己的语气保持平静：“家中的安排。父母工作原因，不得不移民，需要长时间定居在美国，他们只有我这一个孩子，将来，也只有我能够照顾他们，所以……”

所以他很有可能再也不回来了。

往后余生再也见不到了。

陆云檀的鼻根一下子就酸了，眼睛也开始跟着发涩。

在今天之前，她一直以为“永别”是一件离她很远的事情，因为她还很年轻，还不到十八岁，怎么可能经历“永别”这种极具沧桑的事情呢？这是成年人的事情，而且还是大部分中年人或者老年人才会经历的事情，她还小呢，生离死别什么的只可能在书上见到，不可能亲身经历的。

但是现在，有一只不讨喜的手，点了一下书页，将书中的内容点成了真的，将“永别”这种离她很远的东西活生生地摆在了她的眼前，逼着她去面对去经历，实在是令她猝不及防、无法接受。

她很生气，很愤怒，又很委屈，很难过，心口闷胀，有一种透不过气的感觉——

他会在国外读书，会在国外工作，会在国外结婚、生子，会幸福美满地走完这一生。

用不了多久，他们就会变成形同陌路的两个人。

陆云檀感觉到了眼泪好像正在自己的眼眶里打转，却又不想让梁云笺看到自己哭，于是她立即把脑袋低了下去，谁知垂眸的那一刻，两滴眼泪不争气地从眼眶里跳了出来，掉在了卷子上。

灰绿色的卷子被滴成了墨绿色。

希望他没有看到自己哭。

希望自己能够早点遏制住眼泪。

希望自己能够迅速调整好情绪。

希望他能够有个美好的未来，前途似海。

希望他们两个能在不远的将来，好好地和对方说一声“再见”。

哪怕真的是永别了，也要体面呀，自己可是女侠，不能和臭书生一般见识，哪怕是说再见也要说得潇潇洒洒。

陆云檀咬紧了牙关，含着泪做了几组深呼吸，拼命地把眼泪憋了回去。再次抬起头时，她一脸傲娇地朝他挑了下眉毛，又朝着礼物袋扬了扬下巴：“送的什么呀？”

梁云笺的喉头不断发哽，开口前，他极为艰难地做了个吞咽的动作，似乎是想把堵在喉中的那份心疼与不舍生吞下去，然后才笑着对她说：“打开看看。”

陆云檀哼了一声，一边伸手拿礼物袋一边没好气地说：“你知道自己为什么没人家下西洋和李航升职快吗？”

梁云笺很配合地回答：“属下愚钝，还请帮主提点。”

陆云檀：“因为人家俩会来事呀，送礼这种小事你都干不好，让本帮主怎么提拔你？”她把粉色的纸袋子拉到了自己面前，然后将手伸了进去，从里面拿出来一个透明玻璃瓶。

瓶子里，装满了纸叠的小星星，黑色的泛着哑光的小星星，但有几颗明亮的金色小星星散布其中，乍看上去像是把银河裁下来了一块装进了瓶子中。

陆云檀的眼睛亮了，像是星星落进了她的眼里：“是你自己叠的星星吗？”

梁云笺：“嗯。”

陆云檀晃了晃瓶子，想看看里面还有没有别的东西，但星星实在是太多了，瓶子内部被塞了个密不透风，无论怎么晃都无济于事，她只好放弃，直接问了句：“里面还有别的东西吗？”

梁云笺摇头：“没了，只有星星。”

也足够了。

这么多颗星星呢，他一定叠了好久，也足够她怀念许多个日日夜夜。

不过话又说回来——

“你的手还挺巧呀。”陆云檀属实有些惊讶，真没想到臭书生这种无趣的人竟然还会叠星星，但不知出于什么原因，她又追问了句，“你还会叠别的东西吗？”

梁云笺的呼吸一滞：“不会了，只会叠星星。”

陆云檀莫名有些失落：“好吧。不过折纸艺术确实很难，会的都是人才，民间艺术家呢。”

民间艺术家？梁云笺不禁勾起了嘴角：“有那么厉害吗？”

陆云檀点头：“当然啦，超级厉害的，万里挑一的有趣灵魂呢！”

梁云笺：“你很喜欢他是吗？”

陆云檀：“谁呀？周洛尘？”

梁云笺不置可否：“那个会折纸的民间艺术家。”

陆云檀心想那不就是周洛尘吗？除了他，她也不认识其他会折纸的艺术家了。

不过梁云笺的这个问题倒是令她忽然恍惚了一下，她到底是欣赏那个站在单面镜后、与她折纸传书的少年？还是欣赏周洛尘呀？

答案似乎很明显。

那个与她折纸传书的少年。

无论那个少年是谁，她都会无法自拔地仰慕，只不过那个人刚巧是周洛尘。

但周洛尘似乎和她想象中的折纸艺人不太一样，至今为止，他都没有与她的第六感契合，可他就是折纸艺人，是那个她无法割舍的弹钢琴的少年，所以，她才会坚持不懈地去欣赏他、追逐他，就像是喜欢阳光和雨露，只要一想到就能令人倍感欢喜，舒适惬意。

于是，她点了点头："是的，很喜欢。"

嗯。

这就够了。

死而无憾。

梁云笺眼梢微扬，笑意温柔："他也很喜欢你。"

陆云檀眼皮一跳："是吗？"

周洛尘这么不见外吗？什么都跟臭书生说？不光说折纸传书的事，还说自己喜欢她？

果然是无话不谈的好兄弟，怪不得人家周洛尘能提前知道他移民的事呢。

这时，楼梯上突然传来了凌乱的脚步声，又戛然而止。

几秒钟后，下西洋先冒了一颗脑袋上来，谨慎地打探了一下情况，确认梁护法没有被暴打也没有被赶走后，舒了口气，然后小心翼翼地询问："帮主，我们可以上来吗？"

陆云檀："这是你家，你想怎么样就怎么样。"

下西洋："好的。"

他迅速从楼梯上上来了，身后跟着李航和李月瑶，三人的手里都拎着五颜六色的外卖袋子。

陆云檀把装星星的玻璃瓶重新放回了礼物袋子中，下西洋的眼神十分尖锐，清楚地捕捉到了这一细节："帮主，您拿的那是什么？"

陆云檀没有隐瞒："梁护法送我的礼物。"

下西洋长舒一口气，确认"青云直上"学习帮散伙危机已经解除，还非常欣慰地想：小梁可以呀，还能想到送礼这一招。

李航和李月瑶也跟着舒了一口气：帮主与梁护法重修旧好，皆大欢喜啊，皆大欢喜！

之后大家皆大欢喜地将奶茶给分了。

下西洋早在点外卖的时候就顺带着给梁云笺点了一杯，所以，此时此刻，人手一杯奶茶，气氛越发皆大欢喜。

等所有人全部落座后，陆云檀忽然清了清嗓子，一本正经地开口："新的一年到来了，我准备搞一下人事变动。"

陆云檀给了大家三秒钟消化信息的时间，然后才宣布人事变动通告：“左右副帮主和军师在过去的一年中无功无过，职位暂且不变；梁护法呢，也算是差强人意，但是呢，他给我送礼了，我拿人手短呀，所以我要提拔他当一天的代理帮主，今天他是老大，我们都要听他的。”

陆云檀宣布完毕后，吸了一口乌龙奶盖，奶香与茶香味一齐在味蕾上旋转跳跃，她满意地眯起了眼睛：“好啦，现在大家可以开始补作业了。”

帮主一声令下，“青云直上”学习帮众人立即进入了工作状态中，除了代理帮主。

梁云笺先看向坐在自己对面的陆云檀，然后，蹙起了眉头，抿紧了薄唇。

陆云檀正在写语文卷子，写到了文言文阅读题部分，懒得看古文了，直接拿起了手机，打开了百度浏览器。

梁云笺又看向了其他三位。

这三人也是一样，为了提高补作业的效率，能百度绝不自己动脑子。

梁云笺无声观察了一会儿，忽然开口：“你们几个到底是在抄作业还是补作业？”

陆云檀抬头看着他：“这不一样吗？”

梁云笺努力保持心情愉悦。

下西洋解释了一句：“我们来不及写了，只能分工，各司其职，齐头并进。”

李航：“这是我们底层学渣的智慧，您这种高端学霸不懂是很正常的，不必自卑。”

梁云笺深吸一口气：“所以你们一人写一科作业，然后借给其他人抄？”

陆云檀：“是的！”

李月瑶：“这样会快一些，我们是真的写不完了。”

梁云笺面色严肃：“既然只写一科作业，为什么还要上网搜答案？”他又不容置疑地命令，“把手机全都交到我这里，从现在开始不许再抄答案，全部自己写。”

其他几个人面面相觑，大为震撼。

无人上交手机，梁云笺只好逐个击破，按照从易到难的原则，他先看向了李月瑶：“听说你下个学期就要选拔到重点班里面了，是我们班吗？”

李月瑶不安地点了点头。

梁云笺："我以为你和他们几个不一样，是个自觉的好学生，没想到竟然也会抄作业？九班的人，从不抄作业。"

被偶像批评了，还是被批评了事业，李月瑶惭愧不已，无地自容地低下了头颅，迅速把手机交了出去。

陆云檀大为不解：就这么屈服了？军师你也太好说话了！

梁云笺又看向李航："听说你期末考试的成绩已经过了二本线，恭喜，东航指日可待，但是一次过并不代表次次过，高考结束之前，一切都是未知数，抄作业能给你带来什么？保证你过二本线吗？能让你稳上东航吗？"

李航无言以对，羞耻地低下了头颅，心一横，把手机交了出去。

陆云檀腹诽：右副帮主，你的骨气呢！

梁云笺看向了下西洋："听说你艺考成绩不错，过了东辅大学播音主持专业的录取线，但这并不代表你会被东辅大录取，要是最后被文化课拖了后腿，你不遗憾吗？你父母心里会好受吗？即便是对不起自己，也不能对不起父母的一片苦心。"

下西洋愣了下，怎么到我这里打起感情牌了？

下西洋虽然略有触动，但他毕竟是一个资深型的顽固学渣，不像李月瑶和李航那样容易被说服，也不会那么轻易地交出手机："我和他们不一样啊，我基本功不好，很多题都不会，只能让手机帮我答疑解惑。"

梁云笺不为所动："我也可以帮你答疑解惑。"

啊，这……

下西洋依旧贼心不死："我不是怕打扰您写作业嘛……"

梁云笺："我的作业已经写完了。"

梁云笺面无表情地朝他伸出了右手，言简意赅："交出来。"

下西洋走投无路，只好缴械。

下一个，轮到了陆云檀。

梁云笺没收了下西洋手机，看向了陆云檀。

身为这其中最顽固、最资深、最冥顽不灵的落后分子，不等梁老师开口，陆云檀就摆出了一副宁死不屈的样子，还一脸挑衅地看着他："我不交！你没资格没收我们的手机！"

就差把"有本事打一架啊"这几个字写脸上了。

梁云笺轻叹口气，不再看她，从地毯上拿起了自己的书包，一边低头拿资料一边漫不经心地说：“没打算收你的手机，你爱学就学，不爱学就不学，我管不了你也不想管你。”

陆云檀生气了，心想：

为什么不想管我？

有种被差别待遇的感觉！

哼！

梁云笺看了她一眼：“跟我赌气不学习，退步的又不是我。”

陆云檀想到了自己期末考试退步了一百名的事儿，忽然好没面子：“谁跟你这个臭书生赌气了！”

梁云笺：“怎么证明？”

在面子和手机之前纠结许久，她最终还是选择了面子，七个不平八个不满地把自己的手机推了过去。

梁云笺这才注意到她的手机屏幕碎了，“λ”形状的裂纹贯穿整面屏幕。

“怎么碎成这样了？”他奇怪地问了句。

陆云檀咬牙切齿：“被狗气的。”

梁云笺愣了下，这是在骂他吗？

陆云檀不搭理他了，低头写卷子，小嘴巴还噘着，不服气到了极点。

梁云笺又是无奈又是想笑。

之后，在代理帮主的镇压之下，以檀帮主为首的四人也都老实了，乖乖写作业，全都各写各的，也不敢交头接耳，遇到不会的题，就去向梁老师请教。梁老师会尽心尽责地给他们答疑解惑。

时间一分一秒地过去，陆云檀即将写完一套语文卷子的时候，某个人的手机忽然振动了一下，她好奇地抬头看了一眼，发现是梁云笺的手机。

梁云笺看了一眼屏幕上弹出的消息，神色一僵，立即从桌子上拿起了手机，同时从凳子上站了起来：“我去打个电话。”步伐迅速地朝着楼梯走了几步后，他忽然想到了什么，回头看着陆云檀，“不许偷手机！”

陆云檀翻了个白眼，明明四个人呢，为什么只警告我？

哼！

针对我！

梁云笺拿着手机下了楼，陆云檀气得直捶桌子。

李航、李月瑶和下西洋只敢眼巴巴地望着自己的手机，却不敢去拿。

排名第二的顽固型资深学渣卞西洋愤愤不平地说了句：“这个梁护法，不许我们碰手机，自己却去打电话，实在是欺人太甚！”

排名第一的顽固性资深学渣陆云檀怒不可遏地瞪着卞西洋：“我早就跟你说了不能喊姓梁的过来，你非要喊他！现在好了吧？补作业变成了上自习，还有老师盯自习！你开心了吗？！”

卞西洋叹了口气，满目忏悔：“我错了，以后绝对不会再擅作主张！”

梁云笺从阁楼下到了一楼客厅，又走出了屋子，然后才给他妈回电话。

宋瓷接得很快，不等她开口，梁云笺就急切不已地开了口：“到底怎么回事？”

宋瓷叹了口气：“我和你爸也觉得突然啊，好好一个人，说没就没了！你爸收到消息的时候都蒙了。”

梁云笺蹙眉：“什么原因？”

宋瓷：“喝酒呗，肝中毒。”她又叹了口气，“周业这人也是，刚开始做生意的时候天天陪客户喝酒还能理解，现在都这么成功了，还喝，大过年的也不回家，在外面跟人喝酒，把自己喝死了。”

梁云笺又问了句：“什么时候的事？”

宋瓷：“昨天晚上，没过十二点人就没了，明天火化，追悼会也是明天开。”她叹气叹得没完没了，“你爸也是刚收到的消息，现在把自己关进书房里了，心里也不好受，毕竟是那么多年的朋友呢。”

梁云笺：“他明天去参加追悼会吗？”

宋瓷：“肯定要去呀。”

梁云笺：“你呢？”

宋瓷：“我不去，和我又没关系，去了还要和章桐见面，还要安慰她，我才不给她这个脸呢。”

了不起的宋瓷女士。

他轻叹口气，又问了句：“需要我去吗？”

宋瓷：“你去干什么呀？气周洛尘呢？显摆你有爸他没爸？”

梁云笺无奈：“不至于。”

宋瓷：“太至于了！周洛尘那孩子，心眼儿和他爸的心眼儿一样小，性格和他妈一样矫情，你要是去了，他能恨你一辈子。”

第十一章

/ 一见倾心

在梁老师一丝不苟、极为严格的监督之下，以檀帮主为首的“青云直上”学习帮众人终于艰难地、痛苦地，但是却独立自主地完成了所有寒假作业。

大年初五下午四点，返校。

大年初六，高三的下半学期，也就是高中生涯的最后一个学期，正式开启。

“青云直上”学习帮军师李月瑶小同志因上学期成绩优异、表现突出，被提拔去了重点班，与梁护法在高三（9）班胜利会师。檀帮主则带领着左右副帮主坚守高三（2）班阵地。

不过李军师虽然被提拔去了九班，但还是心系檀帮主的，平时还是会和她一起上学放学、去食堂吃饭。

新学期开学后的学习生活紧张而充实，一周时间转眼就过了一半。

晚自习依旧是十点下课，但是下课铃打响后陆云檀并没有立即开始收拾东西，像是没听到下课铃声似的，继续做英语卷子，坚持把最后一道英语作文题写完了，才如释重负般长舒一口气，然后抬起了脑袋，看了一眼挂在黑板上方正中央的表，已经十点二十二分了，她立即开始收拾东西。

往书包里塞回寝室后要用的学习资料的时候，她还不禁在内心感慨，学习，可真是累啊！

世界上最难的事情就是学习了，而且她还不知道自己到底是为了什么学习——

上个学期努力学习是为了完成考进年级前三百五十名的目标，后来因为跟臭书生赌气放弃了，现在不赌气了，继续努力学习，却没了目标，却又在逼着自己去学习，哪怕是学海无涯苦作舟，也要挨着苦难学下去，没有缘由地学。

不过如果一定要让她找出一条学习的理由的话，那就是梁云笺要移民了。虽然她也说不清“好好学习”和“梁云笺要移民了”这两件事情之间有什么必然联系，但后者却成了前者的动力。

匆匆收拾完东西后，陆云檀背上了书包，拎着空水壶离开了教室，去西北角楼梯口等李月瑶，她们俩约好了十点二十五在这里见面，然后一起去食堂旁边的公用大水房打水。

没过多久，李月瑶就出现了，手里也拎着一只壶，急匆匆地下楼。

见面后，檀帮主先关心了一下李军师的最新近况：“新班级怎么样？这几天习惯吗？”

李月瑶长长地叹了口气，一副愁眉不展的样子：“根本不习惯，你完全无法想象他们有多拼，真的吓死人，恨不得把自己学死、学成骨灰那种！”

落后分子陆云檀大受震撼，不由得瞪大了眼睛：“真的假的？”

李月瑶：“现在十点二十五，我离开教室的时候，班里面还有一大半人都没走呢，还在学，比赛谁能坚持到最后。”

陆云檀心道，人家这才是正儿八经学习的好料啊！

再想想她们班，她走的时候，班里几乎都没人了。

唉，这就是普通班和重点班的差距。

随后两人一起朝着教学区门口走了过去。

去水房的路上，陆云檀又好奇地问了句：“臭书生走了吗？”

李月瑶摇头：“没有。”

身为资深学渣，陆云檀略有一些不理解：“他都要出国留学了，干吗还那么拼？要是我我早就不来上学了，反正又不用参加高考。”

李月瑶：“他一直在给别人讲题，所以才没走。”她又叹了口气，“重点班的人都可吓人了，全是一帮没有感情的学习机器，还有点自私，很少有人愿意把时间浪费在给别人讲题上面。梁护法是为数不多的好人，谁去问他题他都会给对方讲，而且还特别有耐心，讲一遍不行还会给你讲第二遍第三遍，既不会嫌你烦人也不会觉得麻烦，所以老师不在的时候大家都愿意去找他问问题。”

梁云笺好像一向如此，陆云檀想到了他给她补课的时候，无论她多么不情愿、不配合、不开窍，他都不会觉得她烦人，总是不厌其烦地给她讲一遍又一遍，直到她彻底学会了、明白了为止。不过，周洛尘也是这样。

虽然她从没有面对面地去找过周洛尘请教问题，但会在微信上问他，尤其是晚上回到寝室后、趴被窝里学习的时候，遇到不会的问题，她会第一时间给他发过去，无论多晚，他都会及时给她讲题，不过他可能是担心会打扰到别人，所以从不发语音也不打视频，只发文字，要么直接发一张照片过来，内容是他写好的解题步骤，格式清楚明了，步骤详略得当，字迹好看得可以当字帖去临摹。

紧接着，陆云檀又忽然想到了什么："对了，周洛尘今天来学校了吗？"

李月瑶摇头，压根儿不想多聊他，言简意赅地回答："没。"

"啊？怎么还没来呀。"陆云檀惊讶又担忧，"他家里到底出了什么事啊……"

今天已经周五了，从开学到现在，周洛尘就一直没来上学，她曾给他发过微信，问他为什么没来上学，他的回答是：家里出了些事情。

至于什么事，他没说，陆云檀也没好意思追问，毕竟是人家的私事，他要是想说的话，肯定就主动说了，没说就是不想说、不能说，所以她不问。

李月瑶才不关心那么多："说不定只是因为不想来学校呢？他都申请上东辅大的保送生了，还来学校干吗？"她还有些愤愤不平，"要不是梁护法要出国读书，哪轮得着他呀！"

陆云檀也是这么觉得，但是吧，周洛尘，是她最欣赏的折纸艺人，所以她不能说这种话，而且还要维护他一下："其实他的成绩也很好呀，也配得上这个名额。"

李月瑶又叹了口气："唉，话是这么说，可我还是替梁护法不值。"她的语气中满是无奈，"说真的，我一直觉得周洛尘是在捡漏，从上高中之后，他得到的很多东西原本都应该是梁护法的，比如校队队长，比如学生代表，比如这次的保送名额，都是梁护法不想去争取，如果他想要，哪还轮得着周洛尘呀。"

陆云檀不置可否，但在内心深处，却是同意李月瑶的话，所以她很愧疚，也很羞耻，因为她觉得自己不应该这么想，毕竟周洛尘才是自己欣赏的人呀，她不应该轻看他，更不应该觉得梁云笺比周洛尘强，她应该觉得周洛尘所得到的一切都是理所应该的，是他自己争取来的，和梁云笺有什么关系呢？可她控制不了自己的想法和内心……心里的那杆天平，无法自控地倾向于梁云笺。

她没说话，却叹了口气。

时间已晚，两人来到水房的时候这里已经没人了，迅速把水壶接满水后，她们俩几乎是一路小跑回的寝室，赶在熄灯前一分钟冲进了寝室大门。

十点四十分，大门关闭，寝室熄灯。

陆云檀已经习惯了摸黑去洗漱，连灯都不用打了，洗漱完，钻进被窝，继续学习。

她计划着做一套理综选择题后再睡觉。

这套题比较简单，花了不到四十分钟就做完了，生物和化学选择题加起来只错了两道，物理八道题，错了两道。她本想着把错题纠正完之后再睡觉，但实在是太困了，困得上下眼皮直打架，最后实在是坚持不下去了，于是就把小灯关了，把卷子和文具推到了枕头边，然后关闭了精神的开关，脑袋一挨枕头，就睡着了。

睡了还不到一分钟，她又忽然想到了什么，垂死病中惊坐起一般，立即抓起手机，给折纸艺人发了一条信息：【晚安，我睡了。】

她担心自己不给折纸艺人发消息的话，他会一直不睡觉等着她去找他问问题。

很快，折纸艺人就回复了她：【晚安，好梦。】

然后，陆云檀才放心地闭上了眼睛，却有点睡不着了，脑袋里一直想着折纸艺人的事：周洛尘为什么不来学校呢？家里到底出了什么事呀？严重吗？

好久好久之后，她才迷迷糊糊地睡着了，但总觉自己还没睡多久呢，五点半的闹钟就响了。

她把周杰伦《霍元甲》这首歌的高潮部分设为了闹钟铃声，从而导致她现在只要一听到这首歌，就浑身紧张——

“霍霍霍霍，霍霍霍霍，霍家拳的套路招式灵活……”

在拳打脚踢的歌声中，陆云檀痛苦地睁开了眼睛，关闭闹钟后，不情不愿地起了床，行动迅速地穿好衣服，去了卫生间。

正月里的天气依旧严寒，水温冰冷刺骨，再困的人洗漱完后也被冻清醒了。

女寝五点四十分开门，陆云檀还不到五点四十就背着书包离开了寝室，站在楼梯口等了不到一分钟，李月瑶就从楼梯上下来了。寝室大妈用钥匙解开了挂在把手上的锁链，推开了大门，随后她们俩一起去了食堂，在窗口买完饭后，直接奔去教室，开启新一天的奋斗生涯。

今天是周六，本周的最后一天了，上午跑操的时候，陆云檀没去，还非常嚣张地趴在了窗户口，抻着脖子朝楼梯口看。

很快，梁云笺就出现在了她的视线中，她大喊了一声："臭书生！"还从窗户里伸出胳膊朝他摆了摆手。

梁云笺勾起了嘴角，走到了窗前："迫不及待地要背英语？"

陆云檀一脸不服气地看着他："你这人真无趣，开口闭口都是学习！"

梁云笺："那我应该怎么说？这位同学，你有请假条吗？"

陆云檀依旧是那么理直气壮："我没有呀，我就是逃操的，但是我今天有正当理由逃操。"

梁云笺无奈一笑："什么理由？"

陆云檀："我想问问你周洛尘为什么一直没来学校。"

梁云笺在心里叹了口气，他知道为什么，但是他不能说，最起码这件事不能从他的口中传出。所以，他只能回答："我也不太清楚。"

陆云檀相当诧异："啊？他竟然也没跟你说？"

梁云笺："嗯，没说。"

严格来说，确实是这样，周洛尘并没有亲口告知他周业离世的消息，他是从自己父母口中得知的消息。他也很了解周洛尘，完全能够明白周洛尘为什么不跟自己说这件事，所以，他只能假装自己什么都不知道。

陆云檀微微皱起了眉头："你们俩关系那么好，他都没跟你说，该不会是什么很严重的事情吧？"

梁云笺："别乱猜了，也不要主动去问，他想说的话自然就说了。"

陆云檀："我当然知道不要去问他，要给别人留空间呀，不然我怎么会问你呢？"

梁云笺垂眸瞧着她，语气淡淡："你怎么不想着给我留空间呢？"

陆云檀忽然意识到了自己好像有些双标。之前臭书生有一段时间没来学校，她每天都在微信上追问他到底怎么了？抓耳挠腮地想弄清楚他没来学校的原因，并且在他回学校后，还忍无可忍地当面质问他是不是要移民了，丝毫不给他留空间……

——不过话又说回来，虽然本帮主双标了，但是本帮主的威严也不允许你来挑衅！

陆云檀开始诡辩："那不一样，你是我'青云直上'学习帮的成员，他又不是，我干吗要去追问人家帮外人员的私事？"紧接着，她又开始倒打一耙，"再说了，谁让你两个月没理我呢，错的就是你！你还不认错！还来质疑我！还记仇！哼！从没见过你这么不讲理的人！"

梁云笺轻笑了下，到底谁不讲理?

陆云檀双臂抱怀，一脸傲娇地看着他："不过呢……"

她卖了个关子，没把话说完，挑着眼梢看着梁云笺。

梁云笺忍着笑意，很配合地往下追问："不过什么？"

陆云檀勾起了嘴角："看在今天是个特殊的日子，我就不跟你计较啦！"

梁云笺怔住了，难以置信地看着她。

今天是 2 月 25 日，他的生日。

不过，他还是有些不确定："什么……特殊的日子？"

陆云檀哼了一声："你说呢？"她弯腰从自己的桌洞里拿出来一个挂着毛毡小人的钥匙链，递给了梁云笺，又重点突出强调了一句，"这个娃娃可是我自己做的，亲手做的！"

银色的钥匙链上挂着一个古人造型的毛毡娃娃，娃娃身上穿着浅蓝色的长衫学袍，头上戴着配套的学帽，脚上还穿着一双白色的靴子。

虽然做工不太完美，娃娃的帽子是歪的，两条胳膊不一样长，眼睛还一个大一个小，但梁云笺还是能看出来，这是一个小书生。

他扬起了嘴角，笑意十足地看着手中的娃娃。

这个娃娃绝对是他有生之年，收到过的最好的生日礼物。

"这东西可难做了，费了我好大的劲儿呢！"陆云檀这人，有一个毛病，那就是一旦付出了劳动就必须让全世界都知道她付出了劳动，必须要好好地宣传一下自己的功劳才行，"要拿一根针不停地戳毛团，戳呀戳，戳呀戳，戳出形状才行，我的手差点儿就被戳掉了呢！"

梁云笺抬眸，专注而认真地看着她："谢檀女侠厚爱。"

他没有喊她"檀帮主"，因为"帮主"是大家对她统一的称呼，只有"檀女侠"这个称呼，是属于他自己的。

陆云檀很严肃地叮嘱：“你一定要好好地照顾它，要是敢少了一条胳膊或者一条腿，我就卸了你的胳膊和腿！”

梁云笺语气笃定地向她保证：“请檀女侠放心，死了也会带进棺材里。”

陆云檀并不相信他的话，毕竟他现在才十八，离死还远呢，最起码还有个六七十年，等到那个时候，他早有自己的妻子、孩子和孙子，还能记得现在的人和事吗？她和她送的毛毡娃娃估计早就丢了或者坏了或者被抛弃到了记忆深处，哪可能带进棺材里？

不过，能听到他这么说，她还是很开心的。

“臭书生，希望你能够说到做到。

“还有，祝你十八岁生日快乐！”

农历二月二，俗称龙抬头，皇历上显示今年的二月二宜入土安葬，所以，章桐选择了今天为周业下葬。

公墓早就买好了，在东辅市西四环以北的云安陵园。

由于周业是独子，父母又年事已高，所以下葬这天来送行的亲朋寥寥。

放置骨灰盒的墓穴封上之后，前来送行的亲朋陆续离去，最后仅剩下了未亡人章桐和周业的独子周洛尘默然伫立在墓碑前。

今天倒是一个阳光明媚的好天气，毕竟已经是阳春三月了，处处可见春日的迹象。

白色花岗岩打磨出来的墓碑岿然大气，在阳光的照耀下，反射着刺目的白光，周洛尘微微眯起了眼睛，目不转睛地望着镌刻在墓碑上的黑白照片。

照片中的那个中年男人，是他父亲，是这个世界上最疼爱他的人，但他父亲的时间却永远被定格在了这一刻。

噩耗传来的那晚，他的世界被撞击得分崩离析，再也无法愈合，所以，时至今日，他都无法接受父亲离世的事实。

从今往后，这个世界上再也没有真心实意爱着他的人了。

站在他身边的那个女人，忽然叹了口气：“回去吧，天冷，你的病才刚好。”

从父亲火化那天起，他就一直在生病，不明原因，断断续续地发烧，直到前天，才彻底退了烧。

此时的天气有些冷，毕竟是春寒料峭的时节，但是，他并不想走，尤其是身边的这个女人开口之后。

他又看了眼墓碑正中央竖向刻着的两个名字，灰色的是父亲的名字，金色的是未亡人的名字，他缓缓念了出来：“章桐。”

女人一愣，诧异又茫然地看着自己的儿子：“你喊我什么？”

周洛尘面无表情地看向自己的母亲：“章桐。”他冷笑了一下，“你现在挺得意的吧？他终于死了，你自由了，可以去找梁顾了。”

章桐满面涨红，怒不可遏：“周洛尘，我是你妈！”

周洛尘哂笑：“你是梁云笺他妈，不对，是你想当梁云笺他妈，但是人家梁顾不给你这个机会。不过你老公已经死了，你可以去问问梁顾，愿不愿意接受你，他要是接受你的话，我不反对，只要你自己不嫌丢人就行。”

章桐双目通红，浑身颤抖，突然抬起手，愤怒地抽了他一巴掌。

周洛尘不为所动，字句锋利地攻击着自己的母亲：“你到底有什么委屈的？你跟了我爸这么多年，自己出去赚过一分钱吗？你吃的用的，身上穿的戴的，哪样不是花他的钱买的？就算他死了，你往后余生还要靠他留下的遗产活着，你有什么资格委屈？有什么资格恨他？”他的眼神中充斥着难掩的怨恨与厌恶，仿若面前站着的不是他的母亲，而是他的仇人，所以他说的话能有多恶毒，就有多恶毒，“他是怎么死的你不知道吗？不是因为你，他会出去喝酒吗？是你把他逼死了！是你害死了我爸！章桐！你是杀人犯！死的人为什么不是你！”

最后一句话，他几乎是咆哮出来的。

他恨极了眼前的这个女人，恨不得她立即消失。

章桐呆若木鸡地盯着自己的儿子，视线渐渐模糊了起来，眼泪夺眶而出。

周洛尘也是双目赤红，他深深地吸了一口气，朝着远处的绵绵青山扬了扬下巴：“看到那儿了吗？就是那片荒山野岭，你不是不喜欢我爸吗？不是不想和他在一起吗？行，我满足你，等你死了，我就找人把你的骨灰扔到那里去，让你当孤魂野鬼，想找谁就去找谁。”

他特意说明，是找别人扔骨灰，而不是自己亲手扔。

说明，他确实是恨极了自己的母亲，生死不复相见。

章桐心如刀绞，无力地望着自己的儿子，泣不成声。

周洛尘没有理会自己的母亲，最后又深深地看了一眼父亲的墓碑后，转身离去，一步又一步地将母亲远远地甩在了身后。

从今往后，她不再是他的母亲，他也不会再喊她一声母亲，她只是一个叫作章桐的女人。

他也无法再与她共居一个屋檐之下，只要一看到章桐，他就会想到父亲的死亡，所以，搬离了自己家，去和爷爷奶奶生活在了一起。

比起章桐来说，爷爷奶奶才是这个世界上他仅有的血缘至亲了。

高考的倒计时从一百天变成了九十天，又像是白驹过隙一般迅速地从九十天变成了七十天，时间转眼就到了温暖的四月份。

二模考试的成绩出来了，陆云檀破天荒头一遭地考进了年级前350名，虽然具体点来说，是考了第349名，但这确确实实是年级前350名之内的！

成绩是周日上午临近中午的时候以校信通的形式发到家长手机上的，当时满头粉红发卷的纪雪杉女士正在厨房做饭，看到手机消息后，蒙了，并且是蒙得彻底，甚至有些怀疑老师是不是把别人家孩子的成绩错发给她了。

盯着手机屏幕看了足足十秒钟后，纪女士做出了一个不怎么成熟的决定，给班主任发微信：【金老师，我们云檀这次真的考了年级第349名？英语考了90分？没发错人吧？】

姓谢的班主任非常肯定地回复：【没有，就是云檀的成绩。】

紧接着，他还表扬了陆云檀一句：【云檀最近非常努力，是班级的“进步之星”！】

把班主任的回复读了三遍之后，纪雪杉女士直接把煤气灶关了，然后，开始在她能够自由发言的微信群中疯狂转发她闺女的成绩，包括拼多多专用砍一刀群，再然后，她脱掉了身上戴着的围裙，潇洒地扔到了灶台上，再再然后，把刚刚装满的菜篮子倒空了，再再再然后，拎着空篮子，以买菜的名义，趾高气扬地出了门。

不出半个小时，整条老街上的人民群众，都知道了陆家小闺女在本次二模考试中考了年级349名，并被班主任誉为“进步之星”的事情。

要是换了别人家的孩子，肯定会觉得自己妈这种行为特别丢人、特别羞耻，还特别上不了台面，但是，陆云檀可不是一般的人，她觉得她妈做得好！做得好极了！不然人家怎么才能知道她在学校努力了呢？怎么才能知道她是“进步之星”呢？怎么知道她学习好呢？当然是要亲口告诉人家啦！

要是什么事都藏着掖着，哪来的普天同庆！

再说了，她难得考这么好一次，不好好显摆一下怎么行？万一下次考不好了怎么办？不就没有显摆的机会了吗？

所以，她和她妈一样，得知成绩的那一刻，恨不得让全世界都知道自己考了年级第 349 名，第一件事就是给梁云笺发微信，但是说法得很有技巧性，没有直接说自己考了多少名，而是先问：【臭书生，你这次二模进步了多少名呀？】

梁云笺的消息回复很快，也很配合：【没进步。】

年级第一，也没有进步的空间了，但是，陆云檀并没有妄自菲薄，而是很自信地回复：【我进步了 50 名呢！我考了年级第 349 名！】

梁云笺知道她想听什么话：【檀女侠励精图治，奋发向上，我自愧不如。】

陆云檀傲娇地勾起了嘴角，又傲娇地回了个“哼”，然后才拿着手机跑出了西厢房，先去找她爸，再去找她哥，师弟小青学成归去，少了一个人炫耀，她略有些索然无味，不过由于本次考试成绩突出，临去学校之前，她妈给了她双倍的生活费。

下午一点半，陆云檀背着小书包，兜里揣着四百块钱，骑着她心爱的电动摩托车，雄赳赳气昂昂地去了学校。

秉持着“兜里有钱就必须花不然就是对金钱的不尊重”的信念，陆云檀决定，先去学校门口的大超市采购一番再去教室。

在寝室整理好行李后，她背着书包去了超市，路过男生寝室的时候，她看到了从小路转上主路的梁云笺，立即喊了一声：“臭书生！”

梁云笺脚步一顿，回头看了过去。

陆云檀快速朝他跑了过去：“你要去超市吗？”

梁云笺原本没打算去，但他的回答却是：“去。”

陆云檀热情地发出邀请：“我们一起吧！”

梁云笺：“好。”

两人并肩而行，慢慢地朝着校门口走，陆云檀扭头看着梁云笺，眼睛亮晶晶的："对了，你知道我考进年级前 350 名的事情了吗？"

梁云笺无奈一笑："知道了，你已经……"话还没说完，他忽然明白了她这个问题的深层含义是什么，立即改口，悬崖勒马，"你只给我发了一条微信，但是我不太清楚具体情况，可以给我讲一下你是怎么进步这么多的吗？我想学习一下。"

陆云檀正是此意，开心地点了点头："可以呀！"然后开始宣扬自己的艰辛与不易，"我每天早上五点半就起床了，五点四十就从寝室出门了，几乎每天都是第一个到教室的，然后就开始学习了，学得可认真了，一直到十点二十五才回寝室，然后继续趴在被窝里学习，学到十二点多才睡觉。"

梁云笺忍着笑意，认真又郑重其事地夸奖："真的很棒！"

陆云檀勾起了嘴角，眼睛都笑弯了，整个人就是一个大写的"心满意足"。

絮絮叨叨地说了那么多，就是为了得到一句表扬，跟三岁小孩似的。梁云笺看着她，终究还是笑了，并且是忍俊不禁。

此时正是返校的高峰期，进出校门的学生有很多，校门外的马路边上停着各式各样的来送孩子上学的私家车。

走出校门后，梁云笺无意间在人群中看到了章桐。

章桐也看到了他，但她并没有像往常一样主动前来和他打招呼，仅是在对视的那一刻，微微颔首，朝他点了一下头。

梁云笺也是如此，朝她颔首示意。

不过令他感到奇怪的是，周洛尘并不在她身边。

从新学期伊始，周洛尘就没有再来过学校，今天章桐突然出现在这里，是不是意味着，周洛尘终于要回来上学了？

红灯变绿，陆云檀忽然扯了扯他的袖子："快跑！绿灯啦！"

梁云笺回神，和她一起过了马路，走向了超市。

章桐的目光一直定格在梁云笺的背影上——他真的很像他的父亲——直至他的身影消失在超市门后，她才轻叹口气，收回了自己的目光。

几分钟后，一辆出租车停在了马路边，后门打开，身穿校服的周洛尘从车中下来，一手背书包，一手关车门。

章桐立即朝他走了过去，亲切地喊了声："辰辰。"

周洛尘眉头蹙起，无奈又厌烦地看向自己的母亲："谁让你来的？"

他这段时间一直住在爷爷奶奶家，今天也是直接从爷爷奶奶家来的学校。

其实他并不想来学校，因为他依旧走不出父亲离世所带来的阴影，也没有勇气面对同学和老师们异样的目光，他不想被同情，不想被可怜，不想被轻视，所以他只想龟缩在家中，封闭自己的人生，但是爷爷奶奶不放心，不断地劝说他来学校上课，他不忍再让他们老两口担心，所以才来了学校。

只是没想到，会在校门口遇到自己的母亲。

他一点也不想见到她，甚至后悔申请了东辅大的保送生，他应该申请一个外地的学校，远远地离开东辅，离章桐越远越好。

章桐的神色和语气中皆带着些许讨好："爷爷奶奶给我打了电话，说你今天返校了，我来看看你缺不缺什么东西，我去给你买。"

周洛尘哂笑："哟，真是难得呀，您还能对我有这份心呢？"

章桐愁眉紧锁，万般无奈："辰辰，我是你妈妈，我怎么可能不关心你呢？"

周洛尘不为所动："省省吧，猫哭耗子假慈悲，关心你的亲儿子去吧，等他来了带着他去对面超市转转，看看他需要什么。"说着，他还朝着对面超市扬了扬下巴，然后，怔住了。

他看到了梁云笺，也看到了陆云檀。

他们两个一起，有说有笑地从超市里面走出来了。

梁云笺手中提着一个沉甸甸的白色购物袋，陆云檀什么都没拿，只捧了一杯刚从锅里拿出来的关东煮。

可能是由于不想吃着东西过马路，陆云檀干脆站在超市门口吃起了关东煮，梁云笺提着东西，站在一旁等她。

周洛尘下意识地咬紧了牙关，面无表情地看着马路对面的两人，薄唇渐渐抿成了一条生硬的直线。

他不甘心，也不服气。

凭什么呀？凭什么梁云笺什么都有？有喜欢的人，有父母的爱，有完整健全的家庭，有美好的童年，有他所没有的一切。

不公平。

太不公平了。

凭什么梁云笺的人生一帆风顺，而他却要经历这么多痛苦和无奈？为什么死的人是他的父亲？为什么死的人不是梁顾呢？

该死的人应该是梁顾！都是因为梁顾，才导致了现在的一切！

在这一刻，周洛尘对梁云笺的恨意突然骤加，到达了前所未有的程度，他甚至恨上了陆云檀——你不是口口声声地说在乎我吗？为什么要一直和梁云笺一起？我到底有哪里不如他？

章桐察觉到了儿子的异样，顺着他的目光看了过去，看到站在超市门前的那对少男少女后，她瞬间回想到了宋瓷的话：那是我儿子的朋友，让你儿子离她远点。

章桐的呼吸一窒，抿了抿干涩的唇：“辰辰呀，”她看着自己的儿子，试探着问，“你和云笺之间没有闹什么矛盾吧？”

周洛尘收回目光，看向了章桐：“你觉得呢？”

章桐：“你和云笺不是一直是好朋友吗？”

周洛尘反问：“谁告诉你的？”怀揣着一种报复心理，他故意对自己的母亲说，“他抢走了我在乎的女孩。”

章桐呆若木鸡，心底深处，突然生出了一股难以遏制的恐惧。

她害怕自己的儿子，变成第二个周业。

她急切又惊慌：“可是，那、那是云笺……”

周洛尘冷笑：“所以呢，我就必须让给他吗？凭什么？”

陆云檀吃完了关东煮，正愁着不知道用什么东西擦嘴擦手的时候，梁云笺及时地递上了干净的纸巾。陆云檀嘻嘻一笑，用空了的纸杯换来了一张干净的卫生纸，擦了擦油乎乎的嘴巴和双手之后，非常不厚道地把脏了的纸巾塞进了梁云笺手中的空纸杯里。

梁云笺无奈一笑，拿着空纸杯朝着路边的垃圾桶走了过去。

等他扔完垃圾后，两人一起等红灯，过马路。

即将走到校门口时，陆云檀脚步猛然一顿，呆愣愣地看着不远处，难以置信地对梁云笺说：“周洛尘？他竟然回学校啦！”

从开学到现在，他一直没有来上学。

梁云笺立即停下脚步，顺着她所看的方向看了过去。

周洛尘身穿春季校服，朝着他们两个走了过来。

陆云檀有点点蒙，因为好久没见了，她莫名对周洛尘有些陌生——虽然天天晚上聊微信，但感觉还是怪怪的，好像那个天天和她聊微信的人不是周洛尘一样——她又有了种线下见网友的感觉，一时间竟不知道该怎么面对才好。

周洛尘对梁云笺视而不见，径直走到了陆云檀面前："好久不见。"

陆云檀看着他，实话实说："确实是，很久没见了。"其实她很想问问他家里到底出了什么事，但又不好意思直接问，不然显得自己怪多事的，思来想去，终于想到了一个好借口，"梁云笺一直问我你家里出什么事情了，可是我也不知道呀，要不你自己告诉他吧。"

周洛尘抬眸，看向了梁云笺。说实话，他有些诧异，他本以为梁云笺一定会把他爸喝酒猝死的事情告诉陆云檀，告诉所有的同学，让所有人都知道他周洛尘现在是个没爸的孩子，让所有人都笑话他爸把自己喝酒喝死了，但是没想到，梁云笺竟然什么都没有说。

或许，他从一开始就不该认定梁云笺会肆意散布他爸的死讯，因为梁云笺和他爸梁顾一样，是个假清高的伪君子，总是摆出一副高高在上、道貌岸然的模样，哪能在乎别人家的琐事呀？

"我爸身体不好，最近一直在医院陪护他。"周洛尘是这样解释自己这些天没来学校的原因。

陆云檀："哦，原来是这样呀。"

周洛尘又看了梁云笺一眼，然后面不改色地对陆云檀说："对了，我换微信号了，你把原来的那个号删了吧，加我现在的这个。"

梁云笺浑身一僵，如遭雷击，愕然不已地盯着周洛尘。

周洛尘熟视无睹，不容置疑地对陆云檀说："现在就删，我看着你删。"

虽然二模成绩大有进步，但陆云檀并没有骄傲，依旧是起早贪黑、悬梁刺股地学习，哪怕没有条件，也要在艰苦的环境中创造条件去学习。比如今天，一个平平无奇的周三，第二节晚自习才刚上到一半，教室突然陷入了黑暗之中，东辅二中的全体学生们蒙了足足三秒钟后，激动兴奋又惊喜地确认了一件事：学校停电了！

刺激！

全体师生在黑暗中等待了有足足半小时，电力也没有恢复，教室里面黑咕隆咚的什么都看不清，眼瞧着剩下的两节自习课肯定是进行不下去了。

有传闻说是学校的变压器坏了，一时半会儿修不好，于是校领导就组织学生们提前回了寝室。

寝室也没电，落后分子们可以趁此机会提前睡觉或者毫无负担地玩手机，积极分子们则会打开小电灯，在漆黑又漫长的深夜中，自强不息地继续学习。

陆云檀虽然有一颗资深落后分子的心，但是她现在却不能随心所欲，因为她要当积极分子，要在高考考出一个好成绩，于是乎她也拿出了自己的小电灯，趴在了床铺下方的书桌上，继续写物理作业。

今天的物理作业特别难，薄薄的一张灰绿色卷子上，印满了忧伤，尤其是最后一道电场和磁场相结合的题目，简直令人头秃。

她愁眉不展地在演草本上写写画画一番后，确认了自己没有能力独自解答这道题，于是求助了场外观众：给折纸艺人发微信。

她先用手机将题目照了下来，然后打开了微信，又点开了与折纸艺人的对话框，将照片发了过去，还发的是原图。

寝室里面的 4G 网特别快，不到一秒钟时间就发送成功了，但是陆云檀却没有放下手机，而是盯着周洛尘的头像看了起来——

他原来所使用的那个微信号的头像是一位身穿迷彩服的卡通女孩，她曾一度以为这个卡通女孩肯定是自己，因为他们是在高一军训期间认识的，当时他第一次在单面镜窗户后面见到她的时候，她刚好穿着一身迷彩服，所以每当她看到这个头像的时候，都会不由自主地暗自窃喜一番。

但谁知道，他换微信号后，竟然把头像也给换了，那种暗自窃喜的感觉也随之消失了。

他现在所使用的这个新微信号的头像是一个特别有名的动漫人物，但对她来说，这头像，怎么看怎么觉得陌生，好像对方换的不只是一个微信账号，而是换了一个人，而且，他的朋友圈也变成了仅三天可见，之前她是可以看到全部的。

还有，他回复消息的速度也没有之前那么快了。之前只要她一把题目发过去，他很快就会把解题步骤发过来，最多不超过五分钟，但是现在，她需要等待好久，才会收到他的回复。

这次也是一样，她都已经把化学卷子的选择题写完了，他才回复消息：【这你都不会？】

陆云檀目不转睛地盯着屏幕，逐渐蹙紧了眉头。

或许，他没有恶意，只是在调侃她，但在这之前，折纸艺人从不会用这种疑似嘲讽的语气跟她说话，无论她询问他什么问题，他都会耐心地给她解答，从不会觉得她笨或者麻烦。

紧接着，周洛尘又给她发来了一条消息，是一段长长的语音。

陆云檀的眉头蹙得更深了，在换号之前，他也从不会给她发语音消息。

为了不打扰到室友，陆云檀并没有直接点开语音，而是将语音转换成了文字，内容是解题步骤，但却是一份很简略的解题步骤，甚至用上了“第一小题简单，直接套公式就行”这种话。

可是，如果直接套公式她就会的话，干吗要问他呢？

陆云檀无奈地叹了口气，又认认真真地把他发来的解题步骤看了一遍，还是看不懂，于是就回了个：【我还是不懂。】

周洛尘这次回复得倒是快：【不懂就算了吧，反正是最后一道大题，尖子生的得分题，普通学生没必要在这种题上面浪费时间，专注去学你能得分的题。】

话说得很有道理，但是，陆云檀印象中的那个折纸艺人绝对不会对她说出这种话，他也不会随随便便地将她定义为普通学生，不会认为她不如别人，不会劝说她放弃任何一道题，他只会耐心地、不厌其烦地、一遍又一遍地为她解答所有问题，就好像在他的眼中，她是一块璞玉，只要耐心打磨，就能变成美玉。

他为什么会突然变化这么大呢？

陆云檀茫然了起来，甚至产生了疑惑，似乎种种迹象都在向她表明，此时此刻正在和她聊天的人好像不是折纸艺人，但是，如果他不是的话，还能是谁呢？总不可能真的换了一个人吧？

她紧紧地蹙着眉头，盯着手机屏幕看了许久，最终无奈地放下了手机，不再回复他的消息。一直到周六放学，她也没有再主动给他发过一条消息。

周六晚上，倒是周洛尘先给她发了一条消息过来：【在干吗？】

陆云檀刚洗完澡，正披头散发地盘着腿坐在床上背英语呢。看到消息后，她也是如实回答：【学习。】

周洛尘：【都十点了，还学着呢？】

陆云檀：【不然干吗？】

周洛尘：【聊天吧。】

陆云檀并不想聊，或者说，自从折纸艺人换了微信账号后，她莫名丧失了和他聊天的兴趣，因为感觉对不上了。

两年多以前，在音乐教室外的走廊上，伴随着悠扬的钢琴声和充盈着走廊的明媚阳光，她与那个素未谋面的少年折纸传书，钢琴与阳光便在不经意间镌刻在了她的心间，每每看到他亲手书写的文字或者微信发来的消息时，她都能感觉到优雅与温暖。

现在却感觉不到了，一点也感觉不到了，哪儿哪儿都是别扭的。

真是奇怪呀……不就是换了个微信账号吗？怎么会变成这样了？难不成是因为她的心理出了问题？太念旧了，接受不了他换新账号？

陆云檀惆怅地叹了口气，正准备随便找个借口拒绝他的时候，屏幕忽然一黑，周洛尘竟然向她发出了视频邀请。

陆云檀蒙了，并且蒙得彻底，呆若木鸡地盯着屏幕上显示的视频邀请，震惊又诧异——这是他们认识这么长时间以来，他第一次对她发出视频通话的邀请。

刹那间，她的脑子里乱成了一锅粥，第一反应是拒绝，弹起右手，毫不迟疑地点击红色按钮。

她不想和他视频，甚至是抵触，第六感在叫嚣，浑身上下的每一个细胞都在抗拒。

在今天之前，每每与周洛尘面对面相处的时候，她都会浑身不自在，好像眼前的这个人不是她所心心念念的那个折纸艺人，而是一个格格不入的陌生人，然后她的第六感就会像此刻一样发出高调的警报，从而导致她不知道该怎么泰然处之的与他相处。

为此，她还特意上网百度过自己的这种反应是否正常，百度给出的答案：在喜欢的人面前表现出紧张和不安定情绪是正常反应，放平心态就好。

可是她做不到放平心态，她甚至怀疑自己有感情方面的心理疾病，或许她喜欢的不是周洛尘这个人，而是贪恋当初的那种折纸传书的隐秘的、刺激的感觉，所以她才会不适应和他面对面相处。

周洛尘又发来了文字消息：【怎么挂了？】

陆云檀找了一个看似合理的借口：【我穿着睡衣，没梳头发。】

点击发送后，她迅速把手机扔到了一边去，像是扔烫手山芋，不管他再发什么过来，她都置之不理。

英语单词也背不下去了，她把英语书也扔到了一边去，然后呈“大”

字形躺在了床上，纠结而困扰地盯着天花板上挂着的吊灯看了一会儿，然后把脸扭向了左侧床头柜。

在一盏精致的青色的台灯下，放着一个透明玻璃瓶，瓶子里面塞满了黑色的泛着哑光的小星星，有几颗金色的星星点缀其中，像是把银河装进了瓶子中。

比起周洛尘，梁云笺似乎更像是那个与她折纸传书的少年……

刹那间，她的脑子里突然冒出来一个特别惊悚又诡异的想法。

难不成是她……认错人了？

不可能吧？

不是的，不可能！

绝对不可能！

陆云檀被自己脑子里闪出的这个念头吓了一跳，立即用力地甩了甩脑袋，试图把这个可怕的念头甩出去。可是这个想法像是在她的脑子里扎了根似的，不仅甩不出去，还越发根深蒂固了，甚至在不断地、无法遏制地蔓延——

在新生欢迎大会开始之前，她从没见到过那个少年的样子，并且在那个时候，她曾一度认定过那个人就是梁云笺，直到在台上看到了周洛尘，她才改变了想法。

会不会是，周洛尘替梁云笺上了台呢？

但如果真的是这样，梁云笺为什么不告诉她真相呢？

还有，她曾在收到星星瓶子的那天，询问过梁云笺，问他会不会折纸，他的回答是“不会”。

是真的不会吗？可如果他会的话，为什么要一直骗她呢？

折纸艺人到底是谁呀？

无数个疑惑和不解在陆云檀的脑海中蔓延，脑子越来越乱，像是滚雪球似的，她的脑子马上就要被撑爆了，头都开始疼了。

一怒之下，她从床上坐了起来，烦躁不已地走出了房间。

公司最近比较忙，所以近一段时间，陆云枫每天晚上回家的时间也比较晚，即便今天是周六，他也是十一点多才回家，谁知一走进二进院，就看到西厢房门前的走廊横梁上倒吊着一个“女鬼”。

“女鬼”还穿着一套白色的运动服，生怕吓不死人似的，长长的头发都快垂到地上去了，夜风一吹，“哗啦啦”地飘，相当有恐怖片的既视感。

陆云枫捏了捏眉心，长叹一口气，然后朝着“女鬼”走了过去：“你又怎么了？”他很了解自己妹妹，只要心情不好，就喜欢倒挂金钩，就好像倒着看世界能看到不一样的结果一样。

陆云檀双臂抱怀，沉默了好久好久，才说了句：“哥，我想问你一个问题。”

陆云枫也是双臂抱怀，懒洋洋地靠着廊柱：“问什么？”

陆云檀：“你说，要是一个人喜欢另外一个人的话，朋友那种被喜欢的那个人能感觉到吗？”

陆云檀见她哥没说话，叹了口气：“算了，答不上来就算了，别为难自己，我也不该问你，毕竟你是个没人疼没人爱的单身狗。”

陆云枫看了看妹妹，真可爱！想打一顿的那种。

陆云檀赖皮一笑，也不和她哥闹了：“你快去睡觉吧，我自己冷静冷静。”

陆云枫叹了口气：“火炉靠近你的时候，你能感觉不到热吗？”

陆云檀怔住了，许久许久之后，她才缓缓回神，但这个时候她哥已经走了。

夜色深深，她倒挂在廊柱上，盯着走廊的天顶，茫然不已地喃喃自语：“可是我分不清楚到底谁在暖我呀……”

距离高考越近，时间就过得越快，转眼就到了五月份。

五一劳动节，高三不放假，学习最光荣。

周六下午，依旧是五点半放学，但是在下课铃打响后，陆云檀并没有像以前一样立即冲出教室，而是坚持不懈地把一套理综卷子写完了，才开始收拾东西准备回家，而且她现在周末回家的时候都知道背书包了，虽然书包里面装的学习资料不多，但都是回家后一定会写、一定会做的习题和卷子。

总而言之，檀女侠已经基本完成了从资深落后分子到初级积极分子的转变——最起码在对待学习的态度上是这样的。

当檀女侠背着书包离开高三教学区的时候，时间已经过了六点半，整座学校都快没人了，哪儿哪儿都是空空荡荡的，再配上已经开始西斜的夏日夕阳，眼前的景象看起来还颇有点寂寥，不禁令人想吟诗一首，但由于她的脑子里装满了数理化生，一句诗都想不起来，于是只好作罢。

走进高三女寝前的车棚后，她把手里拎着的行李袋放到了电动车的脚踏板上，然后开锁、上车、戴头盔、插钥匙，一切准备就绪，潇洒地拧动右车把，黑红色的电动车如同离弦之箭似的，“嗖”一下从车棚里冲了出去。

才刚冲上主路，她就在前方不远处看到了一抹熟悉的背影。

金色夕阳下，梁云笺身形挺拔，双腿修长，即便穿着普普通通的夏季校服，也是一副俊逸清隽的贵公子相。

陆云檀看着他的背影，一边加快车速一边在心里想：这大概就是传说中的“美人在骨不在皮”。

忽然起了个小心思，檀女侠一下子将车把拧到了底，“嗖”一下从梁云笺身边冲了过去，继而扭转车把，将车身一横，挡在了梁云笺面前，又把头盔摘了下来，一脸蛮横地盯着他：“站住！打劫！”

梁云笺很配合地停下了脚步，轻叹口气：“这位好汉，劫财还是劫色？”

陆云檀眉头一皱：“你都不挣扎一下的吗？我虽然是土匪，但我只是一个小小的弱女子呀，你可以挣扎的！”

小小的弱女子？梁云笺哭笑不得：“敢问这位弱女子，你想让我怎么挣扎？”

陆云檀想了想：“你哭一个给我看看。”

梁云笺没答话。

陆云檀又具体描述了一下自己想看的哭戏要求：“不用号啕大哭，挤出来两滴眼泪就行，林黛玉那种的，让我心生可怜，就会把你放了。”

梁云笺沉默片刻：“我认命，把我抓走吧。”

“这可是你说的，那就休怪本女侠不客气了！”陆云檀直接把头盔扔给了他，“上车！”

梁云笺毫无防备地接住了头盔，诧异十足地看着她。

陆云檀没好气：“不是你说的让我把你抓走吗？”

梁云笺：“去哪儿？”

陆云檀眉毛一扬：“本女侠今天心情好，送你回家。”

梁云笺很是意外，犹豫了一下，没有拒绝，而是问了句：“还有头盔吗？”

如果没有的话，他就不戴了。

“车箱里还有一个呢。”陆云檀把车钥匙拔了出来，下了车，从车箱里拿出来一个绿色的头盔，然后又看了看梁云笺手中的那个红色头盔，想了想，相当贴心地问了句，“你是喜欢红色的还是喜欢绿色的？”

梁云笺：“红色。”

陆云檀：“那好吧，反正我不怕被戴绿帽，以后谁给我戴绿帽子我就把他变成我的好姐妹。”

梁云笺如实点评：“很文明的说法。”

陆云檀：“那当然啦，我又不是土匪。”又重点强调，“我只是一个小小的弱女子呀。”

梁云笺点头，叹息：“嗯，弱女子。”

陆云檀眼睛一瞪：“你觉得我不是？”

梁云笺不假思索：“是，绝对是！”

陆云檀这才满意，戴好头盔后，手扶车把，长腿一迈，潇洒地上了车，然后朝着梁云笺扬了扬下巴：“上车！”

梁云笺笑了一下，戴上了头盔，正准备上车的时候，忽然想起来什么，从兜里拿出手机：“等我回个消息。”然后就低下脑袋，开始打字。

陆云檀微微皱起了眉毛，想问问他在回复谁的消息，又不好意思直接问，左思右想，想到了一个好借口：“下周三模考试你知道吗？”

梁云笺回完了消息，抬起了头：“知道。”

陆云檀瞪着他：“那你还玩手机？一点都不自觉！”

机灵劲儿全用在耍小聪明上面了——梁云笺想笑，但是为了维护檀女侠的面子，他忍着没笑，而是满足她的好奇心：“我妈。”

“哦。”陆云檀面不改色地催促，“快上车！”

梁云笺上了车，坐在了她的身后。

陆云檀在心里默念了几遍“君子应当坐怀不乱”，又做了几组深呼吸，然后心虚地看了一眼后视镜，没能看到梁云笺的脸，只看到了一个红色头盔，头盔的正面还不是正对着前方的，而是扭向了别处，说明他正在看别的地方，想别的事情。

哎，读书人，果然有定力！

比起臭书生，她简直自愧不如！

陆云檀在内心做了一番自我检讨，又稳了稳心神："坐稳了啊，我要开车了。"

梁云笺的眼睛一直盯着绿化带："嗯。"

陆云檀拧动了车把，红色的小电摩载着他们两人，在金色夕阳的照耀下，"嗖"一下窜了出去。

放学高峰期已过，校门口几乎已经没有了来接孩子的家长和轿车。

学校对面的马路边上，停着一辆黑色的奔驰车，陆云檀也没过多注意，趾高气扬地骑着车从奔驰车旁边飞了过去，坐在她身后的梁云笺倒是回头看了一眼奔驰车，但也只看了一眼而已，然后就把脑袋扭了回去。

宋瓷刚看到儿子发来的微信，儿子让她先走，不用管他。她放下手机，再一抬头，就看到了自己家的臭小子。

那一刻，她简直不知道该摆出什么表情——宁可坐在陆云檀的电动车后面晒太阳，也不愿意坐进你妈的奔驰车里吹空调是吧？

嘿？还回头看了一眼？什么意思？警告我别跟过去？

夕阳西下，宋瓷女士忽然就伤感了起来：唉……真是儿大不由娘啊，再好的奔驰也暖不了你那颗爱电动车的心。

"你家住在哪儿呀？"已经朝东骑了两个路口了，陆云檀才想起来问梁云笺这个问题。

梁云笺在她身后说："南安路。"

陆云檀在脑海中展开了一片东辅地图，不确定地皱起了眉头："顺着东河路往南走行吗？"

梁云笺："可以。"

陆云檀："下个路口就到东河路了。"

然后下个路口就遇到了正在执法的交警叔叔。

东辅市交通局在去年规定，除十二周岁以下的儿童之外，电动车不可载人。

两人被铁面无私的交警叔叔拦了下来，然后进行了一场严肃的批评教育工作。

不过看在他们俩是学生的分上，交警叔叔网开了一面，没有记过，但为了达到教育目的，交警叔叔给了他们俩一人一面执法用的小红旗，让他们俩站在路口站岗半小时，指挥自行车道的红绿灯。

要是换了脸皮薄的孩子，早就羞耻难当了，觉得丢死人了，但陆云檀不一样，她不仅没觉得丢人，还觉得挺好玩的，甚至还和警察叔叔讨价还价了起来，指着梁云笺说：“我们两个可以站在一起指挥吗？”

交警叔叔表情严肃：“非要站在一起干什么？”

陆云檀：“自己站岗多无聊呀。”

交警叔叔笑了，都在路口罚站了还想和人聊天呢？

交警叔叔毫不留情：“不行，分开站，一人一个路口。”然后指了指马路对面的，不容置疑，“你去那儿，他留在这儿，你要敢跑，我肯定不会放他走！”

警察叔叔怎么还扣押人质呢？

哼！

陆云檀不服气地皱起了眉头，不情不愿地拿着小红旗去对面站岗了。

等她在对面路口站好后，交警叔叔叹了口气，扭脸看向了身边的少年：“你说你一个大小伙子，怎么还让女孩子骑车带着你？”

梁云笺放下了举旗的胳膊，扭头看着这位年纪比他们大不了几岁的交警叔叔，反问：“有女孩愿意骑车带你吗？”

交警叔叔愣了下。

梁云笺又问：“我为什么要拒绝她？”

单身的交警叔叔气闷：“好好举旗，表现不好再多罚你半个小时！”

半个小时后，陆云檀准时拿着小红旗回来了，交警叔叔也没多为难他们俩，又口头教育了两句后，就放他们俩走了。

推着车走到了小路上，陆云檀才重新戴上了头盔，催促梁云笺：“上车上车！咱俩从小路走，我就不信还能遇到交警。”

显而易见，刚才举旗半个小时的惩罚，完全没达到教育效果。

梁云笺笑着戴上了头盔，重新坐在了她的身后。

小路虽然拥挤了点，红绿灯多了一点，但确实没再遇到交警。

半个小时后，陆云檀将车停在了梁云笺家所在的小区正门前。

高档小区的正门建造得磅礴大气，所有的车辆一律从地下停车场进入，少去了车辆的拥挤与烦杂，周围的环境空旷而幽静。

此时，时间已经到了下午七点半，但是夏季日长，此时的天色尚未完全黑透，呈现出了一种深沉透彻的湖蓝色。

路边的照明灯和大门上安装的景观灯都已经完全开启，散发着明亮的淡黄色的光芒。

梁云笺下了车，摘下了头盔。

陆云檀用修长的双腿支地，松开了把手，抬起双手去摘头盔。

也不知道天气太热还是什么别的原因，她的脸颊泛着红，额头上全是汗，还有几缕头发贴在了红红的脸颊上。

暖风习习，千千晚星。

梁云笺垂眸看着她，一股突如其来的情绪在刹那间占据心头，促使他忽然开口："You had me at hello."

3 分的听力水平在此刻发挥出了巨大"优势"，陆云檀一脸蒙地看着梁云笺："什么？什么 hello？"

梁云笺轻叹口气，无奈一笑："劳动节快乐。"

这也至于甩英语?

陆云檀没好气："五一又不放假，我一点都不快乐。"

梁云笺却笑着说："我很快乐。"

第十二章

/ 十八岁仲夏

距离高考还有十天的时候，东辅市教育局向广大高三学子公布了高考考场。

陆云檀被分到了九中考试，距离东安老街仅两个路口的距离，从她家走路过去，也就十分钟的时间，骑电动车的话更快，三分钟就能到。

所以，当广大学子都争先恐后地喊家长去考场附近订酒店的时候，陆云檀淡定得跟没事人一样，内心深处甚至还产生了那么一丝丝的遗憾：唉，天天从九中门口路过，一点新鲜感都没有，甚至还丧失了一些高考该有的紧张和刺激，感觉跟晚上吃完饭出门遛弯一样。

不过高考考场公布后，一切都算是尘埃落定了，不管考场分得好或者不好，高考就站在前方不远处注视、等待着大家的莅临，如同一位守候在高大城堡前的负责任的老管家，时间一到，就会按时为大家打开城堡的大门，至于进去之后会得到什么，各凭本事了。

开弓没有回头箭，时间转眼就到了 6 月 4 号。

7 号高考，5 号、6 号是留给考生们提前熟悉考场、进行身份检录的时间，所以 6 月 4 号这天，是高三生的离校时间，彻底离开的那种——无论在这三年间有多少的爱恨情仇留在了母校，都必须要走——这是人生之手为各位斩断青春而砍下的第一刀。

东辅二中要求学生们 4 号下午五点半离校，与平时周末放学的时间一样，不一样的是，下一周，再也不能回来上课了。

4 号这天，全天自习。

其实早在两周前各科老师就已经不讲课了，按课表监督自习课，所以学生们也都早已习惯了从早到晚上自习的模式。

离校的最后一天早上，陆云檀又是第一个抵达教室的学生——高三的下半学期，几乎每天早上都是她来开的班门。

和往常一样，推开班门后，她先把锁放到了讲桌上，然后朝着自己的座位走了过去，然而才刚走下讲台，她就顿住了脚步，呆愣愣地看着自己的桌面。

昨晚她急着去打水，所以离开教室的时候有些匆忙，没来得及整理桌面，一切都乱糟糟的：考试专用的透明塑料文具盒腹中空瘪，涂卡笔、签字笔、自动铅笔和橡皮全都不在文具盒里，各有各的想法似的，横七竖八地分布在层层叠叠的演草本和习题卷子上。

但是此时此刻，她的课桌已经被整理干净了，各种文具全都回归到了文具盒中，演草本和卷子也都已经被叠好了，整整齐齐地摆放在桌子的右上角，沉甸甸的文具盒压在其上。

但令她感到惊讶的并不是焕然一新的桌面，而是……

干净整洁的桌面正中央，静静地放置着一只白色的纸叠乌篷船，是那种她再熟悉不过的双头乌篷船，一看就知道出自谁的手艺。

这是自从三年前的军训结束之后，她第一次收到来自折纸艺人的传书。

莫名其妙地，还有些紧张。

她深深地吸了一口气之后，才继续朝着自己的座位走了过去，然后从桌子上拿起了那只白色的乌篷船，捧在了手心中，认真而又仔细地端详了起来。

两端船头尖尖，船身对称端正，边角部位严丝合缝，最薄弱的棚顶处一丝褶皱都没有，看起来栩栩如生的，像是一放进水中就能等比例变大、变成真的一样。

这做工，依旧是技艺精湛！

折纸艺人三年不出手，一出手就知道有没有！

陆云檀不由自主地勾起了嘴角，但是很快，她脸上的笑容就消失了，继而不高兴地皱起了眉头。

折得这么好，她压根儿舍不得拆开，但是不拆开，又看不到里面写了什么。

哼！

真讨厌!

不炫技能死吗?

檀女侠皱着眉头，不高兴地盯着手心中的乌篷船看了一会儿，最终还是下定了决心，忍痛将乌篷船拆开了。

洁白的纸张上，若隐若现着优雅飘逸的云纹，黑色的钢笔字铁画银钩，极具风骨：【前程似锦，金榜题名。】

陆云檀知道，这是他对她的祝福，也是对她的鼓励与期许。

内心最柔软的地方再次被触动到了。

这个弹奏《春日颂》的少年，总是能使她的内心软化、塌陷，从不开窍的黄土之地变成泛着阵阵涟漪的春日池塘，草木葳蕤，阳光充盈，旖旎无限。

所以，她一定会加油的，一定会在高考的战场上打一场漂亮的收官之仗，一定会凯旋而归，一定不会辜负他对她的期许与祝福。

随后，她小心翼翼地将这张云笺纸捋平，夹在了必修一的语文书中，又将这本书放进了书包的夹层中。

一整个早读，她都处于一种极具振奋的状态之中，全情投入地背书，好像即将迎来的不是影响命运的高考，而是五光十色的颁奖仪式，她正在背的也不是英语作文，而是上台领奖时的演讲稿。

虽然是在校的最后一天，但是课间操照旧，陆云檀又一次地逃了操。

其实她原本没打算逃操的，毕竟是高中生涯的最后一次跑操了，不参加多遗憾呀?但是她收到了乌篷船。

虽然她自己也搞不明白“收到乌篷船”和“今天必须逃操”之间有什么必然联系，但她就是逃了操，第六感告诉她，今天必须逃操，她要见梁云笺。

班里的其他同学都去参加最后一次课间操，教室里空空荡荡，陆云檀趴在了窗户口，伸长了脖子朝楼梯口张望，不过多时，梁大检查官就出现在了她的视野当中。

他穿着夏季校服，身形修长挺拔，五官硬朗而清隽。

烈日当空，一束明艳的阳光斜射入一楼的走廊上，他从其中穿过之时，陆云檀的脑袋里面忽然闪过了一句诗：陌上人如玉，公子世无双。

之前读起这句诗的时候，她从来不能想象出具体的画面和人物，只觉得这是一种文字的美化与夸张的修辞，直到此时此刻，她才终于理解了这句诗。

原来这个世界上，真的有举世无双的如玉公子。

一晃之间，梁云笺就走到了窗前。

“最后一天了，还想背英语？”他轻笑着说。

陆云檀不服气地撇了撇嘴：“都最后一天了，梁大检察官还这么要求严格？”

梁云笺轻叹口气，做出了一副无奈的表情：“谁让最后一天还有人逃操呢？”

陆云檀眨了眨眼睛：“那你要记我的名字吗？”还甚是挑衅地说了句，“我没有请假条，也没背英语，赤手空拳地逃操！”

嗯，回回逃操都这么理直气壮。

梁云笺无奈一笑：“不敢记檀女侠的大名，怕挨揍。”

陆云檀怔了一下，忽然想到了折纸艺人曾给她留过的一句话：不敢欺诈，怕挨揍。

相同的句式，相同的语气，相同的调侃……每一个人都有自己独特的说话方式和思维模式，除非是极其相似的两个人，不然绝对不会说出如此相同的话语。

但是梁云笺和周洛尘，一点也不像，他们两个完全是截然不同的两种人，所以，他们不可能说出几乎一样的话——前提是周洛尘是折纸艺人。

但是比起周洛尘来说，梁云笺更符合她心目中的那个折纸艺人的形象。

或者说，梁云笺完全与她的第六感契合。

可他如果真的是的话，为什么一直不承认呢？为什么要放任周洛尘取代他呢？

陆云檀的脑子又开始乱了，像是回到了不久前的那个晚上，在房门口倒挂金钩，问哥哥被喜欢的那个人到底能不能感觉到别人的喜欢？

哥哥的回答是：火炉靠近你，你还能感觉不到热吗？

她当然能感觉到，却不知道到底是谁在暖她，而且，她也不需要被其他人暖，只想要折纸艺人。

她只是想弄清楚，那个与她折纸传书的少年，到底是谁。

陆云檀抿了抿唇，决定试探他一下：“那个，帮我个小忙。”她从桌子上拿起演草本，从后翻开，撕下来崭新的一页，递给了梁云笺，“给我叠只小船。”

梁云笺呼吸一滞，下意识地垂下了双眸，回避她的目光：“我不会。”

陆云檀的手悬在了半空，目不转睛地看着他，不死心地发问：“你真的不会？”

梁云笺攥紧了双拳，竭力使自己的语气保持平静：“真的不会。”

陆云檀默然不语地盯着他看了一会儿，缓缓地垂下了手臂，眼神却如刀似的，盯着他：“你要是敢骗我，我这辈子都不会原谅你！”

梁云笺深吸一口气：“骗你干吗？”

陆云檀哑口无言。

对啊，骗她干吗呀？骗她能得到什么好处吗？她能感觉到折纸艺人对自己的欣赏和在意，如果他真的是折纸艺人，还能把自己在乎的人推给别人吗？

或许，真的是她多虑了。

但还是有些失落和不甘。

陆云檀在心里叹了口气，然后又抬起眼，看着他问：“高考那两天你准备干吗呀？”听说他已经申请好了国外的大学，所以不参加高考。

梁云笺：“去考场当志愿者。”

陆云檀眼睛一亮：“哪个考场？”

梁云笺：“九中。”

竟然是她的考场？

陆云檀忽然就对九中改观了：近有近的好处，虽然没有新鲜感了，但是不会迟到呀，而且还很方便呢！

人要知足，不能身在福中不知福。

一年一度的高考在 6 月 7 号上午九点整开始，第一场是语文考试，时长两个半小时。

6 月 6 号这天晚上，大部分考生都紧张得睡不着觉，但总有那么一小拨人心态无敌好，即便是快要上战场了，依旧吃嘛嘛香睡得踏实。陆云檀就是其中之一，真的是一点都紧张不起来，还没心没肺地坐在电视前追连续剧呢。

她妈原本不想训她，担心会影响她第二天考试的心态，后来实在是忍无可忍：“全国人民都紧张起来了，就你自己跟没事人一样！”

陆云檀的回答也很理直气壮：“我们老师都说了，高考考的是心态，所以这两天要放松心态，不能太把高考当回事，不然会影响发挥的！”

言外之意：我看电视剧是为了放松。

纪女士越发气急败坏：“你们老师这话是说给你听的吗？人家那是说给那些有心的孩子听的，你这种没心没肺的，火烧屁股了你都不知道什么是紧张！”

最后，在纪女士的强制命令下，陆云檀不得不关掉电视，不情不愿地回了西厢，换衣服洗漱上床睡觉，反正就是不学习，一眼都不看书，觉得没必要：明天就高考了，今天看书还有什么用？还不如开开心心地等待高考的来临，最起码还能保持一副好心情上考场。

心大的人入睡极快，陆云檀几乎是挨着枕头就睡着了，但是，这并不是一个美好的夜晚。

这天晚上，她做了一个极具真实感的梦。

在梦中，她穿着迷彩服，站在学校实验楼五楼的走廊上，阳光如水般清澈充盈，她追寻着熟悉的钢琴乐曲，顺着长长的走廊一步步朝南走，最终走到了位于走廊尽头的那间音乐教室前。

破天荒第一次，这间教室的门和窗竟然都是开着的，她大喜过望，迫不及待地冲了进去，终于看到了那位坐在钢琴后的少年。

是梁云笺。

他穿着干净整洁的白衬衫、蓝色牛仔裤，俊逸疏朗，玉骨清像，恍若从画卷中走出的神仙人物。

她瞬间屏住了呼吸，心跳加剧，激动而惊喜：“真的是你！”

钢琴声戛然而止，梁云笺抬眸看向了她，却默然不语。

她很是奇怪：“你怎么不说话啦？”

许久后，梁云笺终于启唇，却只对她说了句：“祝你前程似锦，金榜题名。”

她不满地皱起了眉头：“然后呢？”

梁云笺用一种行将告别的目光望着她：“然后我就要走了。”

她明白他的意思，却不接受现实：“走哪儿去？我不许你走！”然后她开始满世界找绳子，想把他绑起来，把他捆在自己身边，不许离开她一步，更别说去美国了，想都不要想！

但是她找不到绳子，最后甚至还找不到梁云笺了，他凭空消失了，她找了许多地方都找不到他，然后她就急哭了，哭得肝肠寸断，上气不接下气。

6 月 7 号的这天早上，她是哭醒的，醒了之后还在哽咽，依旧身处梦境之中。

许久后，她的神智才逐渐从那场梦境中剥离，渐渐停止了哭泣，但还是很难过，有一种透不过气的感觉，像是心口压了一块千斤石。

其实她一点也不期待高考，一点都不盼望着这场考试的来临，她宁可重复一百遍起早贪黑的高三生活，也不想结束高中生活，因为，这场考试一旦结束，就意味着别离。

他曾说过，自己很有可能再也不回来了。

所以，她和梁云笺之间，或许会是永别。

她讨厌永别，讨厌今生再也不见，一辈子那么长呢，再也见不到的话，该是多么可怕呀？像是有一块橡皮，把彼此从对方的世界尽数抹去了，从此物是人非、形同陌路，多年以后，就连回忆都会变成浮光掠影，更有可能连对方的面容都记不住了。

她不想和梁云笺之间变成这样。

她还想在往后余生中再见到他，想永远地记住他的模样，也想被他一生铭记。

睡前保持的好心情，就这样被一场梦境轻而易举地打破了。

窗外的天色才刚蒙蒙亮，陆云檀就这么失魂落魄地躺在床上，睁着眼睛盯着天花板发呆，直至七点半的闹钟响起，才机械般地起了床。

这天早上，她妈精心地给她准备了早餐，八宝状元粥，一根油条，两个煎蛋，祝她考个一百分。

然后陆云檀犯了难，语文满分 150，这一根油条两个鸡蛋她是吃还是不吃啊？

左思右想之后，她决定了：吃——寓意都是虚的，吃饱肚子才是真的！

吃完早饭后，她就骑着她的车出门了。她也没让她爸她妈和她哥送她去考场，因为离得太近了，再拉个人一起去实在是没必要，而且还给交通添负担。

清晨阳光明媚，她迎着灿烂朝阳，用了不到三分钟的时间就骑到了九中。

九中大门前人海茫茫，全是来送孩子考试的家长。

把车停到路边后，陆云檀背着书包挤过人群，朝着考场入口走了过去。

校门前摆了张长桌子，桌面上摆着矿泉水、小扇子、签字笔等免费发送的小物件；桌子前方挂着一张红布，上面印着几个白色的大字：志愿者服务点。

梁云笺站在桌后，穿着休闲牛仔裤和白色运动短袖，短袖外面还穿着一件象征着志愿者身份的红马甲。

这种朴实而无华的红马甲，很容易打压个人气质，普通人还真的驾驭不了，稍不留神就变成了浓郁乡村风，但是梁云笺却将其穿出了一种剪裁得当、俊逸清隽的感觉。

还是那句话，人家是衣服衬人，他是人衬衣服，无论是气质还是骨相皆卓然出众，陆云檀一挤出人群就看到了他。

此时，梁云笺正在接受电视台主持人的采访。

犹豫了一下，陆云檀决定放弃去找他，转身进入了考场——

她不想在许多年后，被他在偶尔间回想起来时，是以一种不学无术的堕落形象浮现在他的脑海中，所以，她必须保持一副最好的心态上考场才行。她必须要凯旋而归，必须要全力以赴，这样才能以一种最好的姿态去送别他，才能给他留下一个美好的印象

但是现在，只要一看到他，她就会想到昨晚做的那个梦，情绪就会受到影响，所以她选择不去见他。

进考场的过程中，她自始至终没有回头。

九点整，语文考试准时开始。

考场内安静得仅剩下落笔和翻卷子的声音，就好像空气中隐藏着一台声音过滤器，在无形间过滤掉了一切杂音，形成了噤若寒蝉的效果。

今年的语文卷子难度很大，距离考试结束还有十五分钟的时候，整个考场内几乎有三分之二的考生还没写完作文。

越写不完越紧张，安静的空气中逐渐开始弥漫起了焦虑与不安，如同一汪被搅乱的池塘。

陆云檀也是这没写完的其中之一，但是她并不紧张，也不焦虑，气定神闲地按照自己的速度答题，不疾不徐不慌不忙，在距离考试结束还有五分钟的时候，落笔优雅地为文章画上了一个圆满的句号。

考试结束后，她是第一个冲出考场的人，本想去找梁云笺，但谁知道才刚冲出考场大门就被电视台的人给堵了，那位女主持人不由分说地对她进行了一场“高考语文考后感”采访。

等到采访结束时，大批人马已经从考场里面出来了，校门外人山人海，她挤在人群中寻找了好久，才找到正在和同学说话的梁云笺。

站在一旁等了一会儿，等到那位男同学走了，陆云檀才朝他跑了过去：“臭书生！”

梁云笺听到声音后立即转身，神色中带着十足的关切：“感觉怎么样？”通过刚才和别人的交谈他才得知今年的题目比较难。

陆云檀点了点头：“挺好的。”

梁云笺舒了口气：“那就好。”

陆云檀已经不关心考试了，反正都已经考完了，她关心的是：“你中午怎么吃饭？回家吗？可是你家离这里好远呀。”

梁云笺：“附近有饭店。”

陆云檀：“也就是说你中午不回家啦？”

梁云笺：“嗯，下午也要早点到。”

陆云檀眨了眨眼睛：“那你跟我回家呗。”

梁云笺没有答应她：“我要等考生们全部走完了才能走，下午来得也早。”他是志愿者，需要服务于家长和考生，“你别等我了，先走吧。”

陆云檀知道他是担心会耽误她的时间，但她并不在乎这短短几分钟的时间：“没事的，而且我还可以骑车送你来呀。”她锲而不舍地劝说，“我妈做了好吃的，你跟我回家，就能吃上好吃的，而且你吃完饭之后还能在我家休息一会儿。”

梁云笺：“太麻烦了，会打扰到叔叔阿姨。”

“哼！”陆云檀不高兴地皱起眉毛，软的不行来硬的，“我劝你不要敬酒不吃吃罚酒！不然我就用绳子把你绑起来，捆在我的电动车后面，一路把你拖回家！”

最终，在檀女侠的威逼利诱之下，梁护法还是跟着她回了家，还是檀女侠骑着电动车带着他，然后两人又在路口遇到了交警，不过交警叔叔看在今天高考的分上，睁一只眼闭一只眼地放他俩走了。

五分钟后，陆云檀把车停到了老街街口，然后领着梁云笺回了家，一走进家门就大喊了一声："我回来啦！"

陆云枫人未至，声先到："都十二点多了，怎么才回来？爸妈都急死了！"他穿着一身玄青色唐装，快步从二进院中走了出来，看到梁云笺后，先是一愣，然后脸色一沉，"你怎么又来了？"

陆云檀不乐意了，气呼呼地瞪着她哥："哼，你这个人真不友好！"说完，她拉住梁云笺，扯着他往二进院走，"咱俩走，别理他，他就是烦人。"

梁云笺垂眸，不由得勾起了嘴角。

陆云枫将这一幕清清楚楚地捕捉进了眼中，已经开始在心里骂街了。

陆林和纪雪杉听闻院子里面传来的说话声后，也都从正房里面走出来了。陆云檀直接拉着梁云笺走到了她爸妈面前，理直气壮地做出单方面通知："我同学中午没地方去，我就把他带回家啦。"

纪雪杉诧异又好奇地看向了梁云笺，打量片刻后，忽然想起来他是谁："你不是那个年级第一吗？给我们云檀补过课！"

不等梁云笺开口，陆云檀就重重点头："对！就是他！年级第一呢！可厉害了！"

"是挺厉害的。"纪雪杉最喜欢优秀的好孩子，尤其是"年级第一"这种标准的别人家的小孩，所以她对梁云笺的态度十分亲切和蔼，"走吧，快去吃饭，阿姨做了好吃的，今天中午多吃点！"

梁云笺立即回道："谢谢阿姨。"

陆云檀扭头对他说："走，我领你去饭厅！"

"你领路就领路，一直拉着人家干什么？"陆林的态度就没有纪雪杉那么和蔼了，两道浓眉几乎皱成了一道，"赶紧松手！拉拉扯扯的像什么话？"然后又面色不善地瞟了梁云笺一眼，心想：年级第一怎么了？一副书生样，有什么好的？

陆师父的眼神如刀似箭，梁云笺下意识地屏住了呼吸，不由得将脊背挺得更笔直了。

陆云檀松开了梁云笺，却不服气地噘起了小嘴巴。

来到饭厅后，陆云檀和梁云笺坐在了同侧，陆林和纪雪杉坐在他们俩对面，陆云枫坐在饭桌侧面——

陆家父子俩，呈一种夹击之势，面无表情地盯着被陆云檀带回家的少年，完美诠释了“虎视眈眈”这个成语，还是两头老虎，一起眈眈。

梁云笺连大气都不敢喘一口，脊背笔挺，双腿并拢，双手放在膝盖上，坐姿端正到不能再标准。

纪雪杉先给梁云笺盛好了饭，陆云檀把筷子递给了他：“吃饭！”

梁云笺接过了筷子，却不敢夹菜，直到陆师父挥了挥筷子，走面子工程一般客气了一句“吃吧吃吧”，他才敢动筷子。不过纪女士倒是很热情，不停地给他夹菜，恨不得把所有好吃的全夹进他碗里，所以即便他不动筷子，也绝对饿不着。

饭桌上有红烧鸡块这道菜，陆云檀最爱吃红烧鸡翅，然而就在她瞅准了盘中的鸡翅，正准备下筷子的时候，鸡翅被夹走了，并且是被她妈夹走了，紧接着，她心爱的鸡翅就落进了梁云笺的碗中。纪女士还不停劝叨着：“好孩子，多吃点。”

梁云笺再一次地说道：“谢谢阿姨。”

纪女士：“不用谢，你爱吃就行。”

陆云檀忽然就心理不平衡了：“你干吗不给我夹鸡翅？我特别爱吃！”

纪女士没好气：“那儿不是还有一个鸡翅吗？你自己夹呗。”

陆云檀还是不平衡，油乎乎的小嘴都要噘到天上去了，还冷幽幽地瞟了梁云笺一眼，搞得梁云笺不知所措。

纪雪杉叹了口气：“人家小梁都要出国了，国外有卖红烧鸡翅的吗？就算有也不是国内的味儿了，吃一次少一次，你还跟人家抢？”

梁云笺怔住了，陆云枫也怔住了。

陆云檀诧异十足地看着她妈：“你怎么知道他要出国了？”

纪雪杉：“电视上看到的呀。”

陆云檀想起来了，在高考开始之前，有记者去考场门前采访志愿者，询问他们为什么不参加高考必然是采访内容之一。

“出去之后还回来吗？”陆林忽然发问。

陆云檀的呼吸一窒，瞬间就对眼前的饭菜失去了所有的兴趣，因为她知道答案：不会了。

陆云枫默然不语地盯着梁云笺。

梁云笺沉默片刻：“我会努力回来。”

陆云檀一愣，立即看向了他，眼神中带着几分期望，又带着些不明就里：什么叫努力回来？学成之后回国很难吗？真想回国的话，还会有人拦着你回来吗？

陆林也不太明白：“什么叫努力回来？想回不就回来了吗？”

梁云笺只能回答：“还需要看家中的安排。”

“这样啊。”陆林也没再多问。

陆云檀张开了嘴巴，却欲言又止，最终还是什么都没问：有什么好问的呀？问他为什么一定要听从家里人的安排吗？这可真是个愚蠢到家的问题，人家不听家里人的安排，难道要听外人的安排吗？

接下来的这顿饭，陆云檀吃得索然无味，心情莫名有些低落。

饭后，纪雪杉让梁云笺跟着陆云枫回东厢休息一会儿。

陆云檀担心她哥会对梁云笺不利，特意亲自把梁云笺送到了东厢，临走之前，还警告了她哥一句：“你要是敢欺负他，我一定会对你不客气的！”

陆云枫点头：“放心，我不会欺负他。”

陆云檀：“哼，这还差不多。”

陆云枫用扇子指着梁云笺，语调不冷不热：“我准备解决了他，埋了。”

陆云檀气急败坏：“你要是敢动他一根汗毛，我就趁你睡着了之后剃光你的头发！”

梁云笺强压嘴角，努力忍笑。

陆云檀哼了一声，给了她哥一个威胁的眼神，又对梁云笺说了句：“他要是欺负你，你就喊我，我会来救你的！”然后才转身走人。

陆云枫站在门口，看着自己妹妹走进屋子、关上了西厢房的大门后，才关上了东厢的门，转过身，面无表情地看了梁云笺一眼，什么都没说，头也不回地走进了卧室，“砰”的一声关上了房门，将他晾在了外间的书房。

梁云笺也理解陆云枫为什么用这种态度对待自己，所以并不埋怨，没把他轰出家门已经够好了。

环顾四周，他朝着靠墙一侧的长沙发走了过去，侧躺在沙发上小憩了一会儿。

下午三点考数学，陆云檀在午睡前定了个两点十五分的闹钟——其实她本不用起这么早，但是梁云笺要提前到——闹钟一响，她就睁开了眼睛，快速收拾了一下，背着书包跑去了东厢。

房门没锁，她一推就开了，然后就看到了这样一幅画面：梁云笺蜷着身体，侧躺在短短的沙发上，睡姿极其不舒服，并且身上连个盖的东西都没有。

这不是虐待是什么！

她忽然好生气，直接冲到了她哥的卧室前，用力地拍房门："陆云枫！你给我出来！"

梁云笺被她吵醒了，睁开眼睛后，迅速从沙发上坐了起来："怎么了？"

陆云檀扭头瞪着他："你是傻子吗？他让你睡沙发你就睡沙发？他要是让你去睡大街你也去？"

好半天后，陆云枫才不疾不徐地开了门，面色冷冷地盯着屋外的两人："吵什么？"

陆云檀朝后方伸手，指着梁云笺，眼睛却瞪着她哥，没好气地说："你竟然让他睡沙发？他的腿都没地方放！"

梁云笺立即从沙发上站了起来，快速朝着陆云檀走了过去，同时劝道："没关系的。"

陆云檀："有关系！"

陆云枫抱着胳膊，斜靠在了门框上："确实有关系。"他神色淡淡地瞧了梁云笺一眼，"谁让你睡沙发了？经过我允许了吗？这间屋子里面的沙发也是你能睡的？"

陆云檀更气了："你这个人真是过分！人家招你惹你了，你干吗呀，这样对人家？"

陆云枫："我乐意。"

陆云檀气得跳脚："你等着吧，我一定会打击报复你的！"说完，转身冲出了房门，一边朝着正房跑一边鸣冤叫屈一般大喊，"爸！妈！你俩快管管我哥呀，他不找女朋友不结婚就算了，还天天欺负人！"

最终，本次事件由一家之主纪女士出面，以陆云枫被双亲轮流批斗的结局告终。

陆云檀和梁云笺走出家门的时候，批斗会还没结束呢，陆师父和纪女士依旧在围绕着"不结婚不找女朋友"这个重要论题对自己儿子进行严肃地批评教育。

前往考场的路上，梁云笺不放心地问了句：“你哥不会有事吧？”

陆云檀一边骑车一边回答：“不就是被骂一顿嘛，能有什么事？”

梁云笺抿唇沉默片刻，其实，他的意思是：“他这人……记仇吗？”

陆云檀想了想：“分情况。”

梁云笺：“比如？”

陆云檀：“看顺眼的人就不记，看不顺眼的人他能记仇记到棺材里。”

梁云笺眉角抽了抽。

陆云檀：“不过你放心，只要有我在，不会让他把你怎么样的！”

梁云笺笑了：“多谢檀女侠的庇佑。”

陆云檀：“应该的！”

到了第二天中午，陆云檀又把梁云笺带回了家。午饭后，她依旧是亲自把梁云笺送去了东厢。

陆云枫惹不起她，瞪了梁云笺一眼，用扇子指着摆在书桌前的折叠床，咬牙切齿：“睡吧，我尊敬的贵宾！”说完，转身回了卧室，反手甩上了房门。

折叠床上已经铺好了床单被褥和枕头。

梁云笺受宠若惊。

陆云檀仔细认真地对床铺审核一遍过后，勉强满意了：“睡吧，我等会儿来喊你。”

下午两点二十分，陆云檀又一次，也是最后一次骑着电动车带着梁云笺去了九中考场。

今天下午三点整考英语。

最后一场考试了。

英语考试结束后，高考就结束了，他们的高中生涯也随之画上了句号。

到了九中门口，陆云檀在路边停了车，梁云笺先下了车，然后陆云檀将车停在了人行道旁边的非机动车停放点。

锁好车后，她跑到梁云笺面前，特意对他说了句：“我要进考场了。”

英语听力虽然不计分，但也有考试内容，所以需要提前十五分钟进考场。

她想在进考场之前，听他说点什么，因为她的英语一向是短板。

她还有点担心自己会在最后一场考试中铩羽而归，那岂不是白白浪费了前三场考试的努力吗？

梁云笺垂眸看着她，温柔又认真地对她说：“你的英语成绩已经进步了很多，无论题目难易，都不需要畏惧，尽力而为就好，我相信你。”

陆云檀想听的无非就是这四个字：我相信你。

然后，她在梁云笺目不转睛地注视中，信心满满地进了考场。

三点整，考试准时开始。

英语考试的难易程度和第一场语文考试差不多，但语文考试是陆云檀的强项，英语是弱势，所以从第一道选择题开始，她就感觉到了压力和吃力，像是在负重爬楼梯，步履维艰，但她并没有焦虑不安，因为她一直不断地在心里重复提醒自己梁云笺刚才对她说过的话：不必畏惧，我相信你。

考场中有几个英语成绩比较好的学生提前半个小时就答完了所有题，然后开始轻轻松松地做检查，卷子翻得“哗啦啦”响，搅得人心惶惶。

在考试即将结束的时候，陆云檀才写完最后一道作文题，放下笔后还不到三十秒钟，收卷铃声就打响了，她不由得长舒了一口气：幸好我已经答完了题。

她是真的尽力了，没有放弃任何一道题。

走出考场后，她的心情无比轻松，像是卸下了千斤重担，步伐都变得轻快了。但在走出校门后，看到梁云笺的那一刻起，她的心情又忽然沉重了起来：高考结束了，他要离开了。

她一直没敢问他具体什么时候去美国，但也隐隐有预感，应该就是在高考结束后不久，最晚也是在大学开学前。

但是，她不想让他走呀。

其实她也弄不清楚自己为什么会那么不舍得他走，但却不想让他看出自己的不舍，不然还怪难为情的：我可是潇潇洒洒的女侠呀，才不会为了一个臭书生变得优柔寡断呢！

于是，她强打起了精神，跑到了梁云笺面前，笑嘻嘻地说：“考完啦，解放了！”

梁云笺勾起了嘴角：“看来考得不错？”

陆云檀：“还行吧。”她傲娇地挥了挥手，似乎是想把已经结束了的高考挥掷脑后，然后开始执行身为一帮之主的使命，“明天上午回学校开完毕业典礼后，咱们‘青云直上’学习帮去团建吧？顺便照几张照片。”

学校的毕业照已经照过了，但是是分班级和时间段照的，他们五个不在一个班，所以也没能照一张合影。

梁云笺喉头一哽，神色复杂地看着她。

陆云檀忽然预料到了什么，原本明亮的双眸瞬间失了光彩，笑容也凝固在了脸上。

梁云笺深深地吸了一口气，极为艰难地开口："我明天就走了。"

其实签证早就办好了，早就可以去美国治病，但是他一直拖着没走，因为这一走，很有可能就再也回不来了，即便是回来，也或许是仅剩下一抔骨灰了。

既然是永别，那就晚一点说再见吧，最起码要见亲眼见证她高考，见证她毕业。

他们有幸相逢于十五岁的孟秋，能够结束于十八岁的仲夏，也算是拥有了一段完整的三年。

离别来得猝不及防，如同晴天霹雳，陆云檀毫无防备，像是傻了一样，呆愣愣地看着梁云笺——

这才刚刚高考完呀，他们连合照都没有一张呢，他怎么就要走了呢？

她不想让他离开，不想说再见，可是她无能为力。

从今晚后，她再也抓不到他的手腕了，再也不能把他带回家了，再也不能喊他"臭书生"了。

随着时间的推移，他们终究会渐渐地消失在彼此的人生中。

不知不觉间，她已然红了眼眶，难过与不舍如同冬日迷雾一般势不可当地在心头蔓延，她很想哭，却紧紧地咬住了牙关，竭力把眼泪憋了回去，还故作轻松地问他："怎么、怎么没提前说呢？下西洋他们、他们几个还不知道吧？"

她想以一种潇洒自如的姿态和他说再见，但是声音却止不住地哽咽。

梁云笺咬紧了牙关，将心疼与愧疚生吞入腹，努力一笑："他们都还不知道呢。"

陆云檀吸了吸鼻子，语调轻松，声音却沉闷："需要告诉他们吗？"

梁云笺："不用了。"

陆云檀做了个吞咽的小动作，似乎是想把哽咽吞下去："明天几点的飞机？我去送你。"

梁云笺再次深吸一口气：“十点二十分的飞机。”

陆云檀点头：“嗯，明天机场见吧，我要回家了。”

话音未落，她就已经转过了身，快速朝着自己的电动车走了过去。

低头开锁时，她闭上了眼睛，试图通过这种方式阻挡泪水，却徒劳无功，再次睁开眼睛时，眼泪决堤而下。

她迅速抬起了手臂，匆匆抹了一把眼泪，然后把锁扔到了脚踏板上，逃命一般骑着车离开了。

还未骑到老街，她就已经泣不成声了。

对于陆云檀来说，高考结束的这天晚上，并不如想象中轻松。

学业的负担虽然已经从肩头卸下，但她的心里依旧是沉甸甸的。

下午六点多的时候，卞西洋在他们“青云直上”学习帮的小群里发了消息，喊大家晚上出去玩。李月瑶和李航都欣然赴约，只有陆云檀和梁云笺没去，陆云檀给出的缺席理由是今天晚上家里有长辈请客，梁云笺给出的理由是要去看望家中长辈。

陆云檀给出的理由是胡编的，她是没心情出去玩，也担心自己的低落情绪会影响到卞西洋他们三个人的好心情。但她心里清楚，梁云笺说的一定是真的，他今晚，是去给长辈们告别了。

晚饭后，她哥也说要带她出去玩，还说请她看电影，她依旧拒绝。像是有一道无形的墙壁将她隔绝在了大千世界之外，世界之内的所有喜怒哀乐都与她无关了，她也不在乎，不想参与，只想一个人待着。

于是，她把自己关进了房间里，连灯都懒得开，无所事事地盘着腿坐在地毯上发呆。

可是长夜漫漫，在极致孤独的环境中，夜色似乎能够幻化成无形的藤蔓，在不知不觉间用长满倒刺的长藤将所属空间内的一切活物猎捕，丝丝绕绕的藤蔓将猎物的身体缠绕得密不透风，并且还在不断收缩着，直到猎物窒息而亡。

陆云檀逐渐感觉到了窒息感，于是她决定去找点事情做，不然实在是太难熬了。

她从地毯上站了起来，从卧室走到了书房，打开了灯，从书架上抽出来一个浅棕色的牛皮纸盒子。随后，她将盒子放在了书桌上，打开了盖子。

盒子里面装着许许多多小玩意儿，大部分都是纸片，各种颜色的云笺纸，每张云笺纸上面都印着许多道折痕，还写着一两句话。

这些云笺纸，全都是她从音乐教室外的窗台上拿到的，只不过刚收到的时候是被折成了各种各样的小物件罢了，为了看到上面的留言，她不得不将其拆开，但是又由于她的折纸技艺不精，没能力重新把它折回原样，所以只能以纸片的形式保存。

在这些云笺纸片下面，还压着一束玫瑰花，却只有一枝玫瑰，周围作点缀的是一把狗尾巴草，看起来相当违和。

这束花，是她曾经向折纸艺人许诺过的，等他表演结束后就送给他，其实只送狗尾巴草就行了，她多加一枝真玫瑰的目的是为了从他的手中换来纸叠的红玫瑰。

但谁知道，周洛尘竟然拒绝了她的花，并且再也没提过纸叠玫瑰的事情。

也不知是出于什么心理，她并没有丢掉这束花，而是保存了起来，时至今日，已经将近三年了，无论是玫瑰还是狗尾巴草都已经被时光蒸干了水分，变成了干巴巴的样子。

压在这束玫瑰花下面的东西，是一张奖状，是她陆云檀这辈子得到过的第一张也是唯一一张奖状，梁云笺给她颁发的，表扬她暑假补课期间表现得好。

她也说不清楚自己为什么要把这张奖状放进与折纸艺人有关的盒子里保存，但就是这么干了，因为放在别的地方她不放心，怕丢、怕坏、怕自己忘，甚至还有点怕被老鼠啃，虽然至今为止她还没在自己的房间里见到过老鼠。

陆云檀眨了眨忽然有点泛酸的眼睛，小心翼翼地从玫瑰花下面将奖状抽了出来。

橘黄混金色的底图色彩绚烂，描金的“奖状”二字在灯光的照耀下泛着夺目流光，表彰部分的文字全是梁云笺手写的：

陆云檀同学

在本次暑期补课期间表现优秀，特发此奖，以资鼓励。

在奖状的右下角，还签着颁发人的名字：梁云笺。

黑色钢笔字行云流水，横弯竖钩皆极具风骨，看得人赏心悦目，恨不得当字帖去临摹。

陆云檀低头，目不转睛地看着这张奖状，不由自主地伸出了右手的拇指，用指腹轻轻地摩挲着梁云笺的名字。

当时发奖状的时候，他们俩商量好了，他给她发一张奖状，换她记他十年。

或许梁云笺从那个时候起就已经知道自己即将移民美国了吧？所以他的意思是从高考结束后算起吗？让她从十八岁记他记到二十八岁？

哼！她才没那么大方呢！她就要从他们刚认识的时候开始算，从三年前，十五岁开始计时！

要是到了二十五岁，他还没回来的话，她就把自己脑子里有关他的记忆全部删除，把他忘光光！

陆云檀又眨了眨有些模糊的眼睛，吸了吸鼻子，正准备把奖状重新塞回盒底的时候，眼角余光忽然扫到了一张橘色的云笺纸——这张纸原本被叠成了一只小狐狸，上面写着的留言是：美男，改编的《春日颂》。

鬼使神差地，她将这张云笺纸从盒子中拿了出来，将其叠压在了奖状上、文字下方的位置。

在此之前，她从未对比过梁云笺的字迹，只对比过周洛尘的：那还是在高一的时候，正式开学后不久，学校曾举办过一场硬笔书法比赛，获奖者的作品会被张贴在教学区门口用以展览，周洛尘就是获奖者之一。

那时她已经认定了折纸艺人就是周洛尘，所以并没有注意展览板上其他人的作品，只认真看了他的，看到字迹的那一刻，她就越发确认了折纸艺人就是他，因为字迹实在是太像了。

但是现在，对比过梁云笺的字迹后，她才发现，周洛尘的字迹只是像，梁云笺的字迹则是一模一样。

陆云檀瞬间屏住了呼吸，对这个意外发现震惊至极，心跳骤然加剧，呼吸也开始急促——

为什么会这样呢？

那个弹钢琴的少年到底是谁？

真的是周洛尘吗？

她的内心开始地动山摇，山石崩塌，海浪奔腾，坚持了三年的信念在顷刻间产生了剧烈动摇。

梁云笺曾说过，他和周洛尘是同一个书法老师教出的学生。

她一直以为，是梁云笺的字迹像周洛尘，但是现在她才后知后觉，很有可能是周洛尘像梁云笺。

梁云笺才是折纸艺人，他才是那个与她折纸传书的少年。

陆云檀的胸口剧烈起伏着，呼吸急促而艰难，她放下了云笺纸和奖状，冲回了卧室，抓起手机拨通了梁云笺的电话。

他接得很快，语气温和："喂？怎么了？"

陆云檀张开了嘴巴，正准备质问他的时候，忽然想到了一件事，她曾试探过他，让他帮忙叠一只小船，但是他拒绝了，他说他不会折纸。

是真的不会吗？还是在故意隐瞒？

为什么要隐瞒呢？她想不明白。

可即便如此，她还是不死心，到底是质问了出来："是不是你弹的《春日颂》？"

电话那边先是一阵沉默，随后，她听到了沉重的呼吸声，但他的回答却是："不是。"

陆云檀忽然红了眼眶，声音哽咽："真的不是吗？"

这一次，他的语气十分坚决："真的不是。"

陆云檀挂断了电话。

她还是不信，无论如何，就是不信。

眼眶又开始一阵阵发酸。

她用力地眨着眼睛，想把眼泪憋回去，但好像没什么用。

在漆黑一片的卧室中站了一会儿，她抬起手，抹了一把眼泪，视线在不经意间扫过了床头柜。

在青色的台灯下，放着一只玻璃瓶，瓶子里塞满了纸叠的小星星。

她深吸了一口气，大步朝着床头柜走了过去，伸手将玻璃瓶从桌面上拿了起来，动作蛮横地拔开了瓶塞，然后将瓶身倒了过来，用力地晃着。

黑色中点缀着金色的小星星如同九天之水一般从玻璃瓶中倾斜而出，尽数落到了床上。

玻璃瓶很快就被倒空了。

在一堆细小的纸叠星星当中，静静地躺着一朵纸叠的红色玫瑰花。

看着这朵玫瑰花，陆云檀觉得自己聪明极了，是个绝世无敌小机灵鬼，什么都瞒不过她，她高高地扬起了嘴角，得意扬扬地笑了。

但是，如果面前有一面镜子的话，她会发现自己笑得比哭还丑。

她确实是在哭，一直在哭，泪如雨下，不断地顺着脸颊滴落……你为什么不承认呢？

她哽咽着，伸出手，从星星中拿起了那朵玫瑰花，如获至宝般捧在了掌心，即便是已经泪眼模糊，也还是目不转睛地端详着。

看一眼少一眼呀。

眼泪都滴到花瓣上了，红色的纸页被滴成了深红色。

许久后，陆云檀长叹了一口气，将这朵玫瑰拿在了手中，小心翼翼地拆开它。

红色的云笺纸上，写着一句简短的英文：

You had me at hello（相识之初你就拥有了我）

她就算是再傻，也能看明白这句话的含义。

眼泪再次夺眶而出。

五月份的某个夜晚的回忆在脑海中闪现。

——“什么？什么 hello？”

——“五一劳动节快乐。”

她又忽然笑了一下。

原来，她在初次见面时就拥有了他呀，他也早就承认了这一点，是她听力太差，没听懂。

他的反应也够滑稽的，还五一劳动节快乐，真把她当傻子糊弄了，更可笑的是，竟然还糊弄过去了。

说明，她真的是个傻子，不然为什么会等到今天才发现呢？

他明天就要走了呀。

相隔万里，漂洋过海，往后余生可能都再也见不到了。

十点二十分的飞机，提前一个半小时安检，也就是说她需要在八点五十之前抵达机场。

从老街到东辅国际机场至少需要一个半小时。

陆云檀不到七点就起床了，不是睡醒了睁开眼睛的那个“起床”，而是实际意义上的起床：从床上起来。

昨晚，她几乎一夜未眠，哭到大半夜，迷迷糊糊地睡着了，却睡得很糟糕，脑海中像是放电影似的，不断地做梦，梦境中的每一个片段都离不开梁云笺。

不到五点她就醒了，又是哭醒的，然后开始躺在床上盯着天花板发呆。

去卫生间洗漱的时候，她才发现自己的眼眶又黑又肿，像是被人打了两拳，面容还十分苍白憔悴。

为了赶时间，她连早饭都没吃就出了门，出门之前还特意戴上了口罩和墨镜，生怕这副尊容吓到别人。

早高峰期间的地铁上挤得像是沙丁鱼罐头，人与人之间完全没有美好的距离感，全都是前胸贴后背。

陆云檀比较机灵，就知道人多，特意上了最后一节人比较少的车厢，然后背对着人群站在了一个小角落里。

之所以要反着站，是因为她怀里抱着一个长方形的纸盒子，要是正对着车厢站的话，盒子八成会被挤扁。

盒子里面装着一束狗尾巴草玫瑰花，是她给折纸艺人的回礼。

三年前，他欠她一朵纸叠玫瑰花，现在已经补上了，那么她也不能赖账。

但是她并没有去买新花。

对，没错，还是三年前的那束。

哼，她才不要去给他买新的呢！谁让他骗了她这么久呢？都露出端倪了还不承认，要不是她聪明，现在还被蒙在鼓里呢！

大骗子！

讨人厌的臭书生！

想要新花的话，先从国外回来再说吧。

在地铁上挤了一个多小时，中途又换乘了一趟地铁，她终于在九点之前赶到了机场。

东辅国际机场的安检大厅修建得大气磅礴，优点是客容量大，显而易见地彰显了大都市的繁华与先进，缺点是太大了，找人跟大海捞针一样难。

陆云檀起初还进错口了，从国内出发的站口进去了，在国内这边溜达了一圈，才恍然大悟：人家是要飞国外，是国际航班！

然后，她赶紧转移至国际出发的安检口，一眼就在形形色色的旅客中找到了梁云笺。

他穿着蓝色牛仔裤和白色T恤，T恤外搭了一件浅蓝色的短袖衬衫，肩上背着一个黑色的书包，脚上穿着一双白色运动鞋，身姿修长挺拔，看起来一如既往的俊逸清隽。

陆云檀摘掉了墨镜和口罩，怀抱纸盒，快速跑到了他面前。即便他早已看到了自己，她还是大喊了一声："臭书生！"

反正，喊一次少一次了。

梁云笺也回了一句："檀女侠。"

陆云檀瞟了一眼他的腕表，在心里哼了一声，又抬起了自己的手腕，不由得一惊："都九点多啦，你爸妈呢？"

梁云笺："已经进安检了。"

二十分钟前，航班的托运一开始办理，他的父母就办好了登机手续。他们也没有打扰他，先进了安检，让他单独和她告别。

陆云檀看着他，问了句："最晚九点五十对吗？"

航班提前二十分钟停止登机，但是他还没过安检，至少要再留出十分钟的时间。

梁云笺轻叹口气："差不多。"

陆云檀一分一秒地算计着时间，最多也只剩下三十七分钟了。

一节课的时间都不到呢。

她的鼻根猛然一酸，连带着眼角都跟着热了一下，再次有股想哭的冲动。她赶忙咬紧了后槽牙，拼命地将眼泪憋了回去："毕业典礼肯定早就开始了，我们都没去参加，还挺遗憾的。"

梁云笺看着她乌黑发肿的眼眶，心疼不已，却不得不故作轻松："是啊，很遗憾。"

遗憾的不只是毕业典礼，还有无疾而终的三年。

陆云檀突然不知道该说些什么了，不对，她有好多好多话想告诉他，想让他留下来不要走。

想告诉他，她已经知道他是折纸艺人了；想告诉他，她真的很喜欢他，没有发现他是折纸艺人之前就已经再一次地喜欢上了；还想问问他愿不愿意当她的男朋友……

但是这些话，她已经没有机会再说出口了，因为他马上就要离开了，移民去另外一个国度，往后余生都不会再回来，她再说什么都没有意义了，他不可能为了她留下。

最终，她只问了一句："你还会回来吗？"

梁云笺沉默了。

如果可以的话，当然会。

如果可以活下来，他一定会全力以赴地回到她身边。

但前提是，可以活下来。

可是这个机会太渺茫了，他没那么乐观，也不想骗自己，更不想给她一个虚妄的承诺，所以，他没办法回答她的问题。

不过，他还是想在临走前，确认一件事情：

"檀女侠，我要是一去不回了，你会想我吗？"

他又喊了她"檀女侠"，因为这是独属于他自己的称呼。

陆云檀的眼眶又酸了：什么叫一去不回了？哪怕是偶尔回来看看也不行吗？非要一去不回吗？

她忽然好生气："我才不会想你呢，等到明天我就把你忘了！"

梁云笺神色一僵，片刻后，却又舒了口气，轻笑一下："挺好的。"

陆云檀有种拳头打在棉花上的感觉，挫败，失落，又憋屈，还委屈：我都要把你忘了，你怎么还说挺好的？

梁云笺看着她，很认真地说："如果我没有回来，就说明我已经在国外结婚生子，成家立业，不用想我，更不用去找我，继续潇潇洒洒地当你的女侠，如果哪天不想再浪迹江湖了，就找一个爱你的、对你好的人结婚生子，幸福美满地走完这一生。"

陆云檀蒙了，完全不理解他为什么会说出这种话，怎么突然提起来结婚生子的事情了呢？这应该是很久很久之后的事情了吧？

她觉得，这段话不像是临别祝福，更像是不放心的交代与叮嘱。

他是在担心她找不到一个好归宿吗？还是在担心什么？

"为什么要说这些？"她呆愣愣地看着他。

梁云笺："忽然想到了而已。对了，我有礼物送你。"

陆云檀眼睛一亮："什么礼物？"

梁云笺卸下书包，拉开拉链，从里面拿出一个钥匙链，然后递给了陆云檀。

银色的钥匙链上，挂着一个毛毡娃娃，是一个穿着红黑色束腰长袍的女侠，女侠的乌发用红色的束发带高高束起，背后还背着一把长剑，脚踩黑色长靴，看起来威风凛凛的，霸气十足。

陆云檀一下子就笑了，本就肿胀的双眼彻底眯成了一条细缝："你亲手做的吗？"

梁云笺也笑了，轻轻点头："嗯。"

陆云檀仔细打量起了这个女侠娃娃。

这工艺，比之她之前送给他的那个毛毡书生精湛得多。

她做的那个书生，胳膊和腿都不一边长，眼睛还一大一小，怎么看怎么像是个残次品，但她是真的尽力了，而他送给她的这个女侠，不仅手脚精致还眉清目秀的，乍一看还真的有点像她。

陆云檀喜欢极了，是长这么大以来收到过的最喜欢的礼物，没有之一！

她信誓旦旦地向他保证："你放心，我也会把它带进棺材里！"

能得此承诺，梁云笺已然知足。

突然间，机场的广播忽然喊出了梁云笺的名字，是登机提醒。

离别的时刻终究还是来了，并且来得猝不及防。

陆云檀已经来不及悲伤了，迅速把怀中抱着的纸盒子塞给了梁云笺，还叮嘱了一句："上飞机后再打开！"

梁云笺抱紧了纸盒，双眼紧盯着她，似乎是想把她的样子刻进脑海中："我走了。"

陆云檀发现他红了眼眶，自己的眼眶也跟着一热："嗯。"她张了张嘴巴，想说声再见，却无论如何也说不出口。

她不想和他说再见。

梁云笺最后看了她一眼，深吸一口气，转身朝着安检站走了过去。

陆云檀如同被定了身，僵立在原地，目不转睛地望着他渐行渐远的背影。

在他即将走进安检站的那一刻，她忽然希望他能够回一次头，因为她还想再看他一眼。

但是，梁云笺没有回头，自始至终都没有。

他怕自己回头之后，就再也没有了继续前进的勇气。

他逼着自己不去看她，大步走进了安检站。

今生是他福薄，没有那个命和她在一起，如有来生，他一定会拼尽全力地去抓住她的手，一生一世不分离。

－第一册 完－